Nicole de Vert
Französische Verstrickungen

W0317879

PIPER

Zu diesem Buch

Nicole de Vert schrieb ihren ersten Krimi bereits mit 12 Jahren und ist Autorin etlicher Fachpublikationen. In der Provence hatte ihre Familie fast zwanzig Jahre ein Haus. Dadurch ist sie mit der Gegend rund um Avignon mit Herz und Seele verwoben.

Nicole de Vert

FRANZÖSISCHE VERSTRICKUNGEN

Provence-Krimi

PIPER

Mehr über unsere Autoren und Bücher:
www.piper.de

Von Nicole de Vert liegen im Piper Verlag vor:
Provenzalisches Blut
Provenzalische Rache
Französische Sünden
Französische Verstrickungen

Wenn Ihnen dieser Krimi gefallen hat, schreiben Sie uns unter Nennung des Titels »Französische Verstrickungen« an empfehlungen@piper.de, und wir empfehlen Ihnen gerne vergleichbare Bücher.

Inhalte fremder Webseiten, auf die in diesem Buch (etwa durch Links) hingewiesen wird, macht sich der Verlag nicht zu eigen. Eine Haftung dafür übernimmt der Verlag nicht.

FSC
www.fsc.org
MIX
Papier aus verantwortungsvollen Quellen
FSC® C083411

ISBN 978-3-492-50327-3
März 2021
© Piper Verlag GmbH, München 2021
Sprachredaktion: Julia Feldbaum
Covergestaltung: FAVORITBUERO, München
Covermotiv: Bilder unter Lizenzierung von Shutterstock.com genutzt
Satz: psb, Berlin
Gesetzt aus der Adobe Garamond Pro
Druck und Bindung: CPI books GmbH, Leck
Printed in the EU

Ein weiser König sondert die Frevler aus.
Er lässt über sie den Dreschwagen rollen.

Sprüche 20,26

Diese Stimme.

Sie klang gebrochen, anfangs noch hoch und rasch. Von der Angst getrieben wurde sie immer flehender, um dann leise, dunkel und langsam voller Verzweiflung nur noch ein flüsternder Hauch zu sein. Und sie erstarb nie ganz. Egal wie sehr die Augen aus dem einst so geliebten Gesicht herauszuquellen schienen, als die Atemluft nicht mehr zur Verfügung stand. Die Stimme blieb. Dieser qualvolle Ton. Diese Worte von Liebe und Vertrauen. Einst geliebt? Oder noch immer?

Die Frage blieb offen. Doch die Hetzjagd der Gedanken kam immer wieder. Hände, die Flecken hinterließen, unschön und wie Tattoos: Nur die Auflösung des Fleisches würde sie irgendwann beseitigen können. Der Körper schlaff, alle Muskelspannung entwichen, und doch wisperte die Stimme wie ein Versprechen für die Unendlichkeit, und das war es auch wirklich geworden: eine unendliche Liebesgeschichte. Die Stimme hatte es versprochen, und sie hielt, was sie versprach. Immer – ob zu Lebzeiten oder im Tod.

Marseille, Europort-Containerhafen, im Oktober

Margeaux lehnte sich zurück in den Fahrersitz und blickte interessiert auf ihren Beifahrer. Paul Bacron war angespannt, das konnte sie auch ohne großes Wissen über Körpersprache sehen. Seine Hände huschten immer wieder über seine Oberschenkel, rieben am Hals entlang oder zupften am Ohr. Sein Atem ging unregelmäßig. Die Augen waren weit geöffnet, und ihr geübter Blick nahm die vergrößerten Pupillen und die erhöhte Blinzelfrequenz wahr. Sein cooles Verhalten war also nur aufgesetzt.

Die Ampel schaltete auf Grün, und Margeaux fuhr wieder an und konzentrierte sich auf den dichten Verkehr in Marseille. Sie begleitete den Polizisten heute zum dritten Mal, und das heutige Treffen war von besonderer Bedeutung, die beiden anderen Male war er quasi tiefenentspannt gewesen und hatte die aktuellen Songs im Radio mitgesungen und mit den Beinen im Takt gewippt. Heute war davon keine Spur zu erkennen. Entnervt hatte er sogar das Radio ausgeschaltet, und im Auto herrschte eine angespannte Stille.

Der Oktober war in diesem Jahr ausgesprochen mild, und die Sonne prangte zwar tief stehend, aber noch immer wärmend, als wäre es Sommer, am Himmel.

Sie klappte die Sonnenblende herab, atmete tief ein und bat ihn: »Sag mir bitte noch einmal die wichtigsten Aspekte für den heutigen Einsatz und was du von mir erwartest.«

Diese Technik führte oft zum Erfolg: den Stress zu minimieren, indem man das Gehirn dazu brachte, den rational planenden Bereich im präfrontalen Kortex zu aktivieren.

Seine Stimme klang gepresst, als er den Ablauf des bevorstehenden Treffens mit dem Waffenhändler erneut skizzierte. »Wir treffen diesmal ja keinen der kleinen Handlanger, sondern den wichtigsten Entscheider. Im Regelfall wird er von einer Art Privatarmee beschützt. Meist hat er zwei Mann direkt bei sich, und der Rest hält sich diskret im Hintergrund.« Sein Atem ging noch immer schnell, und er leckte sich rasch die Lippen. »Und diesmal lautet der Deal: nur diese beiden, keine Armee!«

»Was ist heute noch anders?«, erkundigte sich Margeaux und gab ihrer Stimme einen leichten Klang. »Du wirkst extrem angespannt und so nervös, dass es auffällig ist und du die Mission am Ende noch gefährdest!«, setzte sie nach.

Paul klopfte gegen das Seitenfenster und wandte sich ihr dann zu. »Begreifst du nicht, was heute anders ist?«, erklärte er aufgebracht. »Wenn das Gespräch heute klappt, dann stehen wir kurz vor dem Durchbruch. Ich habe so lange darauf hingearbeitet, dass man mir genügend vertraut, um einen Termin mit Faik zu bekommen. Ich hab so viel Scheiße dafür anfassen müssen, dass ich manchmal nicht mehr weiß, wer ich bin. Und wenn das heute gelingt, dann bekomme ich vielleicht mein Leben zurück.«

Seine Augenbrauen schoben sich nach unten, und die Innenseiten zogen sich zusammen. Er presste die Lippen aufeinander, und der Ärger war ihm deutlich anzusehen. Und doch flackerte auch die typische Mimik für Angst durch sein Gesicht, als die Augenbrauen für einen Sekundenbruchteil die dafür unverkennbare S-Form annahmen.

Margeaux umfasste das Lenkrad und fuhr den Wagen geschickt zum Treffpunkt. »Du hast doch mich«, sagte sie selbstbewusst, »ich passe schon auf dich auf!«

»Genau das befürchte ich!«, schob Bacron mit einem schiefen Grinsen nach. »Du passt auf mich auf, aber unterm Strich musst du auf uns beide achten, Margeaux. Das hier ist wirklich kein Spiel!«, machte er mit ernstem Gesicht deutlich.

Sie nickte wissend. Situationen wie diese waren durchaus nichts Neues für sie, denn sie hatte als Kommissarin der Mordkommission in Stuttgart mit ihrem Kollegen Frank Kaiser in vielen gefährlichen Situationen ermittelt. Der Fall rund um den gewieften, kaltblütigen Serienmörder Martin Angerer, den die Presse »Schächter« getauft hatte, hatte sehr viel Aufsehen erregt und war sicher einer der umfassendsten in ihrer Karriere gewesen. Mit der OK – also der Organisierten Kriminalität – hatte sie tatsächlich noch nicht so viele Erfahrungen sammeln können, insofern war diese Situation hier mit dem verdeckten Ermittler Paul Bacron alias Pascal Lingerot eine Art Premiere für sie.

Der Treffpunkt war erreicht, und Margeaux fragte sich wieder einmal, ob es ein Handbuch gab, in dem die Bösewichte dieser Welt nachlesen konnten, wo man sich am besten für zwielichtige Geschäfte verabredete. Containerhäfen kamen auf jeden Fall darin vor, dessen war sie sich sicher.

Langsam fuhr sie die Reihen entlang, um die Bezeichnungen lesen zu können und richtig abzubiegen.

Kurze Zeit später hatten sie den Platz gefunden, und sie parkte das Fahrzeug. Noch war niemand zu sehen, aber sowohl Paul als auch sie waren sich sicher, dass der Strippenzieher der Prostitution, des Drogen- und des illegalen Waffenhandels und noch vieler anderer krimineller Geschäfte bereits in der Nähe war.

Der Ort war wirklich gut gewählt: Die Container standen verschachtelt und mehrere Meter hoch in Reih und Glied. Die »Straße« vor *C265* war von außen nicht einsehbar, und um diese Uhrzeit war kein Mensch zu sehen. Das geschäftige Treiben war für heute beendet. Während sie sich umsahen, kam eine schwarze Limousine um die Ecke.

Auch das stand hundertprozentig in dem Verbrecherhandbuch: »Nur eine edle schwarze Limousine mit getönten Fenstern kommt für einen Kriminellen gehobenen Niveaus infrage.« Margeaux musste trotz der gefährlichen Situation, in der sie sich befanden, schmunzeln.

Barbentane im September

Die überraschende Ankündigung von Matze und Elodie hatte alle fröhlich gestimmt. Dass gerade das junge Computergenie der Erste aus ihren Reihen sein würde, der in den Ehehafen einlief, war auch nicht wirklich zu erwarten gewesen. Der ausgefuchste Hacker hatte sich schon letztes Jahr in die außergewöhnliche Schwester von Thierry Baile, Margeaux' Freund, verliebt. Dem Bäcker und Patissier aus Barbentane war es anfangs nicht ganz recht gewesen, denn er wusste ja ein wenig darüber Bescheid, was Matze so trieb, und wollte seine zärtlich geliebte jüngere Schwester gern vor allem Übel und Unheil bewahren. Doch wie konnte er das verbieten? Auch er war Teil einiger gefährlicher Aktionen gewesen, seitdem er und Margeaux ganz offiziell ein Paar geworden waren. Vor einigen Wochen hatte es sogar kurz so ausgesehen, als würden sie es nicht schaffen zusammenzubleiben, obwohl er bereits einen Ring hatte anfertigen lassen. Margeaux war sich nicht mehr sicher gewesen: nicht mehr sicher, ob sie in der Provence leben wollte und ob sie eine einfache Privatermittlerin sein konnte. Ihr ehemaliger Kollege bei der Stuttgarter Mordkommission, Frank Kaiser, hatte bei ihren Überlegungen ebenfalls eine nicht unerhebliche Rolle gespielt.

Thierry seufzte auf, kurz war er versucht, den wunderschönen Ring aus der Schublade seines Schreibtisches zu holen, dann strich er aber nur langsam über den Griff der Schublade und ließ das Corpus Delicti, wo es war. Er hatte seiner schönen, klugen und mutigen Freundin vergeben, und doch spürte er diesen Stich in seinem Herzen: Er hatte um ihre Hand anhalten – ganz klassisch auf den Knien – und ihr dann den Ring überstreifen wollen. Die Goldschmiedin Isabelle Vanier hatte ein einzigartiges Stück geschaffen: Der Ring war aus vierzehnkarätigem Gold und bestand quasi aus fünf Schichten. Der äußere Rand war fein ziseliert mit kleinen, geschwungenen Ranken, dann kam eine Reihe glitzernder Diamanten. Die äußeren Ringe waren auf beiden Seiten gleich gehalten, und der mittlere, etwas breitere Teil bestand aus offenen, rankenförmigen Ziselierungen, die mal etwas massiver und mal sehr zart gestaltet waren. Jeder Ring war ein Unikat, das seiner Trägerin quasi auf den Leib »geschneidert« wurde. Er war stolz auf den Ring, denn der erste Entwurf war von ihm selbst gekommen. Der Ring war so, wie er Margeaux sah: stark und trotzdem zerbrechlich. Der Krebstod ihrer Mutter hatte sie damals vollkommen aus der Bahn geworfen, fast war sie daran zerbrochen. Doch ihr Vater hatte sie zurück in die Provence geholt.

Thierry lehnte sich sinnierend zurück, sog genüsslich den buttrig-süßen Duft ein, der die Räume seiner Bäckerei durchzog. Er liebte seine Arbeit, liebte es zu sehen, was er mit seinen Händen erschaffen konnte. Und er liebte die Blicke seiner Kunden, wenn sie noch im Laden in das Gebäck beißen mussten, angezogen von dem Geruch und der Optik: Genuss pur!

Das hatte auch dafür gesorgt, dass er Margeaux besser verstehen konnte: Etwas aufzugeben, was man von Herzen gern tat, konnte einen unglücklich machen. Leider liebte sie den Tod. Er schüttelte leicht den Kopf bei diesem theatralischen Gedanken. Sie liebte es, Verbrechen aufzuklären. Das war ihre Leidenschaft, so wie es die seine war zu backen und zu verzieren. Gleich würde er anfangen, die Torte für den großen Tag seiner Schwester zu planen, und dann, irgendwann, würde er seine eigene Hochzeit in Angriff nehmen.

Es klopfte an die Tür, und seine Mitarbeiterin kam herein und bat ihn um Unterstützung im Laden. Motiviert sprang er auf und folgte ihr in die Verkaufsräume.

Hameau les Bouisses im September

»Ich bringe euch gleich die Spiegeleier«, hörte Margeaux Hilde durch das geöffnete Küchenfenster rufen.

Ihre Stimme klang wieder recht normal. Sie schien sich von dem erlebten Schrecken, dass auf sie geschossen worden war und sie nur knapp dem Tode entronnen war, wirklich wieder erholt zu haben. Anfangs war sie wie ein Roboter gewesen: abgehackte Bewegungen, leerer Blick und ständige Geschäftigkeit. Dann hatte sie eines Tages im Vorratsraum eine Tüte Kichererbsenmehl entdeckt und war in Tränen ausgebrochen. Margeaux hatte sie dort gefunden, in eine Ecke gekauert, die Tüte in der Hand und mit vor Weinen zuckenden Schultern. Das Weinen an sich war lautlos gewesen, und Margeaux hatte sich zu ihr gesetzt, wortlos und so nah, dass ihre Schulter Hildes Schulter berührt hatte, und sonst nichts getan. Sie wusste, wie man sich nach einem Schock fühlte, und war behutsam vorgegangen. Hilde war viel mehr für sie als nur eine Haushälterin und bedeutete ihr sehr viel.

Realistisch gesehen hatte Hilde sie aufgezogen. Hilde und Aimé waren immer weitaus präsentere Eltern gewesen als ihre eigenen. Marie-Louise, Margeaux' Mutter, war nach dem Tod ihres Vaters damit beschäftigt gewesen, das elterliche Unternehmen weltweit zu führen, und später war die Medizinerin ihrem Herzen gefolgt und hatte als Ärztin im Ausland für »Ärzte ohne Grenzen« gearbeitet. Julien, Margeaux' Vater, Inhaber des beliebten Bistrorants »Chez Louise« in Avignon, hatte seine Lehr- und Wanderjahre in den unterschiedlichsten Städten bei begnadeten Lehrern wie Bocuse oder Witzigmann verbracht.

Ihre Eltern waren ihre Eltern geblieben, hatten einander auf ihre Weise inniglich geliebt – und auch das kleine Mädchen. Es hatte nur irgendwie keinen Platz in ihrem Lebensentwurf, also kümmerten sich Hilde und Aimé und Marie-Louises exaltierte Mutter Annabelle um Margeaux. Die Großmutter schleppte die Kleine in Opern und zu Soirees, und die beiden Franzosen sorgten für Margeaux' Bodenhaftung. Margeaux war ein cleverer Wildfang, und irgendwie war es dann auch kein Wunder, dass sie sich Aimé als Vorbild nahm und Polizistin wurde. Der Flic, so die volkstümliche französische Bezeichnung für einen Polizisten, hatte ihren Blick auf Gerechtigkeit geprägt.

Als Deutsch-Französin entschied sie sich für die Polizeischule und eine Karriere in Deutschland und wurde zum Star der Stuttgarter Mordkommission. Ihre Eltern waren anfangs nicht so begeistert von der Berufswahl ihrer Tochter, doch schließlich akzeptierten sie es, denn sie hatten ihr beide vorgelebt, wie es war, einer Berufung zu folgen. Der drahtige Dorfpolizist Aimé hatte mit stolzgeschwellter Brust bei Margeaux' Vereidigung gesessen, und Hilde hatte ihm sogar ein Taschentuch reichen müssen, so gerührt war er gewesen, dass Margeaux diesen eingeschlagenen Weg begeistert und zielstrebig gehen wollte.

Margeaux beugte sich über den Tisch und flüsterte Frank verschwörerisch zu: »Ich denke, es liegt auch ein bisschen an dir, dass es ihr wieder gut geht. Sie mag dich einfach sehr, und da du jeden Happen, den sie dir kredenzt, anschaust, als wäre es das Leckerste auf der Welt, blüht sie geradezu auf.«

»Ich muss mich dazu kein bisschen verstellen«, konterte Frank, »alles, was sie zubereitet, ist oberlecker, und ich werde bald nicht mehr in meine Klamotten passen.« Er klopfte sich bestätigend auf den durchtrainierten Bauch, an dem kein Gramm Fett zu viel zu sehen war.

Sie hatten gerade ein straffes Training hinter sich und waren nun bereit für das üppige späte Frühstück. Margeaux grinste. Wenn sie zusammen waren, verbrachten sie viel Zeit mit Sport. Sie joggten durch die Campagne, schwammen und trainierten in der umgebauten Scheune Martial Arts im Zweikampf oder hämmerten auf den Boxsack ein. Sie waren beide in Topform. Frank hatte seinen kompletten Urlaub genommen und fühlte sich in der Provence auf dem abgelegenen Weiler wohler denn je.

Hilde kam schwer beladen aus der Küche gerauscht und stolperte fast über den wuseligen Dackel, der ihr auf Schritt und Tritt folgte, in der Hoffnung, dass etwas für ihn abfallen könnte.

»Willi, Schluss jetzt«, maßregelte sie ihn mit milder Strenge und stellte das Tablett auf dem Tisch »in der stillen Ecke« ab. Der Platz unter der Mimose hatte seinen Namen bekommen, weil es dort auch bei tosendem Mistral windstill blieb.

Sie lächelte die beiden am Tisch an, und Franks Blick wandte sich, wie magisch angezogen, den Köstlichkeiten zu. Von wegen Spiegeleier. Kunstwerke waren das: Das saftige Gelb der Eier – die frei laufenden Hühner der Nachbarn Camille und Benjamin fraßen, was die Natur ihnen bot – war auf den Punkt gegart und cremig-flüssig, während das leuchtend schimmernde Eiweiß sogar eine knusprige Kante hatte. Auf dem Eigelb sah er das Fleur de Sel, den Spritzer Zitronensaft, und über dem Weiß verteilte sich ein Schuss Olivenöl. Diese Kombination war mehr als köstlich, und er liebte den Geschmack. Dazu gab es sahnig aussehende Butter, frisches Baguette, Croissants und Marmelade, die Hilde aus den Aprikosen im Cabanon machte und mit Mandelblättchen und einem Hauch Mandelaroma verfeinerte. Ein Stück Reblochon-Käse verströmte seinen kräftigen Duft und vervollständigte die Mahlzeit, die eigentlich fast schon ein Mittagessen darstellte, obwohl Hilde dies gewiss nicht so einfach akzeptieren würde.

Margeaux verteilte die Teller mit den Eiern, und die fürsorgliche Haushälterin stellte die restlichen Lebensmittel auf den Tisch. Selbstverständlich hatte sie erneut frisch duftenden Kaffee zubereitet, sie schwor auf langsames Filtern mit nicht zu heißem Wasser, und stellte die Tassen vor den beiden ab.

»Das sieht wundervoll aus«, meldete sich Frank zu Wort.

Hilde legte ihm tätschelnd die Hand auf die Schulter. »Das ist wirklich nichts, Frank, und das weißt du auch.«

»Dieses *Nichts* ist das beste Frühstück der Welt«, bekräftigte Margeaux und nahm einen großen Schluck des belebenden braunen Gebräus zu sich.

Hilde lächelte stolz, griff das Tablett und ging zurück zum Haus. Der clevere Dackel machte es sich nun unter dem Tisch gemütlich. Bestimmt würde er hier auf seine Kosten kommen.

»Jetzt müssen wir aber langsam mal reden«, nuschelte Frank mit vollem Mund.

»Du hast mich ganz schön neugierig gemacht«, gab Margeaux zu, »aber zuerst sollten wir vor allem die Eier essen, und dann wenden wir uns den ernsten Themen zu.« Sie teilte ein großes Stück Eiweiß ab, butterte eine Scheibe Baguette und schob sich die Kombination genüsslich in den Mund.

Als sie vor einigen Wochen bei Frank in Deutschland gewesen war, um ihre innere Verwirrung zu klären, ob sie den Ex-Kollegen und Freund doch mehr als geschwisterlich liebte, hatte sie eine Box unter seinem Bett gefunden, in der er seine über Jahre gesammelten Fakten zum unaufgeklärten Mord an seiner Mutter aufbewahrte. Nun hatte sich scheinbar etwas Neues ergeben. Etwas, das er am liebsten mit ihr persönlich teilen und nicht am Telefon besprechen wollte.

Sie war gespannt.

Barbentane im September

Aimé strich sich über die Stirn und versuchte so, den Kopfschmerz zu besänftigen. Wenn er Arbeiten im Büro zu erledigen hatte, bekam er oft stechende Schmerzen von einer Schläfe zur anderen. Er lehnte sich zurück, ließ seinen Blick durch den Raum schweifen, um seine Augen dadurch zu entspannen, goss sich dann ein Glas Wasser ein, nippte daran, suchte seine Lesebrille in der Schublade und wandte sich wieder der Tastatur zu. Er war froh, wieder vollumfänglich im Dienst zu sein, denn nach der Bauer-Sache hatte sein Chef doch ein wenig gezögert, ihn wieder arbeiten zu lassen. Aber Hilde hatte sich für die Umstände recht rasch erholt, und damit war auch er wieder ganz der Alte.

Er hatte Hilde nicht bedrängt und sie in ihrem eigenen Tempo alles verarbeiten lassen, war sich aber schmerzlich bewusst geworden, was er ohne sie wäre. Sie hatten sich vor vielen Jahrzehnten in Oberschlesien kennengelernt, als er zu einer Art Studienreise mit einigen Freunden dort gewesen war. Obwohl die Situation damals durch die Grenze zu den Ostblockstaaten wirklich kompliziert gewesen war, war sie ihm, als sie bemerkt hatte, dass sie schwanger war, nach Frankreich gefolgt. Das war nicht nur abenteuerlich und mutig gewesen, sondern auch sehr gefährlich. Ihr Bruder hatte ihr dabei geholfen, und die Eltern hatten ihr die wortlose Flucht erst kürzlich verziehen.

Er würde den Tag nie vergessen, als sie erschöpft durch den Eingang der Gendarmerie gestolpert und in seine Arme gefallen war. Der kleine Pierre hatte einige Monate später das Licht der Welt erblickt, und das hatte sogar seine Mutter milde gestimmt, die alles, was auch nur entfernt deutsch gerochen hatte, gehasst hatte.

Hilde und er hatten glückliche und schwere Zeiten miteinander durchgestanden und teilten ihr Leben als gleichwertige Partner. Sie war wie seine zweite Hälfte. Vervollständigte ihn. Machte aus ihm das, was er war. Wer also wäre er ohne sie?

Diese Erkenntnis hatte ihn blockiert, und alle, die ihn kannten, hatten das bemerkt. Viele Gespräche mit Margeaux, die nach dem Tod ihrer Mutter und der darauffolgenden Depression noch lebensklüger geworden war, hatten die Blockade gelöst, und auch der Polizeipsychologe hatte seinen Beitrag dazu geleistet.

Der Bericht über einen Autodiebstahl langweilte ihn. Er war lieber draußen auf der Straße als am Schreibtisch. Er gehörte gern zum Fußvolk und »sein« Dorf war ihm wichtig. Er hackte die letzten Worte in die Tastatur, klickte das Speicher-Symbol mit der Maus und loggte sich aus.

Er würde jetzt erst mal eine Tasse Kaffee bei Thierry trinken und dann seine übliche Runde machen. Er mochte den Bäcker sehr und war froh, dass sich die Situation zwischen Margeaux und dem gut aussehenden Mann geklärt hatte.

Stuttgart, Mordkommission, im September

»Nehmen Sie den Mann endlich an die kurze Leine!«

Werner Walter fuhr sich erregt durch das gepflegte Haar, die Worte des Staatsanwalts gingen ihm gewaltig gegen den Strich, und doch musste er sich gut mit diesem Widerling stellen. Die Staatsanwaltschaft war nun einmal ein elementarer Teil des deutschen Rechtssystems und ein partnerschaftliches Verhältnis somit unumgänglich. Er zwang sich zu einem Lächeln, und seine Rhetoriktrainerin wäre stolz auf ihn gewesen, denn seine Stimme hatte einen freundlichen und verbindlichen Klang, als er seinen Standpunkt klarmachte. »Wir werden uns in unserer Arbeit zukünftig vor allem auf die aktuellen Fälle fokussieren, und damit sind selbstverständlich auch klare Arbeitsanweisungen an meine Mitarbeiter verbunden.«

»Das will ich hoffen«, blaffte der Staatsanwalt, »es gibt spezielle Abteilungen in Deutschland für die Cold Cases, und Ihre gehört nicht dazu!« Der Mann benutzte den amerikanischen Begriff für *nicht aufgeklärte länger zurückliegende Straftaten.*

Walter machte nun seinem Spitznamen als Ausrufezeichenchef alle Ehre. »Ich kenne meine Befugnisse sehr gut!!!« Er hatte es satt, sich von diesem Typen auf dem Schlips herumtrampeln zu lassen. »Und ich weiß, dass Sie die Ihren hier massiv überschreiten!!!« Er schloss erneut mit den für ihn typischen vermehrten Ausrufezeichen.

Es folgten noch einige Floskeln, aber beide Männer hatten ihre Position verdeutlicht und damit versucht klarzumachen, wer das Bein zum Pinkeln höher heben konnte.

Walter drückte den Ausknopf am Telefon und bedauerte es

wieder einmal, dass er keinen Apparat mehr hatte, bei dem man den Hörer auf die Gabel schmettern konnte, denn das hätte er nun zu gern getan. Sein Job war mehr politisch als ermittelnd, und selbstverständlich war er bemüht, eine gute Figur dabei zu machen – das bedeutete eben auch, Ermittlungserfolge in das rechte Licht zu setzen und Misserfolge entsprechend zuzuordnen. Was aber ein absolutes No-Go für ihn darstellte, war eine Einmischung in seine Führungsverantwortung, denn das ließ ihn schwach und inkonsequent erscheinen. Im tiefsten Inneren teilte er die Auffassung des Staatsanwalts, aber er würde einen Teufel tun und das zugeben. Nichtsdestotrotz musste er sich den Mitarbeiter vorknöpfen und ihn zurückpfeifen, in der Hoffnung, dass der Mann es diesmal wirklich ernst nehmen würde. Andererseits war es aber auch überaus spannend wahrzunehmen, dass der Staatsanwalt wohl besondere Befindlichkeiten in Bezug auf den Cold Case zu haben schien. Vielleicht ließ sich daraus ein Gewinn schlagen?

Seufzend glättete er sein zerrauftes Haar und wandte sich wieder seinem Bildschirm zu. »Kommt Zeit, kommt Rat«, murmelte er.

Stuttgart, Staatsanwaltschaft, im September

Staatsanwalt Beerschneider rieb sich das Kinn, er war sich nicht sicher, ob das Gespräch gerade zu seinen Gunsten ausgegangen war oder ob er nicht einen elementaren Fehler begangen hatte. Er blickte auf das Telefon, unschlüssig, ob er die Nummer wählen sollte, die ihm diesen Mist hier eingebrockt hatte. Für einen Sekundenbruchteil glitt seine Aufmerksamkeit dahin … in das verdunkelte Zimmer, in dem alles seinen Anfang genommen hatte. Dann straffte er sich, dachte ein paar erniedrigende Worte, die seinem bevorstehenden Gesprächspartner galten, um sich selbst in die richtige innere Haltung zu bringen, und drückte beherzt die Tasten.

Er hing am Haken, das war ihm nur zu klar bewusst, aber er würde nicht kleinlaut zu Kreuze kriechen.

Hameau les Bouisses im September

Margeaux lehnte sich zurück, satt und zufrieden. Der Tisch war leer. Nachdem sie aufgegessen hatten, hatten sie das leere Geschirr in die Küche gebracht, sich jeder mit einer Flasche Wasser bewaffnet und waren nach draußen zurückgekehrt.

»Was hast du heute noch zu erledigen?«, wollte Frank wissen.

»Ich habe Papa versprochen, das Chicorée-Rezept in Form zu bringen. Er möchte das Gericht unbedingt mit auf die Karte nehmen. Vegetarische Gerichte sind wohl gerade echt gefragt. Dann sollte ich meine Mails anschauen, damit ich bei den privaten Ermittlungsanfragen up to date bin«, zählte sie mit entspannter Miene auf. »Und heute Abend kommt Thierry zum Abendessen.«

»Klingt nach einer guten Planung, ohne stressig zu werden«, meinte Frank nickend und nestelte an seiner Unterlippe.

»Raus mit der Sprache!«, forderte Margeaux ihn nun energisch auf und beugte sich vor. »Du hast jetzt lange genug den Geheimnisvollen gespielt.«

»Du weißt, dass es mir nicht leichtfällt, über meine Mutter zu reden«, er machte eine längere Pause, »und alles, was ich da tue, ist ja auch nicht offiziell, das macht es irgendwie noch mal komplizierter.«

Margeaux nickte. »Du weißt ganz sicher, dass es Mord war, dass er nicht aufgeklärt und dass deine Mutter in diesem Zusammenhang verunglimpft wurde. Dir wurde zudem übel mitgespielt, was irgendwie im Nachhinein betrachtet so aussieht, als hätte man dich kaltstellen wollen … oder mundtot machen«, fügte sie noch interpretierend an.

»Gut zusammengefasst, Frau Ermittlerin«, versuchte sich

Frank in einem leichten Ton, wurde dann aber sogleich wieder ernst, »wir wissen beide, dass das zum Himmel stinkt.«

Sie nickte bestätigend und ließ ihm schweigend Raum, seine Gedanken zu sortieren. Sie konnte das Emotionsfeuerwerk in seinem Gesicht gut beobachten, dazu brauchte sie noch nicht einmal ihre Fähigkeiten als Mimikexpertin zu aktivieren. Sie hatte sich in Amerika bei Paul Ekman weitergebildet, war in einem Sonderprogramm des FBI für ausländische Ermittler gewesen und hatte erst kürzlich die Mimikresonanz-Methode für sich entdeckt. In Kombination mit ihren erlernten Fähigkeiten war die Tatsache, wahrgenommene Gefühle zu verbalisieren, ein nicht mehr wegzudenkender Teil ihrer Arbeitsweise geworden. Ein winziges Zucken in Franks Oberlippe verriet ihr, dass er etwas als abstoßend empfand, und sie zügelte sich, ihn nicht sofort mit Fragen zu bombardieren.

»Nach unserem Gespräch kam mir die Idee, die Beweismittel noch einmal zu sichten. Das ist immer ein Akt, weil ich in Frankfurt so tun muss, als gäbe es neue Erkenntnisse. Diese Lügerei geht mir gegen den Strich. Warum muss ich lügen, um eine Straftat aufzuklären?« Er redete sich in Rage.

Sie konnte den Ärger sehen, der sich in ihm breitmachte. Die Augen wurden schmal, der Blick stechend, und zwischen den Brauen entstand eine Zornesfalte. Kurz war sie versucht, ihn mit einer Resonanzaussage zu beruhigen, doch dann entschied sie sich dagegen. Sein Ärger war angemessen, und es war wichtig, dass er ihm in diesem Zusammenhang Ausdruck verlieh.

»Wenn ich einen Hinweis hätte, mit wem meine Mutter sich getroffen hat, dann hätte ich einen Ansatzpunkt«, erklärte er mit harter Stimme, »und es könnte mir gelingen, einen Faden aufzunehmen. Sie war keine *Prostituierte*!« Er spuckte das Wort geradezu aus.

Margeaux schaltete sich ein. »Was sind die Fakten, Frank, und um welches Beweismittel geht es konkret?« Durch ihre rational bezogene Frage lenkte sie seine Aufmerksamkeit hin zu den Tatsachen.

»Sie war Sachbearbeiterin bei einer Frankfurter Privatbank, da hat sie kurz nach der Ausbildung bei der Sparkasse Hanau angefangen. Mein Vater ist bei einem Autounfall ums Leben gekommen, bevor ich geboren wurde, und es gibt darüber so gut wie nichts zu finden. Sie waren noch nicht verheiratet, und ich war nicht geplant.« Sein Blick glitt in die Ferne, während er das gesammelte Wissen abrief. »Sie haben sich sehr geliebt, das hat sie mir immer wieder erzählt. Irgendwie hat sie in einem Anfall von Wut auf das Schicksal alle Bilder von ihm verbrannt, aber sie meinte, ich sähe ihm sehr ähnlich.«

Margeaux schaute ihn liebevoll an, beugte sich vor und legte kurz ihre Hand auf seine, dann ließ sie ihn weiterreden.

»Ich war noch so jung und kann mich an vieles einfach nicht mehr richtig erinnern, aber unsere Wohnung war gemütlich eingerichtet, und uns ging es finanziell gut. Meine Mutter verdiente wohl recht ordentlich, und ich glaube, sie verfügte über ein kleines Erbe. Ihr Vater hat sich ein paar Jahre nach dem Krieg das Leben genommen. Er kam mit dem Erlebten nicht zurecht, und meine Oma starb, als ich eingeschult wurde. Meine Mutter war ein Einzelkind und mein Vater ebenfalls. Seine Eltern waren beide schon tot, als sie sich kennenlernten. Das hat meine Eltern irgendwie zusammengeschweißt. Meine Mutter wurde dann Anfang der Achtzigerjahre befördert, und ich erinnere mich daran, dass sie danach gestresster war …« Er machte eine kurze Pause, öffnete die Wasserflasche und trank durstig einen großen Schluck. Dann fuhr er fort: »Sie blieb länger weg, und wenn sie nach Hause kam, brauchte sie immer Ruhe. Wir haben auch an den Wochenenden nicht mehr so viel unternommen wie vorher. Oft musste sie auch samstags in die Bank, und sonntags stand dann der Haushalt an. Aus meiner Sicht ist mit der Beförderung etwas anders geworden. Sie war nicht mehr so fröhlich, und oft nahm sie beim Abendessen meine Hand und drückte sie so fest, dass es wehtat.«

Margeaux sah den kleinen Jungen am Tisch sitzen, mit Schmerz im Gesicht, schweigsam und tapfer, um der Mutter die

Möglichkeit zu bieten, etwas von ihrem Schmerz an ihn abzugeben. Sie hatte Bilder der hübschen Frau gesehen, und das vereinfachte die Visualisierung sehr. Mitgefühl mit dem Kind breitete sich in ihr aus, aber sie wusste, dass Frank genau das nicht wollte. Er tat sich immer schwer mit der Differenzierung von Mitleid und Mitgefühl, also unterdrückte sie es, und er redete weiter.

»Und da war noch etwas, an das ich mich erinnere: Ihre Augen waren irgendwie leblos. Ich kann es nicht anders beschreiben, so, als sei alles Leben und alle Freude aus ihnen gewichen. Nur ihre Liebe konnte ich immer sehen. Aber anders als früher. Es war, als würde ihr Herz dabei bluten, aber vielleicht bilde ich mir das auch nur ein. Ich war noch so jung. ›Viertel vor zehn‹, so sagte sie immer scherzhaft.« Er verstummte und hing seinen Gedanken nach.

»Woran erinnerst du dich noch?«, fragte Margeaux mit sanfter Stimme.

»Ich erinnere mich an den Tag, an dem sie nicht mehr nach Hause kam«, sagte er, und seine Stimme wurde so leise und langsam, dass sie kaum noch zu verstehen war. »Sie kam nie später als zwanzig Uhr nach Hause, wenn ich am nächsten Tag zur Schule musste. Ich saß bis zweiundzwanzig Uhr neben dem Telefon, und ich hatte große Angst. Mir war klar, dass etwas nicht stimmt, sonst hätte sie Bescheid gesagt. Sie hat mich nie am Abend einfach so allein gelassen. Dann klingelte es an der Tür.« Franks Augen waren nun schreckgeweitet. »Ich wusste nicht, ob ich einfach so aufmachen durfte. Ich war ein kleiner Junge, einfach nur ein ängstlicher Junge, der vor Sorge um seine Mama verging.«

Eine lange Pause entstand.

In einem professionellen Verhörkontext hätte Margeaux eine Pause dieser Art nicht zugelassen und die Emotionalität der Situation genutzt, um mehr zu erfahren. Doch Frank war ihr Freund, er war ihr kriminalistischer Partner. Keinem Menschen hatte sie ihr Leben öfter anvertraut, und nur mit wenigen anderen Menschen hatte sie so viel Zeit zu zweit auf engstem Raum verbracht wie mit ihm. Endlose Stunden der Observation oder Fahrten zu Tatorten hatten ihnen diese Zeit beschert, und sie kannten einander in- und auswendig. Wenn er nun diese Zeit brauchte, um seine Gedanken und Gefühle zu sortieren, dann stand ihm das zu.

In seiner Wohnung in Stuttgart hatte er den Fall faktenbasiert kurz skizziert, doch diese Situation hier war vollkommen anders: Er durchlebte die Szenen wieder. Sie behielt ihn im Auge, um, falls nötig, zu helfen, aber mehr empfand sie im Moment als übergriffig.

»Als das Klingeln nicht endete und gegen die Tür geklopft wurde, wurden auch unsere Nachbarn aufmerksam, und unter uns wohnte eine ältere Dame, die manchmal nach mir schaute. Tante Maria habe ich sie genannt. Maria Schneider hieß sie, sie hatte einen Schlüssel und öffnete der Polizei die Tür. Ich hatte mich mittlerweile hinter dem Sofa versteckt, so bedrohlich empfand ich diese Situation. Tante Maria fand mich und zog mich in ihre Arme. In ihrem Gesicht konnte ich sehen, dass etwas Furchtbares passiert sein musste, aber eigentlich hatte ich es auch schon geahnt.«

Jetzt liefen ihm die Tränen die Wangen hinunter. Margeaux wischte sich die eigenen vom Gesicht und reichte ihm wortlos ein Taschentuch.

Frank putzte sich geräuschvoll die Nase. Diese Alltäglichkeit holte ihn wieder ins Hier und Jetzt zurück, und er lächelte schief. »Ich bin echt ein Weichei!«

»Du bist alles, aber gewiss kein Weichei«, konterte Margeaux, »ganz im Gegenteil, wenn du hierbei staubtrocken bleiben würdest, dann würde etwas mit dir nicht stimmen!«

Sie blickten einander verständnisvoll an.

»Und das war erst der Anfang meines Martyriums«, fügte Frank hinzu, »am nächsten Tag waren die Zeitungen voll von Lügen über meine Mutter. ›Ariane K. verkaufte ihren Körper und bezahlte mit dem Leben‹«, zitierte er, »das war noch eine der nettesten Schlagzeilen. Ich konnte nirgends mehr hin. In der Schule wurde ich verspottet und ausgegrenzt. Mit dem ›Hurensohn‹ wollte plötzlich niemand mehr etwas zu tun haben. Ich bin ausgeflippt. Aber so richtig. Sie haben mich in der miesesten Anstalt untergebracht, die sie finden konnten. Das war wie Strafvollzug. Wir waren Zöglinge, und emotionale Kälte gehörte zu unserem Alltag.« Er holte tief Luft und sagte: »Lass uns bitte ein Stück gehen, Margeaux, ich ertrage es nicht, im Sitzen darüber zu reden.«

»Du musst mir das nicht erzählen«, sagte Margeaux verständnisvoll.

»Ich will dir das aber erzählen«, begehrte Frank auf, »ich habe das noch nie jemandem so erzählt. Vor allem noch nie jemandem, der mir das glauben wird, was ich dort erlebt habe.«

Sie standen auf, und der Dackel kam unter dem Tisch hervor und blickte die beiden Menschen erwartungsfroh an. Frank beugte sich zu dem kleinen Fellbündel hinab und streichelte Willi. Sie beide hatten eine unfassbare Situation miteinander gemeistert, und er hatte den Hund danach noch mehr in sein Herz geschlossen. Zudem hatte die Berührung des wuscheligen Kerls eine beruhigende Wirkung auf ihn.

Sie holten die Leine, meldeten sich rasch bei Hilde ab und traten durch das große Tor auf den Weg vor dem Haus.

Süß schmeckt dem Menschen das Brot der Lüge,
hernach aber füllt sich sein Mund mit Kieseln.

Sprüche 20,17

Wenn du nie vergisst, was geschehen ist, ist es dann Gottes Wille, oder liegt es daran, dass es Unrecht war und Unrecht bleibt? Auch wenn du die Geschichte so oft in einer anderen Version erzählt hast, dass sie beinahe süß und wahrhaftig klingt?

Du weißt, wie es wirklich war.

Du kennst alle Gefühle, die gesamte Bandbreite, und hast jede Phase erlebt und am ganzen Körper gespürt. Sie haben sich in dein Fleisch gefressen und es markiert. Eine Lüge wird eben nicht zur Wahrheit – egal wie oft man sie erzählt. Und Tote werden nie mehr lebendig, egal wie sehr man es sich wünscht.

Stuttgart, Killesberg, im September

Scheppernd schloss Stephan Beerschneider die Tür zu seinem schicken Apartment in bester Wohnlage auf, und eine Sekunde später hingen die beiden Mädchen an seinen Beinen, obwohl er ihnen bestimmt schon tausend Mal gesagt hatte, dass er das nicht mochte, solange er noch den Anzug trug. Es war eigentlich sein freier Tag, und die beiden waren daher nicht im Kindergarten, doch er hatte noch dringend ins Büro gemusst, um einige Unterschriften zu leisten und zu telefonieren.

Seine Frau kam mit geröteten Wangen aus der Küche. Sie hatte eine Schürze nachlässig umgebunden, die über und über mit Mehl bestäubt war, und wischte sich gerade die Hände an einem Abtrockentuch ab. Er vermutete, dass sie am Backen war, und er befürchtete zudem, dass sie etwas getrunken hatte, denn die Rötung ihrer Wangen war fleckig und ihr Blick unstet. Sie vermied den Blickkontakt, was seinen Verdacht bestätigte. Konzentriert rief sie die Kinder zu sich, und er gab ihr einen flüchtigen Kuss auf die Wange und roch den Wein, den sie wohl getrunken hatte.

»Ich ziehe mich um und bin sofort bei euch«, wandte er sich an seine Töchter.

Die Zwillingsmädchen jauchzten erfreut und gingen besänftigt mit der Mutter in die Küche. Seine Frau wusste, dass er wusste, dass sie trank. So, wie er wusste, dass auch sie von seinem »Problem« wusste, denn nur deshalb trank sie. Sie waren einmal ein glückliches und strahlendes Paar gewesen, hatten zur Stuttgarter High Society gehört und diese etwas heller strahlen lassen. Genau genommen gehörten sie noch immer dazu, aber wenn es sich irgendwie vermeiden ließ, tauchten sie nirgendwo mehr auf. Sie hatten scheinbar nicht nur die Liebe zueinander verloren, sondern auch den Respekt voreinander. Doch das, was sie einte und aneinanderband, waren die Mädchen.

Sie hatten sich so sehr Kinder gewünscht, und als eine Fehlgeburt die andere gejagt hatte, waren sie sich langsam immer fremder geworden. Sie vergruben sich in Arbeit und bauten ihre Karrieren aus, planten ein Leben ohne Kinder, auch wenn das unmöglich zu sein schien. Es war nicht nur der innigste Wunsch seiner Frau gewesen, Mutter zu werden, auch er wollte nichts sehnlicher, als Vater zu sein. Daher fiel ihnen beiden der Schritt nicht leicht, sich ein Leben ohne Nachwuchs vorzustellen, und plötzlich war sie schwanger und bemerkte es noch nicht einmal. Erst in der zwölften Woche wurde die Zwillingsschwangerschaft festgestellt, und über die Freude dieser überraschenden Elternschaft fanden sie wieder zueinander. Doch das Glück währte nicht lange. War es seinem Job geschuldet gewesen, in dem er mit so viel Abschaum zu tun hatte? Oder hatte es daran gelegen, dass seine Frau nur noch für die Mädchen da gewesen war und ihn als Partner und Mann vollkommen vergessen hatte? Was hatte sie ursächlich auseinandergetrieben, wo sie doch nun alles hatten? Er konnte die Frage bis heute nicht klar beantworten.

Er betrat das Ankleidezimmer und hängte seinen Anzug ordentlich auf einen Kleiderbügel, dann schlüpfte er in eine bequeme Hose und ein buntes T-Shirt. Kurz betrachtete er sich im Spiegel: Er war ein massiger Mann, groß und mit einer Neigung zu Bauch und Doppelkinn. Sein Haar war kräftig, lockig und dunkel. Nur an den Schläfen wurde es von einigen silbernen Strähnen durchzogen. Seine Gesichtszüge waren markant, und auch wenn man ihnen den Lebensstil mittlerweile ansah, so war er doch noch immer ein beachtlicher Kerl. Er verließ den Ankleidebereich und machte die Mädchen in der Küche auf sich aufmerksam. Jetzt durften sie sich an seine Beine hängen, und er spielte fröhlich mit ihnen ihr Lieblingsspiel vom Riesen, der Zwerge verschleppte.

Im Augenwinkel sah er den Blick seiner Frau. Er sagte: *Wir könnten so glücklich sein …*

Das waren die Momente, in denen ihm dann doch bewusst wurde, dass es seine Schuld war. Daher vermied er den Blickkontakt mit ihr und ließ sich von den Mädchen ins Spielzimmer ziehen.

Frankfurt im Jahr 1983

»Hugo, hast du einen Moment Zeit für mich?« Ariane Kaiser betätigte die Gegensprechanlage, um mit ihrem Chef vorab zu klären, ob eine kurze Besprechung möglich war.

Die dreiunddreißigjährige Bankangestellte war adrett zurechtgemacht, ganz so, wie es sich für das Vorzimmer des Inhabers einer Privatbank gehörte: Sie trug ein dunkelblaues Kostüm mit Stiftrock und kurz geschnittenem Blazer, dazu eine hellblaue, taillierte Bluse und ein blau gemustertes Halstuch. Das lange blonde Haar hatte sie im Nacken zu einem strengen Knoten zusammengefasst, was ihre klaren Gesichtszüge besonders betonte. Sie war nur dezent geschminkt und machte einen attraktiven und gleichzeitig kompetenten Eindruck. Sie war keine eitle Person, wusste aber auch, dass sie etwas hermachte, denn sonst wäre sie gewiss nicht von der Position am Kundenkontaktpunkt in die oberste Etage befördert worden. Nur gute Arbeit zu leisten, reichte nicht aus, um auch angemessen zu repräsentieren. Sie war schon stolz gewesen, dass sie nach ihrer Ausbildung bei der Hanauer Sparkasse und ein paar Jahren mäßiger Berufserfahrung dort Anfang der Siebzigerjahre diesen begehrten Job ergattert hatte. Die Ehrmann Privatbank war ein sehr renommiertes Haus. Auch ihre ungeplante Schwangerschaft und ihren Status als alleinerziehende Mutter hatte ihr Arbeitgeber nicht nur toleriert, sondern man hatte sie sogar unterstützt und ihr nun auch einen Aufstieg ermöglicht, an den sie nicht einmal im Traum gedacht hatte.

Zu Hause war Frank, sie musste geregelte Arbeitszeiten haben, um ihren Sohn, den sie zärtlich liebte, angemessen zu versorgen, und dabei ging es ihr um wesentlich mehr als nur *satt und sauber*. Umso mehr fühlte sie sich geehrt, als ihr Chef ihr verdeutlichte, dass das alles völlig in Ordnung für ihn war.

»Gern, Ariane«, tönte es schnarrend durch die Anlage, »komm einfach so in zehn Minuten rein.«

Ariane überprüfte noch einmal den Sitz ihres Knotens, rückte das Halstuch zurecht und blätterte die Mappe mit den Unterlagen durch, die sie mit ihm besprechen wollte. Ein paar Dinge verstand sie einfach nicht, und es war ihr wichtig, ihren Job sehr gut zu machen, daher hoffte sie auf Aufklärung.

Bad Homburg im Jahr 1973

Marco Keppner drückte das Gaspedal auf und nieder. Er hatte keinen Gang eingelegt, und der Wagen machte röhrende Geräusche. Fachkundig lauschte er und nickte bestätigend. Alles hörte sich wieder nach einem runden, gesunden Sound an. Er hatte wirklich ein gutes Händchen für diese rasanten Schlitten. Und er liebte die Schrauberei an Autos und Motorrädern sehr. Das hatte er von seinem Vater geerbt.

Sein Vater, Heinz-Peter Keppner, war mit seiner Werkstatt in der Lage gewesen, der Familie ein gutes Leben zu ermöglichen. Und doch hatte er nach seiner Lehre in den Nachkriegsjahren erst einmal das Bedürfnis gehabt, aus Deutschland rauszukommen. Sein Vater war in den letzten Kriegstagen in Russland gefallen. »Als Kanonenfutter verheizt«, hatte seine Mutter immer verbittert gesagt. Er hatte sie nicht anders als mit zusammengekniffenen Lippen gekannt – verhärmt und freudlos. Also hatte er getan, was ein guter Sohn hatte tun müssen, und war nach der Hauptschule in die Lehre bei der einzigen Werkstatt weit und breit gegangen, hatte Geld nach Hause gebracht und war strebsam und fleißig gewesen. Sogar die Amerikaner waren dorthin gekommen, um ihre großen Wagen reparieren zu lassen. Sein Chef hatte einen legendären Ruf gehabt, aber er war auch ein unsäglicher Despot gewesen, und Heinz-Peter hatte irgendwann die Schnauze voll gehabt von Schroffheit und Strenge. Er hatte das Leben genießen wollen. Freude fühlen wollen. Also hatte er seine Tasche gepackt, das Motorrad getankt, das er sich vom Munde abgespart hatte – eine BMW R24 –, und sich einfach auf den Weg gen Süden gemacht. So war er eines Tages auf Sizilien gelandet und hatte sich nicht nur in das Leben dort, sondern auch in die temperamentvolle Maria verliebt.

1951 hatte ihre Liebe die Geburt des kleinen Marco gekrönt.

Doch dann war das Geld knapp geworden, und Maria hatte ihn nach Deutschland begleitet. Heinz-Peter hatte eine eigene Werkstatt aufgebaut, war erfolgreich und die Familie glücklich gewesen. 1967 war die Sizilianerin schwer erkrankt und hatte sich nicht mehr erholt, sodass Vater und Sohn sie ein Jahr später zu Grabe getragen hatten. Heinz-Peter war zwei Jahre später an gebrochenem Herzen verstorben. Ohne seine Maria hatte er nicht mehr sein wollen.

So kam es, dass Marco mit neunzehn eine eigene Autowerkstatt geerbt hatte und diese gewissenhaft zu führen begann.

Er war jung und fühlte sich schlau, stark und unbesiegbar.

Hameau les Bouisses im September

Margeaux schlug den Weg an der Sandsteinmauer ein. Sie begrenzte die zu Margeaux' Grundstück gehörende Wiese, auf der Michel, der Nachbar, seine Pferde grasen ließ. Fleißige Hände hatten die mehr als fünfzig Meter lange Mauer aus unterschiedlich großen Steinen gebaut, und sie trotzte in ihrer schönen Schlichtheit der Zeit. Der Mörtel zwischen den Steinen war an manchen Stellen bröselig, und hier und da fehlte ein Stein, aber die Mauer blieb stabil, wehrte den stärksten Mistral ab und schützte vor ungebetenen Blicken. Der Feigenbaum gegenüber der Mauer trug reife Früchte. Sie pflückte zwei weiche, duftende, reichte eine Frank und biss herzhaft in die saftige Süße. Sie konnte die Menschen nicht verstehen, die die Schale nicht mochten, und kaute genießerisch. Frank tat es ihr nach und gab ein wohliges Geräusch von sich, dann marschierten sie weiter. Willi sauste mit fliegenden Ohren voraus, versäumte es aber nicht, sich immer wieder zu vergewissern, dass seine Menschen ihm auch folgten.

Es dauerte einen Moment, bis Frank wieder zu sprechen begann.

»Wenn ich darüber nachdenke, dann ist das alles wie in einem schlechten Film. So, als könnte es keine erlebte Realität sein.«

Der Schmerz in seinem Gesicht war deutlich zu sehen: Die Augenbraueninnenseiten hatte er hochgezogen, in der typischen Dreiecksform der Trauer. Die Augen ein wenig zusammengekniffen und die Oberlippe angehoben. Auch der Wangenbereich hob sich etwas an. Das waren die Kernbewegungen für Schmerz.

»Es tut weh, darüber zu reden …«, griff Margeaux auf, was sie wahrgenommen hatte.

»Die Erinnerung bereitet mir nicht nur psychischen, sondern auch physischen Schmerz«, gab er zu, »aber es ist wirklich gut, wenn ich mir das mal von der Seele rede, und du bist einfühlsam genug, um zu verstehen, was passiert ist, aber auch hart genug, um es zu verkraften.«

Er schaute ihr dabei direkt in die Augen, um sich zu vergewissern, dass dem auch wirklich so war. Sie hielt seinem Blick stand und forderte ihn mit einem leichten Nicken zum Weiterreden auf.

»Sie war also tot. Ermordet und wie ein Stück Müll weggeworfen. An die Beerdigung kann ich mich nur noch schemenhaft erinnern. Ich wollte ins Grab springen, aber sie haben mich nicht gelassen. Ich habe Tante Maria angefleht, dass ich in meinem Zuhause bleiben darf, ich würde auch immer lieb und brav sein, und es war unbegreiflich für mich, dass sie Nein sagte.« Er schluckte schwer. »Die Fürsorge nahm mich mit. Was mit unseren Möbeln und ihren Sachen passiert ist, weiß ich nicht mehr. Wahrscheinlich haben sich die Nachbarn darum gekloppt.« Er presste kurz verachtend den Mundwinkel ein. »Ich hingegen war nicht so einfach zu verteilen. Niemand wollte die Verantwortung für mich übernehmen, und nachdem ich in der Schule ausgerastet war und meine Klassenkameraden und die Lehrerin in Angst und Schrecken versetzt hatte, ein paar in die Tafel fliegende Stühle spielten dabei eine nicht unerhebliche Rolle, noch viel weniger. Worte wie ›schwer erziehbar‹ standen im Raum, logisch für das Kind einer ›Prostituierten‹.«

Er machte eine Pause, und sie blickten beide zu Willi, der gerade eine Zigalle zu erhaschen versuchte. Sie mussten lächeln.

Dann fuhr Frank fort: »Also war der nächste folgerichtige Schritt ein Heim, eine Art Besserungsanstalt, weil ich mich ja nicht benehmen konnte. Weil der Zehnjährige, dessen Mutter ermordet worden war, sein Leben nicht mehr verstand und unendliche Angst hatte. Tante Maria hatte mich zum Abschied in die Arme genommen, und das war für viele Jahre das letzte Mal gewesen, dass mich jemand umarmt hatte. Alle folgenden Berührungen waren mit Schmerz verbunden, resultierten aus Prügeln von den älteren Jungs und Züchtigungen durch die Betreuer. Wer gar nicht zu bändigen war, wurde in eine fensterlose Kammer gesperrt. Freundlicherweise gab es sogar einen Eimer dadrin, damit man seine Notdurft angemessen verrichten konnte …« Sarkasmus stahl sich in seine Stimme. »Den Gestank werde ich niemals vergessen: Angstschweiß, Urin und Kot. Wirklich eine Bombenmischung. Ich habe viel Zeit in der Kammer verbracht. Anfangs dachte ich, ich sterbe dort, aber dann wurde mir irgendwann klar, dass der Weg hinein zwar schmerzhaft war, aber drin war ich sicher. Das klingt bestimmt verrückt.«

»Nein, das klingt einleuchtend«, sagte Margeaux und versuchte, ihrer Stimme einen festen Klang zu geben und das geschundene Kind vor ihrem inneren Auge zu verscheuchen, »es war sogar klug durchdacht. Auch wenn ich wahrscheinlich keine Vorstellung davon habe, was passieren musste, um in die Kammer gesperrt zu werden.«

Sie dachte kurz an ihre eigene Kindheit: die Freiheit, die sie mit Pierre genossen hatte, der ein paar Jahre älter als sie war und immer auf sie wie auf eine echte Schwester geachtet hatte. Die Opernabende mit ihrer Großmutter in Paris und die schicken Hotellounges, in denen sie ihre Limo getrunken und an leckeren Häppchen geknabbert hatte, bis ihr die Augen vor Müdigkeit zugefallen waren. Während ihr heute bester Freund in einer Kammer ohne Fenster in einen Blecheimer gepinkelt hatte. Sie schloss kurz die Augen, atmete tief ein und aus und war bereit für die Fortführung dieser Horrorgeschichte.

Tarascon im September

Aimé hatte sich nach dem Kaffee bei Thierry in den Wagen gesetzt und war nach Tarascon gefahren, um Gilbert Brenot einen Besuch abzustatten. Er verging vor Langeweile und hoffte, dass Brenot etwas Spannendes zu berichten hatte. Die letzten drei Mordfälle in der Region, in die auch Margeaux involviert gewesen war, hatten die Männer mehr als nur kollegial verbunden.

Er klopfte mit dem Fingerknöchel an Brenots Türrahmen, die Tür zum Büro des Commandant der Gendarmerie stand offen. Der markige Mann saß an seinem Schreibtisch über einige Akten gebeugt und blickte erfreut auf, als er Aimé erkannte.

»Vigne, mein Lieber«, begrüßte er ihn und erhob sich, »ich hoffe, es ist niemand tot?«

»Keine Panik, Gilbert«, wiegelte Aimé ab, und die Männer reichten sich die Hand, »ich komme einfach so. Kein Blut, keine Toten in Hotels.« Sie grinsten sich kurz verständigend an. »Aber das kann einen, trotz des ganzen Adrenalins, schon ganz schön verderben«, gab der Dorfpolizist seine Misere zu.

»Ist dir etwa langweilig so ganz ohne Attentate auf dein Leben?« Brenot zog das Geschehene leicht ins Lächerliche. Das tat immer gut, nachdem eine kritische Situation ausgestanden war.

»So würde ich es nicht formulieren, aber Blechschäden aufzunehmen, ist wahrlich kein bisschen aufregend oder spannend«, bestätigte Aimé. »Gibt es wenigstens bei dir etwas Interessantes zu berichten?« Er musste nun bei Brenot nicht mehr so tun, als interessiere ihn das nicht wirklich, um diesem dann geschickt irgendwelche Informationen zu entlocken, so, wie er es damals bei den vermeintlichen blutigen Selbstmorden hatte tun müssen.

Brenot schüttelte bedauernd den Kopf. »Ich sterbe auch in Schönheit hier und arbeite gerade alten Papierkram auf. Einerseits ist das ja irgendwie gut, wenn die Gegend wieder etwas zur Ruhe kommt, aber andererseits können wir so auch nicht weiter beweisen, wie hervorragend wir Aufklärungsarbeit leisten, denn das hat uns schon ganz schön viel Ruhm eingebracht.«

Die Männer ließen ihre Gedanken einen Augenblick zu den drei grausigen Mordserien schweifen, deren Schauplatz die Region in den letzten beiden Jahren geworden war: ein Nachahmungstäter, der Menschen ausbluten ließ, Vergewaltiger, die erschossen wurden, und zuletzt zwei Tote, die eine Serie von sieben brutalen Morden beendeten. Bei allen Fällen hatte Margeaux Surfin maßgeblich dazu beigetragen, dass sie aufgeklärt wurden. Brenot war zufrieden mit ihrem Status als Officier de liaison, der sie zu einer Beraterin der Polizei machte, auch wenn er erst damit gehadert hatte, sie in diesem Beziehungsverhältnis zu belassen, als sie vor einigen Wochen aus Deutschland zurückgekommen war und ihr ehemaliger Chef der Mordkommission ihr Sonderrechte verliehen hatte, um die dortige Behörde mit ihrem Wissen zu unterstützen. Dann hatte aber sein Verstand gesiegt, und sie gehörte nun weiter zu seinem Team.

»Lass uns ein Stück gehen und irgendwo einen Café noir trinken«, schlug Aimé vor, und die beiden verließen, sich freundschaftlich unterhaltend, das Gebäude.

Vor allem haltet beharrlich fest an der Liebe zueinander;
denn die Liebe deckt viele Sünden zu.

1. Petrus 4,8

War es wirklich Liebe gewesen? Die Sünden waren nicht verdeckt, sie waren sichtbar geworden. Leuchteten plötzlich auf wie angestrahlt. Sie ragten empor und waren nicht mehr zu verheimlichen.

Das Letzte Gericht brach an, die dunklen Engel kamen über die Erde und legten sie in Schutt und Asche. Beluden alle mit nicht mehr tilgbarer Schuld. Aber für manche in diesem elenden Spiel war Schuld kein Begriff, keine Emotion, die sie kannten oder gar wahrnahmen. Sie kannten keine Gewissensbisse, verspürten keinen Wunsch nach Aussöhnung. Lebte es sich leichter auf diese Art? Oder war es nicht furchtbar, die Annäherung an das Menschliche immer mehr zu verlieren? Keine Vergebung mehr erlangen zu wollen, weil die Taten – egal wie grausam und unwürdig sie waren – aus dem eigenen Blickwinkel völlig in Ordnung zu sein schienen?

Hatten sie die Wahl gehabt, oder waren sie so geboren worden? Was hatte dazu geführt, dass das Mitgefühl geschwunden war? Hatte jeder seine ganz eigene schreckliche Geschichte? Entschuldigte das alles? Menschenhandel, Drogenhandel, Mord? Oder würde das Letzte Gericht jedes Vergehen ahnden? Was, wenn es wirklich Liebe gewesen war und sie den Augenblick versäumt hatten, in dem sie das Schicksal noch hätten abwenden können? Doch es war zu spät. Einfach viel zu spät.

Frankfurt im Jahr 1972

Der erste Kontakt zu Hugo Ehrmann entstand durch Marco. Also durch den Freund eines Freundes von Marco. Der sonore ältere Herr im maßgeschneiderten Anzug begegnete ihnen in Bad Homburg bei ihrem Lieblingsitaliener. Marco schwor auf die Pizza dort, die, wie er mit traurigem Blick sagte, wie bei seiner Mama schmeckte. Selbstverständlich kannte er den Patron, denn die Italiener kannten sich irgendwie alle, waren wahrscheinlich sogar irgendwie miteinander verwandt: der Cousin eines Vetters der Tante zweiten Grades oder so ähnlich.

Ariane war in den Jungen bis über beide Ohren verliebt. Er war ein Jahr jünger als sie, trug aber schon die Verantwortung für eine gut laufende Autowerkstatt und war trotz der Verluste, die er erlitten hatte, ein sehr lebensfroher, abenteuerlustiger Kerl. Er legte ihr die Welt zu Füßen, und dass sie eine gemeinsame Zukunft planten, stand für beide außer Frage. Sie waren ein hübsches Paar: beide schlank und groß, sie blond und blauäugig und er dunkelhaarig mit grünen Augen und einem leichten südländischen Einschlag. Sie mochten beide Mode und trugen schicke Schlaghosen und bunte Oberteile. Man wurde auf sie aufmerksam, wenn sie einen Raum betraten, nicht nur weil sie gut aussahen, sondern auch, weil sie eine Aura des Glücks verströmten.

So kam es dann eines Abends, es war schon spät und das Lokal hatte sich bereits geleert, dass der Patron mit einer Flasche Grappa an ihren Tisch schlenderte und eine Runde ausgab. Einen Schwatz später sprang er beflissen auf, als ein eleganter Mann im Begriff war, das Lokal zu verlassen. Er schleppte ihn an ihren Tisch und machte die drei miteinander bekannt. Über Herkunft und Hintergrund wurde nicht viel gesprochen.

Bei dem Namen Ehrmann klingelte es ganz leicht in Arianes Kopf, aber da der Patron den Mann konsequent mit »Dottore« ansprach, war das rasch wieder vergessen. Sie tranken ein paar Gläser zusammen und diskutierten angeregt über in Deutschland käuflich zu erwerbendes Olivenöl. Dann trennten sich ihre Wege, da die jungen Leute den Heimweg antreten wollten. Ariane musste am kommenden Morgen pünktlich um acht am Schalter in der Sparkasse stehen und Marco die Werkstatt um sieben öffnen.

Ehrmann und der Patron blieben noch sitzen und winkten den beiden zum Abschied fröhlich nach.

Hameau les Bouisses im September

»In die Kammer zu kommen, war eigentlich ganz leicht, doch wenn man bedenkt, dass ich ein verhätscheltes Kind war, das zwar nur von einer alleinerziehenden Mutter großgezogen worden war, aber ansonsten aus durchaus geregelten Verhältnissen kam, war es ein Schock für mich, wie ich behandelt wurde.« Frank schüttelte vehement den Kopf. »Nein, *behandelt* klingt einfach viel zu nett. *Misshandelt* ist das richtige Wort.« Er ließ seine Fingerknöchel kurz knacken, und seine Narben traten hervor, er wies Margeaux mit einer Kopfbewegung darauf hin. »Die sind nicht wirklich vom Boxen, also schon irgendwie, aber ich habe gegen die Wand geboxt. So oft, dass sie jedes Mal schlimmer bluteten, es verheilte nie richtig. Das Blut lief die Wände runter und versaute regelmäßig den Boden. Also kam ich in die Kammer. Aber nicht, dass du denkst, das wäre ein geordnetes Vorgehen gewesen: Verstoß gleich Kammerhaft. Es war reine Willkür. Wenn ein ›Betreuer‹ gerufen wurde, weil ich mal wieder alles mit Blut vollgesaut hatte, dann musste ich mich schon anständig zur Wehr setzen, um auch wirklich in die Kammer getrieben zu werden. Irgendwann kamen sie nicht mehr ohne den langen Zeigestock zu mir, und mit dem prügelten sie mich vor sich her, während ich mich wie ein Irrer gebärdete. Anfangs war ich das auch: ein Irrer. Ich weiß nicht, wie viele Stöcke sie an mir zerschlagen haben.« Er strich sich über die Knöchel. »Aber dann hatte ich mich innerlich im Griff und verhielt mich nur noch irre, um mein Ziel zu erreichen. Es wurde eine Art wohlkalkulierte Tat daraus. Vor allem die Wochenenden habe ich oft in der Kammer verbracht. Unter der Woche gingen wir zum Unterricht, und meine Mutter hatte mir immer eingebläut, dass nichts auf der Welt eine gute Ausbildung ersetzen könne. Also lernte ich wie verrückt und war bald für die anderen nicht nur ein Irrer, sondern auch ein Streber. Draußen vergaßen die Menschen meine Mutter und die Schlagzeilen rund um ihren Tod, aber im Heim ließ man mich die Vergangenheit nie vergessen. ›Hurensohn‹ war noch das netteste Schimpfwort.« Er lächelte gequält.

Margeaux zupfte ein paar Stängel von einem Rosmarinbusch und zerrieb diese zwischen ihren Handflächen. Der zarte Duft verband sich mit der sonnengeschwängerten Herbstluft. Sie hatte erst kürzlich etwas über die beruhigende Wirkung von Rosmarin gelesen. Das brauchten sie jetzt beide, etwas, was eine entspannende und auch beruhigende Wirkung hatte, denn die Geschichte machte Margeaux wirklich zu schaffen.

Sie atmeten beide tief ein, und Frank fuhr fort: »Ich hatte Glück. Die Haut über meinen Fingerknöcheln war so dünn, dass die kleinste unbedachte Bewegung sie aufreißen ließ. Die wenigsten der brutalen, großen Typen ohne jedwede Empathie hatten Bock, überall Blut kleben zu haben, denn das verriet sie als Täter. Sie wollten keine Sanktionen, sie wollten nicht in die Kammer. Sie wollten ihren ›Geschäften‹ nachgehen: Drogen verkaufen, Autos klauen oder Taschendiebstahl in der City.«

»Die Karrieren waren also quasi vorherbestimmt?«, wollte Margeaux wissen.

»Das System hatte keine andere Verwendung für uns. Es gab nicht so viele von meiner Sorte, sondern viel mehr Schwererziehbare. Kinder, deren Eltern sie einfach in ein Heim gegeben hatten, weil sie nicht mehr mit ihnen zurechtkamen oder keine Lust hatten, sich mit Erziehung zu beschäftigen. Heute weiß ich, dass das ein viel schlimmeres Schicksal ist, als es meines je war.«

»Ich bitte dich«, widersprach ihm Margeaux, »damit sind wir doch wieder bei unserer Globalentschuldigung: Du bist ein Serienmörder, kein Problem, denn du hattest sicher eine beschissene Kindheit!«

»So meine ich das nicht, Margeaux«, verteidigte Frank seinen

Standpunkt, »die Menschen, die am ehesten für sie da sein sollten, schoben sie in ein kaltes, brutales System ab, interessierten sich einen Scheiß für sie. Obendrein gab es eher noch Prügel, wenn sie versuchten, nach Hause zurückzukehren. Ich habe es mehr als einmal erlebt, dass einer von ihnen völlig zerschunden von so einem Versuch zurückkam. Und ganz sicher wäre es ein Untergang im System der Stärkeren und Kaltblütigeren gewesen, diesen Schmerz zuzugeben. Man hat diese Kinder regelrecht gebrochen. Da ging es mir wirklich besser. Meine Mutter hat mich über alles geliebt, und ich wusste, dass es nun niemanden mehr gab in meinem Leben, bei dem ich hätte betteln können, wieder zurück nach Hause zu dürfen.«

»Wie ging es dann weiter?«, fragte Margeaux und pfiff nach Willi, um ihn eine Zeit lang bei Fuß gehen zu lassen, was mittlerweile recht gut gelang.

Sie passierten das Grundstück der »Chanteuse«, einer Sängerin an der Oper in Avignon. Willi hatte hier einmal die unliebsame Erfahrung sammeln dürfen, dass auch ein Zaun nicht vor den Übergriffen der angriffslustigen Dobermänner schützte. Einer der großen Hunde hatte ihn durch den Zaun am Ohr gepackt, und Margeaux hatte den Dackel durch einen Schlag gegen die Schnauze des Widersachers beherzt vor Schlimmerem bewahren können. Der Dackel blieb brav an ihrer Seite, denn auch er schien kein Interesse daran zu haben, diese Erfahrung zu erneuern.

»Ich habe mich so gut wie möglich von dieser Anstalt ferngehalten, bin in der Schule geblieben, solange es ging, habe in der Bibliothek gesessen und gelernt, jede AG besucht, die möglich war. Zum Schlafen zurückzukommen, war furchtbar. Eines Nachts haben sie mich aus dem Bett gezerrt, mir ein Taschentuch in den Mund gestopft, und ich bin sicher, dass das, was sie mit mir vorhatten, nicht nur schmerzhaft gewesen wäre, sondern meine fragile Seele gebrochen hätte. Ich sorgte dafür, dass meine Hände bluteten, und habe jeden markiert, der in meine Nähe kam. Und dann muss ich wohl die Augen so verdreht haben vor Schmerz und Mangel an Luft, dass sie dachten, sie hätten mich schon umgebracht. Also haben sie den Knebel rausgezogen und mich unter meinem Bett versteckt. Eine Art Entsorgung sollte später stattfinden. Für die Heimleitung war ich dann wohl abgehauen.« Er schüttelte leicht den Kopf. »Sie haben ganz schön dumm geguckt, als ich beim Wecken unter dem Bett rauskam, und ab da habe ich versucht, auch nicht mehr zum Schlafen zurückzukommen. Ich habe quasi vor dem Jugendamt campiert und die Wochenenden in der stinkenden Sicherheit der Kammer verbracht. Da habe ich Vokabeln geübt, Gedichte aufgesagt und Mathegleichungen gelöst. Alles im Kopf wohlgemerkt. Na ja, dann hatten sie beim Jugendamt irgendwann die Schnauze voll von mir, und ich durfte in eine Jugendwohngruppe ziehen. Das war damals noch recht neu für einen Jungen meines Alters, aber meine Noten sprachen für sich. Ich schaffte es aufs Gymnasium, blieb straffrei, und den Rest kennst du …« Es war ihm anzumerken, dass er genug erzählt hatte.

Margeaux nickte. »Deine Mutter wäre sehr stolz auf dich.«

»Ja«, bestätigte er schlicht.

Dann gingen sie schweigend weiter und hingen ihren Gedanken nach.

Sie waren fast wieder am Haus, als Frank erneut das Wort ergriff. »Ich bin damals nur aus einem einzigen Grund zur Polizei gegangen, ich wollte den Mord an meiner Mutter aufklären, und das will ich auch heute noch. Aber es scheint nach wie vor Kräfte zu geben, die das vereiteln wollen, denn ein Beweismittel ist plötzlich wie vom Erdboden verschluckt!«

Frankfurt im Jahr 1983

Hugo Ehrmann fluchte leise vor sich hin. Eben hatte er noch alle Fäden komplett sortiert in der Hand gehalten, und einen kurzen Moment später schien sich alles so verheddert zu haben, dass es unmöglich erschien, jemals wieder einen Durchblick zu bekommen.

Wann hatte das begonnen, dass er vom Strippenzieher zur Marionette geworden war? Wobei es ihn am meisten traf, dass sein Vertrauen so tief verletzt worden war.

Nach dem fulminanten Zusammenbruch der Herstatt Privatbank vor neun Jahren war es nicht leicht gewesen, das Image einer Privatbank hochzuhalten und den Anlegern das benötigte Vertrauen zu vermitteln. Die sogenannten »Goldjungs«, sechs knapp über zwanzig Jahre alte Burschen, die das Devisengeschäft betreuten, waren durch riskante Devisen-Spekulationen und die Umgehung bankinterner Händlerlimits durch Strohmänner extreme Risiken eingegangen. Nach der Ölkrise Ende 1973 verspekulierten sie sich massiv, und die Bank geriet in eine absolute Schieflage. Im Sommer 1974 entzog die Bundesaufsicht der Herstatt Bank die Banklizenz, und kurz darauf beantragte das Geldinstitut die Eröffnung des Vergleichsverfahrens wegen Überschuldung. Es war dadurch sogar zu Tumulten auf der Straße vor dem Hauptsitz in Köln gekommen.

Ehrmann erinnerte sich mit Grauen an diese Bilder. Eine Privatbank zu führen, war in diesen Zeiten kein Zuckerschlecken gewesen, und er hatte all seine Intelligenz und eine Menge Beziehungen einsetzen müssen, um nicht mit in den Abgrund gezogen zu werden.

Er war kurz versucht, die Hände in den Schoß zu legen und sich in die aufkeimende Verzweiflung fallen zu lassen, doch er schaffte es, sich diese Schwäche zu untersagen. Ihm wurde klar, dass er Klaus' Zügel zu früh losgelassen hatte. Er hätte es sehen müssen, und irgendwo hatte er es auch schon lange geahnt, aber sich selbst gegenüber nicht zugegeben, denn der Junge hatte ein unglaubliches Händchen für den Umgang mit Menschen. Dies bewies er in Gesprächen mit Mitarbeitern, der Presse und auch mit ihm oder mit Kunden. Die Ehrmann Bank stand immer in einem guten Licht dar, und niemand ahnte die Wahrheit. Unterm Strich war er nicht besser dran als Herstatt damals: Er hatte dem falschen Menschen vertraut, und diese Erkenntnis erschreckte ihn zutiefst.

Stuttgart, Mordkommission, im September

Werner Walter war unschlüssig. Was hatte Frank nur wieder angestellt, dass er diesmal sogar die Staatsanwaltschaft gegen sich aufgebracht hatte? Er wusste, dass der Beamte, der nicht umsonst einer seiner besten Männer war, in eigener Sache agierte. Er war ja nicht dumm. Es war ihm schon klar, dass seine Mitarbeiter das oft glaubten, aber er hatte sich diese Position erarbeitet, und das war nun einmal nicht möglich, wenn man einen IQ auf dem Niveau von Toastbrot hatte.

Sollte er zum Telefon greifen und Frank wirklich zurückpfeifen, so, wie Beerschneider es von ihm verlangt hatte? Oder sollte er erst einmal seine Quellen in den unterschiedlichen Behörden anzapfen, um sich selbst ein Bild zu machen? Nachdenklich legte er den Kopf schief und wägte seine Entscheidung ab. Er war kein Unmensch und verstand, warum Kaiser tun musste, was er tat – als Mensch. Aber als Dienststellenleiter und Vorgesetzter musste er diesem schmierigen Typen von der Staatsanwaltschaft leider recht geben: Das lag weit außerhalb ihres Zuständigkeitsbereiches. Mal ganz unabhängig davon, dass man in Familiensachen sowieso nicht selbst ermitteln sollte. Wer konnte dabei objektiv bleiben? Damit war klar, dass er Kaiser stoppen musste. Eigentlich. Doch das Interesse des Staatsanwalts machte ihn auch aufmerksam.

Er hatte sehr emotional geklungen, und das war doch eigentlich gar nicht nötig. Ein einfacher Hinweis hätte vollkommen genügt, sogar eine E-Mail wäre in diesem Fall angemessen gewesen. Doch Beerschneider hatte sich die Mühe gemacht, ihn anzurufen, und hatte ihn sogar angeblafft. Rückblickend betrachtet machte ihm das klar, dass es hier nicht einfach nur darum ging, dass Frank seine Kompetenzen überschritt. Der Staatsanwalt hatte einen Fehler gemacht, und das wurde Werner Walter beim Nachdenken mehr als deutlich. Und wann machten Menschen Fehler? Wenn sie selbst unter Druck standen und etwas zu verlieren hatten.

Er lehnte sich in seinem Stuhl zurück, drehte sich zum Fenster und blickte in den leicht grau verhangenen Septemberhimmel, der den Herbst ankündigte. Was wurde hier gespielt? Er würde es schon herausfinden und Frank erst einmal an der langen Leine lassen.

Barbentane im September

Thierry saß wieder am Schreibtisch. Er hatte im Laden über die Mittagszeit geholfen und rasch mit Aimé einen Kaffee getrunken und einen Schwatz gehalten. Mehr war zeitlich nicht möglich gewesen, denn es war wirklich viel los bei ihm. Er freute sich auf den Abend. Sie würden etwas Leckeres essen, die laue Septembernacht auf dem Weiler genießen und es sich einfach gut gehen lassen. Irgendwie war es ihm um ein Vielfaches leichter gefallen, ganz normal mit Frank umzugehen, als mit Margeaux. Dabei hatte *sie* ihm wehgetan und nicht umgekehrt, und doch behandelte er sie noch immer wie ein scheues Reh, das bei der ersten hektischen Bewegung die Flucht ergreifen würde. Das musste er unbedingt abstellen.

Sein Handy klingelte, er sah die Nummer seiner Mutter im Display und nahm das Gespräch an.

»Dein Vater ist in Marseille bei irgend so einer Alphatier-Veranstaltung, und ich dachte, wir könnten die Zeit nutzen, über die Torte zu sprechen«, kam sie sofort, ohne großartige Begrüßungsfloskeln, zum Thema.

Sie hatten intensiven Kontakt, daher war auch kein Small Talk vonnöten.

»Ach ja, Papa und seine Männervereine«, sagte Thierry mit leichtem Sarkasmus in der Stimme, »ich habe nie verstanden, warum es unbedingt Marseille sein muss, wo es doch auch Vereinigungen in Avignon gibt. Wo ist er denn heute? Bei den Rotariern oder im Lions Club oder bei der Vereinigung der besten Hoteliers in Südfrankreich oder …?«

»Ich weiß es nicht«, gab seine Mutter offen zu, »ich habe

irgendwann aufgehört, ihm da reinzureden. Das muss er selbst wissen. Ich finde es anstrengend und oft einfach auch nur albern, immer so viel angeben zu müssen, aber wenn er mich an seiner Seite braucht, werfe ich mich in Schale und stöckele lächelnd neben ihm her und nippe an meinem Champagner.«

Thierry liebte seine Mutter von ganzem Herzen. Die Unternehmerin war klug, gebildet und hatte das Herz am rechten Fleck, aber vor allem hatte sie einen ganz besonderen Humor. Margeaux und seine Mutter hatten sich sofort hervorragend verstanden, doch jetzt hatte sich das Verhältnis merklich abgekühlt. Seine Mutter konnte es nicht so recht verzeihen, dass die Ex-Polizistin ihrem Sohn wehgetan hatte. Thierry hoffte, dass die Zeit diese Wunde wieder heilen würde.

»Also, die Torte«, kam sie zur Sache, »was hast du dir vorgestellt, mein lieber Junge?«

Der Bäcker musste grinsen, wenn sie schon so anfing, hatte sie wahrscheinlich sämtliche Hochzeitsmagazine des Planeten vor sich liegen und jede mögliche Köstlichkeit mit einem Post-it markiert. Elodie hatte schon kurz nach Matzes Antrag kapituliert und der Mutter nachgegeben, und das IT-Genie, das nun einer redlichen Tätigkeit in seinem Genre nachging, hatte sofort erleichtert gegrinst, als seine Schwiegermutter in spe die Planung der Feier an sich gerissen hatte. Es war eine ihrer absoluten Spezialitäten, einzigartige Hochzeiten zu organisieren. Das Hotel, das seine Eltern in Arles betrieben, war nicht nur eine wundervolle Kombination aus Alt und Neu, sondern bot mit dem Innenhof auch den perfekten Platz für rauschende, unvergessliche Feste.

Bald waren sie alle unter der Haube, so hoffte er. Doch jetzt ging es erst einmal um Elodie.

Bad Homburg im Jahr 1973

Marco kam unter dem Käfer hervorgerollt und wischte sich die Hände an seinem Blaumann ab. Rasch erhob er sich von dem Rollbrett und begrüßte den vor ihm stehenden Kunden in fließendem Italienisch. Immer öfter kamen nun solvente Italiener zu ihm, und auch einige Manager großer Firmen in Frankfurt fanden den Weg in die Werkstatt in Bad Homburg, wenn sie ihre Autos auf Vordermann gebracht haben wollten. Marco und seine Männer hatten gut zu tun, und er sah vor seinem inneren Auge schon, wie er sein Elternhaus aufpimpen und Ariane ein Schloss erbauen würde.

Einer der italienischen Anzugträger hatte ihm kürzlich angeboten, auch mal ohne Rechnung zu Sonderpreisen seine Leistungen einzukaufen. Es wären besonders schöne und spezielle Autos, um die es ging, und nicht jeder sollte gleich wissen, dass man vielleicht was am Motor hatte machen lassen oder dass eine besondere Anlage im Innenraum verbaut worden war. Marco hatte begeistert eingeschlagen. Ein bisschen Geld am Fiskus vorbeizubringen, hatte er für nicht so schlimm erachtet, und Sonderaufträge an schönen Autos waren wie ein Geschenk für ihn gewesen. Als der erste Lamborghini auf den Hof gerollt war, war er kurz versucht gewesen, wie ein kleiner Junge auf und ab zu hüpfen und in die Hände zu klatschen. Ariane hatte er von diesem Arrangement nichts erzählt. Instinktiv war ihm klar gewesen, dass seine Freundin es nicht gut gefunden hätte, sich auf einen solchen Deal einzulassen. Aber er sah das nicht so eng, denn er zahlte aus seiner Sicht genug Steuern an den Staat.

Der Italiener legte ihm vertrauensvoll den Arm um die Schulter und berichtete ihm von einem neuen lukrativen Auftrag: zwei Mercedes 450 SEL, bei denen ein paar Teile getauscht werden sollten. Marco war Feuer und Flamme, und sein jugendlicher Leichtsinn feuerte die Lust auf die Aufgabe noch an. Er machte sich keinerlei Gedanken um die Konsequenzen seines Tuns oder auch über das, was er da genau machte. Er schraubte, drehte und tunte. Das war sein Job. Dass er an manchem Auto typisch nachverfolgbare Bauteile austauschte und ersetzte, war ihm zwar irgendwie klar, aber er sah darin nichts Verwerfliches. Es brachte ihn seinem Traum vom reichen Leben näher, denn obwohl er gut situiert war und finanziell wirklich auf stabilen Füßen stand, wollte er mehr. Er wollte mit den Reichen auf Augenhöhe sein, seiner Frau teuren Schmuck schenken, und seine zukünftigen Kinder sollten auf eine schicke Privatschule gehen können. Eine Jacht am Meer auf Sizilien wäre auch noch toll …

Er bremste seine Gedanken und bestätigte den neuen Auftrag mit einem kräftigen Handschlag. Heute Abend würde er Ariane in die Spielbank ausführen, und sie würden Champagner trinken und ein paar Jetons auf den Roulette-Tisch werfen. Er war beileibe kein Spieler, aber so stellte er sich das Leben als reicher Mann eben vor. Er war zweiundzwanzig und träumte von Tagen in Saus und Braus.

Hameau les Bouisses im September

»Verschwunden? Wie meinst du das?«, wollte Margeaux wissen.

Frank blieb stehen und nahm ihren Arm. »Es ist weg, und ich weiß sicher, dass es da war, weil ich es mit eigenen Augen gesehen habe.«

»Was ist weg?«, hakte sie nach.

»Ein Bettlaken! Man hat ja herausgefunden, dass meine Mutter sich mit ihrem angeblichen Freier in einem kleinen, einfachen Hotel, unweit vom Fundort ihrer Leiche, getroffen hat. Dort hat man unter anderem ein Bettlaken sichergestellt, um es auf eventuelle Spermaspuren zu untersuchen.« Das Wort kam ihm nur schwer über die Lippen, und er konzentrierte sich auf die Faktenlage. »Das war damals allerdings nicht erfolgreich. Aus meiner Sicht unter anderem ein Problem der damaligen Technik und der liederlichen Ermittlungen insgesamt. Kurz nachdem ich in Frankfurt in den gehobenen Dienst gekommen war, hatte ich die Chance, in der Asservatenkammer die Beweismittel zu sichten … Also … ich habe mir das quasi selbst genehmigt«, er grinste kurz, »denn wenn man weiß, wo der Schlüssel hängt, ist der Zutritt kein Problem mehr.«

»Da hast du das Laken gesehen?«

»Ja, und dann musste ich ja kürzlich nach den letzten Geschehnissen nach Wetzlar fahren und die Wohnung von Pfeilmann und Mertesacker in Augenschein nehmen. Da kommt man ja sozusagen durch Frankfurt. Es lag also nahe, einen Abstecher zu machen, und ich war ganz offiziell in Amt und Würden als Kommissar unterwegs. Nicht als Privatmann«, erklärte er.

»Also bist du ganz selbstverständlich in die Asservatenkammer gegangen? Wieso haben die dich dann noch da reingelassen … ohne dienstlichen Grund?«, fragte Margeaux neugierig.

»Die kennen mich, und, na ja, ich glaube, die hatten Mitleid mit mir.« Er setzte einen Blick auf, der Willi glatt Konkurrenz machen konnte.

»Und das hast du dann auch entsprechend ausgenutzt«, ergänzte Margeaux.

»Spaß beiseite … Ja, das habe ich getan. Es geht darum, ein Kapitalverbrechen aufzuklären und die Ehre meiner Mutter reinzuwaschen. Dafür mache ich gern auf bemitleidenswert.« Frank wurde wieder ernst.

»Eigentlich hättest du auch eine Entschädigung für deine verlorene Kindheit verdient«, fügte Margeaux an.

»Ach … das habe ich hinter mir gelassen. Ich will nur in die Augen dieses Schweins schauen und ihn für die Jahre, die mir mit meiner Mutter fehlen, büßen lassen. Falls er noch lebt. Er soll im Knast verrotten.« Der Polizist wurde lauter, und der umherwuselnde Dackel blieb verdutzt stehen und spitzte die Ohren. »Alles gut, mein Freund«, sagte Frank sogleich mit sanfter Stimme und setzte den Weg zum Haus fort, »vielleicht ist er schon lange tot. Ich hatte ja den Seniorchef der Privatbank, Hugo Ehrmann, im Verdacht, aber es gab nie genügend Anhaltspunkte, und er weilt tatsächlich schon ein paar Jahre nicht mehr unter uns.«

»Was war denn jetzt mit dem Laken?«, wollte Margeaux wissen.

»Es war nicht mehr da. Ich hatte endlich einen sicheren Kontakt zu einer Stelle, die mir den Stoff auf Genmaterial untersucht hätte, ohne großes Theater zu machen«, erklärte Frank.

»Und du wolltest mit einem mehr als dreißig Jahre alten Betttuch unter dem Arm aus dem Polizeipräsidium laufen – Respekt, mein Freund!« Margeaux zeigte den Facial Shrug, indem sie die Augenbrauen etwas anhob, die Mundwinkel nach unten zog und die Schultern ein wenig nach oben bewegte. So drückte sie auch nonverbal ihren Respekt aus.

»Natürlich nicht«, sagte Frank fast ein wenig belustigt, »obwohl du ja weißt: Alles, was man mit einem totalen Selbstverständnis tut, wird oft kommentarlos akzeptiert. Ich wollte eigentlich ein Stück heraustrennen und es in meine Hose stopfen. Aber es war … weg. Ich kann es noch immer nicht fassen. Die ganze Sache stinkt doch zum Himmel.«

Sie hatten das Tor fast erreicht, und Margeaux fragte: »Wer hat denn aus deiner Sicht da die Finger im Spiel?«

Stuttgart, Killesberg, im September

Er betrachtete seine Töchter stolz. Die beiden waren clever und außerordentlich süß. Sie wickelten ihn, ohne mit der Wimper zu zucken, um den Finger. Das war eine ihrer leichtesten Übungen. Er liebte sie von ganzem Herzen, sie waren sein Ein und Alles. Auch wenn er und seine Frau sich auseinandergelebt hatten, so war auch sie ihm wichtig. Sie waren eine Familie, und er war verantwortlich für seine Mädels. So sah er das. Er würde sie bewahren und beschützen, nur deshalb hatte er sich heute so weit aus dem Fenster gelehnt und dem arroganten Dienststellenleiter der Mordkommission Walter ans Bein gepinkelt.

Er war sicher nicht immer ein einfacher und umgänglicher Zeitgenosse, das brachte die Tätigkeit als Staatsanwalt nun mal so mit sich, aber er hatte es auch keinesfalls nötig, sich so aufzuspielen. Das war unter seinem Niveau. Doch ihm war nichts anderes übrig geblieben. Hätte er eine Wahl gehabt, dann hätte er sich nicht so zum Affen gemacht und schlimmstenfalls auch noch schlafende Hunde geweckt. Fast musste er über sich selbst grinsen bei all den Tiervergleichen, aber wenn die ganze Sache etwas nicht war, dann lustig. Ganz im Gegenteil, sie war sogar außerordentlich gefährlich und ihm vor allem entglitten.

Chiara und Celeste schauten zu ihm auf und erkannten an seinem Gesicht, dass etwas nicht stimmte. Sofort begannen sie, ihren Papi zu umsorgen, brachten ihm ihre Lieblingskuscheltiere zum Schmusen und drückten sich an ihn.

Er würde alles für sie tun. Alles.

Das Dossier

Zielperson geboren am 12.2.1950 in Hanau.

Eltern: Elisabeth Kaiser und Adolf Kaiser († 1952).

Adolf Kaiser nahm sich das Leben. Zerbrach an den Kriegsgeschehnissen. Mutter und Zielobjekt kamen gut über die Runden, Schulbildung bis zur Mittleren Reife wurde ermöglicht. Danach Ausbildung zur Bankkauffrau bei der Sparkasse Hanau mit sehr gutem Abschluss. Tätigkeit als Kundenberaterin bei der Sparkasse Hanau.

Erster Freund: Jürgen Mellert, Schulkamerad an der Realschule, Beziehung hielt bis in das zweite Lehrjahr. Mellert besuchte die Finanzfachschule in Rothenburg o. d. T. und zog im Anschluss nach Nürnberg. Es besteht kein Kontakt mehr.

Freundinnen: Marianne Seitz und Helga Stahl, beide bereits ab der Grundschule im Umfeld des Zielobjektes; Seitz: verheiratet, zwei Kinder (Junge 4, Mädchen 2); Stahl: Single mit wechselnden Beziehungen. Kontakt zu Seitz wurde in den letzten drei Jahren weniger, Kontakt zu Stahl besteht weiterhin. Achtung, im Auge behalten: Emanze!

Tarascon im September

Aimé und Gilbert Brenot standen an der Theke einer kleinen Bar und hatten jeder eine Tasse Café noir vor sich stehen. Das dunkle Gebräu duftete und versprach, die Sinne zu wecken. Sie schwatzten über dies und das, als sich plötzlich ein hochgewachsener, auffälliger Mann kommentarlos sehr nah neben Brenot platzierte. Im Regelfall machten dies die wenigsten Menschen, denn zwei Polizisten in Uniform wirkten meist doch recht einschüchternd. Es sei denn, man kannte sich, und wenn nicht, dann hatten die meisten Leute ein Anliegen und taten dies mit entsprechendem Respekt kund. Der Typ schien jedoch von der Kategorie »Mir gehört die Welt« zu sein und stand einfach nur da.

Auf seinem linken Oberarm prangte ein gewaltiges Tattoo mit ineinanderverschlungenen Schlangen, und er trug seine dunkle Sonnenbrille so, dass die Gläser im Nacken hingen. Die geringe Distanz wirkte irgendwie bedrohlich, genau wie der ganze Kerl. An Aimés Armen stellten sich die Härchen auf, und sein ganzer Körper war sofort in Alarmbereitschaft. Gilbert schien es nichts auszumachen, denn nach einem kaum sichtbaren, raschen Seitenblick auf den Mann führte er seinen Satz ungehindert fort.

Der Kerl bestellte einen Pastis und rückte dann rasch von ihnen ab, so, als hätte er jetzt erst bemerkt, dass dort zwei Gesetzeshüter standen. Auch er warf ihnen einen winzigen Seitenblick zu, Aimé war durch die Zusammenarbeit mit Margeaux mittlerweile geprägt, auch auf kleinste Veränderungen zu achten, und nahm dies bewusst wahr. Hatte das etwas zu bedeuten, oder war er einfach nur übersensibel?

Der Tätowierte nahm das Getränk entgegen, warf einen Geldschein auf die Theke und ging mit dem Glas nach draußen. Der Barmann blickte verdutzt auf den Schein, mit dem locker zwei der verlängerten Anisgetränke beglichen gewesen wären, und steckte den Rest zufrieden als Trinkgeld ein. Brenot stoppte seine Erzählung nicht eine Sekunde, und auch das irritierte Aimé. Normalerweise würde man eine Sprechpause machen, wenn einem ein Fremder unaufgefordert so nahe kam. Ganz sicher würde er darauf zurückkommen, wenn sie die Bar verlassen hatten.

Sie tranken aus, spielten das immer gleiche Spiel, wer die Rechnung begleichen durfte, und gingen dann nach draußen. Der Mann mit den Tattoos würdigte sie keines Blickes und war in sein Handy vertieft. Nachdem sie ein paar Meter gegangen waren und belangloses Zeug geredet hatten, wandte sich Aimé an den Commandant und fragte: »Gilbert, was war das denn gerade?«

Diesmal nutzte Brenot die Technik, sich vollkommen dumm zu stellen. »Ich habe bezahlt, so wie wir es immer halten: In meinem Terrain zahle ich, in Barbentane du.«

»Ja, so halten wir das«, bestätigte Aimé, »aber das meinte ich nicht. Deine Reaktion auf den Mann neben dir ... die meinte ich.«

»Reaktion?« Brenot tat noch immer so, als sei nichts gewesen.

Vielleicht hörte Aimé ja auch die Flöhe husten. Er überprüfte seine Wahrnehmung noch einmal, kam aber zu dem Schluss, dass es den verstohlenen Seitenblick von beiden Männern wirklich gegeben hatte. »Ja, deine Reaktion«, bekräftigte er daher, »die ist mir aufgefallen.«

Brenot ging ungestört weiter und tat so, als setzten sie ihr Geplänkel fort. Zwei schwatzende Polizisten in den Straßen von Tarascon, das war kein ungewohnter Anblick, und auch, dass es der Dorfpolizist von Barbentane mit dem Leiter der Gendarmerie nationale war, war nichts Besonderes. Sie waren Freunde und taten dies immer mal wieder.

»Du bist wirklich ein hervorragender Beobachter, mein Freund«, sagte Brenot lächelnd und fügte die magischen Worte an: »Du weißt doch, du musst immer optisch zu denen passen, zu denen du gehören möchtest.«

Und Aimé verstand.

Boulbon im September

»Was ist los, mein Schatz?« Matze war früher als erwartet von der Arbeit zurückgekommen. Er fand es noch immer ein wenig verstörend, einem geregelten Job nachzugehen, doch Jean-Baptiste Baile, sein zukünftiger Schwiegervater, der von allen nur Bap genannt wurde, hatte mit der Subtilität eines Tyrannosaurus Rex dafür gesorgt, ihn in einem Job mit Krankenversicherung und monatlichem Salär unterzubringen. So war ihm gar nichts anderes übrig geblieben, denn die Botschaft war klar gewesen: *Willst du mit meiner Tochter zusammen sein, dann gehst du einer geregelten Arbeit nach.*

Sein Job war gut, er mochte die Kollegen, und sein Chef war ein jovialer Endvierziger mit einem klugen Kopf auf seinen Schultern und innovativen Ideen. Sie kreierten und programmierten Apps. Matze sorgte hier quasi für die andere Seite der Medaille seiner sonstigen Aktivitäten: Er machte die Apps sicher, schützte sie somit vor seinesgleichen.

Er beugte sich zu Elodie hinab, die auf dem Sofa saß und wohl versuchte, ein Loch in die Luft zu starren.

Sie hob den Blick und sagte: »Ganz ehrlich, Matze, ist dir der Trubel, den meine Familie um unsere Hochzeit veranstaltet, zu viel?«

Er dachte einen Moment nach, streifte seine Schuhe ab und setzte sich zu ihr. »Elodie, ich wünsche mir nichts sehnlicher, als mit dir verheiratet zu sein. Ich möchte ganz selbstverständlich, wenn ich von dir spreche, ›meine Frau‹ sagen und vor Stolz fast platzen, weil du es bist.« Er streichelte zärtlich ihre Hand und verschränkte seine Finger mit den ihren. Seine Oma hatte ihn großgezogen, zu seiner Mutter hatte er einen mehr als mäßigen Kontakt, zu seinem Vater gar keinen. Die Bailes erschreckten ihn zwar oft ein wenig mit ihrem Familienzusammenhalt und den sonntäglichen Essen mit allen am großen Tisch, aber unterm Strich war das genau das, wonach er sich gesehnt hatte. Kurz bekam er es mit der Angst zu tun, dass Elodie kalte Füße bekommen hatte, und er atmete tief durch.

Sie drehte sich zu ihm, sah in offen an und sagte: »Papa …«

»Aber dein Vater war doch einverstanden, und ich mache einen guten Job in Jacques' Firma«, rechtfertigte er sich atemlos.

Was war geschehen, dass Bap nun doch etwas gegen ihre Heirat hatte? Matze bekam es mit der Angst zu tun. Sie hob den Finger und deutete auf ihn. »Wirklich, Elodie, ich habe nichts getan, was ihn verärgern könnte«, stammelte er, denn er war dem Ehrfurcht gebietenden Mann gegenüber extrem ehrlich gewesen, vor allem auch, da er sich sicher gewesen war, dass der erfolgreiche und gut vernetzte Hotelier auch so alles herausgefunden hätte. Daher hatte er auch die Dinge ausgepackt, auf die er nicht so stolz war.

Elodie küsste ihn spontan und kletterte dabei rittlings auf seinen Schoß. Er spürte, wie die Situation ihn trotz seiner Besorgnis erregte. Sie war ein strahlend schöner Engel mit einem Sex-Appeal, den sicher der Teufel hinzugefügt hatte. Ihr gelocktes Haar fiel ihr leuchtend über den Rücken, er fasste hinein und ließ es durch seine Finger gleiten, während ihre Zungen miteinander spielten. Dann schob sie ihn so plötzlich von sich weg, wie ihr Kuss gekommen war, und hob mahnend den Zeigefinger. »Es geht nicht um meinen Vater. Es geht um dich.«

Er verstand langsam gar nichts mehr, und dann, ganz langsam, sickerte die Erkenntnis darüber, was das hier mit »Papa« zu tun hatte, in seinen Verstand, und die Kinnlade fiel ihm buchstäblich runter.

Frankfurt im Jahr 1983

Ariane Kaiser betrat das Büro des Seniorchefs, nachdem sie auf sein »Herein!« gewartet hatte.

Er thronte, anders konnte man es nicht beschreiben, hinter seinem riesigen, edlen Schreibtisch aus dunklem Holz. Eine Wand des Büros war dunkel getäfelt und verbarg nicht nur eine gut sortierte Bar mit schweren Kristallgläsern, sondern auch die Tür zu einem kleinen Apartment mit Schlafraum und Bad. Die gegenüberliegende Wand war voll mit Zertifikaten, die der Ehrmann Bank bescheinigten, wie wertschätzend sie mit dem Kapital ihrer Anleger umging. Auch einige ausgewählte Fotos zierten die Wand: die Familie Ehrmann, proper und distinguiert in die Kamera lächelnd. Hugo Ehrmann mit dem frisch gewählten Bundeskanzler Helmut Kohl, Klaus Ehrmann, der fünfunddreißigjährige Sohn und Juniorchef, mit Größen aus Film und Fußball.

Die Fläche gegenüber dem Eingang war voll verglast, und man hatte einen unglaublichen Blick auf die Alte Oper. Ariane war jedes Mal hingerissen von diesem Ausblick.

»Ariane, meine Liebe, was kann ich für dich tun?«

Da sie sich schon viele Jahre kannten und sich bei einem Abendessen beim Italiener in Bad Homburg kennengelernt hatten, duzten sie sich ganz selbstverständlich. Ihr war das anfangs nicht recht gewesen, denn die Kollegen tuschelten natürlich darüber. Aber Ehrmann selbst hatte darauf bestanden und die Schwatzereien durch seine Offenheit unterbunden. Er war jemand, auf dessen Wort man sich verlassen konnte, und Ariane vertraute ihm und seiner Lebenserfahrung. Sie hatte sich mehr als einmal gewünscht, einen Mann wie ihn als Vater zu haben, denn der Selbstmord ihres Vaters, kaum dass sie ihre ersten Schritte getan hatte, lastete oft schwer auf ihr. Ehrmann war freundlich und zugewandt und überhaupt nicht überheblich, auch wenn Klaus oft Geschichten erzählte, die seinen Vater in einem weniger guten Licht dastehen ließen.

Sie trat an den Schreibtisch und legte die Mappe vor ihm ab. »Ich habe hier ein paar Verträge, bei denen ich die Annuitäten nicht verstehe, da sie nicht zu unseren üblichen Tilgungsraten passen. Bevor ich das archiviere, wollte ich mich versichern, dass es kein Fehler ist.«

Ehrmann zog die Mappe zu sich und begann, die Papiere zu sichten. Immer wieder schüttelte er leicht den Kopf und schaute Ariane dann an, die abwartend auf dem Besucherstuhl Platz genommen hatte. »Kannst du mir bitte alles über diese Kunden heraussuchen, dann kläre ich das.«

Sie sprang dienstbeflissen auf und nickte. »Ich kümmere mich sofort darum.«

»Und mach bitte von allem Kopien«, bat er noch, als sie die Mappe an sich nahm, um ins Vorzimmer zurückzukehren.

Sie war zufrieden, dass sie ihrem Chef ihre Aufmerksamkeit hatte zeigen können und dass ihre Verunsicherung begründet gewesen war. Rasch machte sie sich daran, alle Aktenzeichen zu notieren, um sich dann im großen Archiv auf die Suche zu machen.

Wir wissen: Wir sind aus Gott, aber die ganze Welt steht unter der Macht des Bösen.

1. Johannes 5,19

Das Körpergedächtnis war etwas wirklich Sonderbares. Der Kopf schien etwas längst vergessen zu haben, doch der Körper reagierte instinktiv. Würde dieser Leib sich immer erinnern? Bis zum Tod? Oder würde es erst enden, wenn auch der Zerfall des Fleisches beendet war? Manchmal schien es furchtbar schwer, diese Hände für normale Dinge zu benutzen. Diese Hände, die Schlimmes getan hatten. War das immer so? Oder vergaßen die Hände, was sie taten, wenn es zur Routine wurde? Gewalt konnte man nicht mehr zurücknehmen, einen Schlag nicht mehr abmildern, wenn er erst ausgeführt war. Auch im Traum erinnerte sich der Körper, verkrampften sich die Hände und wurden zu Krallen, die das Leben herausreißen konnten. Wer die Träume manipulieren konnte, war ein König. Der Herrscher der Welt.

Drogen konnten es, und sie herrschten über die Welt, schufen ein grausames Universum. Sie sorgten für gute Träume, oder man schlief gar traumlos, doch sie waren keine Lösung, sondern wurden viel mehr zum Problem als jede Erinnerung, die die Hände oder andere Körperteile gespeichert hatten. Sie ließen alles im Chaos enden. Das Elend, das sie überall anrichteten, war nicht zu übersehen.

Alles Gute würde zerfallen, den Kampf verlieren. So, wie die eigenen Hände verloren hatten und seither zu einem Fremdkörper geworden waren, und obwohl sie fremd am eigenen Körper geworden waren, erinnerten sie sich.

So musste es sich wohl anfühlen, wenn man in einem nicht enden wollenden Albtraum gefangen war. So fühlte es sich an.

Hameau les Bouisses im September

Margeaux hatte vorgeschlagen, nach dem Spaziergang und Franks Offenbarung noch mal schwimmen zu gehen. Das Wasser würde ein Teil der dunklen Energie, die seitdem auf ihnen lag, abwaschen und sie erfrischen. Frank hatte gleich zugestimmt, und kurze Zeit später führten sie sich auf wie wild gewordene Teenager, spritzten sich gegenseitig nass und versuchten, einander unterzutauchen.

Das Gealbere rief sogar Hilde auf den Plan, und sie öffnete einen Fensterladen im ausgebauten Dachstuhl der Scheune, um nachzusehen, was da los war. Fast hätte sie den beiden mit dem Finger gedroht, so wie früher, wenn Margeaux und Pierre es übertrieben hatten. Damals hatte es zwar noch keinen Pool gegeben, aber sie beide hatten Wasserschlachten mit dem Gartenschlauch gemacht und im Anschluss auf dem matschigen Boden gerangelt. Als Mädchen war sie immer ein Wildfang gewesen, und mutig und unerschrocken obendrein. Pierre hatte gut auf sie aufgepasst, schließlich war er der Ältere, aber er war eben auch nur ein Junge gewesen und konnte sich nicht alles von der kleinen »Schwester« gefallen lassen. Sich auf der aufgeweichten Erde zu wälzen, bis sie von Hilde zur Räson gerufen worden waren, war daher eines ihrer Lieblingsspiele gewesen.

Irgendwann war Pierre dann aus dieser Phase herausgewachsen, und es war ihm zu albern gewesen, sich so zu gebärden. Zu diesem Zeitpunkt hätte er sicher keine Chance mehr gegen Margeaux gehabt.

Diese Wasserschlacht im Pool dagegen sah ziemlich ausgeglichen aus. Als der arme Willi jedoch nicht mehr wusste, wohin mit sich, weil seine Menschen so komische Dinge taten, pfiff Hilde einmal kräftig auf ihren Fingern und rief: »Margeaux! Frank! Hört auf, bevor einer weint.«

Margeaux fühlte sich sofort an früher erinnert, und Frank war perplex durch die mütterliche Maßregelung der älteren Dame. Beide hielten inne in ihrem Tun, und auch der Dackel konnte nun aufhören, bellend am Beckenrand hin und her zu sausen. Dann mussten alle laut lachen. Es war so befreiend, und die drei Menschen genossen die Leichtigkeit, bis ihnen die Tränen aus den Augen kullerten und sie nach Luft japsen mussten.

Hilde blieb ihrer Rolle treu und rief: »So, und jetzt raus aus dem Becken, ab unter die Dusche und dann ran an die Hausaufgaben«, bevor sie den Fensterladen grinsend schloss.

»Hat sie gerade *Hausaufgaben* gesagt?«, wollte Frank verwirrt wissen.

»Ja! Genau so hat sie früher Pierre und mich gebremst, aber heute ist es sehr viel lustiger als damals. Denn damals war sie wirklich sauer, wenn sie so eingreifen musste«, erklärte Margeaux und ließ ihren Blick wehmütig in die Vergangenheit gleiten. Doch dann packte sie sich mental selbst am Schlafittchen und schüttelte sich durch. Gerade erst hatte Frank ihr von den Grauen seiner Kindheit berichtet, und sie wollte rührselig mit Hildes Strenge kontern, wenn sie und Pierre sich wie Wrestler im Dreck gewälzt hatten.

»Dann machen wir mal lieber, was Hilde gesagt hat, bevor wir ohne Abendbrot zu Bett müssen.« Margeaux hievte sich über den Beckenrand, und auch Frank stemmte sich gekonnt heraus.

Die täglichen Martial-Arts-Übungen trainierten nicht nur ihre Muskeln, sondern ließen den gesamten Bewegungsapparat geschmeidig wirken. Margeaux betrachtete ihren Ex-Kollegen und dessen Bewegungen, die ihr vorkamen wie bei Neo in *Matrix*, und wie so oft wusste Frank, was sie dachte, und bog sich erneut theatralisch zur Seite, so, als würde er eine Kugel mit der Hand im Flug stoppen. Sie blickten sich an und mussten erneut kichern.

Der Nachmittag war warm, und die Provence roch nach Sonne und Kräutern. Der Himmel hatte das leuchtende Blau, das man von Postkarten kannte, und hier und da war eine Bilderbuchwolke zu sehen. Die Zigallen zirpten, was das Zeug hielt, und eine leichte Brise wehte durch die Blätter des großen Nussbaumes, an dem die bunte Hängematte sanft im Wind schaukelte.

Hilde hatte ihre Arbeit für heute erledigt und stand mit der Tasche in der Hand in der Tür, als Margeaux und Frank aus ihren Zimmern kamen. Lächelnd hakte sich Margeaux bei der blonden Frau unter und begleitete sie zum Tor.

»Ich habe die Sachen, die du für heute Abend eingekauft hast, im obersten Fach im Kühlschrank zusammengestellt«, sagte Hilde, während sie das große Tor aufschob und Margeaux sich nun bückte, um Willi zurückzuhalten. »Habt viel Spaß und bis morgen«, meinte sie und winkte Frank zu, stieg in ihren auffälligen Wagen und wendete ihn geschickt, um ihn dann vorsichtig durch den schmalen steinernen Torbogen, der Margeaux' Haus mit dem von Camille und Benjamin verband, zu rangieren. Der ausgewaschene felsige Weg war uneben, und man musste achtsam fahren, um nicht aufzusetzen. Für Hilde, die seit mehr als vierzig Jahren auf dem Weiler nach dem Rechten sah, war das keine Herausforderung mehr. Sie lenkte den Citroën routiniert in Richtung Hauptstraße, und Margeaux schloss das Tor.

»Sollen wir schon etwas vorbereiten?«, wollte Frank wissen. »Oder warten wir auf Thierry?«

»Wir trinken einen Pastis und warten«, Margeaux schaute kurz auf ihre Uhr, »er ist sicher gleich hier.«

Frank ging durch die geöffnete bodentiefe Rundbogentür ins Wohnzimmer und holte eine Flasche Pastis aus der ehemaligen Tränke, die nun zu einer gut sortierten Bar umfunktioniert worden war. Er mochte den offenen Charakter sehr: Küche, Essplatz und Wohnzimmer waren ein einziger Bereich. Der Raum war hoch, und die Wände bestanden aus hellem Stubensandstein – weich und bröselig. Wenn man mit der Hand dagegenklopfte, rieselte es leicht. Die Fachwerkbalken der Decke waren mühselig freigelegt und mehrfach gegen Holzwurm und Erkrankungen aller Art fachmännisch behandelt worden. Eine Theke aus Sandstein neueren Datums, deren Abstellfläche mit typischen provenzalischen Fliesen belegt war, trennte den Arbeitsbereich der offenen Küche vom Essplatz. Auch der Esstisch war extra angefertigt worden und bedingt durch seine Größe wohl erst im Essbereich auf seine Beine montiert worden. Die behandelten Naturbretter ließen die Maserung des Baumes erkennen, und der Tisch bildete eine Einheit mit den offenen Sichtbalken des Fachwerks. Die Stühle waren bunt gemischt: Von edlen Holzstühlen mit Sitzkissen aus bunten Stoffen bis hin zu sesselförmigen Polsterstühlen war alles vertreten und wirkte wie aus einem Magazin für modernes Wohnen. Die Küche war zeitgemäß ausgestattet, und das gemeinsame Kochen machte dort wirklich Spaß. Das Wohnzimmer wurde von einer roten Bretz-Monstercouch dominiert, die mit ihrem Brokatbezug und den geschwungenen Löwenfüßen beinahe ein bisschen aussah wie bei Louis XIV. und dem Raum zudem einen leicht verruchten Touch gab. Gemütliche Kissen und ein paar Decken mit provenzalischen Mustern brachen den Stil etwas auf und luden zum Wohlfühlen ein.

Margeaux hatte einfach ein Händchen für schöne Raumgestaltung. Das hatte sie mit wenigen Mitteln in seiner Wohnung ebenfalls bewiesen, die vor ihrem beherzten Einsatz im Frühjahr den Charme einer Bahnhofshalle gehabt hatte.

Während er zwei Fingerbreit Pastis in die hohen, schmalen Gläser goss, hörte er, wie der Dackel draußen zu fiepen und bellen begann. Ein Auto fuhr vor. Das war gewiss Thierry. Rasch stellte er noch ein drittes Glas dazu, füllte alle mit kühlem Wasser auf und gab noch Eiswürfel hinein. Er hörte die Stimme des Freundes, und Margeaux lachte glockenhell.

Frank atmete tief durch und merkte, wie erleichtert er darüber war, dass zwischen den beiden wieder alles gut zu werden schien. Margeaux war seine Vertraute, seine Wahlschwester, seine Freundin und die beste Partnerin im Job, die er je gehabt hatte und haben würde, das alles war sie und noch viel mehr. Was sie aber keinesfalls war, war seine Geliebte, aber er hatte ihre Krise, die zu ihrer Gefühlsverwirrung geführt hatte, verstanden. Irgendwo da draußen würde es auch eine Frau für ihn geben. Eine, die sein Herz berührte und ihn so dämlich aus der Wäsche glotzen ließ wie Matze, wenn dieser Elodie anschaute.

Frank musste grinsen, packte das Tablett mit den Gläsern und einer Schale Oliven, die er aus dem Kühlschrank geholt hatte, und ging nach draußen. Er freute sich auf den gemeinsamen Kochabend.

Barbentane im September

Aimé war nach seiner Rückkehr von Tarascon nur kurz im Büro gewesen, um den Arbeitstag für beendet zu erklären. Das Gespräch mit Brenot beschäftigte ihn noch ein wenig, als er die wenigen Meter von der Polizeistation in die Rue Pujade nach Hause ging. Der Mann mit den Tattoos war also einer von ihnen, und der Geldschein, ohne auf das Restgeld zu bestehen, war ein Signal gewesen: Er hatte um ein Gespräch mit seinem Kontaktmann gebeten. Da sich der in die Szene der Organisierten Kriminalität in Marseille eingeschleuste Polizist mittlerweile ziemlich weit nach oben vorgearbeitet hatte, war sein alter Weggefährte Gilbert Brenot seine erste Wahl gewesen, als es um eine Vertrauensperson ging. Wenn man verdeckt ermittelte, alle Kontakte in seinem eigenen Leben kappte, dann war es unabdingbar, jemanden zu haben, dem man blind vertraute. Die Arme des Verbrechens waren mittlerweile viel länger als der Arm des Gesetzes. Sie waren wie Tentakel, die sich flexibel in jedes System schlängelten und es dann langsam und beständig in den Würgegriff nahmen.

Aimé war zwar nur ein einfacher Dorfpolizist, aber er war wissbegierig und offen für Neues. Er nahm gern an den internen Fortbildungen teil und informierte sich regelmäßig auch zu Themen, die nicht unbedingt zu seinem Tagesgeschäft gehörten. Er hatte Margeaux sogar letzthin gebeten, doch einmal ein Seminar zum Thema »Emotionserkennung in der Ermittlungsarbeit« anzubieten. Sie war eine hervorragend ausgebildete Expertin in diesem Bereich und konnte außergewöhnliche Zertifikate vorlegen. Also, warum nicht die Kollegen von diesem Wissen profitieren lassen, zumal sie als Officier de liaison ja schon den ersten offiziellen Schritt in die französische Polizeiarbeit geschafft hatte. Sie war nicht abgeneigt gewesen und hatte versprochen, ein Konzept zu erarbeiten. Durch seine vielfältigen Schulungen war Aimé mit einer Menge Kollegen gut vernetzt und kannte sich in vielen Themenbereichen der Polizeiarbeit sehr gut aus. Die Organisierte Kriminalität war überall vertreten, und es konnte daher durchaus sein, dass man mit einem Kollegen nach einem Seminar bei einem Bier saß und großartige Gespräche führte, ohne auch nur den Hauch einer Vorstellung von dessen wahrem Treiben zu haben, das dann ein paar Wochen später aber von der Presse in den buntesten Farben geschildert wurde. Während man selbst beim Lesen aus allen Wolken fiel. So war es ihm vor einigen Jahren ergangen, und seither war er vorsichtiger geworden, wem er was erzählte.

Brenot vertraute ihm, daher hatte er Aimé nicht im Dunklen gelassen, aber er hatte auch nicht viele Details preisgegeben. Es gab eine ganze Reihe an Möglichkeiten, wie nun ein Gespräch zwischen dem Ermittler und seinem Vertrauenskontakt stattfinden konnte: Er konnte sich etwas zuschulden kommen lassen, um aufs Präsidium zu müssen. Da es aber auch hier keinen sicheren Schutz gab und die Wände Ohren haben konnten, war das eine nicht sehr gern gewählte Möglichkeit. Brenot konnte ein Prepaidhandy für Pascal Lingerot, so hieß der Tätowierte aktuell, an einem vorher vereinbarten Ort hinterlegen, und sie würden beide bei einem Spaziergang telefonieren. Danach wurde das Telefon zerstört, und zwar sofort. Nicht nur einfach entsorgt, das war schon zu oft schiefgegangen. Es wurde in seine einzelnen Bauteile zerlegt und in unterschiedliche Mülltonnen geschmissen. Die SIM-Karte durfte in den ewigen Jagdgründen von Kläranlagen ihre letzte Ruhestätte finden: Man spülte sie einfach in einer Bar in der Toilette runter.

Das hörte sich alles kompliziert und übertrieben an, aber der Schutz des Ermittlers stand im Vordergrund, erst dann kamen die Ergebnisse seiner Recherchen. Denn die Resultate dieser

Einsätze waren nur dann wirklich etwas wert, wenn der Polizist dann auch eine Aussage machen konnte. Zu viele Verfahren waren zu guter Letzt schon daran gescheitert, dass der Zeuge, also der verdeckt ermittelnde Polizist, plötzlich nicht mehr unter den Lebenden weilte.

Wer diesen Schritt für die Arbeit gegen die Kriminalität wagte, verdiente Respekt, dachte Aimé bei sich. Doch es schlich sich auch noch ein anderer Gedanke ein: Wie mussten das eigene Leben und die eigene Persönlichkeit beschaffen sein, dass man sich auf so etwas wirklich einließ? Ganz sicher sollte man keine Familie haben oder einen Lebenspartner, der ständig vor Sorge verging. Wie resistent musste man sein, dem Bösen widerstehen zu können, und wie viele Grenzen musste man überschreiten, um glaubwürdig zu wirken? Aimé schüttelte leicht den Kopf – für ihn wäre das nichts. Nicht weil er Angst davor hatte, sich selbst zu verlieren und zu einem von den Bösen zu werden, sondern weil er nicht ohne Hilde leben wollte. Er öffnete die Haustür und freute sich auf seine Frau.

Hameau les Bouisses im September

Sie saßen gemütlich beisammen, nippten an dem typischen Anisgetränk und futterten die frische, noch warme Fougasse mit Oliven, die Thierry mitgebracht hatte. Margeaux' Handy klingelte, und sie warf einen Blick auf das Display, um zu entscheiden, ob sie den Anruf annehmen würde oder nicht. Aktuell war sie mit ihren Diensten als private Ermittlerin gefragter denn je. Was eine blutrünstige Presse doch so alles bewirken konnte. Es war jedoch kein verzweifelter Kunde, sondern Matzes Konterfei, das auf dem Bildschirm zu sehen war. Sie blickte von Thierry zu Frank, hob entschuldigend die Schultern und nahm das Gespräch an.

»Margeaux«, japste die Stimme des ITlers.

Sie war sofort in Alarmbereitschaft, was auch den beiden Männern an ihrem Tisch nicht verborgen blieb, und beide richteten sich ebenfalls auf. »Was ist passiert?«, fragte sie sofort beunruhigt.

»Ich … also Elodie …«, stotterte der junge Mann aufgeregt, »warte kurz …«

Dann waren furchtbare, würgende Geräusche im Hintergrund zu hören. Margeaux sprang auf und rief erschrocken »Matze!« in den Apparat. Auch Thierry und Frank sprangen von den Stühlen, bereit, sofort die Fahrt in den Nachbarort anzutreten.

»Entwarnung, es ist nichts Schlimmes«, meldete sich nun Elodie mit schwacher Stimme aus dem Hintergrund zu Wort, und dann gingen ihre weiteren Worte in einem Würgen und Brechgeräuschen unter.

Margeaux hatte das Gespräch auf laut gestellt, und weder sie noch die Männer um sie herum konnte der Einwurf der jungen

Frau im Zusammenhang mit den dann eintretenden Geräuschen beruhigen.

»Wir sind sofort bei euch«, sagte Margeaux und wandte sich in Richtung Haus, um die Autoschlüssel zu holen.

»Nein, nein, das müsst ihr nicht«, meldete sich nun Matze mit etwas ruhigerer Stimme, »es ist wirklich nichts Schlimmes und nichts, wobei ihr helfen könnt. Eigentlich wollten wir euch nur zuerst die gute Nachricht überbringen, doch dann wurde ihr übel, und ich habe wohl etwas die Nerven verloren.«

Matze kicherte ein wenig und ließ dann feierlich die Bombe platzen. »Ich werde Vater. Aber jetzt muss ich auflegen, denn meine zukünftige Frau muss schon wieder spucken, und ich muss ihre Haare zurückhalten.«

Dann war das Telefonat beendet, und die drei standen wie vom Donner gerührt im abendlichen Licht der Provence unter der Mimose. Frank begann zu strahlen wie ein Honigkuchenpferd – er würde ein Kind in liebevoller Umgebung aufwachsen sehen. Thierrys Augen begannen, verdächtig zu glitzern, und Frank klopfte ihm erfreut auf die Schulter.

Margeaux lächelte nun ebenfalls, obwohl sie noch ein wenig irritiert war über die große Veränderung im Leben des jungen Hackers. Dann lenkte sie die zwei Männer in die Küche, Kochen half immer. Heute würde es ein klassisches provenzalisches Gericht geben, das sie ein wenig aufpimpen würden: Courgettes farcies und zum Nachtisch die perfekte Crème brûlée au chocolat. Einfach, extrem lecker und sogar vegetarisch.

Sie holte schnell die Zutaten aus dem Kühlschrank, die dort schon vorsortiert warteten: gartenfrische Courgettes aus dem eigenen Anbau, Schalotten, Tomatenmark, Knoblauch, Kräuter, in gutem Olivenöl selbst eingelegte getrocknete Tomaten, Kapern und Pinienkerne. Für das Dessert Eier, Zucker und Sahne. Aus dem hohen Küchenschrank mit dem Apothekerauszug holte sie noch die Zartbitterschokolade. Rasch war alles hergerichtet, und Margeaux verteilte die Aufgaben an Frank und Thierry, die langsam die Sprache wiederfanden.

»Chérie«, wandte sich Margeaux an Thierry, »halbierst du bitte die Courgettes und höhlst sie aus, du weißt ja, wie das geht.« Für das Fruchtfleisch stellte sie ihm eine Schüssel hin, und Thierry nahm das Messer in die Hand und begann mit der Arbeit.

»Frank, kannst du bitte den Nachtisch übernehmen«, wies sie ihren Kollegen an, »dazu musst du zuerst einmal die Eier trennen, denn da benötigen wir nur das Eigelb. Die Eigelbe dann mit dem Zucker und dem ausgekratzten Mark einer Vanilleschote schaumig rühren. Parallel schmelzen wir die Schokolade im Wasserbad. Dann die Schokolade ein wenig abkühlen lassen und unter die Ei-Zucker-Masse mischen und wieder so lange rühren, bis sich alles zu einer homogenen Masse verbunden hat, dann langsam die flüssige Sahne unterrühren. Ich hoffe, ich erkläre das nicht zu kompliziert.« Sie schaute ihn fragend an.

»Bei der ausgekratzten Vanilleschote bin ich ausgestiegen, aber den Rest habe ich verstanden«, gab er lächelnd zu.

»Ich gebe kurz den Reis in den Dampfgarer«, sagte Margeaux, »dann zeige ich es dir. Oder Thierry zeigt dir rasch, wie es geht.«

Thierry legte das Messer beiseite, wischte seine Hände an dem Tuch ab, das er sich in den Hosenbund geklemmt hatte, und zeigte Frank, wie man das Mark aus der Schote bekam: Er halbierte die Schote über die Länge und strich dann mit der Rückseite eines Messers über die Innenseite der geöffneten Schote. Das schwarze Mark drückte sich heraus, und es klebte am Messer. Er lächelte Frank aufmunternd zu. »Ganz einfach, oder?«

Frank nickte, streifte das Messer an der Rührschüssel ab, sodass das Mark hineinfiel, und wiederholte, was er gerade gesehen hatte, mit der zweiten Hälfte. »Also, ich gehöre ja nur als Freund zur Familie, aber eigentlich schreit das doch nach Champagner. Vielleicht kann ich ja sogar Patenonkel werden, dann gehöre ich wirklich dazu.« Ein Lächeln stahl sich auf sein Gesicht, und seine klaren blauen Augen begannen zu leuchten.

Margeaux blickte erwartungsvoll zu Thierry, sie hatte den Reis in den Dampfgarer gepackt und war nun dabei, die Kapern abzuwaschen. Thierry erwiderte ihren Blick kurz, und sie sah eine Mischung aus Freude und Trauer in seinem Gesicht. Er senkte den Kopf ein wenig und damit auch den Blick, die Augenbraueninnenseiten zogen sich nach oben und der Mund lächelte leicht.

»Irgendwie ist da so ein Gefühlsmischmasch«, bestätigte er das, was sie gerade gesehen hatte, »Elodie war doch eben selbst noch ein Baby, und jetzt bekommt sie eins?«

»Ja, das ist sicher sonderbar«, signalisierte sie Verständnis, während sie einige der getrockneten Tomaten aus dem Öl fischte und sie mit den Kapern in einen Mixer gab, »aber du freust dich doch auch.«

»Selbstverständlich freue ich mich. Elodie wird eine wunderbare Mutter sein, und sie liebt diesen verrückten Kerl sehr. Wie sollte ich mich da nicht freuen?« Das Lächeln erreichte nun auch seine Augen, was man sehr gut daran erkennen konnte, dass sich der Augenringmuskel quasi zusammenzog und die Augen so mitlachten. »Allerdings bringe ich ihn um, wenn er mich noch mal so erschreckt wie eben«, fügte er mit leichtem Ernst an.

»Ja, das hat mich auch wirklich schockiert«, gab Margeaux offen zu. »Bitte lege die Hälften schon in die Auflaufform, und öle sie ein wenig ein«, sagte sie, bevor sie den Mixer anwarf und nun Öl in die entstehende Kapern-Tomaten-Mischung träufelte. Langsam wurde die Mischung sämig. Sie gab kurz vor Schluss noch eine halbe Knoblauchzehe dazu, mixte alles noch einmal kräftig durch, streute etwas frisch gemahlenen Pfeffer darüber und nahm dann eine Probe zum Abschmecken.

»Das ist jetzt eine gleichmäßige Masse«, wandte sich Frank an sie.

»Okay, dann jetzt die Sahne langsam unterrühren, sodass so wenig Luft wie möglich in die Masse gerührt wird. Die Creme soll ja eher kompakt sein«, wies Margeaux ihn an.

»Ich denke, der Junge ist ein wenig überfordert mit der Situation und braucht unsere Unterstützung. Wir sind doch ein Team«, sprang Frank für Matze in die Bresche, während er gemächlich mit dem Schneebesen hantierte. »Eine Familie wie die von Thierry zu haben, ist etwas Wundervolles, und Matze ist wirklich einer von den Guten.«

»Mal abgesehen von seiner Eigenschaft, in den Untergründen der Internetwelt eine Legende zu sein«, warf Thierry ein, »aber solange er das nur noch für die Polizei macht, ist ja alles in Ordnung.« Er hatte derweil die exakt ausgehöhlten Hälften der Courgettes in die Schale gelegt und sie mit Olivenöl beträufelt.

»Er liebt Elodie und würde sie nie in Gefahr bringen.« Dessen war sich Margeaux sicher. »Außerdem hat er viel zu viel Schiss vor eurem Vater, um irgendeinen Unsinn zu treiben«, fügte sie noch feixend an.

Thierry lachte bestätigend und holte endlich eine Flasche Champagner aus dem Kühlschrank. Ploppend öffnete er sie, goss drei Gläser ein und sagte: »Frank hat recht, wir sollten darauf anstoßen.«

Sie tranken genüsslich einen Schluck auf die neue Familie, dann piepte der Dampfgarer, und Thierry bewaffnete sich mit einem Tuch, holte den Reis heraus und rührte ihn um. Er war angegart und würde somit im Backofen schneller durchgaren, ohne zu viel Flüssigkeit zu benötigen. So wurde das gefüllte Gemüse nicht matschig. Margeaux hatte derweil die Tapenade aus dem Mixer geleert, ein paar Pinienkerne gehäckselt und alles mit dem ausgelösten Fruchtfleisch der Courgettes zu einer dicklichen Paste vermischt. Geschickt schnitt sie noch frische Kräuter klein und hob die Mischung aus Oregano, etwas Basilikum und ein paar Blättchen Thymian unter die Komposition aus roter Tapenade, Pinie und Gemüse. Zum Schluss mischte sie etwas von dem Reis hinein und füllte die Gemüseschiffchen damit.

Frank und Thierry hatten derweil die nach Vanille duftende Schoko-Sahne-Mischung in flache Schälchen gefüllt, und der Franzose half dem deutschen Freund, sie in den Backofen zu stellen. Nach einer halben Stunde würde die Masse zu stocken beginnen. Danach musste man sie kalt stellen und dann mit braunem Rohrzucker bestreuen. Dieser würde dann noch mit dem Bunsenbrenner geschmolzen werden, sodass die knackige Zuckerkruste entstand, die so typisch für diesen Nachtisch war.

»Was wird denn jetzt aus der Hochzeit?«, fragte Margeaux, während sie den restlichen Reis um die gefüllten Hälften der Courgettes löffelte, und hielt kurz bestürzt inne.

»Ach herrje«, bestätigte Thierry besorgt, »das wird unserer Mutter so gar nicht gefallen: Eine hochschwangere Elodie im weißen Kleid, die nicht einmal mit einem Glas Champagner auf ihre Ehe anstoßen kann. Da muss wohl erst das Standesamt reichen und die Party auf später verschoben werden. Auweia!«

»Das ist dann die gute Seite der Medaille, keine Familie zu haben«, sagte Frank und goss allen noch einen Schluck Champagner nach.

Margeaux gab ein wenig erwärmten Gemüsefond zum Reis, streute noch etwas geriebenen Käse über die Füllungen und wählte dann die Backofenfunktion ihres Kombigeräts aus. Das traditionelle Gemüsegericht und das Dessert würden ungefähr zur selben Zeit fertig sein.

Sie nahmen ihre Gläser und machten es sich am Tisch gemütlich, Willi blickte träge aus seinem Körbchen auf, gähnte herzhaft und schloss die Augen wieder.

Thierry sinnierte noch kurz, dass es wohl an ihm hängen bleiben würde, es ihrer Mutter schonend beizubringen. Dann lehnte sich der attraktive Mann in seinem Stuhl zurück und wechselte das Thema.

Sie schmausten aufs Köstlichste und lachten bei all den lustigen kleinen Anekdoten aus den jeweiligen Leben.

So sollte jeder Abend sein, dachte Frank, aber er wusste, dass er nicht mit seiner Suche würde aufhören können, obwohl er auch ahnte, dass er wahrscheinlich dabei war, in ein Wespennest zu stechen.

Bad Homburg im Jahr 1973

Mittlerweile gehörte es zu Marcos Alltag, Autos ohne Rechnung zu bearbeiten. Er fragte nicht viel und gab das Geld auch rasch wieder aus. Kaufte Schmuck für Ariane, führte sie in tolle Lokale aus, und sie waren in Rom und Paris gewesen – jeweils zu einem verlängerten Wochenende – und hatten die Sehenswürdigkeiten der Städte bestaunt. Ariane hatte vom Louvre gar nicht genug bekommen können, und abends hatten sie auf einem Schiff auf der Seine gespeist, und er hatte sich gefühlt wie eine VIP. Manchmal dachte er kurz darüber nach, woher all die Autos kamen, die er da bearbeitete, doch dann verwarf er die Grübeleien wieder und schraubte weiter. Er hatte auch genügend Kunden, die ganz offiziell zahlten, sodass es nicht zu auffällig war, was da bei ihm alles ein- und ausfuhr.

Ariane hatte ihn zwar schon mehrfach besorgt gefragt, ob sie nicht über ihre finanziellen Verhältnisse lebten, aber er hatte auf das gut laufende Geschäft verwiesen, und sie war rasch zufrieden gewesen. Auch sie genoss den Lebensstil. Ihre Mutter hatte sie beide gut über die Runden gebracht, dank der Witwenrente und einem sicheren Job bei der Post hatte sie sich sogar einiges leisten können, aber alles war sehr bodenständig geblieben. Nun schwelgten die dreiundzwanzigjährige Bankkauffrau und der zweiundzwanzigjährige Inhaber einer florierenden Autowerkstatt in etwas, das für sie Luxus war.

Ariane hatte sich erst kürzlich auf eine Stelle bei der Ehrmann Privatbank beworben. Matteo, der Italiener in Bad Homburg, zu dem sie weiterhin regelmäßig zum Essen gingen, hatte sie darauf hingewiesen, und sie hatte gleich ihre Unterlagen eingereicht.

Eine Privatbank in Frankfurt war doch etwas anderes als eine Sparkasse in Hanau, und da sie mittlerweile mit Marco in seinem Elternhaus in Bad Homburg wohnte, würde die morgendliche Strecke zur Arbeit auch wesentlich kürzer sein. Ihre Chancen standen gut, das wusste sie, denn ihre Zeugnisse waren hervorragend, und sie war fleißig und recht hübsch. Dann würde sie sicher auch ein besseres Gehalt bekommen, und ihr gemeinsames Leben würde weiterhin auf einem stabilen finanziellen Gerüst stehen.

Marco wollte gerade die Werkstatt abschließen, als ein großer grauer Mercedes vorfuhr. Der gut gekleidete Italiener, mit dem er den ersten Deal ohne Rechnungen ausgehandelt hatte, stieg aus und kam ihm mit einem breiten Lächeln entgegen.

»Ciao, Marco«, sagte er mit seiner sonoren Stimme und nahm den jungen Mann väterlich in den Arm.

»Ciao, Francesco«, begrüßte Marco den Besucher, »was treibt dich so spät noch aufs Land?«

»Ich habe eine ganz wunderbare Möglichkeit für dich, Geld zu verdienen, mein Junge«, eröffnete der Italiener, »aber lass uns doch dazu reingehen.«

Marco öffnete die Tür, ließ den Mann eintreten. »Das klingt interessant, bitte setz dich doch und erzähl, worum es geht.« Er wies auf den gemütlichen Besucherstuhl aus hochwertigem Holz mit feinem Lederbezug, den er erst gestern geliefert bekommen hatte.

Francesco blickte den Stuhl mit Kennermiene an, ließ seine Hand bewundernd über das Leder gleiten und setzte sich.

Marco nahm ihm gegenüber Platz. »Lass hören.«

Eine Stunde später begleitete er Francesco nach draußen. Die Männer verabschiedeten sich mit einem kräftigen Handschlag. Marco wusste nun, worum es ging und dass er nun wirklich nahe am großen Geld dran war. Aber es war ihm auch vollkommen bewusst, dass er jetzt endgültig den Rahmen jeglicher Legalität verlassen würde. Zudem hatte er sich eingestehen müssen, was er schon lange geahnt hatte: Auch seine Geschäftspartner waren alles andere als seriöse Unternehmer. Ihm war klar, dass es ein Risiko war, hier weiterzumachen, aber das, was er damit verdienen konnte, war weit mehr als die Werkstatt selbst in besten Zeiten würde abwerfen können, vor allem weil alles direkt in seine Taschen floss. Einen kurzen Augenblick spürte er Angst in sich aufsteigen, dass es auch schiefgehen konnte, aber dann siegte seine jugendliche Abenteuerlust. Zudem gefiel es ihm, dass Francesco Berlione ihn wirklich wie einen ebenbürtigen, erwachsenen Geschäftsmann behandelte.

Eines war jedoch ganz sicher: Ariane würde er es nicht erzählen.

Vielmehr wird jeder von seiner eigenen Begierde
in Versuchung geführt, die ihn lockt und fängt.
Wenn die Begierde dann schwanger geworden ist,
bringt sie die Sünde zur Welt; ist die Sünde reif geworden,
bringt sie den Tod hervor.

Jakobus 1,14–15

Es war Liebe auf den ersten Blick. Romantisch und unrealistisch, aber so war es. Diese Augen, klar und strahlend. Die Bewegungen, selbstsicher und zielgerichtet. Doch manche Menschen waren einfach nicht füreinander bestimmt, waren wie die Königskinder, zwischen denen das Wasser immer zu tief war. Und doch konnte einen das Begehren verzehren, aushöhlen und ein nicht mehr zu verschließendes Loch hinterlassen. So, als fehlte ein Stück und man könnte durch den Körper hindurchschauen. War die Begierde wirklich Sünde, oder wurde Begierde, wenn Liebe im Spiel war, zu etwas Heiligem? Wie war es möglich, etwas zu verurteilen, das es vom Anbeginn aller Tage gab: seit Eva den Apfel von der Schlange angenommen hatte. Doch hatte sie den Apfel wirklich und wahrhaftig ersehnt, oder hatte sie nur in die pralle Frucht beißen, den süßen Saft kosten und das feste Fleisch zwischen ihren Zähnen fühlen wollen?

Wie hoch konnte Liebe gepaart mit Begierde fliegen, und wie tief war der Sturz, wenn die Sünde den Tod gebar? Was blieb dann noch übrig, wenn der Körper nicht mehr existierte? Wenn man dann noch immer nicht loslassen konnte, dann musste es doch mehr sein? Noch immer die Haut an den Händen spürte. Dann musste es Liebe sein – bis zum bitteren Ende.

Stuttgart, Killesberg, im September

Er hatte die Kinder zu Bett gebracht und kam nun müde, aber glücklich ins Wohnzimmer. Seine Frau lag auf dem Sofa, hatte sich zusammengerollt und eine cremefarbene Decke nachlässig über den Beinen. Ihr Haar war aus dem Zopfgummi gerutscht, und ihre Wangen vom Schlaf rosig gefärbt. Ihre Gesichtszüge waren vollkommen entspannt, und er erkannte die Mädchen in ihrem Gesicht. Das war das Gesicht, das er einst so geliebt hatte. Wann hatte er diese Liebe verloren?

Schon als sie angefangen hatten, um die verlorenen Kinder zu trauern, und keiner von beiden sich in den anderen hatte hineinfühlen können? Sie war es, die die Babys verloren hatte. Hatte er ihr deshalb Vorwürfe gemacht? Hatte er an ihren Uterus als einen feindlichen Raum gedacht, in dem kein Fötus überleben konnte, oder hatte er auch sich selbst Schuld eingeräumt? War sein Erbgut nicht dafür geeignet gewesen, lebensfähige Föten zu produzieren? Sie hatten sich so sehr in die Frage verbissen, wie sie dem Schicksal ein Schnippchen schlagen konnten, dass sie einander einfach verloren hatten.

Ihr Sex war seitdem aggressiv und voller unausgesprochener Anklagen. Er kam sich schäbig vor, weil er es von Anfang an genossen hatte, sie so zu nehmen, und wahrscheinlich war dies der erste Schritt für den vollkommenen Tod ihrer Beziehung gewesen: Er hatte Gefallen daran gefunden, sie einfach nur zu vögeln, ohne Einfühlungsvermögen oder wirkliches Interesse für die Bedürfnisse seiner Partnerin, und als sich dann die Möglichkeit geboten hatte, das auszuleben, war er zu schwach gewesen zu widerstehen.

Er setzte sich in den Sessel gegenüber dem Sofa, die Sonne senkte sich gerade rot glühend am Horizont und beleuchtete die ganze Szenerie überirdisch. Er blickte auf Stuttgart und dann auf seine Frau. Was tat er ihr nur an? In seinem Herzen war er ein guter Kerl, ein liebender Vater und ein verlässlicher Ehemann. Er wollte das alles nicht mehr, doch er hatte sich in seinem eigenen Netz der Begierden verstrickt und war zum billigen Handlanger geworden. Seine Frau stöhnte im Schlaf kurz auf und drehte sich um. Ihr T-Shirt rutschte hoch, und er konnte den Ansatz ihrer Brust sehen. Sie war eine schöne Frau, ihr Körper zeigte noch keine Verfallserscheinungen, obwohl sie zu viel trank. Er malte sich aus, wie er sie wecken würde, indem er ihr unter das Shirt griff und dann ihre locker sitzende Hose nach unten schob. Er würde ihr seine Hand zwischen die Schenkel legen, sie erregen und sich dann einfach ohne viel Geplänkel auf sie legen und sich Befriedigung verschaffen.

Fast wäre er aufgestanden, um seine Fantasie umzusetzen, denn das pochende Verlangen zwischen seinen Beinen war dabei, die Macht zu übernehmen. Doch dann besann er sich wieder. Sie hatten schon sehr lange Zeit keinen Sex mehr gehabt. Sie wollte ihn so nicht mehr in sich haben. Das hatte sie ihm sehr deutlich zu verstehen gegeben, und es war ganz sicher nicht ihre Schuld, dass sie an dieser Stelle gelandet waren.

Er stand auf und ging in die Küche, um sich ein Bier zu holen. Er würde zu Hause bleiben und sich selbst und seiner Lust nicht nachgeben.

Stuttgart, »Il Pastaio«, im September

Er wusste, dass sich hier die Schönen und Reichen herumtrieben, aber im Präsidium war auch allgemein bekannt, dass an den schicken, runden Tischen in den halbkreisförmig angelegten Bogengängen auch andere einflussreiche Persönlichkeiten zu finden waren – und dass hier sicher viele Geschäfte abgeschlossen wurden. Ein Vögelchen hatte ihm gezwitschert, dass es sich dabei durchaus auch um Geschäfte handeln konnte, die außerhalb des legalen Rahmens waren. Doch den Ermittlungsbehörden waren die Hände gebunden, solange es keine nachzuweisende Vortat gab. Nur mit Geld zu jonglieren, war per se kein Verbrechen.

Er mochte es, im Rampenlicht zu stehen, und wurde auch gern mit dem Polizeipräsidenten oder einem renommierten Politiker abgelichtet, aber er sah sich eben auch als Gesetzeshüter, und daher waren ihm die Handschläge, die hier Geschäfte besiegelten, mehr als suspekt. So kam es auch, dass er nicht oft ins »Il Pastaio« ging, obwohl der Nobelitaliener zu den besten Adressen in Stuttgart zählte. Er hatte sich lieber von Margeaux inspirieren lassen, und wenn er mal ausging, um wirklich fein zu essen, dann zog er den »Zauberlehrling« im Bohnenviertel diesem Laden hier allemal vor. Da er seit einigen Jahren glücklich geschieden war, gab es keine dauerhafte Begleitung an seiner Seite. Seine Ex-Frau, mit der er sich seit der Scheidung hervorragend verstand – besser als je während ihrer Ehe –, sagte oft: »Werner, du bist eben sehr speziell. Damit kann nicht jede umgehen.«

Wenn er jemanden zum Reden brauchte, dann rief er sie an, oder auch wenn ihm mal die Begleitung für einen Abend fehlte. Ihre Lebenspartnerin konnte gut damit umgehen, denn

Myriam hatte nach der Trennung erkannt, dass sie sich viel mehr zu Frauen hingezogen fühlte als zu Männern. So hatte er am Nachmittag spontan zum Hörer gegriffen und sie für den Abend eingeladen.

Die Frau an ihrer Seite, eine erfolgreiche Modefotografin, war zu einem Shooting unterwegs, und so hatte sie zugesagt. Da er in Stuttgart doch recht bekannt war – auch durch den in den Medien sehr offensiv behandelten Serienmörder Martin Angerer –, hatte er Ruhm erlangt. Der Wahnsinnige hatte acht Menschen auf brutale Art und Weise ausbluten lassen und dann etwas Blutplasma in kleine Fläschchen abgefüllt, da er davon überzeugt gewesen war, darin die Seele der Toten extrahiert zu haben. Zudem hatte der Mörder einen Narren an Margeaux gefressen, und als ihr Chef hatte er selbstverständlich von ihrem Ermittlungserfolg profitiert. Dass Margeaux, die ihm auch als Frau außerordentlich gut gefiel, ihn abgewiesen hatte, was letztlich mit seinem legendären Flug durch die Glastür eines Besprechungsraums geendet hatte, hatte er mittlerweile verziehen. Er hatte sie dadurch schließlich als Mitarbeiterin eingebüßt, und das war ein außerordentlicher Verlust für seine Dienststelle gewesen.

Doch sie war ja nun, Gott sei Dank, wieder verfügbar. Auch sie hatte ihm verziehen, und er hatte die Möglichkeit, sie mit Sonderrechten auszustatten, vor einigen Monaten beim Schopfe gepackt, als es um einen heiklen Fall eines Politikersohns gegangen und sie in der Stadt gewesen war, um Frank Kaiser zu besuchen. Die beiden waren das Topteam der Stuttgarter Mordkommission gewesen, und seit Margeaux weg war, war Kaiser zum Enfant terrible mutiert. Er fragte sich, was der Mann nun schon wieder angestellt hatte, dass sich der Staatsanwalt persönlich damit beschäftigte und sich genötigt sah einzugreifen. Er war sich sicher, dass da mehr dahintersteckte, und hatte sich daher rasch umgehört, wo sich der werte Herr Beerschneider denn gern aufhielt. Die Adresse »Il Pastaio« hatte ihn nicht überrascht, aber er war doch neugierig geworden.

Myriam und er trafen sich vor dem Lokal, umarmten sich kurz und begaben sich hinein. Der Inhaber begrüßte sie überschwänglich, machte Myriam Komplimente und begleitete sie zu einem der runden Tische. Weiße Damasttischdecken, die bis zum Boden reichten, edle Kristallgläser, formvollendetes Besteck und eine traumhafte Orchidee in einer schmalen silbernen Vase unterstrichen den edlen Charakter des Restaurants. Die Kellner trugen schwarze Hosen, weiße Hemden, schwarze Westen und schwarze Fliegen. Auch die außerordentlich attraktiven Kellnerinnen trugen Bluse, Weste und Fliege, aber kombiniert mit einem schwarzen Stiftrock. Man konnte sich ganz sicher hier wohlfühlen, wenn man einmal davon absah, dass an den meisten runden Tischen illustre Persönlichkeiten saßen. Hier waren alle traulich vereint: Polizei, Presse, Schauspieler, Politiker, Sportler, Geschäftsleute und staunendes Fußvolk. Aus dem »Il Pastaio« drang nur dann etwas an die Öffentlichkeit, wenn es den schönen Schein der strahlenden Welt dieser Gesellschaft unterstreichen konnte. Allein das musste einen eigentlich schon aufmerksam werden lassen.

Sie setzten sich, und der Chef persönlich nahm ihre Bestellung für den Aperitif auf.

»Werner, jetzt kannst du aber langsam mal die Hosen runterlassen«, hörte er Myriam sagen, während sie in ihrer Handtasche nach etwas kramte.

»Bist du dir sicher, dass das der richtige Ort ist, um zur Heterosexualität zurückzukehren?«, wollte er leicht belustigt wissen.

»Na klar, hier fällt es bestimmt niemandem auf, wenn ich unter dem Tisch verschwinde«, sagte sie schlagfertig, »du weißt genau, was ich meine. Du bist zwar echt medienfixiert und brauchst viel Aufmerksamkeit, aber das ›Pastaio‹ ist so gar nicht deins, und wenn das jemand genau weiß, dann bin ich das.«

Er wollte gerade zu einer Erwiderung ansetzen, als der Kellner an den Tisch trat, ihre Getränke servierte und ihnen die Speisekarte und die Tagesempfehlungen offerierte.

Er hob sein Glas. »Salute! Du kennst mich wirklich zu gut.

Ich sollte dringend etwas an meinem Image ändern.« Sie tranken genussvoll einen Schluck, und er erklärte: »Ich hatte heute einen Anruf vom Staatsanwalt, das ist an sich nichts Besonderes, aber er rief mich an, um mir zu befehlen, einem Mitarbeiter etwas zu verbieten.«

Myriam zog eine Augenbraue hoch und machte Gänsefüßchen in die Luft. »Einem Mitarbeiter? Wen außer deinem Star Frank Kaiser kann er da wohl meinen?«

Sie wusste genau Bescheid. Sie war eine exzellente Zuhörerin, und als Anwältin gehörte sie zwar eigentlich zur Gegenseite, aber sie praktizierte schon lange nicht mehr. Sie gab Trainings für Unternehmen zum Thema »Rechtssicherheit bei Personalfragen« und war gut gebucht.

»Was hat er denn verbrochen, dein Sonnyboy?«, wollte sie es nun genau wissen.

Walter beugte sich vor. »Er hat im Cold Case seiner vor mehr als dreißig Jahren ermordeten Mutter rumgeschnüffelt, und ganz ehrlich, das macht mich sehr aufmerksam. Das müsste dem Staatsanwalt eigentlich am Allerwertesten vorbeigehen, aber nein, er maßregelt mich, und sogar noch in einem unangemessenen Ton. Da hat er die Rechnung aber ohne den Wirt gemacht.«

»Du hast recht, das klingt wirklich so, als wäre da mehr dahinter, aber glaubst du, dass wir *hier* erfahren, warum? Vielleicht sollte ich es vorziehen, nicht unter unseren Tisch zu krabbeln, sondern unter die anderen«, schlug sie grinsend vor und machte eine Handbewegung, die die runden Tische umfasste.

»Endlich mal eine gute Idee«, gab er ihr recht und lächelte ein weiches Lächeln, das seine Gesichtszüge entspannte, »so machen wir es. Aber im Ernst, ich will einfach ein Gefühl für diese Szene bekommen, um zu wissen, wem er etwas schuldig sein könnte, denn eigentlich ist er nicht so blöd, dass er bei mir blankzieht, um bei deinem Bild von vorhin zu bleiben.«

»Das hast du wohl recht«, stimmte Myriam ihm zu, und ihr Magen knurrte vernehmlich, »wir halten die Augen offen, aber wenn ich jetzt nicht bald etwas zu essen bekomme, dann weißt du, wie unangenehm ich werden kann.« Sie drehte sich zum Gang und winkte einem Kellner zu. »Junger Mann, ich esse gleich die Tischdecke, können Sie uns bitte etwas Brot und Olivenöl bringen, danke, das wäre wunderbar.«

Dienstbeflissen eilte der Kellner los. Myriam lehnte sich zufrieden zurück und begann, die Karte zu studieren. Werner Walter tat es ihr gleich. Sie würden die Sinne offen halten und ansonsten den Abend genießen. Die Teller, die er bis jetzt auf den Händen der vorbeieilenden Bedienungen gesehen hatte, versprachen Genuss.

Hameau les Bouisses im September

Die Courgettes hatten köstlich geschmeckt, und sie hatten die Teller mit dem Baguette, das Thierry mitgebracht hatte, bis auf den letzten Tropfen abgewischt. Margeaux hatte eine kleine Käseplatte gerichtet, ein paar Trauben hinzugefügt und war schnell zum Feigenbaum an der Mauer geeilt, um auch noch einige Feigen auf die Schale zu legen. Der herzhafte Käse und die süßen Früchte zusammen mit dem Brot waren eine Gaumenfreude. Die Crème brûlée stand im Kühlschrank und wartete darauf, brûliert zu werden.

Sie waren noch aufgekratzt durch die Nachricht aus Boulbon und hatten alle ein Gläschen zu viel intus. Sie wurden redselig, und Frank begann noch einmal, von dem Mord an seiner Mutter zu sprechen. »Ich kann das einfach nicht auf sich beruhen lassen, das wäre so, als würde ich sie verraten.«

Thierry blickte ihn fragend an, und Frank gab ihm eine kurze Erklärung über die Todesumstände und sein Aufwachsen in dem Grauen der Heimverwahrung.

»Aber ich weiß nicht … Was denkt ihr, kann ich Matze denn jetzt noch um Hilfe bitten? Das wollte ich nämlich bis vor drei Stunden tun.«

»Was soll er denn machen?«, fragte Margeaux mit einem beruhigenden Seitenblick auf Thierry, der ihm deutlich machen sollte, jetzt keine Diskussion vom Zaun zu brechen.

»Rausfinden, wer da war und das Laken genommen hat«, sagte Frank und sah Margeaux in die Augen. »Ich muss wissen, wer das war. Das ist eine Spur.«

Margeaux erklärte Thierry kurz den Sachverhalt und wandte

sich dann an Frank. »Ich denke, wir sprechen bei Tageslicht darüber, dann können wir das Für und Wider genau abwägen. Einverstanden?«

Frank dachte kurz nach und nickte dann. Er nahm noch ein Stück Käse und sagte mit betont leichter Stimme: »Da wartet doch noch mein großartiges Dessert auf uns. Ich will jetzt endlich den Flammenwerfer betätigen.« Er deutete auf den Bunsenbrenner, und Margeaux und er erhoben sich. Sie holte die Schälchen aus dem Kühlschrank und bewegte sie leicht hin und her, um festzustellen, ob die Creme fest geworden war. Sie sah perfekt aus. Dann zeigte sie Frank, wie er den braunen Zucker auf der Oberfläche gleichmäßig verteilen konnte, indem sie jeweils leicht auf den Schüsselrand klopfte. Er machte es nach und ließ dann den Zucker zu einer glänzenden Schicht schmelzen. Sie trugen die Schalen zum Tisch und hoben dann alle drei auf Franks Kommando die Löffel.

Er zählte bis drei, und sie ließen die Löffel alle gleichzeitig in die Zuckerkruste eindringen, die vielversprechend knackte. Morgen würde er sich weiter damit beschäftigen, was ihn belastete, jetzt aber stand erst einmal der Genuss im Vordergrund.

Tarascon im September

Gilbert Brenot hatte noch am Abend das Prepaidhandy an dem Ort, den sie bei ihrem letzten Kontakt vereinbart hatten, hinterlegt und wartete nun ungeduldig auf den Anruf von Paul Bacron alias Pascal Lingerot. Diese Identität hatte der Polizist in den Strukturen des Organisierten Verbrechens angenommen, und um diesen Namen herum war die ganze Person aufgebaut worden. Wer war Lingerot, wie war er aufgewachsen, wer waren seine Eltern, Freunde, wer war seine Frau, seine Geliebte? Womit hatte er seine Lebenszeit bisher verbracht, warum trug er Tattoos, und was bedeuteten sie für ihn? Das Training für einen verdeckten Ermittler war hart, und verdeckte Ermittler mussten hart sein und vor allem psychisch stabil.

Er hoffte, der Mann würde sich bald melden, denn sonst wäre es nicht mehr sicher, das Telefon dort zu lassen. Es war zwar nicht zur Gendarmerie zurückzuverfolgen, aber der Teufel war bekanntlich ein Eichhörnchen. Dem Polizisten war es gelungen, sich in einem Teil der Mafia zu etablieren, der über Unsummen verfügte, die durch Drogen, Waffen, Prostitution und Söldner erwirtschaftet wurden. Wenn es ihnen gelingen würde, genügend hieb- und stichfestes Material zu sammeln, dann würden einige sehr große Köpfe der Organisation fallen. Dieser Einsatz war von vielen Stellen lange Zeit akribisch vorbereitet worden, und Lingerot war bereits seit fünf Jahren Teil dieser verbrecherischen Organisation. Er hatte als einfacher Handlanger begonnen und sich dann immer weiter hochgearbeitet, dabei hatte er mehr als einmal die Grenzen der Legalität überschreiten müssen, um sich als vertrauenswürdig zu erweisen. Er hatte geschworen, sich von Drogen fernzuhalten, also diese nicht zu konsumieren, und schien diesem Vorsatz auch wirklich treu geblieben zu sein.

Brenot fragte sich oft, ob er in der Lage wäre, das zu tun, was Paul tat. Endlich klingelte sein Telefon, die Nummer seines Prepaidhandys war immer in den Apparat, der hinterlegt wurde, eingespeichert. Damit sie sichergehen konnten, dass auch die richtige Person am anderen Ende war, wurde für jedes weitere Telefonat ein neues Erkennungszeichen vereinbart.

»Onkel Michel«, hörte er die richtigen Worte an seinem Ohr.

»Neffe René, bist du das?«, antwortete er wie vereinbart und atmete erleichtert auf, als Paul auch nun mit dem richtigen Satz reagierte. »Ja, ich bin es, mein lieber Onkel.«

Sollte er je nicht allein sein und man ihn zwingen, die Nummer anzurufen, so würden in dem zweiten Satz die Wörter »mein« und »lieber« fehlen. Dann wäre Gilbert ein tattriger Onkel, der über seine Prostata und die Idioten von der Müllabfuhr schimpfte.

Stattdessen fragte er nun, sicher, dass Paul frei sprechen konnte: »Was ist los?«

»Ich brauche jemanden, der mich phasenweise unterstützt und nicht offensichtlich Polizist ist. So was wie einen Bodyguard. Ein Mann für alle Fälle. Ich habe einen ganz besonderen Auftrag von oben bekommen, und da will ich niemanden von diesen Vollspackos hier dabeihaben, aber allein aufzutauchen, ist auch nicht klug.«

»Um was geht es?«, wollte Brenot wissen.

»Ich soll mit den Albanern Geschäfte machen. Das war bisher kein Thema, denn die Typen sind extrem brutal und glauben, sie könnten uns hier so nach und nach das Wasser abgraben. Aber jetzt ist es plötzlich doch ein Thema, und ich soll das managen. Das wird quasi meine … Doktorarbeit.«

»Hast du Namen?«, fragte der Commandant.

»Ja, der Obermacker dieser Spezies ist Faik Ziberi, aber an den werde ich nur schwer rankommen. Seine rechte Hand ist Albrim

Kasapi und seine linke Ervin Dipra. Aktuell ist mein Kontaktmann Idriz Berisha, genannt ID.«

»Habe ich notiert, ich schaue, was ich über die Herrschaften herausbekommen kann. Was muss dein Bodyguard denn alles vorweisen können?«, erkundigte sich Brenot.

»Kampferprobt, vielleicht eine gescheiterte Existenz, aber keine allzu intensiven Beziehungen ins Milieu, das macht alles nur komplizierter. Und er sollte nicht ganz doof sein«, zählte Paul auf.

»Also eine Eier legende Wollmilchsau«, fasste Gilbert zusammen.

»So in etwa«, lachte der verdeckte Ermittler. »Es tut gut, mit dir zu reden, Gilbert. Ich habe echt manchmal Angst, mich zu verlieren«, gestand er seinem Weggefährten.

»Du bist auch schon viel zu lange dadrin«, gab ihm Brenot recht, »eigentlich musst du wirklich bald Schluss machen. Kannst du dir denn überhaupt noch vorstellen, ein bürgerliches Leben zu leben?«

Paul schwieg eine Zeit lang, dann sagte er ehrlich: »Ich weiß es nicht mehr. Ich weiß nicht mehr, was normal ist und wie man sich benimmt, wenn man nicht mit Dealern, Zuhältern, Menschenschmugglern, Waffenhändlern, Mördern oder all den feinen Leuten, die keine Steuern bezahlen wollen und Alternativen für ihre Investments suchen, zu tun hat. Also wenn man mit Menschen umgeht, die keine Kriminellen sind und dennoch eigentlich tausend Jahre Knast verdient hätten.«

»Ich kann mir überhaupt nicht vorstellen, so zu leben«, gestand Brenot. »Ich glaube, ich könnte das nicht ertragen.«

»Es ist auch nicht zu ertragen. Ich kämpfe wirklich oft mit mir, mich nicht mit Drogen oder Alkohol zu betäuben. Aber ich habe mir geschworen, dass ich die Finger davon lassen werde, und auch wenn es wirklich nicht leicht ist, so bringt es mir doch massig Respekt ein. Spannend, oder?«, gab er seinem Vertrauensmann Einblick in sein Innerstes.

»Na ja, es ist eben viel leichter, der Versuchung nachzugeben, als ihr zu widerstehen«, bestätigte der Commandant.

»Es ist ein schmutziges Geschäft«, Pauls Stimme wurde leiser, »und auch meine Hände sind schmutzig geworden, Gilbert. Du weißt, dass es nicht anders geht.«

»Ich weiß, Paul, und du musst wirklich bald da raus. Das, was du bis jetzt an Material gesammelt hast, reicht, um ein paar Leuten gewaltig an den Karren zu fahren und einige wichtige Drahtzieher einzulochen«, fasste Brenot zusammen.

»Ja, aber ich muss diesen Albaner noch haben. Ziberi ist der König, und wenn er fällt, dann zerfällt auch ein Teil seines Königreichs«, begehrte der verdeckte Ermittler auf.

»Das klingt sehr persönlich«, horchte der versierte Polizist aus Tarascon auf, »gibt es da noch etwas, das du mir sagen solltest?«

»Ich habe gesehen, was er Kindern, was er jungen Frauen antut. Das ist unbeschreiblich. Und er hat einem Mädchen, das ich wirklich mochte, sehr wehgetan«, blieb Paul bei der Wahrheit. »Das solltest du, wenn möglich, vielleicht im Gesprächsprotokoll vergessen«, fügte er noch bittend hinzu.

»Ich suche dir jemanden, der nicht nur nach außen wie ein Beschützer wirkt, sondern auch jemanden, der dich vor dir selbst beschützt.« Brenot machte deutlich, dass er Paul helfen wollte, keine persönlichen Rachefeldzüge zu starten, denn das war bei der Polizeiarbeit der Kardinalfehler, da man mit diesen Gefühlen im Bauch seltenst objektiv ermitteln konnte.

Sie vereinbarten noch die Reglements für ihr nächstes Telefonat, und dann musste Paul wieder zurück ins Sichtfeld seines Chefs. Wenn er zu lange verschwunden blieb, konnte das auffällig wirken. Beide Männer vernichteten im Anschluss ihre Mobilgeräte, und in Brenot gedieh ein großartiger Gedanke, wen er Paul an die Seite stellen konnte. Er wusste zwar, dass das wirklich Ärger mit sich bringen würde, aber er war fast versucht, sich selbst auf die Schulter zu klopfen, so grandios war die Idee.

Bad Homburg im Jahr 1974

Zufrieden blickte Marco Keppner auf die Box, die er in dem Audi GT versteckt verbaut hatte. Der Eigentümer konnte darin sehr gut seine Wertsachen sichern. Sie war von innen erreichbar, indem man den Beifahrersitz so weit wie möglich nach hinten fuhr, die Fußmatte anhob und dann einen kleinen Riegel unter der Handbremse betätigte. Es war ein Meisterwerk der Handwerkskunst, und er hatte lange über der Zeichnung und der dann folgenden Umsetzung gegrübelt. Doch es funktionierte perfekt, und der Eigentümer war mehr als begeistert und die Entlohnung fürstlich. Heimlich roch er sogar an dem Geld, und seine Fantasie katapultierte ihn und Ariane auf die eigene Jacht, die im Hafen von Nizza ankerte und auf der weiß gekleidete Menschen lachend in Gespräche vertieft waren, während ein Serviceteam Essen und Getränke reichte.

Diese Träume ließen ihn ausblenden, was er in seinem tiefsten Inneren nur zu gut wusste: Diese Boxen, die er da verbaute, waren nicht zum Schutz der eigenen Wertsachen gedacht, sondern um Sachen heimlich zu transportieren. Illegale Sachen. Doch seine Sehnsucht war größer und lauter als die kleine, warnende Stimme in seinem Kopf. Er war klug genug. Das sagte er sich immer wieder: klug genug, um zu wissen, was gut für ihn war, für seinen Lebenstraum … Und er war sich sicher, dass er, wenn es ihm zu heiß wurde, jederzeit würde aussteigen können.

Francesco hatte ihm dies fest zugesagt, und ein Handschlag unter Männern galt ja etwas. Er würde sich dann Gedanken machen, wenn es so weit war. Das Geld sammelte er in einer alten Blechkasse, die sein Vater schon im Schrank stehen gehabt hatte.

Da war es sicher, denn die Regale waren voller Büromaterial, und die Kasse stand wie unsichtbar hinter einem Stapel Papier. Nächste Woche würde er Ariane einen Ring kaufen, einen richtigen Klunker, und dann würde er sie bitten, ihn zu heiraten.

Stuttgart, »Il Pastaio«, im September

Myriam hielt sich stöhnend den Bauch. »Das war wirklich extrem lecker. Diese Spaghettini mit Steinpilzen sind ein absolutes Gedicht.«

Werner Walter sah sie amüsiert an. »Man könnte meinen, du hättest seit Wochen nichts Essbares bekommen. Ich habe noch nie verstanden, wie du das machst. Du futterst wie ein Scheunendrescher und trägst, seitdem ich dich kenne, Größe 36.«

»Dein Gedächtnis ist wirklich komisch, mein Lieber«, sie versuchte, sich gerade hinzusetzen, und liebäugelte damit, den Knopf ihrer eleganten Marlene-Hose zu öffnen, »du erinnerst dich nicht an meinen Geburtstag, weißt aber meine Konfektionsgröße. Ungewöhnlich ist das, sehr ungewöhnlich.«

»Das kann sein«, gab er zu, »aber es hat mich immer geärgert, dass ich dick werde, wenn ich nur an einer Bäckerei vorbeigehe, während du sie leer futtern könntest, ohne Konsequenzen zu erleiden.«

Sie hob entschuldigend die Schultern und wollte gerade zu einer fröhlichen Erwiderung ansetzen, als sie mitten im Wort abbrach und mit ihrem Blick in die Richtung hinter Werner wies.

Die Serviette rutschte ihm bewusst vom Schoß, und er musste sich bücken, um sie wieder aufzuheben, dabei konnte er seinen Kopf ein wenig wenden, um zu sehen, was Myriam meinte. Wenn das nicht der Herr Staatsanwalt persönlich war, der da zu später Stunde hereinschneite.

Walter rutschte ein wenig herum, sodass er den Mann im Augenwinkel sehen konnte, aber selbst halb von einer Säule des Bogengangs verdeckt wurde. Er lobte sich innerlich für seinen

Instinkt, und an Myriams Blick konnte er sehen, dass sie wusste, was er gerade dachte, denn sie verdrehte kurz die Augen und stützte dann den Kopf gelangweilt auf die Hände.

Er zuckte kurz entschuldigend mit den Schultern, und dann richteten sie beide ihre Aufmerksamkeit auf den Mann, der sich angespannt auf die gepolsterte Bank setzte. Er richtete sich so aus, dass er einen weiteren Nischentisch einsehen konnte. Zwei ausgesprochen attraktive Frauen nippten dort an ihren Prosecco-Gläsern. Myriam musste sich etwas vorbeugen, um Beerschneiders Blick zu verfolgen, und leckte sich kurz bewundernd über die Lippen. Auch Werner Walter stellte fest, dass die beiden Extraklasse waren.

Hameau les Bouisses im September

Während Frank und Thierry die Küche aufräumten, schnappte sich Margeaux den Dackel, um ihm noch eine kleine Gassirunde zu ermöglichen. Die Nacht war lau, und der Mond leuchtete die felsigen Anhöhen der Petit Montagnette an und ließ sie kantig aus dem Dunkel hervortreten. Sie liebte es, auf den Felsvorsprung oberhalb der Wiese an der Mauer zu klettern und von dort über den ganzen Weiler zu blicken. Manchmal zog sie sich mit Willi dorthin zurück, der gern auf dem warmen Stein lag, und beobachtete, wie sich die Sonne am Horizont in einen rot glühenden Ball verwandelte, bevor Tag und Nacht sich die Hand reichten.

Der Hund schnüffelte begeistert an einem Busch, hob das Beinchen, scharrte dann wild und sauste weiter.

Der Tag war in vielerlei Hinsicht wirklich anstrengend gewesen. Franks Geschichte hatte sie aufgewühlt, und Matzes Anruf hatte auch nicht unbedingt zu ihrer Entspannung beigetragen. Die letzten Wochen waren ebenfalls nicht spurlos an ihr vorübergegangen, die Mordfälle und ihre eigene Krise hatten sie Kraft gekostet.

Wie konnte das nur sein? Früher war sie wirklich hart im Nehmen gewesen, doch seit der Depression nach dem Tod ihrer Mutter, die damit geendet hatte, dass sie mit einem fulminanten Abgang ihren Job hingeschmissen und sich dann in ihrer Wohnung verkrochen hatte, war alles anders geworden. Sie war unfähig gewesen, alltägliche Dinge zu verrichten. Schon das Zähneputzen war zu einer Qual geworden. Einmal ganz abgesehen von Dingen wie das Bett frisch zu beziehen, Staub zu wischen oder gar Wäsche zu waschen. Sie war einfach so gut wie gar nicht mehr aufgestanden. Alles schien seinen Sinn verloren zu haben. Ihr Vater hatte sie in diesem Zustand vorgefunden. Sie hatte auf keine Kontaktaufnahmen mehr reagiert, also war Julien aus Avignon angereist, hatte sie quasi gefüttert und sie dann mit in das Haus in der Provence genommen, das nun ihr Haus war.

Jetzt hatte sie die Möglichkeit wiederbekommen, Polizeiarbeit zu machen, aber die meiste Zeit verbrachte sie damit, körperlich fitter denn je zu sein und für irgendwelche Menschen deren Partner oder Mitarbeiter auszuspionieren. Kein Wunder, dass sie sich innerlich so unausgefüllt und flau fühlte. Sie brauchte mehr als das, aber ihr war die Beziehung zu Thierry zu wichtig, denn ihr war klar geworden, dass der Job irgendwann vorbei sein würde, und sie wollte nicht allein durchs Leben gehen. Das war ihr seit ihrem letzten Ausflug nach Deutschland mehr als bewusst geworden. Sie richtete sich innerlich auf und atmete zusätzlich mehrfach tief ein und aus, das beruhigte das aufgewühlte Emotionszentrum: beim Einatmen bis fünf zählen und beim Ausatmen auch. Dann rief sie leise nach Willi, und sie traten den Heimweg an. Sie wollte in Thierrys Armen Ruhe finden und Kraft schöpfen, und morgen würde sie all die Anfragen in ihrem Postfach sichten und sich den spannendsten Auftrag herauspicken.

Stuttgart, »Il Pastaio«, im September

Er war durch die Wohnung getigert, hatte heimlich auf dem Balkon eine Zigarette geraucht und ein paar Nachrichten gesendet und empfangen. Hatte in das Zimmer seiner Töchter gelinst, in der Hoffnung, dass eine aufwachen würde und seinen Trost suchte. Dann war er zurück ins Wohnzimmer gegangen.

Seine Frau schlief noch immer auf dem Sofa, und er überlegte erneut, ob er sie nicht einfach wecken sollte, um seine Begierde zu Hause zu befriedigen. Doch so war es zwischen ihnen nicht mehr, sie hatte es von Anfang an gespürt, als sich seine Gelüste woanders aufgeladen und seine Fantasie beflügelt hatten. Erst da hatte sie angefangen, mehr als gut für sie war zu trinken. Wenn er sie darauf ansprach, schaute sie ihn nur an, so lange, bis er es war, der den Blick senkte. Sie sagte nichts, musste nichts sagen. Er war es, der ihre Beziehung sukzessive zerstörte.

Er machte sich rasch frisch und tauschte die bequeme Kleidung gegen ein legeres Freizeitoutfit, dann lauschte er noch einmal in die Stille der Wohnung, so, als riefe sein Inneres danach, aufgehalten zu werden, aber alles blieb ruhig. Er nahm seine Schlüssel vom Board und verließ das Penthouse leise, nur der Duft seines teuren Aftershaves blieb dort.

Als er in dem italienischen Nobellokal ankam und zielstrebig auf einen der runden Nischentische zusteuerte, sah er mit großer Erleichterung, dass sie noch da war. Er nahm angespannt Platz, ließ sich ein alkoholfreies Bier bringen, denn er wollte sich nicht noch durch eine Führerscheinkontrolle angreifbar machen, und verfiel in ein aufgeregtes Brüten – immer wieder durchbrochen durch Blickwechsel mit der Ostblockschönheit am Tisch gegenüber. Das honigfarbene Haar fiel ihr gewellt den Rücken hinunter, ihre wie von einem Künstler gemeißelten hohen Wangenknochen betonten ihre schimmernde Haut. Ihre hellbraunen Augen waren riesig und wurden von einem dunklen Wimpernkranz umrahmt, der jeden Augenaufschlag zu einem Versprechen werden ließ. Sie hatte lange, schlanke Beine, eine Wespentaille, die er mit seinen Pranken fast komplett umfassen konnte, einen flachen Bauch, sehr große, pralle Brüste und Lippen wie eine Venus. Er sah weder die ehemalige Anwaltskollegin noch den Dienststellenleiter der Mordkommission, er sah nur sie. Wie hatte es nur so weit kommen können? Wie war er in diesen Albtraum aus Lust und Begehren geraten? Wie hatte er seine Seele nur dermaßen verkaufen können?

Während er darauf wartete, dass sie sich erhob und nach oben vorging, glitten seine Gedanken zurück zu dem verhängnisvollen Abend.

Stuttgart, »Il Pastaio«, 15 Monate zuvor

Stephan Beerschneider kam abgehetzt nach einem anstrengenden Fall vor dem italienischen Nobelrestaurant an. Hier ging das Who's who der Stuttgarter feinen Gesellschaft ein und aus. Das konnte man auch an der Ansammlung der Luxuskarossen auf dem Parkplatz deutlich erkennen. Sein altes 911er-Carrera-Cabriolet passte hier hervorragend ins Bild, und er war froh, dass er darauf bestanden hatte, es zu behalten, während seine Frau Carmen die Familienkutsche fuhr. Es war eine berufliche Verpflichtung, der er hier nachkam, ein einflussreicher Politiker feierte seinen Geburtstag, und er musste sich blicken lassen. Eigentlich wollte er lieber nach Hause und mit seinen Töchtern zu Abend essen, aber so war es nun mal in seiner Position.

Nach einer halben Stunde hatte er das Gefühl, dass sein Gesicht bereits an einem Muskelkater litt von all dem freundlichen Gegrinse. Er hatte mit Champagner, der in schicken Schalen vom gestylten Personal gereicht wurde, mit unzähligen Menschen angestoßen, bevor er das Geburtstagskind überhaupt erreicht hatte.

Er nahm das nächste Glas vom Tablett und machte den nötigen Small Talk, dann sah er sie … eine Göttin. Das Haar zu einem hohen Knoten gebunden, mit einer langen, gelockten Strähne auf jeder Seite, die auf die nackten, schimmernden Schultern fielen. Sie trug ein weißes, langes Kleid, das in der Taille von einem breiten goldenen Gürtel durchbrochen wurde, der die fragile Körpermitte in Szene setzte. Ihre Brüste waren groß und fest. Ihre Brustwarzen zeichneten sich verheißungsvoll durch den dünnen Stoff ab, ohne dass es billig wirkte. Sie trug goldene Sandaletten mit einem schmalen, schwindelerregend hohen Absatz, und er konnte sich an ihren bernsteinfarbenen Augen kaum sattsehen. Wie hypnotisiert starrte er die Frau an, die mit einer ebenso attraktiven Blondine an der Theke stand und an einem Champagner nippte. Er wurde in weitere Gespräche verwickelt, doch immer wieder suchte sein Blick nach ihr.

Dann spürte er plötzlich den Arm des Restaurantchefs auf seiner Schulter. »Mein lieber Herr Beerschneider, ich sehe, Sie sind ganz fasziniert von meiner«, er machte eine bedeutungsvolle Pause, »Mitarbeiterin … Falls Sie sie gern kennenlernen möchten, kann ich Sie bekannt machen … Sie ist ein wirklich bodenständiges und kluges Mädchen.« Er schaute sich um und sagte dann: »Gern auch sehr diskret!«

Beerschneider war perplex und wollte sich zur Wehr setzen, als die Schönheit seinen Blick aufnahm und ihn ganz bewusst erwiderte, bevor sie züchtig die Lider senkte und ihre langen Wimpern einen Schatten auf ihre hohen Wangenknochen warfen. Er war verloren, denn er spürte, wie sich bei diesem Blick sein Geschlechtsteil aufrichtete. Er wollte sie, also nickte er überrumpelt, und der Italiener leitete ihn plaudernd durch die Räume, bis sie zu einer Tür kamen, die in ein Treppenhaus führte.

»Durchgang zum WC« stand in Goldlettern darüber, und der Mann öffnete ihm die Tür, als würde er ihm den Weg weisen. Im Flur zog er eine Karte aus der Hosentasche, reichte diese Beerschneider und deutete auf den Aufzug. »Mit der Karte kommen Sie in die fünfte Etage in unsere Lounge, und dort erwartet Sie Viorela.« Dann verschwand er wieder in den Gastraum.

Beerschneider stand einen Moment lang unschlüssig im Flur und drehte die Karte in seinen Händen. Dann spürte er seinen fordernden Unterleib und betrat den Aufzug.

Die junge Frau studierte Klarinette an der Musikhochschule und arbeitete in ihrer Freizeit für den Patron, Luca Pescatore. Sie kam aus Rumänien, sprach Deutsch mit starkem Akzent, was sie aber auf ihn nur noch anziehender wirken ließ. Dann zog sie plötzlich die dünnen Träger ihres Kleides von den Schultern, und der Stoff floss auf den Boden. Sie war nackt unter dem Kleid, trug nur noch die hohen Schuhe.

Er konnte nicht anders. Er musste sie haben und ließ alle Bedenken los.

Er tat all die Dinge mit ihr, die er vorher noch nicht einmal auszusprechen gewagt hätte, und sie machte alles bereitwillig mit. Dann duschten sie und gingen wieder nach unten, er mit dem Aufzug und sie über einen Treppenaufgang für das Personal.

Er hatte bis zu dem Moment nicht kapiert, was sie war, bis Pescatore wieder neben ihm auftauchte und leichthin sagte: »Das geht heute Abend alles auf die Rechnung des Gastgebers.«

Und die Falle war zugeschnappt.

Stuttgart, »Il Pastaio«, im September

Myriam trat ihn unterm Tisch, und fast hätte er aufgeschrien. Er warf ihr rasch einen vorwurfsvollen Blick zu, doch dann sah er, worauf sie ihn aufmerksam machen wollte: Die Schönheit mit den honigfarbenen, langen Locken hatte sich erhoben, ging zum Tresen und verschwand durch eine Tür nahe der Theke. Kurze Zeit später stand der Staatsanwalt auf und ging in Richtung Toiletten davon.

Sie warteten noch eine geraume Zeit, aber er kam nicht zurück. Falls er nicht einen mörderischen Durchfall hatte, war er wohl gar nicht auf der Toilette. Walter erinnerte sich daran, einen Aufzug in dem Flur vor den Toiletten gesehen zu haben. Also zahlten sie und verließen das Restaurant.

»Du weißt, was das bedeutet«, sagte Myriam.

»Ja. Der Staatsanwalt treibt es mit einer Edelnutte, die von einem italienischen Was-auch-immer verwaltet wird«, sagte er grob und geleitete seine Ex-Frau zum Auto. »Damit wird alles etwas klarer und verständlicher für mich. Das ist wirklich verdammt gefährlich für einen Vertreter von Recht und Ordnung!«

»Wenn das wirklich alles so ist, wie wir es gerade gesehen haben, dann hat er ein echtes Problem und ist eigentlich in seiner Position nicht mehr tragbar«, sagte sie und schaute ihm provokativ in die Augen.

»Da hast du vollkommen recht«, bestätigte der Dienststellenleiter der Mordkommission, »aber wir behalten es erst einmal für uns, versprochen? Ich will sehen, wie weit er geht.«

Sie nickte, stellte sich auf die Zehenspitzen und drückte ihm einen Kuss auf die Wange. »Danke für den schönen Abend.

Ich freue mich auf eine Wiederholung.« Dann stieg sie in ihren Wagen und brauste davon.

Werner Walter ging nachdenklich zu seinem Auto, der Parkplatz war mittlerweile leer. Vielleicht hatten sie sich geirrt, und Beerschneider war gegangen. Doch er war sich einfach zu sicher, dass der Staatsanwalt und die junge Frau noch zusammen im Gebäude waren. Er stieg in seinen Wagen und lenkte ihn umsichtig vom Parkplatz. Das Navi schrie ihn an, er solle nach links abbiegen, er hatte eigentlich nach rechts gewollt, gab aber der befehlenden Stimme nach, und ein paar Sekunden später sah er sich in seiner Annahme bestätigt. In einer Seitenstraße parkte Beerschneiders Porsche. Das, was sich hier abzeichnete, würde in einem Desaster enden, dessen war sich Werner Walter bewusst. Er musste mit seinem Wissen absolut bedächtig umgehen, um nicht selbst zur Zielscheibe zu werden. Er seufzte schwer atmend auf und rief aus tiefster Seele laut in die Stille seines Wagens: »Was für eine elende Scheiße!«

Barbentane im September

Thierry hielt das Handy etwas von seinem Ohr weg, um die Flüche, die sein Vater ausstieß, nicht in voller Lautstärke zu hören.

»Papa, was hast du denn gedacht? Dass die zwei nur Händchen halten und züchtige Küsse tauschen?«, versuchte er Bap zu erreichen.

Er hatte die undankbare Aufgabe übernommen, die Eltern sanft vorzubereiten, und scheinbar war das vollkommen richtig gewesen, dies für seine Schwester zu tun. Sie sollten sich über das Enkelkind freuen, stattdessen jammerte seine Mutter, dass dann wohl eine Hochzeit im Mai keinesfalls möglich war, und sein Vater führte sich auf, als habe Elodie ihm einst versprochen, bis zur Eheschließung unberührt zu bleiben.

Er räusperte sich kurz und sagte dann laut und bestimmt: »Sagt mal, spinnt ihr zwei eigentlich vollkommen? Ihr solltet euch freuen, dass ihr ein weiteres Enkelkind bekommt, stattdessen flippt ihr aus, kein Wunder, dass Elodie mich gebeten hat, mit euch zu reden. Ihr solltet euch schämen.«

Seine Mutter besann sich als Erste und brabbelte etwas, was sich anhörte wie: »Oktober ist auch ein toller Monat.«

Und sein Vater sagte in ganz typischer Bap-Baile-Manier: »Ich hoffe, mein Schwiegersohn versteht jetzt, warum eine ungefährliche Arbeit mit Familienversicherung so wichtig ist, und lässt zukünftig ein für alle Mal die Finger von seiner heiklen, illegalen Tätigkeit, ganz egal ob es mit dem Segen der Polizei geschieht oder nicht.«

Thierry war froh, dass sie nur telefonierten und seine Eltern seinen Gesichtsausdruck bei diesen Worten nicht sehen konnten.

Er war nicht davon überzeugt, dass Matze das wirklich konnte. Der Junge war einfach zu gut in dem, was er da tat, und ganz gewiss würde sich irgendwann wieder eine Situation ergeben, in der Margeaux oder die Polizei ihn brauchten. Ganz sicher würde er sich schwertun, dann Nein zu sagen, aber das musste er seiner Mutter und seinem Vater nicht gleich auf die Nase binden.

»Ich sage Elodie dann, dass ihr euch sehr freut, dass eine Hochzeit im Oktober im überschaubaren Kreis lieber Menschen stattfinden wird und ein größeres Fest im kommenden Sommer im Rahmen der Taufe.«

»Das ist eine wunderbare Idee, mein Junge«, rief seine Mutter, »aber die Torte bleibt wie besprochen.«

»Ich muss jetzt los«, sagte sein Vater, »der Businessklub in Marseille hat heute einen erfolgreichen Broker eingeladen, der vielleicht ein paar gute Kontakte einfädeln kann. Da möchte ich nicht zu spät kommen.«

Sie beendeten das Telefonat, und Thierry lehnte sich aufatmend in seinem Bürostuhl zurück.

Kurz dachte er an Margeaux und ihre gemeinsame Nacht. Sie war so zerbrechlich und anschmiegsam gewesen. So kannte er sie kaum. Als er in den frühen Morgenstunden aufgebrochen war, um in der Backstube nach dem Rechten zu sehen, hatte sie sich zu ihm gewandt und ihn gar nicht loslassen wollen. Er hoffte, dass sie ihre Entscheidung nicht bereits bereute. Eins hatte er aus der Misere zwischen ihnen jedoch gelernt: Miteinander zu reden, war unabdingbar, und er würde sie einfach fragen. Dann wählte er Elodies Nummer, um von dem Gespräch mit seinen Eltern zu berichten.

Tarascon im September

Gilbert Brenot saß am Schreibtisch und rollte gedankenverloren einen Bleistift hin und her. Er hatte schlecht geschlafen, denn das Telefonat mit Paul hatte ihn noch lange beschäftigt. Sie mussten ihn bald da rausholen, aber auch das würde nicht leicht für den Polizisten sein, denn all seine persönlichen Kontakte als Paul Bacron hatte er der Fantasiegestalt Pascal Lingerot geopfert.

Pascal hatte jetzt Kumpel und vielleicht sogar ein Mädchen. Paul hatte nichts, und wer so viele Jahre Teil dieser Kreise geworden war, der konnte nicht so mir nichts, dir nichts mit dem Finger schnippen und wieder ganz der Alte sein. Es würde ein hartes Stück Arbeit werden, und es war natürlich auch risikobehaftet, denn wenn seine Tarnung gelüftet würde, dann konnte er unweigerlich zur Zielscheibe werden. Viele Kollegen, die so lange verdeckt ermittelt hatten wie Bacron, begannen ein neues Leben an einem anderen Ort. Oft wieder mit einer neuen Identität, aber es gab auch immer wieder besonders toughe Kerle, die das nicht wollten, denn sie hatten dem Kampf gegen das organisierte Verbrechen so viel geopfert, dass sie nun nicht noch mehr hergeben wollten. Er musste bedächtig vorgehen und die Informationen so sinnstiftend wie möglich notieren. Dann würde er sich daranmachen, seine Idee vom Vorabend in Angriff zu nehmen, und er überlegte noch, wie er es am besten anstellen sollte. Er nahm den Bleistift auf und begann, den Bericht zu skizzieren.

Hameau les Bouisses im September

»Ich brauche Matze«, sagte Frank nachdrücklich und schaute Margeaux an.

»Ohne ihn wird es schwer«, gab sie zu. »Wir haben zwar auch ein paar Dinge drauf, aber eben bei Weitem nicht so viel wie er. Ich befürchte nur, dass er gerade nicht so wirklich offen dafür sein wird, denn das, was du von ihm brauchst, ist an einem nicht gerade ungefährlichen Ort für einen Hacker verborgen«, fügte sie mit leichtem Zweifel in der Stimme an.

»Aber er versteht mich«, beharrte Frank, »er hat sich immer einen guten Kontakt zu seiner Mutter gewünscht, und meine ist tot. Er versteht, dass ich das nicht einfach aus meinem Kopf löschen kann.«

»Ich verstehe das auch, aber er wird Vater und kann es sich echt nicht erlauben, im Knast zu landen, weil er in ein Polizeisystem eindringt. Aber wir werden mit ihm reden und herausfinden, wie er dazu steht. Jetzt solltest du endlich deine Schuhe zubinden, damit wir loskönnen.« Sie erhob sich auffordernd und streckte ihre Waden ein wenig. Die morgendliche Laufrunde wartete, und der Dackel stand schon ungeduldig am Tor. Frank beugte sich hinab, band die Schuhe zu und stöhnte leicht. »Wann ist das eigentlich passiert, dass ich kaum noch Alkohol vertrage? Mir brummt der Schädel.«

»Wir werden alle nicht jünger«, lachte Margeaux und klopfte ihm auf die Schulter. »Los, alter Mann, die Campagne ruft, und im Anschluss frühstücken wir fürstlich.«

Kurze Zeit später trabten sie in lockerem Lauftempo durch die morgendliche Natur. Alles roch frisch, die Nacht hatte einen leichten Tau auf die Pflanzen gelegt, man konnte den nahenden Herbst spüren.

»Deine Geschichte hat mich letzte Nacht noch ganz schön beschäftigt«, unterbrach sie das Schweigen, »warum hast du mir das eigentlich nicht früher schon so detailliert erzählt?«

»Genau deshalb«, sagte er bekümmert, »damit kann niemand umgehen. Ich habe das anfangs meinen Kollegen so halbwegs berichtet, und das hat irgendwie unser Verhältnis total beeinflusst. Das wollte ich bei dir nicht. Ich fand dich nämlich ziemlich cool und wollte nicht, dass du irgendeine Mitleidsmasche mit mir am Laufen hast.«

»Verstehe«, sagte Margeaux und meinte es auch genau so. Auch sie mochte es nicht, wenn ihre depressive Phase thematisiert wurde und sie stigmatisierte. Sie lächelte ihn an und erhöhte das Tempo etwas.

Sie passierten ein Feld voller Olivenbäume, und die Blätter der knorrigen Wesen, an denen massig Früchte hingen, glitzerten silbern im Licht der Morgensonne. Sie genossen den Lauf und wechselten nur wenige Worte. Es war nicht nötig, sie verstanden einander auch schweigend. Willi sauste glücklich vor ihnen her und bewältigte locker die doppelte Strecke. Zu Hause würden sie ins kühle Nass springen und anschließend von Hilde mit einem üppigen Frühstück belohnt werden – eine beruhigende und schöne Routine.

Frankfurt im Jahr 1983

Ariane hatte sich auf die Suche gemacht, angetriggert durch ihren Fund war sie neugierig geworden, ob es sich um einen Fehler handelte oder ob mehr dahinter war. Sie hatte ihrem Chef die gewünschten Informationen zusammengestellt, und dabei war ihr aufgefallen, dass die Kunden das Geld wieder zurückbekamen – also handelte es sich bei den zu hohen Zinsbeträgen um einen Fehler. Sonderbar war es zu diesem Zeitpunkt nur, dass die Konten, um die es ging, die zu hohen Zinsen zwar als Geldeingang verbucht hatten, dann aber der tatsächliche Differenzbetrag zum ursprünglich normalen Zinssatz auf ein gänzlich anderes Konto überwiesen wurde. Gewiss war es zu diesem Zeitpunkt einfach nicht so gut für die Außenwirkung, neue Verträge zu erstellen. So musste der Grund für diese Verschachtelung wohl im Zahlungsverkehr liegen. Doch sicher war sie sich nicht, und daher wollte sie sich vergewissern, dass nicht mehr dahintersteckte.

Es war mühsam, sich durch all die Kundenakten zu wühlen, doch ihr Fleiß und ihr Durchhaltevermögen wurden belohnt. Am Ende hatte sie einen dicken Stapel Akten zusammengetragen, die alle zumeist hohe finanzielle Engagements betrafen. Sie notierte alles gewissenhaft und rechnete dann die Zahlen der Beträge zusammen, die scheinbar zurücküberwiesen worden waren. Sie wusste nicht recht, wie sie herausfinden konnte, wer hinter den Firmennamen der Konten stand, auf die die Differenzbeträge regelmäßig angewiesen und dann von dort teilweise in bar abgehoben oder an Konten im Ausland überwiesen wurden. Die Summe erstaunte sie sehr, und sie wollte noch ein paar Recherchen anstellen, bevor sie die Informationen gesammelt an ihren Chef übergeben würde. Sorgsam nahm sie die Akte, die sie angelegt hatte, und verschloss sie in ihrer Schreibtischschublade. Das war ja nichts für die Augen eines Besuchers oder gar der Putzfrauen. Sie zog gerade den Schlüssel ab, als Klaus Ehrmann hereinspazierte.

»Willst du zu deinem Vater?«, fragte sie nach einer kurzen Begrüßung.

»Nein, ich dachte, wir könnten einen Kaffee zusammen trinken. Was hältst du davon?« Ehrmann setzte sich lässig auf die Kante ihres Schreibtischs. Dabei fiel sein Blick auf den Aktenstapel. »Oder hast du zu viel zu tun? Womit beschäftigst du dich denn gerade? Hat der Alte dich mit Papierkram zugedeckt?«

»Das ist nur eine Recherche, die dein Vater mir aufgetragen hat, nichts Wichtiges«, sie schob den Stapel scheinbar achtlos beiseite und wunderte sich, warum sie Klaus anlog, »du hast meine Pausenzeiten perfekt im Kopf, ich trinke sehr gern einen Kaffee mit dir. Lass uns gehen.« Sie leitete ihren Apparat rasch auf die Zentrale weiter, stand auf, nahm ihre Tasche und kam um den Schreibtisch herum. Ihr cremefarbenes Kostüm saß wie maßgeschneidert an ihrer schmalen Taille, und die weiße Bluse ließ das Outfit elegant erscheinen.

Angeregt plaudernd verließen sie das Büro, um ins Erdgeschoss zu fahren und dort einen Kaffee zu trinken. Sie würde sich später erneut mit den Akten befassen, irgendetwas stimmte da ganz und gar nicht, dessen war sie sich langsam sicher.

Weiter sagte er: Was aus dem Menschen herauskommt,
das macht ihn unrein.
Denn von innen, aus dem Herzen der Menschen,
kommen die bösen Gedanken, Unzucht, Diebstahl, Mord,
Ehebruch, Habgier, Bosheit, Hinterlist, Ausschweifung,
Neid, Lästerung, Hochmut und Unvernunft. All dieses Böse
kommt von innen und macht den Menschen unrein.

Markus 7,20–23

Wann war das Begehren erst zu einer Passion und dann zu einer Sucht geworden? Wer süchtig war, der war nicht mehr bei Sinnen. Wurde verzehrt von der Glut des Verlangens, die erst dann eine kurzzeitige Linderung erfuhr, wenn das Verlangen befriedigt wurde. Und wenn man nachgab, verlor man die Kontrolle. Jedes Mal führte es dazu, dass man noch weniger aufhören und dem zehrenden inneren Ruf widerstehen konnte. Viel eher wollte man stattdessen immer mehr und mehr. Man war immer hungrig und wurde niemals satt, egal wie viel man aß. Nichts anderes war mehr von Interesse, das Leben rankte sich scheinbar nur noch um die Sucht und deren Befriedigung. Der Einsatz wurde ständig höher und höher, die Lügen ständig größer und größer. Wie viel schlimmer konnte es noch werden, wenn man einmal gefangen war in einem solchen Kreislauf? Die Frage war leicht zu beantworten: Es würde kein Entkommen geben. Niemals.

Hameau les Bouisses im September

»Wir versuchen, erst einmal mit legalen Mitteln herauszufinden, wer sich für die Beweismittel zum Mord an deiner Mutter in den letzten Jahren interessiert hat.« Margeaux hatte hinter ihrem iMac Platz genommen, und Frank hatte sich einen Stuhl hinzugezogen. Hilde war im oberen Stockwerk zugange und hatte beschlossen, dass Gardinenwaschtag war. Für das Mittagessen hatte sie bereits vorgestern eine Kalbsnuss vorbereitet, und daraus würde sie ihr leckeres Vitello tonnato machen. Aimé lachte sie deshalb gern aus, denn Hilde sprach es so aus, als sei es ein ganz typisches Gericht aus der Provence. Sie hatten es bei einem Urlaub in Italien, sie waren über Nizza und Monaco gefahren, kennen- und lieben gelernt. Seither bereitete sie das Gericht leidenschaftlich gern zu und hatte fortwährend daran gearbeitet, es etwas »einzufranzösischen«.

»Ich kann versuchen, mich mit meiner ID in unser System einzuloggen, und vielleicht bekommst du es dann mit deinen FBI-Tricks hin, dass wir uns nach Frankfurt durchklicken können«, schlug Frank vor.

»Wir können das testen, aber die Frage ist, ob das nicht zu auffällig ist, wenn du da sichtbar wirst. Andererseits habe ich auch nicht wirklich Lust, so tief in die Trickkiste zu greifen, dass wir auf jeden Fall Probleme bekommen werden, wenn wir auffliegen. Vielleicht sollten wir doch unseren Best Buddy ins Boot holen?« Sie hob eine Augenbraue an.

»Wenn ich dich so beobachte, gehe ich mal davon aus, dass du gerade nicht von Matze sprichst«, verbalisierte Frank seine Beobachtungen, »ich habe da nämlich eine Augenbraue zucken sehen, und ich weiß, dass das eher in Richtung Missbilligung tendiert, als dass du es wirklich gut findest.«

»Sehr gut beobachtet, Herr Kommissar«, lächelte Margeaux ihn stolz an wie eine Lehrerin, deren Erstklässler gerade bis zwanzig gezählt hatten, »dann weißt du ja, von wem ich rede!!!« Margeaux hob ihre Stimme am Satzende so an, als würde sie drei Ausrufzeichen machen.

»Chef«, sagte Frank salopp, »hältst du das wirklich für eine gute Idee? Wenn Werner Walter mitbekommt, was ich da treibe, werde ich sicher gleich wieder einmal suspendiert. ›Frank! Das ist anmaßend, du überschreitest jede Grenze, du musst verstehen, dass das sooo nicht geht!!!‹«, ahmte er Werner Walters Tonfall gekonnt nach.

»Das kann so oder so passieren«, blieb Margeaux realistisch, »wir sollten das wirklich abwägen.«

»Oder wir fragen doch Matze«, versuchte der Kommissar erneut sein Glück.

»Also ich versuche erst mal einen *FBI-Trick*, wie du so schön vorgeschlagen hast«, kam ihm Margeaux entgegen, »und wenn das nicht klappt oder zu heiß wird, dann fragen wir Matze, und wenn der Nein sagt, dann bleibt uns nur W. W.«

Frank musste trotz der Grundanspannung, in der er sich befand, lachen. Seine gewiefte Ex-Kollegin versank in Tastenkombinationen und schwarzen Bildschirmfenstern mit vielen Hieroglyphen. Der Kommissar kannte sich zwar mit dem Internet auch recht gut aus, aber sie war ihm durch ihre Schulungen in den USA doch ein wenig voraus, auch wenn sie aktuell leise vor sich hin fluchte und behauptete, sie sei eingerostet, und selbst ihre »Mami«, in Frankreich nannte man verwirrenderweise seine Oma so, wäre fitter im Umgang mit dem Internet als sie.

Nach ein paar Minuten hob sie die Finger von der Tastatur, blickte ihn frustriert an und sagte: »Das ist mir eine Nummer zu heiß. Ich schaffe es nicht richtig, dich zu verbergen, und falls jemand etwas zu vertuschen hat, dann leuchten dort wahrscheinlich gleich alle Warnlämpchen auf, wenn ich jetzt weitermache – und du bist richtig in der Schusslinie.«

»Vielleicht könnte es interessant sein zu sehen, wer da aus seinem dunklen Loch gekrochen kommt«, gab Frank zu bedenken.

»Ja, das ist auch ein Ansatzpunkt, aber sind wir so weit, dass wir damit umgehen können?«, wollte Margeaux wissen, und ihre Finger schwebten über der Tastatur.

Frank bewegte den Kopf abwägend hin und her, dann sagte er: »Vielleicht fragen wir lieber erst einmal Matze. Ich glaube, es ist noch zu früh für so eine Aktion.«

Seine Ermittlungspartnerin nahm die Hände nach unten, klickte einige Tasten und sah ihn dann erleichtert an. »Wenn sie uns hier erwischen, also dich, dann ist das echt nicht gut für deine Personalakte.«

»Da steht schon so viel drin«, er zuckte mit den Schultern, »da kommt es darauf auch nicht mehr an.«

»Wenn du so weitermachst, landest du irgendwann in einer Cybereinheit bei den Zweiundzwanzigjährigen und darfst Einsätze nur noch vom Bildschirm aus bearbeiten«, gab sie zu bedenken. Man hatte schon von Kollegen gehört, die auf diese Art kaltgestellt worden waren.

Frank schüttelte sich kurz und sagte: »Wenn ich nicht mehr richtig ermitteln darf, mache ich es wie du. Nur werde ich dann eine Art Philip Marlowe, kaufe mir einen Hut wie Bogart, beginne mit dem Rauchen und nehme nur Fälle von lasziven Schönheiten an.«

Margeaux musst bei dem Gedanken lachen und sagte: »Das hört sich nach einem guten Plan an. Ich denke, du rufst Matze am besten an, *K und K* hat in dem Kontext sicher die besseren Connections.« »K und K« spielte auf die Nachnamen der beiden an, Kaiser und König, und entstammte ursprünglich der österreich-ungarischen Monarchie. Kaiserlich stand für den österreichischen Kaiser und königlich für den Apostolischen König von Ungarn.

»Ich traue mich einfach.« Frank lächelte, ohne dass es die

Augen erreichte. »Mehr als Nein sagen kann er ja nicht, und dann müssen wir eben auf Plan B zugreifen. Denn eins ist sicher: An diesem Punkt gebe ich gewiss nicht auf und kehre zurück in meine Kammer!«

Bad Homburg im Jahr 1974

Marco Keppner wischte sich den Schweiß von der Stirn und zog die letzte Schraube an dem Umbau des braunen, metallicfarbenen Opel Commodore an. Er hatte sich selbst übertroffen mit der technischen Finesse des Verstecks in einem Teil des Unterbodens. Der kleine Hebel, der die Mechanik zur Öffnung des Deckels in Gang setzte, war Teil des Blinkers geworden und fiel so überhaupt nicht auf. Es war seinen Preis absolut wert.

Der Wagen würde gleich abgeholt werden, und das Geld würde in seine Kasse im Versteck im Schrank fließen. Heute Abend hatte er einen Tisch im Restaurant der Spielbank reserviert. Sie waren mittlerweile gern gesehene Gäste dort. Er hatte den Ring bereits im Auto und mit dem Kellner ausgemacht, dass dieser das Schmuckstück zum Dessert im Champagnerglas versenken würde.

Das Leben war wundervoll, und er war auf dem Weg nach ganz oben. Noch dazu hatte er die tollste Frau, die man sich vorstellen konnte, an seiner Seite. Er war ein vom Glück geküsster Mann. Rasch wusch er sich Hände und Gesicht, um den Kunden angemessen begrüßen zu können, denn auch das gehörte zum Business, und auch das konnte er: repräsentieren.

Tarascon im September

Gilbert Brenot hatte sich entschieden. Er würde sich erst dem Fegefeuer stellen und dann den finalen Kontakt vermitteln. Er packte seine Sachen, loggte sich aus dem System aus, klemmte seine Dienstkappe unter den Arm und marschierte aus dem Gebäude hinaus in Richtung Parkplatz. Dieses Gespräch konnte er nur persönlich führen, denn es ging um Paul, und er musste extrem vorsichtig sein, sodass nichts nach draußen gelangte, was die Mission von Bacron hätte gefährden können – oder gar dessen Leben.

Er stieg ins Auto, lenkte den Wagen durch die Stadt und dann auf die D35 in Richtung Avignon. Ganz bewusst entschied er sich für die leichtfüßige Musik seines Lieblingssenders »Nostalgie«, er wollte gut gestimmt ankommen, dann war er resistenter gegen das, was ihn erwartete. Und dass ihn etwas erwarten würde, dessen war er sich vollkommen sicher.

Hameau les Bouisses im September

In der oberen Etage schepperte es, und Hilde fluchte. Irgendwie schienen die Gardinen nicht so zu wollen wie sie. Margeaux rief kurz nach oben, ob sie zu Hilfe eilen sollten, aber Hilde verneinte bissig. »Ich lasse mich doch nicht von so einem Stück Stoff unterkriegen.«

Die beiden Freunde wechselten einen Blick und zuckten mit den Schultern. Frank hatte sich einen Espresso gemacht, und Margeaux hatte ihrer ungesunden Leidenschaft nachgegeben und sich eine kühle Cola light eingegossen.

»Du zögerst den Anruf hinaus«, stellte sie fest.

»Irgendwie schon. Ich will Matze nicht zu etwas überreden, was ihn so massiv in Schwierigkeiten bringen kann, aber andererseits weiß ich auch, dass er es schaffen wird, ungesehen reinzukommen. Er ist ja nicht nur mein Kollege, er ist mein Freund, und mein Freund wird Vater. Das macht es nicht leichter.«

»Warum überhaupt jetzt?«, stellte Margeaux die Frage, die ihr schon seit Franks Bericht am Vortag durch den Kopf geisterte.

»Als ich endlich so weit war, die Sache in Angriff zu nehmen, also tiefer zu graben und zu recherchieren, kam immer wieder das Leben dazwischen«, holte er aus. »Ich konnte ja als Frischling nicht gleich loslegen, dann wäre ich sicher nach Hintertupfingen in irgendeine winzige Polizeistation versetzt worden und hätte mein Leben lang Berichte über flüchtige Kühe abgetippt. Dann gab es den Skandal, bei dem Beweisstücke in Form von mehreren Kilogramm Kokain aus der Asservatenkammer verschwunden sind, und die Regeln wurden verschärft.« Er hielt kurz inne und trank seine Tasse leer. Nach einer kurzen Pause fuhr er fort: »Ich musste eine Menge Vertrauen aufbauen und Kontakte knüpfen, bevor ich dann das erste Mal wagen konnte, die Kiste zu öffnen.«

Sie sah den Schmerz in seinem Gesicht, als er sich erinnerte.

»Es war furchtbar. Ich weiß gar nicht, was ich gedacht hatte, wie es mir damit gehen würde. Ich war jung und hart, zumindest habe ich mir das eingebildet. Als ich die Tatortbilder das erste Mal gesehen habe, konnte ich im Anschluss eine Woche mein Bett nicht mehr verlassen«, gab er offen zu, »das war nicht irgendeine Tote. Das war meine Mutter. Die Frau, die mich in den Schlaf gesungen hat, die meine Hand gehalten hat, wenn ich bei *Black Beauty* geweint habe, weil der Hengst so ein trauriges Schicksal erleiden musste. Ich war so dumm«, sagte er nun mehr zu sich selbst, »ich hätte mich vorbereiten und jemanden haben müssen, der mich auffängt. Aber ich dachte, ich krieg das schon hin. Ich konnte dann erst einmal nicht mehr weitergraben, musste mich erholen. Ich war einerseits vollkommen unter Schock und andererseits unfassbar wütend. Damals habe ich mit dem Kickboxen angefangen, um das alles zu kanalisieren.«

»Manchmal bekommen wir sehr plakativ gezeigt, warum es bestimmte Regeln bei Ermittlungen gibt. Egal was wir alles schon gesehen haben, jemand, den wir kennen und sogar geliebt haben, als Opfer einer Straftat zu sehen, das steckt man nicht so leicht weg. Ich habe da auch einen Präzedenzfall mit einem Kollegen gebraucht, um das wirklich zu begreifen.« Margeaux sah Frank mitfühlend an und legte ihre Hand beruhigend auf seinen Arm. Auch Willi spürte den emotionalen Aufruhr der Menschen im Raum und legte sich auf Franks Füße. Das war zwar nicht bequem, aber der Mann wusste die liebevolle Geste des Hundes sehr zu schätzen und ließ ihn gewähren.

»Magst du davon erzählen?«, fragte er.

»Es war kurz nach meinem Start bei der Mordkommission in Stuttgart, mein damaliger Partner war ein wirklich gestandener Kollege und ich die neunmalkluge Neue mit dem leichten französischen Akzent.« Margeaux' Augen glitten in sakkadischen Bewegungen hin und her, während sie in ihren Erinnerungen kramte. »Es gab einen Überfall beim Cannstatter Wasen, ein Junge sollte wohl bestohlen werden und hat sich gewehrt. Sie haben ihn zu Tode geprügelt und getreten und haben ihm dann tatsächlich noch die Brieftasche weggenommen, sodass er von den uniformierten Kollegen, die zuerst am Tatort waren, nicht identifiziert werden konnte, denn wenn wir im Vorfeld gewusst hätten, was uns da erwartete, dann hätte man eine andere Einheit geschickt. So kamen wir an, und der Mann tickte komplett aus. Es war sein Neffe, der da furchtbar zugerichtet am Boden lag. Das einzige Kind seiner jüngeren Schwester. Es war wirklich grauenvoll, sowohl der Anblick des Jungen als auch die Reaktion meines Kollegen, und ab da war er nicht mehr zu halten. Der Mann, der in diesem Fall unbedingt ermitteln wollte, hatte nichts mehr mit dem Polizisten gemein, dem man mich anvertraut hatte. Du kannst dir sicher vorstellen, dass das nicht gut endete.«

»Was ist passiert?«, wollte Frank wissen.

»Er hat sich einfach nicht abziehen lassen, er war zwar bei den Ermittlungen draußen nicht mehr dabei, aber er hat jede Akte studiert und ist in jede Vernehmung gekommen. Egal wie man ihm gedroht hat, es prallte an ihm ab. Er war wie besessen davon, die Mörder seines Neffen zu erwischen, ihnen in die Augen zu sehen und sie dann büßen zu lassen für die Tat. Mittlerweile hatte sich seine Schwester das Leben genommen, weil sie mit den Bildern nicht leben konnte. Als wir die Clique dann hatten, es waren drei Jungs im Alter von sechzehn bis achtzehn Jahren, hat er einen gewürgt. Ich konnte ihn gerade noch davon abhalten, Schlimmeres zu tun. Ich habe tatsächlich schon damals mehr gesehen als viele meiner Kollegen, und ich konnte die Mordlust in seinen Augen erkennen.« Sie atmete kurz durch und erzählte dann weiter. »Er hätte den Jungen gewiss getötet. Irgendwann war es dann so, als würde er aus einem bösen Albtraum, in dem er gefangen gewesen war, erwachen, und danach wollte er kein Polizist mehr sein. Sie haben ihm fairerweise den Vorruhestand ermöglicht, da er schon Ende fünfzig war.«

Beide hingen einen Augenblick ihren eigenen Gedanken nach.

Dann ergriff Frank wieder das Wort. »Dann verstehst du mich ja noch besser. Ich konnte einfach nicht wieder dort hingehen. Ich konnte nicht in diesem Dreck wühlen, ich konnte die Dinge nicht berühren, die im Zusammenhang mit ihrem Tod standen, obwohl ich nichts mehr wollte und will, als dass der Täter endlich dafür büßt.«

»Hast du dann deshalb weitergemacht oder gab es einen anderen Auslöser?«, wollte Margeaux jetzt wissen.

»Es war ein bisschen was von beidem. Ich wollte es nicht auf sich beruhen und damit irgendwie auch all die Lügen wahr werden lassen, und zusätzlich gab es, ich war gerade Kommissar geworden, einen ähnlich gearteten Mord. Eine junge Frau war erwürgt neben einem Müllcontainer abgelegt worden. Ziemlich schnell wurde über Verbindungen ins Rotlichtviertel gemutmaßt, und damit verlangsamten sich auch die Ermittlungsarbeiten. Im Milieu zu ermitteln, ist immer aufreibend. Das hat mich dann wieder auf die Spur gebracht. Ich dachte: Was, wenn es derselbe Täter ist und er damit auch wieder davonkommt? Er hätte ja wegen einer anderen Tat im Gefängnis gewesen sein können, oder der Trieb zu morden war nur durch einen temporären Trigger ausgelöst worden. Also habe ich angefangen, Fakten zu vergleichen. Dadurch hatte ich offiziell Zugriff auf die Beweismittel und alle Unterlagen. Ich war gerade so weit, dass ich einen Beschluss beantragen wollte, das Laken erkennungsdienstlich auszuwerten, als uns der Typ bei einer Rasterfahndung ins Netz ging, und wenn er nicht als Zehnjähriger meine Mutter getötet hatte, dann kam er eher nicht infrage. Ich stand also wieder am Anfang, und meine DNA-Analyse bekam ich dann logisch auch nicht mehr.«

»Hast du jetzt eine neue These, was dahinterstecken könnte?«, fragte die Privatermittlerin.

»Was weiß man schon als kleiner Junge wirklich über seine Mutter? Ich habe sie nie mit einem Mann gesehen oder sie darüber reden hören, dass sie eine Beziehung hatte, und sie war ja eine junge Frau. Mein Vater war schon so viele Jahre tot, das ist doch unnatürlich, in dem Alter keinen Freund zu haben, und wenn da jemand war, warum hat sie ihn nie mitgebracht?«, stellte Frank die Fragen laut, über die er schon seit Jahren immer wieder nachgrübelte.

»Vielleicht war er verheiratet«, warf Margeaux ein, »also falls es überhaupt jemanden gab. Hättest du das nicht doch irgendwie bemerkt? Sie wäre ja dann abends auch mal weg. Und die Gretchenfrage ist: Warum sollte ein eventueller Freund sie töten?«

»Ich denke, des Pudels Kern ist das Laken, und dem sollten wir zuerst nachgehen. Genug der Aufschieberitis«, sagte er, griff zum Handy, wählte Matzes Kontakt aus und drückte beherzt auf das grüne Telefon.

Bad Homburg im Jahr 1974

Ariane Kaiser kam von der Toilette zurück. Sie mochte das Ambiente der Spielbank sehr. Die dunkelroten Wände, die Spiegelfliesendecke, die Rundbögen, die im Glanz der Leuchter golden schimmerten, und die Spieltische, die dazu einluden zu gewinnen, zu verlieren oder auch einfach nur interessierter Zuschauer zu sein.

Marco und sie gaben sich an den Abenden, die sie dort verbrachten, immer ein fixes Budget. Sie liebten beide das prickelnde Abenteuer, wenn die Kugel sich im Roulette zu drehen begann und mit dem metallischen Klicken in ihrer Endposition landete oder wenn beim Black Jack die letzte Karte aus dem Wagen gezogen wurde. Als sie zum ersten Mal dort gewesen waren, hatten sie fünfzig Mark eingesetzt und hatten tatsächlich sogar gewonnen, sodass sie anschließend im Restaurant für hundert Mark gespeist und getrunken hatten.

Mittlerweile lag das Budget für jeden von ihnen bei hundert Mark, und sie hatten fest vereinbart, diesem Betrag auch nicht hinterherzuweinen, falls sie verloren, was eben auch vorkommen konnte. Sie verdienten beide gut und hatten überschaubare monatliche Kosten, daher waren diese Abende in der Spielbank ein Vergnügen, das sie sich problemlos leisten konnten.

Marco stand am Roulette-Tisch und unterhielt sich mit einem Mann. Als Ariane näher kam, erkannte sie Klaus Ehrmann, den Juniorchef der Ehrmann Bank. Sie hatten noch nicht sehr viel miteinander zu tun gehabt, da Ariane erst kürzlich von der Sparkasse zur Ehrmann Bank gewechselt war und nun dort am Kundenschalter arbeitete. Ehrmann hatte sein Büro in der obersten

Etage. Er lief zwar regelmäßig durch die Schalterhalle und grüßte nach allen Seiten freundlich, aber sie gehörte nicht zu seinem Bereich, und so hatten sie noch nicht viele Berührungspunkte gehabt.

Sie gesellte sich zu den Männern, Ehrmann begrüßte sie freundlich, und dann plauderten die Herren weiter über ein Autothema. Ehrmann versprach, mit seinem Wagen zu Marco in die Werkstatt zu kommen, verabschiedete sich dann nach einem Seitenblick eilig und wandte sich dem Spieltisch zu.

»Der hat einen Matra-Simca Bagheera, Baujahr 73«, flüsterte Marco ihr zu, »bei dem Wagen wollte ich schon immer mal ins Innenleben schauen.«

Ariane nickte und lächelte, sie liebte es zu sehen, wie begeistert Marco seinen Beruf ausübte. Dann fiel ihr Blick auf Klaus Ehrmann, und ihre Augen wurden groß: Der Privatbankier stand am Roulette und verteilte eine große Menge Fünfzig-Mark-Jetons auf dem Tisch. Der Croupier rief »Rien ne va plus«, und ihr Juniorchef begann, unruhig an seinem Sakko zu zupfen. Sie konnte ein leises Klimpern hören. Er hatte wohl noch einige Jetons in der Jackentasche.

Sie war erstaunt, dass jemand so viel Geld bei einem einzigen Spiel einsetzte, nahm Marco am Arm und sagte leise: »Hast du gesehen, wie viel Geld er da gerade auf den Tisch geworfen hat?« Sie erstarrte. »Ach herrje … jetzt ist alles weg. Er hat alles verloren«, stellte sie aufgeregt fest.

Sie überlegte kurz, ob sie hingehen und dem Mann ein paar tröstende und aufmunternde Worte zusprechen sollte, doch da warf er schon die nächsten Jetons auf den Tisch.

»Die sind so reich, da macht das gar nichts aus«, sagte Marco ein wenig neidisch und zog Ariane weiter, denn schließlich hatte er für den Abend ja noch einen fulminanten Ausgang geplant.

Kurze Zeit später saßen sie an dem festlich gedeckten Tisch, genossen das köstliche Essen und hatten den Banker schon längst vergessen. Der Champagner kam gleichzeitig mit dem

Dessert. Marco prostete Ariane zu, und erst jetzt entdeckte sie den unglaublichen Ring in ihrem Glas.

Marco hatte sich derweil erhoben, kniete neben ihr nieder und hielt formvollendet um ihre Hand an. Ariane weinte vor Freude, fiel ihm stürmisch um den Hals, und alle im Lokal begannen zu applaudieren, als die Verlobten sich schließlich küssten.

Deutschland im Jahr 1973

Nach den Jahren der Zuwanderung vieler Gastarbeiter beschloss die deutsche Regierung 1973, diese nach dem Ölpreisschock drastisch zu reduzieren. Den vorwiegend italienischen, griechischen und spanischen Arbeitern wurde es ermöglicht, in die Heimat zurückzukehren oder ihre Familien nachzuholen.

Der dreizehnjährige Faik Ziberi war 1972 noch über Griechenland nach Deutschland gekommen. Bei der anstrengenden Reise, die teilweise mit gefälschten Papieren vonstattengegangen war, war seine Mutter schwer erkrankt. Sie hatte den Jungen fortbringen wollen aus der Armut. Die kommunistische Diktatur, in die Albanien nach dem Zweiten Weltkrieg unter Hoxta geraten war, hatte vor allem in den kleinen Bergdörfern zu unglaublichem Elend geführt. Die Mutter hatte griechische Wurzeln, ihr Ziel war es gewesen, dass ihr Sohn überlebte. Der schlaksige Kerl hatte sie nach dem ruhmlosen Tod des Vaters sehr unterstützt. Er hatte gestohlen, was nicht niet- und nagelfest gewesen war, und sie hatte nicht gewollt, dass er in einem der furchtbaren Löcher, die sich Gefängnis nannten, starb. Also hatte sie ihn fortbringen müssen. Sie hatte sich ihrer Familienbande besonnen, und sie waren in einer gefährlichen Aktion über die griechische Grenze in der Nähe von Gramos gekommen. Von dort aus hatten sie Ende 1972 als einige der letzten Gastarbeiter Deutschland erreicht.

Faik erinnerte sich mit Grauen daran, wie seine Mutter ihnen das alles erkauft hatte und was sie alles auf sich genommen und erduldet hatte.

Als sie dann endlich im gelobten Land ankamen, war sie ausgelaugt und abgemagert. Sie konnte kaum stehen, geschweige denn ihre Putzstelle richtig ausführen. So half ihr der Junge, wo er nur konnte, bei der Arbeit und besann sich ansonsten genau auf das, was er in Albanien getan hatte, um sie beide über Wasser zu halten. Bald schon wurde man auf ihn aufmerksam, denn er war ein geschickter Dieb und hatte es sogar geschafft, Francesco Berlione in der Innenstadt in Frankfurt zu bestehlen. Berlione ließ den Jungen suchen und erkannte sehr schnell das Potenzial und die Wut, die der Teenager nicht verbarg, als man ihn in das Büro des Italieners schleppte.

Die Verhandlungen waren zäh, wie der gewiefte Italiener bewundernd feststellte, aber der Junge fügte sich, als ihm der Erwachsene klarmachte, »wie der Hase lief«. Die Mutter bekam medizinische Hilfe, eine bessere Arbeit, und Faik musste zur Schule gehen und in seiner Freizeit kleinere Aufgaben für Francesco erledigen, für die er sehr fair entlohnt wurde. Bald schon schaute der Junge voller Bewunderung zu dem Italiener auf und begann, ihn zu verehren.

Er war schon damals bereit gewesen, alles für ihn zu tun.

Stuttgart, Mordkommission, im September

Werner Walter saß in seinem Büro und sinnierte über das, was er am Vorabend erlebt hatte. Die Nacht war unruhig gewesen, denn es barg sowohl Chancen als auch große Risiken, das Geheimnis des Staatsanwalts zu kennen. Er musste klug abwägen.

Myriam hatte ihn am Morgen angerufen, um ihre Bedenken zu äußern. Zudem hatte sie ihn gebeten, vorsichtig zu sein. Auch sie hatte nicht gut geschlafen und die halbe Nacht mit Recherchen verbracht. Der Inhaber des »Il Pastaio«, Luca Pescatore, war kein unbeschriebenes Blatt. Es gab viele Gerüchte über ihn, aber man hatte ihm nie etwas nachweisen können.

»Das ist ein sehr heißes Eisen, Werner«, hatte sie eindringlich gesagt, »und ich wünschte eigentlich, dass wir das nie gesehen hätten, und gleichzeitig möchte ich da auch einen Riegel vorschieben, denn das ist eine Schmach für unsere Zunft.«

»Der Italiener hält viele Fäden in der Hand«, hatte Walter, der auch nicht untätig gewesen war, gemeint. »Die Zentralstelle für Finanztransaktionsuntersuchungen hatte ihn schon mehrfach auf dem Kieker, aber niemand konnte ihm bisher eine entsprechende Tat nachweisen, und du weißt, dann sind einfach allen die Hände gebunden. Die Kollegen von der Organisierten Kriminalität haben eine Akte über ihn, die so dick ist wie die gesammelten Werke Konsaliks, aber es fehlen die Zugriffsmöglichkeiten. Zudem ist der feine Herr hochrangig vernetzt, und das scheint ihm einen gewissen Status zu verleihen.«

»Du siehst ja, wer da rumhängt«, sagte Myriam flapsig, »und wahrscheinlich ziehen da nicht nur einige mit den Mädels ab, sondern ziehen auch noch anderes ...«

»Dass da gekokst wird, was das Zeug hält, glaube ich sofort, aber ganz ehrlich: Eigentlich möchte ich gar nicht wissen, wer da alles was konsumiert«, hatte der Dienststellenleiter zugegeben.

»Wie du so schön sagst: eigentlich! Du weißt, dass das eine Verneinung beinhaltet und du wahrscheinlich doch ganz schön neugierig bist.« Die Anwältin hatte das Gehörte auf den Punkt gebracht. »Ich übrigens auch, auch wenn das wirklich richtig mies werden kann zu wissen, wer da alles mit drinhängt.«

»Die Gretchenfrage ist die: Wem kann man denn überhaupt noch trauen?« Er hatte theatralisch geseufzt.

»Komm wieder runter, Chef der Mordkommission! Du bist zwar echt ein affektierter und unangenehmer Zeitgenosse, aber du kennst deine Leute ziemlich gut und weißt in deiner Abteilung sicher, auf wen du dich verlassen kannst. Sogar ich kann dir da spontan Namen nennen.«

Von keiner anderen Person hätte Werner Walter, den alle hinter seinem Rücken nur als den »Ausrufezeichenchef« titulierten, so eine Ansprache akzeptiert. Doch Myriam war immer ehrlich und trug ihr Herz ihm gegenüber auf der Zunge. Das war sicher auch ein Punkt, der während ihrer Ehe nicht unbedingt dazu geführt hatte, dass sie in Harmonie und Frieden miteinander gelebt hatten.

»Wenn wir den Typen bei den Eiern packen und auch so Leuten wie Beerschneider das Handwerk legen wollen, dann müssen wir echt umsichtig sein.« Die Anwältin in ihr war wieder zum Vorschein gekommen.

»Wollen wir das denn?«, war Werner mit erhobener Stimme hochgefahren und hatte seinem Ruf alle Ehre gemacht. »Oder ist es nicht besser, du hältst dich ab jetzt da raus!!!«

»Na klar«, war es von seiner Ex-Frau wie aus der Pistole geschossen gekommen, »ganz bestimmt lasse ich dich nicht allein ins Unglück rennen. Auch wenn wir offiziell geschieden sind, weißt du ja, wie es wirklich läuft: bis dass der Tod uns scheidet.«

Als Tochter einer bekennenden Katholikin gab sie das immer gern mit einem karikierenden Tonfall zum Besten.

Barbentane im September

Aimé stand vor der Gendarmerie und hielt ein Schwätzchen mit einer deutschen Touristin. Er war sehr stolz darauf, die deutsche Sprache zu beherrschen, auch wenn ihm manchmal die Worte fehlten und die Grammatik sicher nicht immer perfekt war.

Verwundert nahm er wahr, dass der Wagen von Gilbert Brenot auf den Parkplatz vor der Polizeistation fuhr. Er beendete sein Gespräch freundlich und empfahl der Frau, unbedingt zu versuchen, bei seinem Freund Julien Surfin in Avignon im «Chez Louise« einen Tisch zu ergattern und dort göttlich zu speisen. Dann ging er zwischen den parkenden Wagen hindurch und platzierte sich am Heck des Wagens von Brenot. Der Commandant kletterte aus dem Fahrzeug und begrüßte Aimé.

»Hast du Sehnsucht nach mir bekommen, oder was treibt dich so schnell wieder in meine Arme?«, frotzelte Aimé.

»Lass uns einen Café noir trinken und dann eine Runde durchs Dorf drehen«, schlug Brenot vor und ging in Richtung »Bar Central«.

Sie tranken an der Bar stehend ihren Kaffee, genau wie am Tag zuvor in Tarascon, und unterhielten sich mit dem Inhaber über das Wetter. Ein paar Minuten später waren sie auf dem Weg nach draußen und schlenderten dann in Richtung Château de Barbentane. Das 1674 im italienischen Stil erbaute Schmuckstück diente für viele Fotos als Kulisse. Die Luft war lau, und die Zigallen zirpten fröhlich in den Bäumen, gut versteckt hinter dem Blattgrün.

»Ich gehe davon aus, dass du nicht nur gekommen bist, um einen Kaffee mit mir zu trinken und einen Spaziergang zu machen«, brach Aimé das Schweigen.

»Nein, da hast du vollkommen recht, mein Freund, da ist etwas, was ich mit dir besprechen möchte«, druckste Brenot herum.

»Ist etwas passiert?«, fragte der Flic alarmiert.

Noch nicht, dachte Brenot, *aber jetzt gleich wird was passieren.*

»Ich habe gestern Abend noch mit Paul Bacron telefoniert«, begann er zu erzählen, »er steht kurz vor einem sehr wichtigen Durchbruch für den gesamten Einsatz, und außerdem muss er bald aus der Rolle raus.«

»Ja«, sagte Aimé vorsichtig und schaute den Leiter der Gendarmerie nationale aus Tarascon von der Seite an.

»Er braucht Unterstützung. Eine Art Bodyguard, der ihn zu einigen wichtigen Treffen begleitet. Jemand, der zur Not auch zuschlagen kann und den Job kennt«, erläuterte Brenot.

»Gilbert, dafür bin ich zu alt«, sagte Aimé verblüfft, »und zu klein!«

Brenot musste lachen. »Ich habe dabei nicht an dich gedacht.« Er druckste noch immer herum, besann sich dann seiner Rolle, straffte sich und sagte geradeheraus: »Ich dachte an Madame Surfin.«

Die Temperaturen sanken merklich ein paar Grad, denn Aimés Miene schien augenblicklich zu gefrieren, und sein ganzer Körper spannte sich an. »Spinnst du?« Aimé nahm nun kein Blatt vor den Mund. »Wir sind alle gerade erst einem Albtraum entkommen und zum ersten Mal seit vielen Monaten wieder sicher, haben unsere Wunden geleckt und überlebt. *Sie* hat überlebt, und jetzt willst du sie mit einem verdeckten Ermittler zur Mafia schicken und nicht zu irgendeiner kleinen Abteilung der Organisierten Kriminalität, sondern zu den Monstern der Szene!« Er wurde immer lauter, und Brenot legte beschwichtigend seine Hand auf Aimés Arm. »Mir war klar, dass du davon nicht begeistert sein wirst, aber ich sage es dir, weil du mein Freund bist und nicht, weil ich es muss.«

Der Dorfpolizist atmete schwer und sagte nun etwas leiser: »Du weißt genau, dass sie das super finden wird, und du weißt auch sehr genau, dass es gefährlich ist.«

»Das weiß ich«, gab Gilbert zu, »ich weiß aber auch, dass sie eine hervorragend trainierte Polizistin ist, die besser ausgebildet ist als alle, die ich kenne. Sie kann das Risiko sehr gut abschätzen und bewerten und zudem sieht sie mehr als andere, das kann ebenfalls sehr hilfreich sein bei solchen Treffen. Deshalb ist sie nicht irgendeine x-beliebige Wahl, sondern meine erste.«

»Gilbert, wenn ihr etwas passiert, das überlebt meine Frau nicht. Hilde hat so viel mitgemacht, sie schafft das nicht noch mal, und Margeaux zur Mafia nach Marseille zu schicken, ist das Gleiche, wie wenn du sie in ein Hasenkostüm packst und am Wochenende in die Campagne stellst!« Er spielte auf die Jagdsaison an, die Anfang September begonnen hatte und gerade am Wochenende viele Verrückte mit Waffen in die Natur zog, die auf alles schossen, was sich bewegte. Während dieser Tage hatten die Ärzte viel damit zu tun, Schrot aus Tieren zu picken, also nicht aus dem Jagdgut, sondern aus dem Jagdhund oder auch mal einem Pferd, das friedlich grasend auf seiner Koppel stand.

»Aimé, ich kann deine Sorge sehr gut verstehen, aber Margeaux Surfin war als eine von sehr wenigen Europäern in einem Sonderausbildungsprogramm des FBI, sie ist Profi durch und durch, und so jemanden brauche ich an Pauls Seite. Zudem ist sie keine Polizistin mehr, ihre gescheiterte Karriere dort lässt sich gut für eine Story benutzen.« Der Commandant wurde nun nachdrücklicher.

»Ich kann das ja sowieso nicht verhindern, aber danke, dass du es mir vorab gesagt hast«, resignierte Margeaux' Ziehvater und ging mit gesenktem Kopf weiter. Es war deutlich zu sehen, dass er sich furchtbare Sorgen machte.

»Ich muss dich bitten, es für dich zu behalten, das ist absolut vertraulich. Auch deine Frau darf nicht wissen, dass Paul ein verdeckter Ermittler ist. Ich weiß zwar, dass sie nie darüber reden würde, aber …« Brenot ließ das Ende offen.

Die Männer beendeten schweigsam ihre Runde, und als sie wieder an Brenots Auto angekommen waren, reichte dieser dem Freund die Hand und sagte: »Es tut mir leid, Aimé.«

Aimé schien eine Sekunde zu zögern, ergriff dann jedoch die Hand und sagte: »Ich weiß.« Danach drehte er sich um und ging in Richtung Gendarmerie davon.

Gilbert Brenot seufzte und setzte sich ins Auto. Er hatte gewusst, dass das der schwierigere Part seiner Idee gewesen war. Jetzt würde er versuchen, Margeaux Surfin zu erreichen.

Weh denen, die Unheil planen und böse Taten
auf ihren Lagern! Wenn es Tag wird, führen sie es aus;
denn sie haben die Macht dazu.

Micha 2,1

Die Stunden bis zum Jüngsten Gericht vergehen langsam. Jeder wird irgendwann für seine Taten büßen. Für die kleinen Vergehen und für die großen. Manche Sünden lassen sich auch nicht mehr sühnen, denn mit ihnen zu leben, ist schon der schlimmste Teil, selbst das Fegefeuer könnte kaum mehr schlimmer sein. Der ganze Planet ist doch durchzogen von Bösartigkeit und Gier. Ausbeutung ist an der Tagesordnung, ebenso wie Unterdrückung und Mord. Ein paar wenige werden täglich reicher und reicher, und andere sterben dafür. Ist das der Kreislauf des Lebens? Wird es im Himmel genauso sein – oder in der Hölle? Gibt es überall die, die von Machtgier angetrieben werden und Asche unter ihren Füßen hinterlassen, egal wohin sie gehen?

Wenn dich diese Gedanken tagein, tagaus durchdringen, ist dann nicht das Leben schon die größte Qual? Wird man bereits mit dem Gen zu morden geboren? Ist man schon von Geburt an verflucht, oder machen die Umstände einen dazu? Wiegt die Liebe etwas, oder ist sie so leicht, dass sie wertlos ist?

Marseille im September

Pascal Lingerot alias Paul Bacron saß in seinem Apartment und telefonierte. Er konnte bei dem Gespräch nicht still sitzen. Es würde endlich losgehen. Das bedeutete aber auch, dass er seinen Bodyguard dringend brauchen würde. Sein «Chef« hatte ihm die Wahl gelassen, und er wusste natürlich auch, dass seine Auswahl genau betrachtet und bewertet werden würde. Er hoffte darauf, dass seine Kontaktperson bei der Polizei eine gute Idee hatte, sonst musste er zu irgendeinem Idioten aus der Szene greifen, und das wollte er nicht. Die meisten dieser Typen hatten ein Gehirn so groß wie eine Erbse, und ihre winzigen Köpfe auf ihren muskelbepackten Körpern waren von Steroiden zu Stauräumen für das Stroh geworden, das sie nicht unter den Armen tragen wollten. Er brauchte eine Kombination aus Cleverness, Kampferprobtheit und unsichtbarer Gefährlichkeit. Er brauchte eine Art Geheimwaffe, denn das würde den Typen, mit denen er ins Gespräch gehen sollte, am ehesten den Schneid abkaufen, denn sie waren hinterhältig, brutal und hatten ihren eigenen Kodex. Kaum einer konnte durchdringen, ob Ehre in diesen Grundsätzen eine Rolle spielte oder ob der Begriff so eigenwillig interpretiert wurde, dass er völlig verfremdet war.

Er legte auf und lief weiter umher, der erste Termin mit einem von Ziberis Leuten war gerade von ID bestätigt worden, wie Idriz Berisha von allen genannt wurde. Der Spitzname beruhte auf seinem Ruf, eine Maschine zu sein, die durch eine Identifikationsnummer gekennzeichnet war, also eine ID. Das erste Treffen würde mit Ziberis zweitem Mann Ervin Dipra stattfinden. Man musste erst an Dipra vorbei und dann an Albrim Kasapi, bevor man überhaupt in die Nähe des Mannes kam, der diese gefährliche Truppe leitete.

Er hörte ein Geräusch hinter sich und fuhr abwehrbereit herum. Im Türrahmen zum Flur stand die Kleine, mit der er die Nacht verbracht hatte. Auch das gehörte zu seiner Identität. Er musste das Angebot, das ihm sein Chef Jean-Je machte, nutzen, damit seine Rolle glaubhaft blieb.

Durch den Tod eines der politisch wichtigsten Männer in der Grauzone zwischen der Organisierten Kriminalität, der Politik und der Wirtschaft, Charles Pasqual, waren alle Karten neu gemischt worden, und auch der Glücksspielpapst Michel Tomi hatte rapide an Macht und Einfluss verloren. So war Jean-Je Casanova, der Mann, der nun in Marseille das Sagen hatte, aufgestiegen. Seine korsischen Wurzeln und seine Verknüpfungen mit der »Brise de Mer«, dem legendären Mafia-Syndikat der Korsen, die als einen ihrer größten Coups 1990 die UBS-Bank in Genf überfielen und dabei rund einunddreißig Millionen Schweizer Franken erbeuteten, die niemals gefunden wurden, machten ihn nicht nur zu einem einflussreichen Mann. Er war auch gefährlich wie eine Schwarze Mamba. Zudem war er gerissen und klug und hatte 2016, als Michel Tomi, der König der Casinos, Probleme mit der Regierung bekommen hatte, die Gelegenheit beim Schopfe gepackt und einen großen Teil der Glücksspielstätten in Frankreich und im Kongo unter seine Fittiche genommen. Dies war einerseits durch Gespräche und Einigungen entstanden und andererseits durch simple, kaltblütige Morde.

Jean-Je Casanova war ein eiskalter Menschenfänger, beherrschte sein Business und hatte seine Leute fest im Griff. Er verlangte unabdingbare Loyalität und absolute Geheimhaltung, dafür entlohnte er seine Mitstreiter fürstlich. Sowohl mit Bargeld als auch mit Drogen und … Frauen.

Paul hatte jedoch vom ersten Tag an klargemacht, dass er keine Drogen nehmen würde. Seine Vita war entsprechend konstruiert: Eine Mutter, die am Drogenkonsum verstorben war, ein Vater, der mehr durch Abwesenheit geglänzt hatte, als für den

Jungen da zu sein, und dann letztlich auch den Drogen zum Opfer gefallen war, sorgten dafür, dass Pascal Lingerot niemals auch nur auf den Gedanken kam, eine bewusstseinsverändernde Substanz anzurühren. Casanova akzeptierte das und zollte ihm sogar Respekt.

Paul Bacron hatte wirklich viel Energie in den Aufbau des Beziehungsgeflechtes gesteckt, und nun war er kurz davor, in den inneren Kreis aufzusteigen. Er musste nur die Sache mit den Albanern regeln.

Er schaute das Mädchen kurz erstaunt an, er hatte sie vollkommen vergessen. Er hatte mit ihr geschlafen, sie von vorn und von hinten bestiegen, sodass man ihm nicht nachsagen konnte, er sei ein Schlappschwanz, doch Freude hatte es ihm keine bereitet. Das Mädchen, für das er wirklich etwas empfunden hatte, war zwischen die Räder der beiden rivalisierenden Gruppen geraten, und Ziberi hatte dafür gesorgt, dass sie sich nie mehr an Pascal Lingerot erinnern würde. Er hatte sie zerbrochen.

Paul spürte, wie der Zorn ihn übermannen wollte, und ballte die Fäuste. »Du gehst jetzt besser«, schnauzte er das Mädchen an, und sie zeigte ihm den Mittelfinger, drehte sich flink um und verschwand türknallend aus seiner Wohnung.

Er öffnete den Tresor im Schrank mit seinem Irisabdruck und nahm die Akte über Faik Ziberi heraus. Es war keine polizeiliche Akte, sondern eine Sammlung, die Pascal Lingerot als Handlanger von Casanova angelegt hatte.

Der ursprünglich aus Albanien stammende Halbgrieche Ziberi war als Teenager nach Deutschland gekommen und dann in Frankfurt recht schnell an den Capo der dortigen italienischen Mafia, Francesco Berlione, geraten, der ihn unter seine Fittiche genommen hatte.

Er hatte sich vom einfachen Boten zur rechten Hand hochgearbeitet und immer mehr Spielraum erhalten. Als seine Mutter Ende der Neunziger verstorben war, hatte es ihn in südlichere Gefilde gezogen, und Frankreich hatte durch die Durchdringung der Organisierten Kriminalität durch die gesamte Wirtschaft und in viele Bereiche der Politik geradezu unbegrenzte Möglichkeiten für aufstrebende Männer wie ihn geboten. Er hatte einige Albaner rekrutiert, die nach dem Fall der Mauer Ende der Achtziger wie Kakerlaken vor dem Licht aus ihrem Land geflohen waren.

Ziberi machte es so, wie es Berlione bei ihm gemacht hatte: Er suchte sich junge, hungrige Burschen aus und fütterte sie an. Er gab ihnen die Möglichkeit, Geld zu verdienen. Oft sogar mit völlig legalen Jobs. Er beschützte sie auf der Straße, und so wuchs das Vertrauen zu ihm. Dann ließ er sie wichtigere Aufgaben übernehmen, wie zum Beispiel, die Umschläge mit den Schutzgeldern in den Cafés und Restaurant seines Gebietes einzusammeln. Die, die sich als würdig erwiesen, durften dann auch mal jemanden für ihn abknallen oder mit dem Auto von der Straße drängen.

Seine Schlägertrupps waren überall gefürchtet, und er fackelte im wahrsten Sinne auch nicht lange, wenn sich ihm jemand zu widersetzen drohte. Immer wieder brannten Läden aus ungeklärter Ursache nieder, und die Polizei unternahm nichts dagegen.

Umso vorsichtiger musste Paul sein. Wenn Pascal Lingerot enttarnt werden würde, dann würden beide Seiten Jagd auf ihn machen, und er war schneller ein toter Mann, als er fliehen können würde. Ziberi hatte die »Omertà« von den Italienern übernommen, und wer diese lebenslange Schweigepflicht brach, hatte sein Recht zu leben verwirkt.

Paul hatte einiges über ihn zusammengetragen, in Frankfurt war er gefürchtet gewesen als Berliones Ausputzer. Er hatte diejenigen aus dem Weg geräumt, die seinem Capo den Gehorsam verweigert hatten. Bereits als Dreizehnjähriger hatte er diese Aufgaben für den Italiener erledigt. In besonderen Momenten brüstete er sich damit und schürte damit die Furcht vor ihm.

Paul würde ihm das Handwerk legen, und auch Jean-Je Casanova würde seiner gerechten Strafe nicht entgehen. Jetzt lag es an Gilbert Brenot, wie schnell alles vorangehen würde, und er hoffte, zeitnah von seiner Vertrauensperson zu hören.

Hameau les Bouisses im September

Ein Auto kam vor dem Tor knirschend zum Stehen. Willi rannte durch die geöffnete Tür in den Innenhof und begann zu bellen, dann wurde das Tor geöffnet, und Matze kam mit seinem großen Rucksack in der Hand herein. Er beugte sich hinab und streichelte den Dackel ausgiebig, der sich sogleich auf den Rücken warf, um sich von dem Freund auch am Bauch kraulen zu lassen. Margeaux und Frank standen in dem geöffneten, bodentiefen Bogenfenster und schauten den beiden bei ihrem Begrüßungsritual zu.

Matze erhob sich und kam zu den beiden.

»Als du sagtest, du kommst, hatte ich nicht damit gerechnet, dass du *sofort* meintest«, sagte Frank erfreut und umarmte den jungen Mann.

Matze grinste. »Ich hab ein paar Sachen im Homeoffice gemacht und meinem Chef dann gesagt, dass ich für heute weg bin. Eigentlich wollte ich mich damit befassen, die Nachricht, dass ich Vater werde, zu verkraften. Elodie ist im Kindergarten«, schob er noch erklärend nach.

Margeaux drückte ihn an sich und gratulierte ihm von Herzen. Dann gingen sie an den Tisch, auf dem Frank und sie schon begonnen hatten, einiges zu visualisieren, um Abläufe und Zusammenhänge besser erkennen zu können.

Matze ließ sich auf einen gepolsterten Stuhl fallen, bat um ein Wasser und einen Kaffee und packte seine Sachen aus. Dann schaute er die beiden an und sagte: »Wie habt ihr euch das denn jetzt genau gedacht?«

»Du kannst meine Zugangsdaten zur allgemeinen Datenbank

der Polizei in Deutschland nehmen und schauen, ob du von dort in die Liste der Zugriffe auf die Asservatenkammer in Frankfurt kommst. Dann müsstest du nachverfolgen, wer die Nummer 248.38/84 nach dem 24. August vor zehn Jahren eingesehen hat«, veranschaulichte Frank seine Gedanken. »Denn da war das Laken noch da«, fügte er leise hinzu.

»Okidoki«, sagte Matze, »aber wenn mir das zu heiß wird, bin ich raus. Das ist euch beiden klar, oder? Bap häutet mich und hängt mich dann an den Fingernägeln auf, wenn ich ein Risiko eingehe – jetzt noch mehr als vorher.«

Margeaux und Frank nickten verständnisvoll. Keiner von ihnen hatte Lust auf eine Diskussion dieser Art mit dem Hotelier.

In diesem Moment kam Hilde durch die Küchentür. Sie stürmte auf Matze zu, riss ihn förmlich vom Stuhl und drückte ihn, dass seine Knochen knackten. »Mein lieber Junge! Ich freue mich so sehr für euch beide. Du bleibst doch zum Essen, du brauchst ja jetzt jede Menge Energie, um Elodie zu unterstützen.«

Selbst wenn Matze gewollt hätte, hätte er sich dieser Einladung nicht entziehen können, aber er liebte es, von Hilde bekocht zu werden, und nickte daher begeistert. »Danke, Hilde. Stimmt, ich bin ganz schön aufgeregt, und das kostet Energie.«

»Das ist doch normal«, beruhigte sie ihn, »was glaubst du, wie aufgewühlt Aimé damals war, als er erfahren hat, dass er Vater wird. Ich mache mich dann gleich ans Mittagessen, ich muss nur noch schnell mal an die Waschmaschine.«

So rasch, wie sie gekommen war, war sie auch wieder weg.

»Ist wieder alles okay mit ihr?«, wandte Matze sich leise fragend an Margeaux.

»Ich denke, zu neunzig Prozent ist sie wieder ganz die Alte«, sagte sie und blickte ihn dann auffordernd an. »Leg bitte los, denn wenn sie mitkriegt, was du hier für uns machst, flippt sie bestimmt aus und verpetzt uns.«

Matze klappte seinen Laptop auf, verkabelte ihn und sah Frank dann erwartungsvoll an.

Hameau les Bouisses im September

Gilbert Brenot lenkte seinen Wagen von der Hauptstraße auf die Verbindungsstrecke, die am Kloster Frigolet vorbei nach Tarascon führte. Er wählte Margeaux' Nummer und legte sich die Worte zurecht. Einige Klingeltöne später nahm sie den Anruf entgegen und begrüßte ihn mit offensichtlicher Neugier in der Stimme. »Commandant Brenot, was verschafft mir die Ehre Ihres Anrufes?«

Sie gingen immer sehr höflich miteinander um und blieben professionell bei der Sie-Form.

»Madame Surfin, ich würde mich freuen, wenn Sie kurzfristig Zeit hätten, mich ein paar Schritte durch die Natur zu begleiten.« Er redete nicht lange um den heißen Brei herum.

Falls sie überrascht war, ließ sie sich das nicht anmerken. »Ich begleite Sie selbstverständlich gern. Welchen Zeitraum haben Sie denn im Visier?«

»Ich kann in zehn Minuten bei Ihnen auf dem Weiler sein«, kündigte Brenot an, da er seinen Wagen gerade durch Boulbon lenkte.

Jetzt war Margeaux doch überrascht. »Oh, das ist aber sehr kurzfristig. Ich habe gerade Besuch und ... Sie unterbrach sich. »Lassen Sie uns ein paar Meter zusammen gehen. Ich erwarte Sie in zehn Minuten am Glascontainer.«

Der Polizist bestätigte den Vorschlag, und sie beendeten das Gespräch.

»Brenot will kurz allein mit mir reden. Braucht ihr mich hier?«, wandte sie sich an die beiden Männer.

Die beiden hoben den Blick, schüttelten gleichzeitig den Kopf und beschäftigten sich dann wieder mit dem Bildschirm.

Margeaux ging rasch die Stufen zu ihrem Schlafzimmer nach oben, um sich frisch zu machen und die sportliche Bekleidung, die sie noch trug, gegen Jeans und Bluse zu tauschen. Ihr Haar band sie zu einem hohen Knoten zusammen und nahm noch eine Sonnenbrille aus der Kommode.

Willi war ihr gefolgt und schaute sie nun unschlüssig an. Sollte er sich auf einen Ausflug freuen oder zurück in sein Körbchen gehen?

Margeaux ging achtsam die ungleichen Stufen hinab, und der Vierbeiner folgte ihr vorsichtig. Die Holzverschalung auf den Sandsteinstufen hatten ihre Großeltern aus welchen Gründen auch immer anfertigen lassen. Das polierte Holz machte die Stufen glatt, und die unterschiedlichen Höhen erschwerten ein normales Treppensteigen. Sie hatte schon des Häufigeren überlegt, die Verschalungen entfernen zu lassen, um zu sehen, wie die Originalstufen darunter beschaffen waren.

Unten angekommen leinte sie den Dackel an, der sich nun freute, dass er doch mitkommen durfte.

Hilde kam aus der Scheune und sah sie fragend an. »Du gehst weg? Es gibt doch gleich Essen.«

»Ich bin in zehn Minuten zurück«, erklärte Margeaux, »ich treffe mich kurz mit Gilbert Brenot.« Sie seufzte. »Hey, du brauchst gar nicht so missbilligend die Augenbraue anzuheben«, schob sie noch nach. »Ich kann das sehen und weiß zudem, was es bedeutet.«

Hilde legte den Kopf schief und sagte: »Ich darf gucken, wie ich will, vor allem dann, wenn ich etwas nicht mag. Ich schätze Gilbert wirklich, aber es bedeutet ganz sicher nichts Gutes, wenn er *dich* sehen möchte.«

Margeaux zuckte entschuldigend mit den Schultern. Diese Diskussion hatten sie zur Genüge geführt, und es gab nichts mehr hinzuzufügen. Sie liebte die Polizeiarbeit zu sehr, und Brenot gab ihr in Frankreich die Möglichkeit, aktiv zu werden, so wie Walter ihr im Sommer in Deutschland die gleiche Möglichkeit eingeräumt hatte.

»Ich bin zum Essen wieder da«, versprach sie und ging mit dem freudig an der Leine ziehenden Willi zum Tor hinaus.

Bad Homburg im Jahr 1974

Der unauffällige Transporter fuhr auf den Hof vor Marco Keppners Werkstatt. Ein lässig gekleideter, hochgewachsener Mann stieg aus und betrat das Büro. Marco erwartete ihn schon und war erstaunt über das Fahrzeug. Bisher waren es immer stilvolle Autos gewesen, in die er Verstecke eingebaut hatte. Seine Barschaft in der Kasse im Schrank war auf ein beträchtliches Maß angewachsen, man konnte schon von einer stolzen Summe sprechen. Er hatte schon einige sehr schöne Schmuckstücke für Ariane davon gekauft, die er ihr zum bald nahenden Weihnachtsfest schenken würde, und sie waren in Frankfurts teuersten Läden zum Shoppen gewesen. Er genoss es sehr, mit seiner schönen Verlobten chic gekleidet durch die Innenstadt zu flanieren.

Der Besucher übergab ihm den Plan und die Schlüssel und verabschiedete sich wieder. Draußen fuhr ein weiterer Wagen vor, der Mann stieg ein und das Fahrzeug verschwand vom Hof.

Na, das war aber ein kurzes Vergnügen, dachte Marco bei sich und breitete den Plan auf seinem Schreibtisch aus. Rasch wurde ihm bewusst, was er hier bauen sollte und dass es dabei keineswegs mehr darum ging, ein paar Wertsachen vor dem Zoll zu verstecken. In diesen Kasten würde etwas Größeres passen, und die eingezeichneten Luftlöcher ließen ihn sofort begreifen, was. Er erstarrte, und die eben noch empfundene aufgeregte Freude war wie weggeblasen. Damit wollte er nichts zu tun haben. Er musste Francesco deutlich machen, dass hier für ihn Schluss war. Vielleicht würde er dadurch eine Menge an solventen Kunden und Geldern für die Kasse im Schrank verlieren, aber er spürte, dass er bereit war, darauf zu verzichten, um sich nicht mitschuldig an etwas wirklich Schlimmem zu machen.

Stuttgart, Staatsanwaltschaft, im September

Beerschneider nahm die Robe vom Haken und wollte sich gerade auf den Weg zum Gericht machen, als seine Mitarbeiterin ihm die Hand entgegenstreckte, in der sie einen Zettel hielt. »Das war ein Anruf für Sie, Herr Staatsanwalt. Ich konnte nicht durchstellen, weil Ihre Leitung belegt war, und habe die Nummer notiert. Der Herr bittet um einen zeitnahen Rückruf.«

Beerschneider nahm den Zettel, dankte ihr und warf einen kurzen Blick auf die Notiz. Es handelte sich um eine ihm unbekannte Nummer, auch der Name sagte ihm nichts.

»Falls sich der Mann noch mal meldet, ich werde erst nach dem Gerichtstermin zurückrufen. Ich muss mich jetzt konzentrieren«, ließ er sie wissen und ging grüßend davon.

Sie nickte in seinen Rücken und wunderte sich wie schon so oft über ihn. Mal war er ausgesprochen freundlich und dann wieder distanziert und beinahe unhöflich. Aber vielleicht waren Menschen mit Einfluss irgendwann einfach sehr eigen in ihrer Art.

Beerschneider steckte den Zettel in die Jackentasche und spazierte die kurze Strecke zum Gerichtsgebäude, da das Wetter angenehm war, dabei ging er im Kopf die Anklage noch einmal durch. Nur kurz glitten seine Gedanken zum Vorabend, wie er ihre Haare um seine Hand gewickelt hatte und seine Finger tief in ihr verborgen gewesen waren. Er erschauerte vor Lust und holte sich sofort zurück in die Realität. Er musste bei Sinnen sein, um seine Arbeit verlässlich zu erledigen, doch er war wie ein Süchtiger, der niemals genug von seiner Droge bekommen konnte. Er würde damit aufhören, ganz bestimmt. Er würde ihr entsagen und sich damit dann auch freimachen von der Leine, an der er hing und die zunehmend kürzer zu werden schien.

Er hatte das Gerichtsgebäude erreicht, atmete tief durch, straffte sich und trat durch die Tür.

Hameau les Bouisses im September

Hilde stand in der Küche und schnitt die Kalbsnuss, die sie zwei Tage zuvor von Fett und Sehnen befreit hatte und dann mit Staudensellerie, Möhren, Zwiebeln und Gewürzen vierundzwanzig Stunden in Weißwein eingelegt hatte. Anschließend war das Fleisch in diesem Sud neunzig Minuten gekocht und dann zum Abkühlen herausgenommen worden. Den so entstandenen Fond hatte sie abgegossen und für die Soße aufbewahrt. Sie schob das Fleisch durch die Schneidemaschine und achtete darauf, dass die Scheiben nicht zu dick wurden. Anschließend deckte sie es ab und stellte es in den Kühlschrank. Für die Soße ließ sie den Dosenthunfisch abtropfen, gab Sardellen, Eigelb und einen Esslöffel Kapern dazu, stellte Öl und den Sud bereit und holte den Stabmixer.

»Ich müsste jetzt mal ein wenig Krach machen«, wandte sie sich an Frank und Matze, die ihre Köpfe über dem Computer zusammengesteckt hatten und sich leise unterhielten.

Die Männer schauten zu ihr und hielten beide einen Daumen hoch. Sie ließ das Öl langsam hineinlaufen und gab dann so viel Sud zu, dass eine feine, leicht flüssige Soße entstand. Parallel hatte sie Kartoffeln geschält, diese in wenig Salzwasser aufgesetzt und eine Limequat geviertelt und hinzugegeben. Diese Mischung aus Limette und Kumquat hatte einen wunderbar frischen Geschmack, der hervorragend mit der Fisch-Fleisch-Kombination harmonierte. Ihr Obsthändler hatte ihr mal einige zum Probieren geschenkt, und sie hatte freudig damit experimentiert. Gerade im Kartoffelpüree mit Olivenöl gefiel ihr der Geschmack besonders gut.

Sie prüfte die Konsistenz der Kartoffeln kurz, indem sie mit einer Gabel hineinstach, stellte die Soße ebenfalls in den Kühlschrank und wandte sich erneut an die Männer. »Könnt ihr bitte kurz ein Auge auf die Kartoffeln haben, nicht, dass sie überkochen. Ich muss die restlichen Gardinen aus der Maschine holen.«

Die beiden nickten und machten dann, sich leise austauschend, weiter. Hilde schüttelte den Kopf und überlegte, ob sie wissen wollte, was sie dort taten, beeilte sich dann aber, an die Waschmaschine zu kommen, um die Gardinen herauszuholen, bevor sie zu stark verknitterten.

»Ich habe die Tür sinnbildlich einen Spalt geöffnet«, sagte Matze, als sie außer Hörweite war, »aber ab jetzt wird es wirklich diffizil, unsere Spuren zu verwischen.«

»Ich weiß wirklich zu schätzen, was du da für mich machst, Matze«, sagte Frank dankbar, »aber wenn es zu gefährlich wird, lass uns bitte sofort verschwinden!«

Matze hob wieder den Daumen und tippte weiter komplexe Tastenkombinationen ein.

»Die Tür ist offen«, flüsterte er plötzlich, so, als könne man ihn ertappen, wenn er zu laut spräche. Er zog den Zettel, auf dem Frank die Asservatennummer notiert hatte, näher an sich heran und hatte gerade die fünfte Ziffer eingegeben, als er ein erschrockenes »Scheiße!« ausstieß, sofort hektisch auf die Tastatur einhämmerte und dann in einer fließenden Bewegung das LAN-Kabel entfernte. Eine Sekunde später hatte er den Laptop ausgeschaltet und zugeklappt.

Er atmete wie ein Marathonläufer auf den letzten zweihundert Metern. »Das war knapp, Alter, das war wirklich so richtig verdammt knapp.«

»Was ist passiert?«, wollte Frank wissen, dem das alles zu schnell gegangen war.

»Ich glaube, die Nummernreihe hat eine Art Alarmanlage«, erklärte der Hacker, »oder vielleicht sogar schon die Tür, und es hat nur einen Moment gedauert, bis jemand den Alarm bemerkt hat. Wenn das allerdings der Fall ist, dann sollte ich denen mal ein Beratungsangebot schicken.«

»Also haben wir nichts erreicht?« Frank war frustriert.

»Nein«, bestätigte Matze, »und ich kann dir leider auch nicht sagen, dass wir wirklich unsichtbar geblieben sind, also was die Identität angeht.«

Frank schlug zornig auf den Tisch, sodass die Kaffeetassen klirrend hüpften. »Also war es umsonst?«

»Ja«, bestätigte der junge Mann missmutig, »wenn die Tür gesichert ist, dann gehört das zum normalen Prozedere, würde ich sagen, aber wenn der Code gesichert ist, dann ist es eher persönlich«, fuhr er fort.

»Also bleibt mir nichts anderes übrig, als bei W. W. zu Kreuze zu kriechen und ihn zu bitten, mir zu helfen.« Frank sah aus, als hätte er herzhaft in eine Zwiebel gebissen.

»Es wird wohl nicht anders gehen«, bestätigte Matze. »Darf ich dich etwas fragen?«

»Ja klar.« Der Polizist blickte ihn erwartungsvoll an.

»Warum verschwindet das Laken nach so vielen Jahren?«, wollte der ITler wissen.

»Ich habe dazu einige Erklärungen«, setzte Frank an, als die Kartoffeln zischend überkochten und sie beide wie aufgescheucht aufsprangen, um Hildes Auftrag zu erfüllen. Frank schob den Topf vom Kochfeld, und Matze schaltete es herunter und wischte schnell mit dem Lappen das Wasser auf. In diesem Moment kam Hilde herein und musterte die beiden mit strengem Blick.

»Übergekocht?«, fragte sie. »Angebrannt?«, wollte sie noch wissen, nahm den Deckel vom Topf und warf einen schnellen Blick hinein. »Puhh, noch mal gut gegangen. Ihr könnt euch wieder setzen, oder seid ihr fertig mit eurer geheimnisvollen Recherche?«

Die beiden standen wie ertappte Schuljungs neben dem Herd und wussten nicht, ob sie den Kopf schütteln oder nicken sollten.

»Sollen wir etwas helfen?«, fragte Matze und sah sie entschuldigend an.

»Gern!« Hilde begann sogleich, Aufgaben zu verteilen, und während Matze die Kalbsnuss-Scheiben auf der Platte drapierte und Zitronen in dünne Scheiben schnitt, deckte Frank den Tisch, und Hilde stampfte die Kartoffeln mit etwas Kochwasser, viel Olivenöl und zusätzlich frisch gepresstem Limequat-Saft zu einer köstlichen Beilage.

»Frank, leg bitte auch noch Dessertlöffel auf«, wies sie den blonden Hünen an, »ich habe noch einen kleinen Nachtisch gezaubert. Es gibt Lavendelkuchen, und ich habe ein Rezept für ein Basilikumsorbet ausprobiert. Ich bin sehr gespannt, ob das zusammen schmeckt.«

Die Männer machten große Augen.

»Das klingt ja nach einem Festessen«, staunte Matze.

»Dann hoffen wir mal, dass Madame Surfin uns die Ehre erweist, mit uns zu speisen«, sagte Hilde, und es klang nicht besonders amüsiert.

Hameau les Bouisses im September

Nachdem sie die Häuser ein paar Meter hinter sich gelassen hatten, wandte sich Margeaux an Brenot und wandte eine Resonanzaussage an. Das Konzept hatte ihre Fähigkeiten, Emotionen innerhalb von Millisekunden wahrzunehmen und treffsicher zu entschlüsseln, erweiternd ausgebaut. Emotionserkennung war eine Wissenschaft, und auch die Wirkung der Resonanzaussagen war wissenschaftlich untermauert.

»Ich nehme wahr, dass Sie etwas beunruhigt«, sagte sie, denn sie hatte zusätzlich zu den Stressanzeichen noch die zuverlässige mimisch-muskuläre Bewegung für Angst in seinem Gesicht gesehen: Die Augenbraueninnenseiten waren nach oben und zusammengezogen. Dadurch entstand die typisch geschwungene S-Form. Zusätzlich hatte sich das obere Augenlid etwas angehoben, und das untere Augenlid war angespannt. Seine Mundwinkel waren nach außen gezuckt, und Margeaux konnte sich so sehr sicher sein, da sie alle Anzeichen im Gesicht richtig wahrgenommen hatte.

»Wie immer eine hervorragende Beobachterin«, sagte Brenot und gab sich keine Mühe, sich zu verstellen, »es ist tatsächlich ein wenig prekär, was ich Ihnen nun anvertraue, und ich muss Sie gleich zu Beginn um absolute Verschwiegenheit bitten!«

Margeaux nickte und sagte: »Selbstverständlich behandle ich unser Gespräch vertraulich.«

Er schilderte ihr rasch die Situation und sah sie fragend an. Margeaux war erstaunt und tat dies auch kund. »Mit so etwas habe ich ja gar nicht gerechnet. Das ist ein echt spannender Einsatz. Glauben Sie, die Typen lassen mich als Ex-Polizistin zu?«

»Ich denke, wir müssen, trotz aller Vorsichtsmaßnahmen, um Pauls Einsatz nicht zu gefährden, Ihren Chef in Deutschland mit ins Boot holen, denn wir werden Ihre Personalakte für alle Fälle ein wenig verändern in Richtung *unehrenhaft entlassen*. So was macht immer interessant und erklärt den Seitenwechsel.«

Margeaux nickte zustimmend. »Ein Problem gibt es aber noch«, sagte sie.

»Wenn wir nicht zufällig dasselbe Problem haben, dann gibt es sogar zwei«, fügte der Polizist an, »aber bitte ... Sie zuerst.«

»In meinem Wohnzimmer sitzt Frank Kaiser, und etwas vor ihm zu verbergen, ist kaum möglich, dazu kennt er mich zu gut.«

Gilbert Brenot seufzte. »Das ist schlecht, und das wissen Sie auch. Aimé weiß übrigens Bescheid, ich hielt es für sinnvoll, ihn vorab zu informieren. Er kennt allerdings Pauls Identität nicht, und ich bitte darum, dass das auch so bleibt, auch im Hinblick auf Ihren Kollegen. Der Name Pascal Lingerot darf niemals fallen!«

»Na, da haben Sie uns ja etwas eingebrockt«, Margeaux lächelte ihn an, »aber ich bin dabei. Das klingt nach einem Einsatzbereich, für den ich genau die richtige Person bin.« Sie hielt ihm die Hand hin, und sie besiegelten die Vereinbarung mit einem kräftigen Handschlag.

Margeaux pfiff nach Willi, der gerade versuchte, sich nach Neuseeland durchzugraben, und sie kehrten um.

Wie versprochen hatte das Gespräch kaum länger als zehn Minute gedauert, und Margeaux würde pünktlich zum Essen zurück sein. Sie verabschiedeten sich, Brenot stieg in seinen Wagen und fuhr davon.

Margeaux schlenderte die wenigen Meter zu ihrem Haus und stellte fest, dass dieses Abenteuer sie reizte. Ein Einsatz, der nichts mit ihrer Vergangenheit zu tun hatte, bei dem sie all ihre Fähigkeiten unter Beweis stellen konnte. Sie öffnete lächelnd das Tor und ging leichten Schrittes in die Küche. Hilde war gerade dabei, die Thunfischsoße auf dem Fleisch zu verteilen und mit Kapernäpfeln und Zitronenscheiben zu garnieren. Das Püree dampfte duftend in einer Schüssel. Sie lächelte die Frau liebevoll an und legte den Arm um sie. »Das sieht köstlich aus und riecht wundervoll.«

Hilde ließ sie gewähren und lehnte sich kurz an Margeaux, sie war einfach »ihr Mädchen«, und sie konnte ihr nicht lange böse sein. »Du kannst die Schüssel schon mal zum Tisch tragen und für Getränke sorgen.«

Margeaux warf den Männern am Tisch einen fragenden Blick zu, als sie das Püree abstellte. Beide schüttelten verneinend leicht den Kopf und orderten dann Wasser und alkoholfreies Bier bei ihr.

Kurze Zeit später saßen sie alle am Tisch und schlugen sich die Bäuche voll. Hilde hatte noch frisches Baguette geholt, mit dem sie den Rest der Soße auftunkten. Während Matze und Frank dann das schmutzige Geschirr abräumten, holte Hilde das Blech mit dem Lavendelkuchen aus dem Vorratsraum. Sie hatte ihn mit einem lila gefärbten Zuckerguss und kandierten Lavendelblüten verziert, und er war schon optisch ein Genuss. Sie schnitt für jeden ein großzügiges Quadrat ab, platzierte es mittig auf dem Teller und holte dann das Sorbet aus dem Kühlschrank. Sie hatte es, bevor sie sich zum Essen hingesetzt hatten, vom Eisschrank in den Kühlschrank umgeräumt, damit sie nun leichter Nocken formen konnte. Je links und rechts drapierte sie etwas Sorbet neben dem Kuchenstück und legte zum Schluss eine Basilikumblüte dazu.

Frank und Matze hatten ihr begeistert zugeschaut, schnappten sich dann je einen Teller, und Hilde kam mit den verbleibenden zwei Tellern zum Tisch.

»Basilikum und Lavendel harmonieren hervorragend miteinander«, erklärte sie, »ihr solltet also ruhig auch beides gemeinsam auf dem Löffel haben.«

Das ließen sich alle nicht zweimal sagen, und die verzückten Gesichter gaben Hilde recht.

Frankfurt im Jahr 1974

Marco hatte Francesco Berlione angerufen, und dieser hatte ihn gebeten, doch in seinem Büro in Frankfurt vorbeizukommen. Sie hatten einen Termin vereinbart, und zum ersten Mal, seitdem der Italiener vor der Werkstatt aufgetaucht war, hatte Marco ein ungutes Gefühl, was den Mann anbetraf. Bisher hatte er sich gleichberechtigt gefühlt, und jetzt kam er sich plötzlich hilflos vor. Zu jung für ein solches Gespräch.

Er war versucht, sich Ariane anzuvertrauen, hatte aber Angst vor ihrer Reaktion und verwarf den Gedanken daher schnell wieder. Er hatte die Entscheidung getroffen, mit diesen Leuten Geschäfte zu machen. Also musste er es auch regeln. Er gab seinen Mitarbeitern rasch noch einige Anweisungen und setzte sich dann in seinen schnittigen Wagen. Er war stolz auf den neuen Manta GT/E und hatte ihn logischerweise auch ein wenig aufgemotzt. Das Sportcoupé stand ihm gut, und es war ein echter Flitzer.

Als er in Frankfurt angekommen war, parkte er das auffällige Auto unweit des Gebäudes, in dem Berlione residierte. So musste man es nennen. Die schicke Villengegend beherbergte Anwälte, Ärzte und Steuerberater. An dem aus Gusseisen geschmiedeten Tor zu Berliones Anwesen hing ein distinguiertes weißes Schild mit goldenen Lettern: Santa Marina Beratungsgesellschaft.

Marco klingelte, und kurze Zeit später kam ein Mann in einem dunklen Anzug den baumgesäumten Weg zum Tor entlang. Marco musste sich ausweisen. Das erstaunte ihn sehr. Dann öffnete der Mann das Tor und sagte: »Signore Berlione erwartet Sie bereits, bitte folgen Sie mir.«

Die gesamte Inszenierung war Ehrfurcht gebietend, und Marco musste mehrfach schwer schlucken. Ihm wurde klar, dass er sich in Schwierigkeiten begeben würde. Aber er wollte mit Ariane ein glückliches Leben haben, so wie seine Eltern. Geprägt von Liebe, Vertrauen und Humor. Ausgerechnet jetzt kam ihm das perlende Lachen seiner Mutter in den Sinn und wie der Vater mit seinem dunklen, wie ein Bellen klingenden Lachen mit eingefallen war. Genau das wollte er mit Ariane auch, und sie waren auf einem sehr guten Weg dahin. Sie verstanden sich wunderbar, und er würde das nicht riskieren und am Ende noch im Gefängnis landen. Er versuchte, die bedrohlichen Gedanken zu verscheuchen, um sich auf das, was ihm bevorstand, vorzubereiten. Er hatte schon geahnt, dass Francesco ein einflussreicher Mann war, aber dieses Anwesen hier machte ihm deutlich, in welcher Liga der Mann spielte. Der Bedienstete ging vor ihm eine breite Freitreppe aus weißem Marmor hinauf und öffnete dann das Portal, denn Tür konnte man diesen Eingangsbereich nicht mehr nennen.

Marco wurde immer unbehaglicher zumute, und dann stand er in einer von hohen Säulen eingefassten Halle. Alles war aus poliertem hellem Marmor, und an den Wänden prangten teure Gemälde. Eine antike Kommode war das einzige Möbelstück, und sie unterstrich gekonnt den exklusiven Eindruck dieses Entrees. Eine geschwungene, breite Treppe führte nach oben, und mehrere Türen gingen von der riesigen Halle ab. Dann kam Berlione die Treppe herunter, und er wirkte siegessicher wie ein König.

Hameau les Bouisses im September

Nachdem sich alle mehr oder minder aus der Kaloriennarkose befreit hatten, war Matze auf dem Sprung. Er wollte für Elodie, die bald von der Arbeit kommen würde, etwas zu essen vorbereiten und hatte sich von Hilde und Margeaux noch Tipps für bekömmliche Speisen geben lassen. Er klopfte Frank noch mal bedauernd auf die Schulter und verabschiedete sich dann. Hilde hatte die Küche aufgeräumt, während Margeaux und Frank noch an ihrem Café noir nippten. Sie hatte Hilfe abgelehnt und dann verkündet, dass sie nun so richtig im Flow sei und zu Hause mit den Gardinen weitermachen würde. Kurze Zeit später hörten die beiden ihr Auto davonfahren.

»Also«, sagte Margeaux.

»Also«, sagte Frank.

Sie schauten einander erwartungsvoll an, und Margeaux ergriff als Erste das Wort. »Ich muss Werner anrufen. Er muss meine Vita schönen oder Matze erlauben, dass er es tut, was mir erheblich lieber wäre. Brenot hat einen tollen Auftrag für mich, ich soll einen Kollegen bei einigen wichtigen Treffen … beschützen.«

»Ich muss Werner auch anrufen«, sagte Frank, »wir waren ganz nah dran, aber dann wären wir beinahe aufgeflogen und mussten das Ganze schnell abblasen.« Er schwieg für einen Moment. »Warum muss er deine Vita verändern, wenn du einen Kolle…?« Er unterbrach sich selbst und schaute sie besorgt an. »Ah, das, was der Kollege macht, ist nicht legal oder er ist ein VE.« Er benutzte die allgemeine Abkürzung, da er den Zusammenhang, wie von Margeaux erwartet, sofort erfasst hatte. Er war ein alter Hase und kannte sich in seinem Job und mit allem, was damit zu tun hatte, sehr gut aus.

»Na, dann rufen wir W. W. mal gemeinsam an«, frotzelte Margeaux, »er wird bestimmt begeistert sein von unseren Wünschen.«

Frank nickte, und sie nahm ihr Smartphone, scrollte kurz durch ihre Favoriten und tippte Werner Walter an.

»Margeaux!!!«

Da war es wieder. Ganz typisch, ohne Begrüßung und wie ein massiver Ausruf klingend.

»Werner!«, versuchte sich Margeaux nachahmend, kam sich aber albern vor und hätte beinahe angefangen zu gackern.

»Du rufst mich an. Daher gehe ich davon aus, dass du etwas von mir willst, da du mich noch nie angerufen hast, um einfach so mit mir zu plauschen.« Werner Walter kam gleich auf den Punkt.

»Da hast du wohl recht«, gab Margeaux unumwunden zu. Sie schilderte kurz den Auftrag mit so wenig Details wie möglich und bat darum, Matze in seiner offiziellen Rolle als Berater der Polizei in Stuttgart für die Aufgabe in Anspruch nehmen zu dürfen. Werner stimmte erstaunlicherweise sofort zu, und Margeaux war verblüfft, da sie mit wesentlich mehr Gegenwind gerechnet hatte.

»Da ist noch etwas«, sagte sie, und er stöhnte laut. Sie reichte Frank das Handy weiter und nickte ihm aufmunternd zu.

»Hallo, Werner«, sagte Frank.

»Frank!!!« Werner konnte nicht anders. »Wenn du während deines Urlaubs mit mir sprechen willst, bin ich mir vollkommen sicher, dass es nichts Gutes bedeutet.«

»Das kann man so und so sehen«, sagte der Urlauber, »ich habe eine Bitte an dich.«

»Du hast *was*?« Walter klang betont ungläubig. »Eine Bitte? Ich glaube, dieses Wort habe ich noch nie aus deinem Mund gehört.«

»Du darfst es ruhig genießen«, gab Frank nach und ließ sich

auf keinen Disput ein. Er wollte schließlich etwas von seinem Chef, und da machte es keinen Sinn, diesen zu verärgern.

»Um was *bittest* du mich denn?« Werner kostete die Situation tatsächlich aus.

Frank atmete tief ein, um ruhig zu bleiben. »Du weißt, dass meine Mutter 1984 ermordet und dieser Fall nie aufgeklärt wurde. Die Polizei und die Presse stempelten ihn als eine Art Milieumord ab. Ich kann dir aber sicher sagen, dass meine Mutter keine Prostituierte war. Sie war die Chefsekretärin des Inhabers einer Frankfurter Privatbank ...« Während er sprach, ließ er seinen Atem langsam nach draußen fließen, sodass seine Stimme gleichbleibend neutral blieb, während er den Fall grob umriss.

Erstaunlicherweise sagte der Mann in Stuttgart nur: »Ja, das ist mir bekannt.«

Frank war kurz irritiert über diese kontrollierte Reaktion und sprach dann weiter. »Meine Mutter hat es verdient, in Frieden zu ruhen, und auch ich habe es verdient, dem Täter in die Augen zu blicken und zu sehen, dass er seiner gerechten Strafe zugeführt wird.« Er machte eine kurze Pause, um seinem Chef die Möglichkeit zu geben, etwas zu erwidern, aber es kam nichts. Also fuhr er fort: »Ich habe während meiner Zeit in Frankfurt einige Informationen gesammelt, war dann aber eine Zeit lang nicht mehr in der Lage dazu, mich dem Thema zu stellen. Vor einigen Jahren habe ich einige Gefallen eingefordert und die Asservate gesichtet, ohne mir im Klaren darüber zu sein, was ich dann tun wollte ...« Er holte erneut tief Luft, um die Erregung zu kontrollieren, die in ihm aufstieg.

Margeaux beobachtete ihn genau und sah, wie Trauer und Ärger sich vermischten: Erst schoben sich die Augenbraueninnenseiten nach oben, die zuverlässige Muskelbewegung für Trauer, und dann gingen die gesamten Brauen nach unten und schoben sich in der Mitte zusammen. Seine Augen wurden schmal, und er presste die Lippen zusammen. Sie legte ihm kurz beruhigend die Hand auf den Arm und lächelte ihn ermunternd an.

Frank nickte dankbar, und da von Walter nichts kam, redete

er weiter. »Ich habe einiges fotografiert und habe eine Sammlung der Dinge, die bekannt sind, begonnen. Dann habe ich mich gefragt, wieso sich bei den sichergestellten Objekten vom Tatort ein Bettlaken befand und wieso, wenn es doch schon da war, keine DNA-Analyse gemacht wurde. Ich wollte den Kollegen befragen, der damals ermittelt hat, aber er ist leider verstorben.«

Margeaux zog erstaunt die Augenbrauen hoch, denn das war ihr noch nicht bekannt gewesen.

»1984 war das Thema DNA-Analyse noch recht neu und teuer. Das wurde, sorry, wenn ich das jetzt so hart sage, bei Milieumorden eher nicht eingesetzt«, meldete sich Werner Walter nun zu Wort.

»Also kam ich zu dem Schluss, dass ich das Laken brauche, um auf eigene Faust eine Analyse vornehmen zu lassen. Mit unseren technischen Mitteln heute ist es ja möglich, das auch nach so vielen Jahren noch erfolgreich umzusetzen.« Frank wurde schneller, denn jetzt kam der unangenehme Teil. »Ich habe mir also, als ich letzthin wegen des Mertesacker-Falls nach Wetzlar musste, erneut Zutritt in Frankfurt verschafft.« Er ließ den Zusatz »auf nicht ganz legale Weise« einfach bei seinen Erklärungen weg.

Walter sog scharf die Luft ein und sagte: »Will ich wissen, wie das möglich war?«

Frank verneinte etwas kleinlaut und berichtete weiter. »Das Ende vom Lied ist: Das Laken ist weg!«

»Wie *weg*?«, wollte sein Chef wissen.

»Na ja, weg wie *nicht mehr da*«, machte Frank klar. »Die Tüte lag noch in der Box, aber das Laken ist weg. Ich konnte nicht mit Vehemenz nachfragen, da ich ja eigentlich offiziell gar nicht dort war, aber du könntest das sicher in die Wege leiten mit deinem Einfluss.«

»Komm mir ja nicht so«, knurrte der Dienststellenleiter.

»Da ist noch etwas: Wir haben online versucht herauszufinden, wie das Laken verschwinden konnte, und wären beinahe erwischt worden. Ich brauche deine Hilfe … wirklich«, sagte Frank eindringlich.

Walter schwieg eine geraume Zeit, und Frank schaute verwirrt auf das Display, vielleicht war die Verbindung unterbrochen, da das Mobiltelefonnetz auf dem Weiler oft instabil war.

Doch dann räusperte sich der Mann in Deutschland. »Ich habe dazu etwas zu sagen: Deine Alleingänge gehen mir wirklich verdammt noch mal gegen den Strich!!!« Es folgte wieder eine Pause.

Frank rechnete mit einer Abfuhr und schlimmstenfalls auch disziplinarischen Maßnahmen.

Doch Walter fuhr fort: »Aber du scheinst da an etwas dran zu sein.«

Jetzt war es an Frank, verwirrt zu schweigen. Er fasste sich rasch und fragte: »Wie meinst du das?«

Sein Chef antwortete geheimnisvoll: »Ich hatte einen Anruf.«

Margeaux sah an Franks Körperhaltung, dass er sowohl angespannt als auch sehr neugierig war: Sein Muskeltonus wirkte so, als machte er sich bereit loszurennen, und sein Kopf ging leicht nach vorn, die Kinnlade war ein wenig nach unten geklappt und die Oberlider hochgezogen. Sie bat den Freund, das Gespräch auf laut zu stellen, und dieser informierte Walter darüber.

Werner Walter berichtete nun mit zurückgenommener Lautstärke von Beerschneiders Anruf und seinen Recherchen mit Myriam. Die beiden Ermittler in Frankreich waren einen Moment lang stumm vor Erstaunen. Der publicitygeile Werner Walter machte sich auf, um auf eigene Faust herauszufinden, warum der Staatsanwalt ihnen auf diese Art ans Bein pinkelte.

Margeaux fand als Erste die Sprache wieder. »Es ist offensichtlich, dass der Mann unter großem Druck stehen muss und dass das, was er verlieren kann, für ihn schwerer wiegt als das Risiko, dich auf ihn aufmerksam zu machen.«

»Das sehe ich auch so. Die Edelprostituierte, übrigens eine unfassbar schöne, stilvolle junge Frau, ist wahrscheinlich nur ein Teil des Problems. Denn fremdzugehen, ist etwas, was nur ihn und seine Frau etwas angeht, aber dafür mir quasi wie ein Hund, der sich unterwirft, den Bauch zu zeigen, das deutet auf mehr hin«, beschrieb der Kriminalist seine Sichtweise.

»Hast du den Italiener schon überprüft?«, wollte Frank wissen.

»Myriam und ich haben beschlossen, sehr vorsichtig zu sein, denn wenn wir es hier mit dem zu tun haben, den wir vermuten, dann ist das ein sehr heißes Eisen, und wir können uns alle verdammt schnell daran verbrennen.«

Margeaux rieb sich wie Wicki an der Nase. »Ich habe da eine Idee: Wenn du Matze sowieso autorisierst, dann könnte er doch da auch ein wenig weitergraben?«

Man hörte, dass Walter sich kratzte. »Das ist kein Spiel, Margeaux. Wenn der Staatsanwalt drinsteckt, bis wohin geht das dann noch? Schlimmstenfalls bis in die höchsten politischen Kreise, und das kann am Ende unser aller Existenz bedrohen, und das meine ich so, wie ich es sage: Das kann lebensbedrohlich werden!!!«

Dann wandte er sich wieder an Frank. »Was, um Gottes willen, hat deine Mutter getan?«

Marseille im September

Paul alias Pascal Lingerot schlenderte die Straße entlang. Er trug eine auffällige, verspiegelte Sonnenbrille, eine enge schwarze Lederhose, Bikerstiefel, ein lässiges weißes T-Shirt und eine taillierte Lederjacke. Eigentlich war das Outfit zu warm für den sonnigen Herbsttag – der September neigte sich langsam dem Ende zu –, doch diese Art der Bekleidung war zu seinem Markenzeichen geworden, und der durchtrainierte Mann sah darin nicht nur Respekt einflößend, sondern auch sexy aus. Er hatte jedoch kein Auge für all die Avancen, die ihm die Mädchen an den Straßenecken machten. Viele wussten sehr genau, dass er einer von Jean-Je Casanovas Männern war, und wären ihm gern zu Diensten gewesen. Doch ihm stand der Sinn nicht nach schnellem, professionellem Sex. Er wollte unauffällig seine Briefkästen abklappern, um zu sehen, ob Brenot schon etwas für ihn hatte erreichen können.

Das Warten war im Moment das Zermürbendste für ihn. Wenn er allein war, meditierte er oft stundenlang, um sich nicht im Sumpf dieses Lebens zu verlieren, um sich zu erinnern, wer er war, was seine Werte waren und was ihn als Person ausmachte. Er wusste, dass es Kollegen gab, die das Leben unter Kriminellen nicht mehr hatten verlassen wollen, was sie teilweise Jahre geführt hatten. Sie hatten ihre alte Identität verloren und waren vollkommen mit der neuen Person verwachsen. Sie schlugen nicht mehr zu, weil sie es mussten, um die Rolle glaubwürdig zu halten, sondern weil sie es so wollten. Weil dieses Leben etwas in ihnen entfesselt hatte, das sie nicht mehr zurückhalten konnten oder auch wollten.

Aber er war nicht so. Er hatte eine Aufgabe, ein Ziel, und er wollte diesen Schweinehunden Schaden zufügen. Er war sich vollkommen bewusst darüber, dass der nächste Capo schon in den Startlöchern stand. Das Böse wuchs schneller nach als die Müllberge, die sie durch die illegale Entsorgung von europäischem Giftmüll in Drittländern entstehen ließen. Er hatte irgendwann aufgehört, sich zu wundern, zu was Menschen fähig waren, und hatte sich seiner Lieblingsfilmfigur »der Jaguar«, verkörpert von Jean-Paul Belmondo, angeschlossen: Das einzige Lebewesen, das es zu jagen lohnte, war der Mensch. Machthungrig, geldgierig, mordlustig und ohne jede Empathie quälte diese Spezies ihre eigenen Mitglieder. Ergötzte sich sogar noch an der Qual. Verkaufte Drogen und zerstörte dadurch Leben, zerbrach junge Menschen für die sexuellen Gelüste gestörter Psychopathen, schändete Landschaften und das Meer und beutete Ressourcen auf dem ganzen Planeten aus – ohne Rücksicht auf Verluste. Er verabscheute diesen schmutzigen Haufen, und doch hatte auch er sich die Finger schmutzig machen müssen, um glaubwürdig zu sein.

Es war nicht so, wie es in Filmen dargestellt wurde, dass dann die Kollegen rettend zu Hilfe eilten und der verdeckte Ermittler in allerletzter Sekunde entkam, ohne tätig geworden zu sein. Nein! Das echte Leben war anders. Wer sich auf diese Aufgabe einließ, der wusste, was auf ihn zukommen konnte: ein Mädchen zu prügeln, bis sie willig die Beine für einen perversen Freier öffnete, einem kleinen Straßendealer die Arme zu brechen, damit er verstand, dass es nichts abzuzweigen gab, oder einem zu gierigen, aufstrebenden Neumafioso in die Kniescheibe zu schießen. Es war unmöglich, mit sauberen Händen in diesen Strukturen aufzusteigen. Also setzte er sich in seiner Wohnung auf den Boden, konzentrierte sich auf seinen Atem, ließ das Böse und Dunkle herausströmen und goldenes Licht herein, beschwor sein Mantra wie eine magische Formel und schaffte es so, sich nicht zu verlieren.

Doch wie lange würde das noch gut gehen? Er brauchte eine Nachricht von Gilbert. Dann konnte er an Faik Ziberi herankommen und zu guter Letzt ihm und auch Casanova das Handwerk legen. Also flanierte er durch die Gegend, ganz im Selbstverständnis der Herrscher, und versuchte herauszufinden, ob er beobachtet wurde oder ungesehen zu den Stationen gelangen konnte, an denen ein Handy oder eine Nachricht auf ihn warten würde.

Frankfurt im Jahr 1974

Berlione begrüßte Marco jovial. »Marco, mein Guter, wie schön, dass du mich einmal in meinem bescheidenen Heim aufsuchst.« Er kam die letzten Stufen herabgeschritten und legte Keppner wie immer väterlich den Arm um die Schulter.

Marco versuchte, sich seine Verwirrung nicht anmerken zu lassen, doch er war nervös, und sein Herz fing an, in seiner Brust wild zu schlagen. Er hoffte, Berlione würde es nicht spüren, und gab seiner Stimme einen festen Klang. »Francesco, ich freue mich, dass du mich hier empfängst.«

Während der Italiener ihn in Richtung Wohnzimmer dirigierte, glitt Marcos Blick die Treppe entlang in das erste Stockwerk, und er konnte hinter dem fein ziselierten Geländer des galerieartigen Flurs die sonderbar taxierenden Augen eines Jungen mit eindeutig südländischen Wurzeln erkennen. Dann betraten sie den Wohnraum, und Marco dachte einen Moment lang neidisch, dass er genau so auch gern residieren wollte.

Erlesene Möbel, Teppiche und Kunstwerke sowie ein offener Kamin, in dem ein wärmendes Feuer flackerte, ließen den Besucher ehrfürchtig staunen.

Francesco bot ihm einen Platz und Getränke an und fragte: »Was kann ich denn für dich tun?«

Marco begann, seine vorbereiteten Worte abzuspulen, und machte deutlich, dass er aus dem gemeinsamen Geschäft, Verstecke in Fahrzeuge einzubauen, aussteigen wolle. Er bot an, gern weiter zu tunen, und versuchte, Worte wie »Menschenhandel« oder »illegal« in seiner Ausführung zu vermeiden.

Berliones Gesicht versteinerte sich, als er kalt sagte: »Aus diesem mit einem Handschlag unter Geschäftsleuten besiegelten Geschäft steigt man nicht aus.«

Marco war perplex und wusste nicht, wie er darauf reagieren sollte. Ausgerechnet in diesem Moment wurde er sich seiner Jugend bewusst, und er begann, sich hilflos und überfordert zu fühlen.

Francesco fuhr mit klirrender Stimme fort: »Die Zusammenarbeit funktioniert bisher reibungslos und gut. So soll es auch bleiben. Nicht, dass jemandem noch etwas passiert und all der schöne Schmuck niemanden mehr zieren kann.«

Der junge Mann, der nach Frankfurt gefahren war, um sich aus einer Falle zu befreien, in die er sehenden Auges gerannt war, erkannte, dass er einen kardinalen Fehler begangen hatte. Er verstand die versteckte Drohung ohne weitere Worte. Sie würden Ariane etwas antun, falls er sich nicht fügte.

Ohne ein weiteres Wort stand er auf. Sein Körper fühlte sich taub an vor Furcht, und er musste sich zügeln, um das Haus nicht rennend zu verlassen.

Erst im Auto kam er wieder zur Besinnung. Sie hatten ihn wieder herausgelassen, das Tor geöffnet, sodass er seine kopflose Flucht hatte fortsetzen können. Er startete den Motor, musste dreimal kuppeln, bis er den Gang knirschend eingelegt hatte, und der Wagen hoppelte davon.

Erst nach zehnminütiger Fahrt traute er sich, am Straßenrand zu halten. Er legte sein Gesicht auf das Lenkrad und begann, haltlos zu weinen. Was hatte er nur getan? Mit wem hatte er sich da eingelassen? Er konnte Ariane nicht gefährden, aber er wollte auch kein richtiger Verbrecher werden. Vielleicht sollte er zur Polizei gehen und Berlione anzeigen.

Furcht gibt es in der Liebe nicht, sondern die vollkommene Liebe
vertreibt die Furcht. Denn die Furcht rechnet mit Strafe,
wer sich aber fürchtet, ist nicht vollendet in der Liebe.
Wir wollen lieben, weil er uns zuerst geliebt hat.

1. Johannes 4,18–19

Liebe gewinnt nicht gegen die Furcht, oder doch? Ist es nur eine Frage, welche Liebe es ist? Blut ist dicker als Wasser. Somit wird die Liebe zu einer fremden Person wertlos, denn wenn die Furcht alles durchdringt, ist sie machtlos. Wenn Macht das einzige Bestreben ist, um Furcht zu sähen, und du zu den Machtlosen zählst, dann wächst die Furcht, wird zur Panik, und alle Handlungen verlassen die Rationalität. Die Hände, die eben noch sanft waren, werden zu Waffen. Das Fleisch, das eben noch willig war, wird kalt. Die Gier, die alles gesteuert hat, wird sinnlos. Nichts ist mehr, wie es war. Nichts wird je wieder so sein.

Wie wird der Tod sein? Gibt es Himmel und Hölle? Wo ist Gott? Vergibt er wirklich dem reumütigen Sünder? Oder macht die Bibel hier leere Versprechungen, weil sie auch nur Menschen einfangen will? Wieder eine Form der Macht, diesmal gesteuert über den Verbleib der Seele: Fegefeuer oder das Reich der Liebe.

Entscheide dich, Mensch! Bitte um Vergebung und sorge dafür, dass deine Taten gesühnt werden. Die Liebe soll über die Furcht siegen.

Bad Homburg am 2. Januar 1975

Die Straße war glatt, als er versuchte, dem Mofa auszuweichen, das scheinbar unkontrolliert vor ihm herfuhr. Der Wagen geriet ins Schlingern, er versuchte zu bremsen, doch das Auto geriet außer Kontrolle, kollidierte mit der Leitplanke, drehte sich mehrfach und knallte dann auf der Gegenfahrbahn gegen einen Baum. Die Straße war wie leer gefegt, niemand war da, um zu helfen. Dann kam das Mofa zurück, und der Fahrer schlich zu dem verunglückten Fahrzeug. Die Scheiben waren zerborsten, die Motorhaube hatte sich wie eine Ziehharmonika zusammengequetscht, und dem Fahrer steckte das Lenkrad quasi im Brustkorb. Blut lief in einem Schwall aus seinem Mund, und er saß unnatürlich abgeknickt auf dem Sitz. Sein Atem ging so langsam, dass deutlich wurde, dass es seine letzten Atemzüge waren.

Er öffnete die Augen, und für den Bruchteil einer Sekunde sah er in die zweifarbigen Augen seines Todesengels.

Hameau les Bouisses im September

»Meine Mutter war Mitarbeiterin einer Frankfurter Privatbank, um genauer zu sein: Chefsekretärin des Inhabers«, rechtfertigte sich Frank. »Sie hat nichts getan. Sie ging zur Arbeit, kam nach Hause und war für mich da. Sie ging, soweit ich mich erinnere, so gut wie nie aus, und wenn, dann passte eine Nachbarin auf mich auf. Meine Großmutter war um meine Einschulung herum verstorben.«

»Das klingt wirklich wenig aufregend«, gab Walter kleinlaut zu, »weißt du etwas über ihre Arbeit? Gab es dort Probleme oder hat sie manchmal über etwas diesbezüglich gesprochen?«

»Werner, ich war neun und sicher nicht der richtige Gesprächspartner für Herausforderungen im Job«, sagte Frank tadelnd.

»Hätte ja sein können«, rechtfertigte sich sein Chef, »die Frage ist also, was unsere nächsten Schritte sind.«

»Du versuchst herauszufinden, wo das Laken geblieben ist. Den Zeitraum habe ich bereits eingegrenzt, und es ist nicht davon auszugehen, dass Tausende diese Nummer gesichtet haben. Gleichzeitig versuchen wir, mehr über den Staatsanwalt und Luca Pescatore ans Licht zu zerren. Da überlegen wir uns noch eine Strategie, wie das funktionieren kann«, schaltete sich Margeaux ein, »und wir versuchen, mehr über die Ehrmann Privatbank herauszufinden.«

»Soweit das möglich ist, ohne das Bankgeheimnis zu verletzen«, gab Walter zu bedenken.

»Das ist ganz sicher in Matzes ureigenem Interesse«, fügte Frank an.

Sie verabredeten, bis zum nächsten Tag Ideen zusammenzutragen und dann erneut miteinander zu reden. Margeaux und Frank blickten sich im Anschluss an das Gespräch verdutzt an.

»Ich mutmaße, die Aliens haben W. W. entführt und ihn durch einen Avatar ersetzt, anders ist das, was wir da gerade erlebt haben, nämlich nicht zu erklären«, sinnierte Margeaux.

Frank nickte noch immer verwundert. »Ich wollte eigentlich rasch zum Spiegel und überprüfen, ob mein Kopf noch da ist, denn ich hatte damit gerechnet, ihn abgerissen zu bekommen, aber das ist ja wohl eher nicht nötig. Wer war der Mann, mit dem wir da gesprochen haben?«

»Ich mochte Myriam schon immer, sie ist echt cool«, fügte er noch an.

»Ich habe sie nur einmal mit ihrer Freundin bei irgend so einem offiziellen Hokuspokus gesehen und fand sie auch gleich sympathisch, aber ich war damals zu sehr mit meiner Mutter und Angerer beschäftigt. Daher kenne ich sie nicht wirklich«, erläuterte die Deutsch-Französin.

»Aber jetzt mal ganz im Ernst«, fasste Frank zusammen, »wir haben eine ganze Menge zu tun und über eine ganze Menge nachzudenken.«

Margeaux pflichtete ihm bei. »Da hast du recht, und wir müssen Matze sagen, dass er wieder offiziell im Boot ist, und dann nachdenken, wie wir das dem Baile-Clan schmackhaft machen können, ohne zu viel preiszugeben.«

Versonnen standen sie beide an den Tresen in der Küche gelehnt. Willi hatte es sich auf einer Decke auf dem Sofa gemütlich gemacht und schnarchte leise vor sich hin.

»Und Hilde sollte über meinen Job auch nicht mehr als nötig erfahren. Dir darf ich auch nur Randinfos geben.« Sie stöhnte. »Puhhh … ist das alles schon wieder kompliziert. Ich mache Kaffee, und dann genehmigen wir uns noch etwas von dem himmlischen Kuchen und fangen mit der Liste an, okay?«

Frank nickte. »Ich komme mir schon vor wie ein Wackeldackel: Dauernd nicke ich mit dem Kopf. Ich mache mal Platz auf dem Tisch und hole die Tafel aus der Scheune, dann können wir alles anpinnen und veranschaulichen.«

Sie hob den Daumen und wandte sich zur Küche, gespannt, wo das alles hinführen würde.

Bad Homburg im Januar 1975

Ariane war wie gelähmt, doch sie wusste, dass sie aufstehen musste. Der Gedanke, dabei zuzusehen, wie sie Marco mit Erde bedecken würden, wie er in der dunklen Kiste in der Kälte allein sein würde, brach ihr schier das Herz. Der Anruf hatte sie beim Ausmisten erreicht, sie war dabei gewesen, sich auf das neue Jahr vorzubereiten und alte Dinge loszulassen, um Platz für Neues zu machen.

Sie sah vor ihrem inneren Auge gerade, wie sie lachend mit einem kleinen, blond gelockten Mädchen und einem dunkelhaarigen Baby im Garten spielten, als das Telefon zu läuten begann. Sie sprang rasch auf und rannte zum Apparat, der im Wohnzimmer stand. Dann fand sie sich kurze Zeit später keuchend auf dem Fußboden wieder. Sie war wohl einfach ohnmächtig geworden. Ihre Psyche hatte versucht, sie zu beschützen.

Auch jetzt konnte sie es noch nicht aussprechen. So, als gäbe es die Möglichkeit, dass er gleich zur Tür hereinkommen würde und sie hochheben und durch die Gegend wirbeln würde. So, wie er es immer gern getan hatte. Würde sie es sagen, dann würde diese Chance endgültig schwinden.

Sie kroch aus dem Bett und kam sich vor wie eine Marionette, deren Fäden sich irgendwie verheddert hatten. Mühsam wusch sie sich, putzte sich die Zähne, kämmte sich das Haar. So, als wäre es eine andere Person. Dann zog sie das schwarze Kleid an, das ihre Mutter ihr zurechtgelegt hatte, schwarze Strumpfhosen und eine warme Strickjacke. Es war ja Winter. Es würde kalt sein. Ob Marco warm genug angezogen war?

Mit einem trockenen Seufzen sank sie in sich zusammen, alle Spannung in ihrem Körper ging verloren. Ihre Mutter Elisabeth kam herein, legte den Arm um sie und schwieg. Sie kannte das Gefühl, auch sie war früh Witwe geworden. Auch ihr Mann war unerwartet aus dem Leben geschieden, nur mit dem Unterschied, dass es kein Unfall auf Glatteis gewesen war. Er hatte sich im Wald eine Waffe in den Mund gesteckt und sich selbst getötet. Hatte die Schrecken des Krieges einfach nicht verkraften können, war sechs Jahre lang fast jede Nacht schweißgebadet aus seinen furchtbaren Träumen erwacht. Sie war ihm nicht böse gewesen, dass er sich so aus dem Staub gemacht hatte und sie mit dem kleinen Mädchen alleingelassen hatte. Sie war einfach innerlich mit ihm gestorben. Doch dann hatte sie sich für Ariane zusammengerissen. Die Witwen- und Waisenrente und ihr Gehalt von der Post hatten ihnen ein finanziell sicheres Leben ohne Entbehrungen ermöglicht. Sie hatte alles getan, damit Ariane eine zufriedene, starke Frau werden konnte. Hatte sie vor allem bewahrt und ihr alles mitgegeben, was möglich war. Doch das hier hatte sie nicht aufhalten oder von ihr fernhalten können.

Die Frauen saßen auf dem Boden, umschlangen einander, und dann sagte Elisabeth leise: »Wir müssen gehen, Kind.«

Ariane erhob sich wie ferngesteuert, und der furchtbarste Tag ihres Lebens nahm seinen Lauf.

Auf dem Friedhof füllte eine Traube von Menschen die Kapelle und den Platz vor dem Grab. Auch Hugo und Klaus Ehrmann waren da, um Marco die letzte Ehre zu erweisen und Ariane ihr Beileid auszudrücken. Klaus war es, der beherzt nach vorn sprang, als Ariane am offenen Grab mit der Rose in der Hand strauchelte. Dankbar nahm sie diese Geste an der Oberfläche ihres Geistes wahr. Dann tauchte sie wieder ab in ihre innere Stille und ihre Gedankenwelt. Marco, dessen Körper nun einfrieren würde. Der sie nie mehr würde wärmen können. Sie fürchtete, seine Stimme zu vergessen, sein Gesicht, sein Lachen. Sie wollte das alles konservieren, in ihrem Inneren pflegen und behüten, damit er immer bei ihr sein würde. Marco, der nur vierundzwanzig Jahre alt geworden war.

Klaus begleitete sie bis zum Auto und gab ihr Halt, denn sie war kraftlos. Ihre Mutter half ihr durch die anschließenden Stunden, Tage und Wochen. Half ihr, eine neue Wohnung zu finden, denn da sie noch nicht verheiratet gewesen waren, hatte sie auf nichts ein Anrecht. Haus und Werkstatt fielen an einen Bruder von Marcos Mutter in Sizilien. Sie nahm die gemeinsam angeschafften Möbel mit und den Schmuck, mit dem Marco sie reichlich beschenkt hatte.

Ein neues Leben begann. Eines, das sie nicht gewollt hatte. Alle Freude war aus ihr gewichen, und sie war blass und sehr dünn. Klaus hatte geholfen, die Möbel zu schleppen, und sich als Freund bewiesen. Fernab von dem, was der Sohn des Chefs sonst war. Er fand tröstende Worte und sorgte dafür, dass sie hin und wieder etwas aß.

Und dann kam *der* Tag.

Der Tag, an dem sie im Supermarkt stand und am Damenhygieneregal vorbeiging. Wann hatte sie das letzte Mal Binden gekauft? Es fiel ihr wieder ein, und der Schmerz durchbohrte sie einen Moment lang wie ein Speer mitten durchs Herz. Sie waren zusammen zum Einkaufen gegangen, und sie hatte sich über Marco lustig gemacht, weil er unbedingt einen Braunen Bär, sein Lieblingseis, hatte kaufen wollen. Das war noch vor dem Nikolausabend gewesen.

Sie machte sofort einen Arzttermin, und bereits am nächsten Tag war klar: Sie war schwanger. Marcos Geschenk an sie. Ein Teil von ihm würde weiterleben in dem gemeinsamen Kind.

Von diesem Moment an wurde alles anders. Sie gab auf sich acht, nahm wieder am Leben teil, lachte sogar wieder, denn sie wollte dem in ihr heranwachsenden Leben nicht nur mit Traurigkeit begegnen.

Die Ehrmanns freuten sich mit ihr und versprachen, alles Mögliche zu tun, um sie zu unterstützen. Auch ihre Mutter machte sofort klar, dass sie für ihre Tochter da sein würde, und erwog sogar einen Umzug nach Frankfurt. Es war ein Geschenk Gottes. Er hatte ihr zwar den Geliebten genommen, aber ihr ein Kind überlassen. Sie war bereit, ihm zu verzeihen und mit all ihrer Liebe für das Baby da zu sein.

Stuttgart im September

Stephan Beerschneider saß mit dem Rücken zu seinem Schreibtisch, und sein leerer Blick glitt nach draußen. Er dachte an den Moment zurück, an dem der Anruf gekommen war und er hatte bezahlen müssen. Er hatte nicht damit gerechnet, denn er beglich die offenen Beträge für die speziellen Dienstleistungen von Viorela immer sofort, da er das Gefühl gehabt hatte, dann nichts schuldig zu sein. Die Realität war jedoch eine andere. Das hatte er rasch begriffen.

Es war nicht Pescatore gewesen, der ihn angerufen hatte, sondern einer seiner »Mitarbeiter«, er kannte ihn aus dem »Il Pastaio«.

Er plauschte freundlich, so freundlich, dass es dem Staatsanwalt unheimlich wurde, und dann kam der Gefallen, der eingefordert wurde. Ein Freund in Frankfurt wolle etwas Bestimmtes aus der Asservatenkammer der Polizei dort haben. Es solle verschwinden, ohne dass es dafür einen Nachweis gebe. Der Staatsanwalt solle dafür sorgen.

Beerschneider war über dieses Ansinnen so erstaunt, dass ihm eine Zeit lang gar nichts einfiel und er in stummer Panik verharrte. Dann widersprach er. Erklärte, warum das nicht durchführbar war.

Der Mann am anderen Ende sagte nur schlicht: »Sie werden es möglich machen!«

Der Jurist in ihm horchte auf, denn im Unterton schwang etwas sehr Bedrohliches mit. Beerschneider setzte erneut zu einer Abwehr an, als der Gesprächspartner die entscheidenden Worte aussprach.

»Sie haben wirklich entzückende Töchter.«

Danach war alles anders. Beerschneider verstand die Drohung, er spürte, wie eine eisige Faust sein Herz umschloss und begann, es unerbittlich zusammenzupressen. »Halten Sie sich von meinen Kindern fern«, stieß er aus.

Die Stimme am anderen Ende wurde süßlich und drang wie Gift in seine Adern. »Sie wissen, was Sie zu tun haben. Es gibt so viele Möglichkeiten heutzutage, hübsche Mädchen zu beschäftigen.« Der Kerl machte die Zweideutigkeit seiner Aussage durch seine Betonung vollkommen klar.

Der Staatsanwalt kapitulierte. Alles hatte seinen Preis. Das war ihm nun klar. So klar wie die Unmöglichkeit, seine Töchter beschützen zu können, ohne sie in einem Panic Room einzusperren.

Er hatte getan, was von ihm verlangt worden war, und damit hatte er sich für immer zu ihrem Sklaven gemacht, denn nun hatten sie ihn in der Hand. Er würde nie mehr entkommen. Er dachte an seine Frau, an die Mädchen, an Viorela. Ihre Leben hingen an ihm, an seiner Bereitschaft, für diese Schweine zu arbeiten.

All das hatte ihm Pescatore später persönlich in einem jovialen Gespräch von Mann zu Mann verdeutlicht, ohne auch nur ein Wort in diese Richtung auszusprechen. Es war auch nicht nötig gewesen. Er hatte es verstanden, und anstatt aufzuhören, auch die junge Rumänin zu gefährden, hatte er immer weitergemacht.

Er war ein Narr. Ein kranker, perverser Narr. Süchtig wie ein Junkie. Er war nicht besser als einer dieser Typen, die für eine Spritze alles taten. Er war schlimmer. Er sank in seinem Stuhl zusammen, unfähig, sich zu bewegen.

Das Dossier

1970–01/1975 – Beziehung mit Marco Keppner († 2.1.1975). Keppner stirbt bei Autounfall – Ursache laut Polizeiprotokoll ungeklärt (weitere Informationen verfügbar).

1975 – Umzug von BH nach FFM.

27.9.1975 – Geburt Sohn Frank, Unterstützung durch Mutter.

Kurzer Mutterschaftsurlaub, Rückkehr in die Bank.

Regelmäßige Kontakte zu Klaus E.

Keine Beziehungen, keine intensiveren Freundschaften zu verzeichnen.

2.6.1976 – Gesundheitscheck: Blutwerte ohne Befund, Blutdruck phasenweise sehr niedrig, wiegt laut Angaben des Arztes für eine junge Mutter zu wenig.

Barbentane im September

Hilde hatte sich komplett verausgabt und auch zu Hause alle Gardinen gewaschen. Sie war nicht mehr die Jüngste und machte es sich im Anschluss auf dem Sofa bequem, um auf Aimé zu warten. Überraschenderweise kam er früher als gedacht nach Hause. Er schlich ins Wohnzimmer, sah sie ruhend auf dem Sofa sitzen und ließ sich schwer in seinen Sessel fallen. Hilde wurde sofort aufmerksam. Sie kannte ihren Mann wie ihre eigene Westentasche. Er war ihr Gefährte, ihr Seelenpartner, und so, wie sie seine Freude spüren konnte, so fühlte sie auch seine Angst oder seinen Ärger.

Sie erhob sich, ging zu ihm, legte ihm die Hand auf die Wange und sagte: »Was ist los?«

Er genoss einen Moment lang die liebevolle Berührung, dann seufzte er kellertief. »Ich darf nicht darüber reden.«

Hilde war zu lange die Frau eines Polizisten, um nicht augenblicklich zu wissen, was im Busch war. »Brenot und Margeaux, richtig?« Ihr Mann nickte bestätigend. »Es ist also wieder etwas Gefährliches und nicht nur einfach so ein kleiner Job«, fasste sie das zusammen, was sie wahrnahm. »Bekommt dieses Mädchen denn nie genug? Wie viel Angst soll ich noch verkraften?«

Aimé zuckte resigniert mit den Schultern. »Ich weiß es nicht. Auf der anderen Seite hat Gilbert natürlich recht, dass sie hervorragend ausgebildet ist und wir als ihre Familie das natürlich unterschätzen, weil die Sorge überwiegt. Wenn ich meinen Polizistenkopf einschalte, dann kann ich das auch sehen. Doch wenn ich einfach nur auf meine Gefühle höre, dann geht es mir wie dir.«

»Vielleicht kann ihr Vater sie zur Vernunft bringen oder Thierry?«, brachte Hilde hoffnungsvoll vor.

»Ich denke, bei Thierry und ihr sollten wir uns nicht einmischen. Wir sollten die beiden in Ruhe lassen, aber ob sie auf Julien hört? Es könnte einen Versuch wert sein«, sinnierte er.

»Lass uns nach Avignon fahren, eine Kleinigkeit essen gehen und mit ihm reden.« Sie wurde sofort betriebsam und ging in Richtung Tür.

»Ich weiß nicht, Hilde, vielleicht ist das übergriffig. Margeaux ist kein Teenager mehr, dem wir das Ausgehen verbieten können. Sie ist über vierzig und verantwortlich für ihr Leben ...« Er schwankte. »Was soll Julien machen? Ihr Hausarrest androhen?«

»Das ist mir egal. Wie machen uns Sorgen, und wir sind alle betroffen, wenn ihr etwas geschieht. Es geht dabei nicht einfach nur um sie.« Hilde wurde nun resolut und zog ihn vom Sessel. »Zieh dich um, Liebling, einen Versuch ist es wert.«

Hameau les Bouisses im September

Stöhnend lehnte sich Margeaux zurück. »Ich glaube, ich brauche Bewegung, um all meine Gedanken richtig zu sortieren.«

»Wir bringen langsam Struktur in das Ganze. Lass uns bitte noch mal alles durchgehen, dann freue ich mich sehr über einen Spaziergang und Willi sicher auch«, bat Frank.

»Okay.« Margeaux erhob sich, streckte sich einmal, der Dackel tat es ihr gleich und schaute sie erwartungsfroh an. »Wir müssen Matze darauf ansetzen herauszufinden, was der Staatsanwalt dem Italiener schuldig ist oder ob sein Interesse an der Edelprostituierten bereits ausreicht, um ihn dazu zu bringen, seinen Job zu riskieren. Zudem muss er herausfinden, ob es damals Unregelmäßigkeiten bei der Ehrmann Bank gab. Also etwas, was deine Mutter vielleicht gewusst haben kann, aber das wird schwer, da es damals ja Papierakten gab. Doch wir hoffen einfach mal. Du hast gesagt, sie war mit dem Juniorchef befreundet, also muss er den auch unter die Lupe nehmen.«

»Werner muss den Weg freimachen für die Besucherliste der Asservatenkammer beziehungsweise der Boxnummer. Parallel können er und Myriam das OK-System rund um Pescatore genauer unter die Lupe nehmen, denn dass wir es hier mit Organisierter Kriminalität auf höchstem Niveau zu tun haben, steht außer Frage«, fasste ihr Partner zusammen.

»Nicht zu vergessen, dass ich Brenot für einen Job zugesagt habe und Matze brauche, um meine Biografie ein wenig umzuschreiben. Ich werde zur unehrenhaften Person, und meine Kontakte zur Gendarmerie in Tarascon spielen wir runter und fokussieren uns dabei auf die Bedrohung meines Lebens. Die

Vergewaltigungssache ist ein wenig diffizil, denn da warst du in die Aufklärung involviert, aber da finden wir auch noch eine Erklärung«, bekräftigte Margeaux.

»Ich denke, nachdem jetzt alles auch durch Walter abgesegnet ist, sprichst du mit Matze. Du schaffst es einfach besser, ihn wieder runterzuholen, falls er vor Sorge auf die Palme geht«, verdeutlichte der Polizist seinen Standpunkt.

Margeaux nickte. »Ich mache das, und er muss möglichst schnell mit meiner Vita anfangen, bevor mein Name da irgendwie fällt. Eigentlich muss ich ihn heute noch darum bitten.« Sie schaute auf die Uhr. Elodie war gewiss zu Hause, und das verkomplizierte alles, denn wenn sie wusste, dass Matze etwas für Margeaux tat – und er hatte sehr klargemacht, dass er sie nicht anlügen würde –, dann würde Thierry es binnen Minuten ebenfalls wissen.

»Ich muss zuerst mit Thierry sprechen, sonst geht das alles richtig in die Hose, und das will ich nicht, dafür habe ich echt keine Kraft«, gestand sie ihrem Vertrauten.

»Er hat es auch verdient, dass du ihn in dein Leben einbindest, und wir beide wissen, dass dieser Auftrag ein Risiko beinhaltet, so wie jede Polizeiarbeit. Ich vermute, ein verdeckter Ermittler wühlt tief im Dreck. Daher hast du es sicher auch dort mit OK oder deren Ausläufern zu tun«, ergriff Frank Partei für Thierry und machte klar, dass er, auch ohne viele Informationen von ihr zu bekommen, verstand, worum es ging.

Margeaux nickte, griff zum Telefon, warf Frank einen um Verständnis bittenden Blick zu und ging hinaus ins Kaminzimmer, um in Ruhe mit ihrem Lebenspartner zu telefonieren.

Thierry war rasch am Apparat und freute sich über ihren Anruf. Er saß im Büro, machte seine Materialliste und war froh über die Ablenkung.

Margeaux vermied ein langes Vorgeplänkel und kam rasch zum Punkt. »Chérie, Gilbert Brenot war heute hier. Er hat einen Auftrag für mich in Marseille. Es geht um Personenschutz.«

»Oh, dann handelt es sich ja sicher um eine hochgestellte Persönlichkeit, wenn die Polizei *dich* damit beauftragt«, sagte der Bäcker verständig.

Margeaux musste schlucken, und ihr war klar, dass der gut vernetzte Bap so etwas gewiss binnen Stunden herausbekommen würde, wenn sie etwa einen Politiker oder eine andere hochrangige Person beschützen würde. Sie musste wohl die Hosen etwas mehr herunterlassen. »Ich beschütze einen … Kollegen.«

»Einen Kollegen«, Thierry wurde hellhörig, »jetzt hört es sich gefährlich an. Denn wenn ein Polizist Schutz braucht, ist das gewiss nicht ohne.«

»Ich will dich nicht anlügen«, erklärte sie, »aber ich darf nicht viel mehr sagen. Ich bin wirklich hervorragend ausgebildet, und Brenot hat recht damit, dass ich die beste Wahl für diesen Job bin. Matze wird, ganz offiziell von Werner Walter abgesegnet, in diesem Zusammenhang auch einen kleinen Einsatz haben. Das sage ich dir, damit du nicht von Elodie etwas hörst und nicht Bescheid weißt.«

Ihr Freund schluckte schwer, dann erinnerte er sich an all ihre Gespräche, nachdem sie von Deutschland zurückgekommen war, und antwortete: »Es ist dein Beruf, Margeaux, und ich vertraue darauf, dass du das Risiko einschätzen kannst, auf das du dich einlässt.«

Sie bestätigte dies mit Nachdruck, und dann wechselten sie ganz bewusst das Thema. Frank hatte in einigen Tagen Geburtstag, und sie wollten einen schönen Abend mit der ganzen Familie im »Chez Louise« verbringen. Julien hatte einen Menüvorschlag gemacht und Thierry würde eine Torte herstellen.

Sie versuchten, Leichtigkeit in die Planung zu bringen, aber es gelang nicht ganz. Margeaux konnte die unterdrückte Sorge in seiner Stimme hören, und sie spürte, dass dieser Tanz auf dem Drahtseil ihr begann Mühe zu bereiten.

Was war nur mit ihr los? Warum war sie aktuell so dünnhäutig? Sie versuchte, das Gefühl abzuschütteln, und konzentrierte sich auf ihre Liebe zu ihm, und mit dieser Empfindung gelang es ihr dann auch, das Gespräch zu einem guten Ende zu bringen. Sie bat ihn, später am Abend zu ihr zu kommen, und er sagte zu, obwohl er nachts wieder in der Backstube sein musste.

Sie blieb noch einen Moment im Kaminzimmer sitzen und konzentrierte sich auf ihre Atmung, um den Stress, der in ihr aufkam, in den Griff zu bekommen. Sie atmete einige Male sehr bewusst ein und aus und zählte sowohl beim Einatmen als auch beim Ausatmen bis fünf. Das half, den Herzschlag zu kontrollieren, und der kontrollierte Herzschlag half dabei, das Gehirn zu kontrollieren. Sie hatte mit dieser Art zu atmen sehr gute Erfahrungen gemacht, und auch heute erfüllte sie ihren Zweck.

Erleichtert stand sie einige Zeit später auf und ging zurück ins Wohnzimmer. Frank schaute sie prüfend an, und sie sagte: »Er hat es besser aufgenommen als erwartet. Er gibt sich wirklich Mühe, mich zu verstehen und mir den Freiraum zu lassen, den ich brauche, und jetzt fühle ich mich mies.«

»Ich verstehe dich.« Er kam zu ihr und legte ihr den Arm um die Schulter. »Jetzt denkst du, dass du ihm zu viel vorenthältst und ihn in einer trügerischen Sicherheit wiegst und ob es nicht besser wäre, Brenot zu sagen, er solle doch bitte jemand anderen fragen.«

Sie lehnte sich an seine Schulter und nuschelte: »Woher weißt du das alles, und seit wann bist du ein solcher Beziehungsexperte?«

»Weil wir das alles schon hundert Mal durchhaben. Was dürfen wir den Menschen, die wir lieben, denn schon erzählen? Quasi nichts. Auch deshalb habe ich so wenig Lust auf eine feste Beziehung. Unabhängig davon, dass mir der Polizeipsychologe aufgrund meiner Vorgeschichte eine massive Bindungsangst bescheinigt hat«, erklärte er schief lächelnd.

»Wir zwei«, bemerkte Margeaux, »die Helden der Nation. Wie kommt es nur, dass wir unseren Job so gut machen und uns im Privatleben benehmen wie Vollidioten?«

»Na ja, vielleicht genau deshalb«, erwiderte Frank, »eben weil wir in unserem Job Experten sind.« Den Rest ließ er offen. Sie lösten sich voneinander, und Margeaux sagte: »Jetzt ist Matze dran, und dann gehen wir raus. Zum Abendessen haben wir noch die Reste vom Vitello und Käse. Ist das okay für dich?«

Der Mann nickte erfreut. »Du weißt, was ich sonst esse. Tiefkühlpizza und Fischstäbchen …«

Sie boxte ihm gespielt entrüstet auf den Arm. »Nur über meine Leiche kommt mir so was hier in den Backofen.«

Dann tippte sie auf ihrem Smartphone Matzes Kontakt an und bat den jungen Mann, erneut zu kommen, diesmal mit offiziellem Auftrag. Das IT-Genie war erstaunt und besorgt zugleich, versprach aber, so schnell wie möglich da zu sein. Elodie hatte sich wohl leider wieder übergeben müssen, und er fühlte sich mit dem Gedanken nicht hundertprozentig wohl, sie allein zu lassen. Doch sie versicherte ihm im Hintergrund, dass sie ja nur schwanger sei und es sich um keine Krankheit handle. Sie scheuchte ihn quasi davon.

Margeaux' Spaziergang würde also warten müssen.

Tarascon im September

Gilbert Brenot hatte von Margeaux grünes Licht bekommen. Der Chef der Mordkommission in Stuttgart hatte den Weg für den jungen Hacker geebnet, Margeaux' Akte zu bearbeiten. Sie war nun eine gescheiterte Existenz. Brillant zwar, aber gescheitert.

Somit konnte er Paul informieren. Das System war ausgeklügelt. Es gab mehrere Briefkästen, die nur dafür da waren, Zeichen zu setzen, völlig alltägliche Zeichen, die für niemanden einen Sinn ergaben, außer für sie beide: Ein Kaugummipapier, die Verpackung eines Schokoriegels oder eine bestimmte Zeitschrift konnten Informationen zu bestimmten Vorgehensweisen enthalten, ohne dass ein Wort fiel. Nichts davon durfte den verdeckten Ermittler in Gefahr bringen.

Er hatte sich auf sein privates Motorrad geschwungen und war nach Marseille gebraust, ein Prepaidhandy in der Seitentasche und eins in der Jackentasche. Dann fuhr er scheinbar ziellos durch die große Stadt, vergewisserte sich immer wieder, dass ihm niemand folgte. Er machte kurze Pausen an uninteressanten Orten, lehnte sich an die Maschine, trank eine Cola an einem kleinen Kiosk, kaufte ein Päckchen Kaugummi und einen Schokoriegel an einem anderen. Immer wieder scannte er seine Umgebung, und als er sich wirklich sicher war, deponierte er die Zeichen und zu guter Letzt das Handy. Dann machte er sich auf den Heimweg. Es war ein langer und aufregender Tag gewesen.

Das Gespräch mit Aimé hing ihm noch nach. Sie kannten einander schon eine halbe Ewigkeit, doch erst durch die Geschehnisse der letzten beiden Jahre waren sie einander nähergekommen und wirklich Freunde geworden. Er bewunderte den cleveren, drahtigen Flic, und es war ihm nicht leichtgefallen, ihn so vor den Kopf zu stoßen. Doch der Job verlangte das eben manchmal, und er war sich sicher, dass Aimé sich dessen auch bewusst war.

Frankfurt im Jahr 1984

Ariane schaute den Papierberg an und konnte nicht glauben, was sie an Unterlagen gesammelt hatte. Es war unfassbar, wie viel Geld letztlich nicht nur verschoben worden war, sondern so oft von einem Konto zum anderen gegangen war, bis man eigentlich nicht mehr nachvollziehen konnte, woher es stammte – und dann war es auf einmal komplett weg von der Bildfläche. Große Barauszahlungen waren erfolgt, und der Bank waren so Schäden in Unsummen entstanden. Sonderbar war jedoch, dass die Kunden, deren Annuitäten zu hoch waren, sich nie zu beklagen schienen, und dass die zu viel bezahlten Beträge nach Wochen und Umwegen auf Konten landeten, die auf die Namen von Familienmitgliedern der Kunden liefen. Es war ein sonderbares Verwirrspiel, und sie verbrachte Stunden damit, Informationen zu sammeln, zu rechnen und die Unterlagen für ihren Chef aufzubereiten.

Je tiefer sie grub, umso klarer wurde ihr, dass hier etwas unglaublich schieflief und die Bank permanent schweren Schaden erlitt.

Am Abend, bevor sie so weit war, Hugo Ehrmann alles zu präsentieren, erkannte sie, dass es sich um ein richtiges Verbrechen handelte, und sie wurde unsicher, wie sie am besten handeln sollte. So beschloss sie, zuerst mit Klaus zu sprechen, bevor sie seinem Vater all das vorlegen würde.

Stuttgart im September

Myriam Walter saß an ihrem Schreibtisch im Homeoffice und googelte allerlei. Sie wollte so unauffällig wie möglich mehr über Pescatore herausfinden. Sie hatte sich vorher ganz unverbindlich mit einem Trainerkollegen, der Experte für Datensicherheit war, unterhalten und ihn um einen Tipp gebeten, wie sie ihren Computer am besten schützen konnte. Sie wusste, dass er gern ins Plaudern geriet, und so hatte sie auch Infos bekommen, wie man sicher googelte und Daten übertrug, sie musste nur an den richtigen Stellen Fragen einstreuen. Sie hatte im Anschluss alles sofort in die Tat umgesetzt, Programme heruntergeladen und installiert und dann angefüllt mit neuem Wissen begonnen, das Internet abzugrasen, um ein Gefühl dafür zu bekommen, mit wem sie es hier zu tun hatten. Werner hatte sie zwar gebeten, die Finger davonzulassen, aber vordringlich hatte er darauf bestanden, dass sie vorsichtig waren, und das war sie ja.

Sie hatte sich auf YouTube einige Videos angeschaut, wie man Informationen über Menschen oder Geschehnisse herausbekommen konnte. Es war wirklich immer wieder faszinierend, was man dort alles finden konnte und wofür es Tutorials gab. Sie war sogar über eine Anweisung gestolpert, wie man einen Virus programmieren konnte, doch jetzt war es erst einmal wichtig, keine zurückverfolgbaren Spuren bei der Suche zu hinterlassen. Neugierig nutzte sie all dieses Wissen und fand erschreckende und aufschlussreiche Hinweise darüber, wer Luca Pescatore wirklich war.

Entsetzt klappte sie den PC zu und sank in ihren Stuhl zurück. Sie wurde sich plötzlich bewusst, dass nicht nur sie, sondern auch Staatsanwalt Stephan Beerschneider auf hochgefährlichem Terrain unterwegs war.

Denn das ist die Botschaft, die ihr von Anfang an gehört habt:
Wir sollen einander lieben und nicht wie Kain handeln,
der von dem Bösen stammte und seinen Bruder erschlug.
Warum hat er ihn erschlagen? Weil seine Taten böse waren,
die Taten seines Bruders aber gerecht.

1. Johannes 3,11–13

Liebe. Gibt es diese Emotion wirklich, oder ist sie nur ein Konzept der Natur? Eine Gauklerin, die die Fortpflanzung und den Fortbestand der Spezies in einem seltsamen, neuen Kleid anbietet? Will sie nur die Lust schönen zwischen Mann und Frau?

Doch was ist mit der Liebe zum eigen Fleisch und Blut? Schützt sie nur das Kind davor, nicht gefressen zu werden? Was, wenn aus diesem Konzept der Zuwendung etwas erwächst, was nie mehr zum Guten gewendet werden kann? Kann sich die Liebe befreien oder wird sie schwinden, weil sie immer umgeben ist vom Nebel der schändlichen Niedertracht? Ist es möglich, die Seele zu befreien von dieser Last, bevor sie hinübergeht, und die Liebe wieder hell und rein erstrahlen zu lassen? Die Wahrheit würde aus der Dunkelheit befreit werden müssen und ins Licht treten, vielleicht würde dann alles leicht werden?

Avignon im September

Hilde und Aimé hatten ihr Auto an der Stadtmauer geparkt und gingen zielstrebig die Rue de la République entlang, bis sie die Seitenstraße, die zum »Chez Louise« führte, erreichten und von der belebten Hauptstraße in die ruhigere, kleinere abbogen. Aimé war sich mittlerweile nicht mehr so sicher, ob dieser überfallartige Besuch bei Julien richtig war. Es war schön, den Freund zu sehen, einige seiner Köstlichkeiten zu schlemmen und ein gutes Glas Wein mit ihm zu trinken, aber ihn aufzuhetzen, um seiner Tochter quasi ihre Arbeit zu verbieten, erschien ihm gerade vollkommen übergriffig und überzogen.

Hilde bemerkte seine Unsicherheit und schaute ihn fragend an. Er fuhr sich nervös am Hemdkragen entlang, kratzte sich heftig am Kinn und sagte dann: »Das ist doch nicht richtig, was wir da vorhaben. Wie hättest du reagiert, wenn deine Eltern dir mit über vierzig so in dein Leben gepfuscht hätten – oder meine Mutter?«

»Das kann man doch nicht miteinander vergleichen«, begehrte seine Frau auf, »wir haben sie großgezogen und immer liebevollen Kontakt mit ihr gehabt. Meine Eltern wollten mich an irgendwen verheiraten, nur damit sie mich nicht mehr im Haus hatten, und deine Mutter hat mich verabscheut.«

»Es geht mir dabei mehr ums Prinzip«, sagte Aimé tapfer.

»Prinzip? Das Prinzip, sich die Schlagader durchschneiden zu lassen? Oder das Prinzip, ständig Waffen auf sich richten zu lassen? Das Prinzip, vor Kugeln davonzurennen, oder vielleicht auch das Prinzip, fast zu streben? Welches davon meinst du genau?«, wollte Hilde nun aufgebracht wissen.

»Liebling, ich bin auf deiner Seite und so wenig begeistert wie du, und doch ist es Margeaux' Entscheidung, und Julien die Last aufzuerlegen, erscheint mir gerade nicht fair«, verteidigte sich der Flic.

Er wollte nicht mit ihr mitten auf der Straße streiten. Er war froh, dass sie ihm ihre Hand nicht entzog, obwohl sie so aufgebracht war. Sie warf ihm einen Blick zu, und er verstand, dass ihr Ärger nur ihre Sorge kaschierte. Er drückte ihre Hand fest, zog sie ein wenig näher an sich und legte dann seinen Arm um ihre Taille. Die Nähe tat ihnen beiden gut.

Sie erreichten das Bistrorant und hörten die gedämpften Stimmen der plaudernden Gäste und das Klappern von Besteck. Kurz hielten sie inne und sammelten sich ein wenig, bevor sie das Lokal betraten.

Man mochte es kaum glauben, wie verzaubernd die Stadt war, wenn man ein Stück weit in sie vordrang. Hinter vielen der massiven Mauern versteckten sich Gärten mit herrlichem altem Baumbestand – wahre Kleinode. Es war immer wieder wundervoll, diesen Schatz im Herzen von Avignon, dem Marie-Louise noch ihren Stempel aufgedrückt hatte, zu betreten.

Das »Chez Louise« zierte im Innenhof eine alte, hohe Platane, die dem Lokal zusätzlichen Charme verlieh. Der glatte, dicke Stamm mit den knorrigen Ästen und dem noch saftig grünen Blätterschutz war mehrere Hundert Jahre alt und wirkte majestätisch. Geschwungene Metallstühle mit weichen cremefarbenen Kissen standen um die hell lasierten Holztische herum. Ausladende Kronleuchter verzauberten die Außenplätze mit Kerzenlicht, und im Inneren waren sie mit Birnen, die an Kerzenlicht erinnerten, bestückt. Die Barhocker, die an der einladenden Theke standen, waren mit unterschiedlichen Kunstfellen bezogen, somit war jeder Hocker ein Unikat.

Hilde liebte den unprätentiösen, gemütlich-schicken Stil. Man hatte von der Theke aus einen freien Blick in die chromglänzende Küche. An großen Fleischerhaken hingen Dutzende Pfannen und Töpfe aus glänzendem Kupfer. Auf den Regalen standen Gewürze und Töpfe mit duftenden, frischen Kräutern. Mannigfaltige Kochutensilien waren an den Wänden an Stangen aufgereiht, und sorgfältig polierte Messer hingen an Magnetschienen. Julien war einer der Ersten gewesen, der dem Gast so Einblicke in die Küche gewährt hatte. Die Wände waren über und über mit Bildern von Gästen und lustigen Sprüchetafeln wie »Kiss the cook!« oder »Die besten Partys enden immer in der Küche!« geschmückt. Das »Chez Louise« war ein wunderbarer Ort, und wer hier einmal zu Gast gewesen war, der kam immer wieder.

Zielstrebig betraten sie den Gastraum, und der Restaurantleiter begrüßte sie erfreut. Julien stand an der Theke und unterhielt sich angeregt mit einem gut aussehenden Paar: Der leicht grauhaarige Mann lehnte neben dem Inhaber, und die ausgesprochen attraktive Frau mit brünettem, langem Haar saß auf einem der Barhocker. Alle drei lachten fröhlich.

Als Hilde und Aimé näher kamen, konnten sie hören, dass die Unterhaltung auf Deutsch stattfand.

Julien sprach nur noch selten die Sprache seiner Frau, aber er beherrschte sie hervorragend. Er blickte auf, sah seine besten Freunde und winkte sie freudig heran. Dann machte er alle miteinander bekannt.

Der Mann war ein berühmter Kollege aus Deutschland, ein Sternekoch und gern gesehener Gast in vielen Fernsehformaten: Alexander Herrmann, der mit seiner Lebensgefährtin Maxi eine Reise durch die Provence machte. Das »Chez Louise« war ihm mehrfach empfohlen worden, und so war das Paar heute bereits zum zweiten Mal hier.

Die brünette Deutsche wandte sich lächelnd an Hilde und Aimé. »So geht das schon die ganze Zeit. Die beiden fachsimpeln, und mir läuft das Wasser im Mund zusammen. Nicht nur wegen des leckeren Geruchs, der aus der Küche kommt, sondern auch wegen der Kreationen, die sie sich da gerade ausdenken.«

Der Koch aus Deutschland drehte sich um und sagte: »Wie unhöflich von mir, einfach weiterzusprechen, aber wir sind gerade so im Flow, und das macht mir solche Freude.« Er reichte ihnen die Hand und sagte schlicht: »Ich bin der Alexander.«

Die beiden Franzosen erkannten den fränkischen Dialekt, da sie die Gegend rund um Nürnberg bereits bereist hatten, nahmen die dargebotene Hand und stellten sich ebenfalls vor.

Julien kam herum, begrüßte sie mit den typischen drei Wangenküssen und fügte an: »Das sind meine besten und ältesten Freunde, und sie sind wahre Genießer.« Dann wandte er sich an Aimé und Hilde. »Alexander Herrmann hat eine wundervolle Idee für ein köstliches Dessert: Crème brûlée mit Gewürzen, kandierten Lavendelblüten und Orangengranité. Lauter regionale Zutaten, was meiner Philosophie vollkommen entspricht, und mit innovativer Kreativität umgesetzt. Ich werde es mit Freuden auf die Karte nehmen und damit auch verdeutlichen, dass wir Kollegen überall auf der Welt voneinander lernen und miteinander kooperieren können.«

Alexander nickte zustimmend. »Das ist genau mein Credo. Dieser Hickhack zwischen Kollegen und der Futterneid sind für mich unverständlich. Wir üben so ein großartiges Handwerk aus und können täglich Menschen glücklich machen, mit den Dingen, die wir ihnen auf den Teller zaubern. Das sollte der Spirit unserer Branche sein. Nächstes Jahr kommst du dann zu mir ins ›Posthotel‹ nach Wirsberg, und ich nehme eines deiner Gerichte bei uns auf die Karte.«

Julien war begeistert. Er reiste seit Marie-Louises Tod nicht mehr viel, und in Deutschland war er zuletzt gewesen, um Margeaux nach Hause zu holen. Die Köche bekräftigten ihren Pakt mit einem Handschlag, und der zufriedene Franzose gab auch Alexander die drei angedeuteten Wangenküsse. Dann verabschiedete er sich kurz in die Küche, um nach dem Rechten zu sehen.

»Mit Lavendel etwas zuzubereiten, ist immer eine tolle Idee«, sagte Hilde mit dem Verständnis einer geübten Feinschmeckerin, »die Pflanze steht noch viel zu oft in der Strafecke, weil sie nur mit Seife in Zusammenhang gebracht wird. Ich habe gerade die Tage einen sehr traditionellen Kuchen damit gebacken.«

Der Koch nickte erfreut, und sicher hätte nun der nächste rege Austausch über die wunderbaren Zutaten, die die Provence bot, stattgefunden, doch Gaston näherte sich und bat Alexander und Maxi, sie zu ihrem Tisch geleiten zu dürfen. Hilde und Aimé wünschten den beiden von Herzen einen genussvollen Abend und sahen ihnen angenehm überrascht hinterher. Ein medienbekannter Sternekoch, so ganz ohne Starallüren, das war etwas Besonderes.

Kurze Zeit später stand Julien neben ihnen und sagte: »Ich freue mich sehr, euch zu sehen, aber es ist völlig untypisch, dass ihr unangemeldet kommt. Ist etwas passiert?«

Aimé wandte sich zu Hilde und sah sie auffordernd an. Er hatte seine Position klargemacht. Die resolute Französin sagte: »Ich habe Hunger, und dann möchte ich, möchten *wir* mit dir über deine Tochter sprechen.«

Julien zog fragend die Augenbrauen hoch. »Was hat sie jetzt schon wieder angestellt?« Er nahm es humorvoll, da er das letzte Gespräch dieser Art noch zu präsent hatte. Thierrys Mutter hatte ihn angerufen, um über die Verfehlungen seiner Tochter mit ihm zu reden, und er hatte sich gewünscht, sein Handy würde in seiner Hand zu einer glitschigen Scheibe Speck werden.

»Lass uns erst etwas essen, und dann reden wir über unser Mädchen«, sagte Aimé beschwichtigend.

»Ihr müsst noch einen kleinen Moment Geduld haben«, bat der Freund, »ein Tisch hat gerade die Rechnung bestellt, und der wird im Anschluss für euch fertig gemacht. Ich muss dann noch mal kurz zu Alexander. Ich revidiere wirklich meine Meinung über Fernsehköche, denn er ist ein echt klasse Typ, kein bisschen abgehoben und außerordentlich kreativ. Dann komme ich zu euch.«

Er winkte Gaston, dem Restaurantleiter, und bat ihn, den frei werdenden Tisch für seine Freunde zu richten und ihnen die Wartezeit an der Theke mit einem Getränk zu versüßen.

Stuttgart im September

Werner Walter war gerade auf dem Heimweg. Er wollte noch rasch in den Supermarkt fahren, um einige frische Leckereien für sein Abendessen zu besorgen, als sein Telefon klingelte. Auf dem Display erschien Myriams Gesicht. Unverzüglich nahm er das Gespräch an. »Dass das jetzt aber nicht zur Gewohnheit wird, dass du jeden Abend mit mir zusammen sein möchtest«, flachste er zur Begrüßung.

»Ohne Witz, Werner«, sagte sie ernst, »du musst vorbeikommen. Jetzt gleich!«

»Ich stehe gerade vor dem ›Frische-Paradies‹, um ein paar Sachen einzukaufen. Hat es noch so lange Zeit?«, wollte er wissen.

Die Genießerin in ihr erwachte, und sie sagte: »Bring unbedingt eine Burrata, Kirschtomaten und einen Bund Basilikum mit, und beeil dich etwas, alter Mann.«

Er wollte noch etwas erwidern, aber da hatte sie schon aufgelegt. Kopfschüttelnd ging er in den Markt, raffte ein paar Sachen in seinen Wagen und war so schnell wie selten zuvor wieder draußen.

Myriams Anruf hatte ihn doch ein wenig beunruhigt. Sie war zwar eine impulsive Frau, und sie standen einander nach wie vor sehr nah, doch sie lebte ihr Leben und er seins. Sie waren einander vertraut und vertrauten einander. Das war auch während ihrer Ehe schon so gewesen. Sie hatten nur nicht miteinander leben können. Er war ein Pedant, sie zog den ersten Schuh im Flur und den zweiten im Wohnzimmer aus. Er sortierte Schallplatten nach Genre, Jahr, Alphabet und Farbe, sie zog eine heraus und stopfte sie irgendwo wieder rein. Sie hatten es bereits nach kurzer Zeit bemerkt und waren einander immer fremder geworden.

Myriam hatte dann die Reißleine gezogen, und er war erleichtert gewesen, denn er hatte befürchtet, viel mehr zu verlieren als eine Ehefrau. So hatte er seine beste Freundin behalten können, und so wie andere ihren Hochzeitstag zelebrierten, feierten sie ihren Scheidungstag. Myriams Freundin Katja meinte oft, sie beide würden sich dieselbe Meise teilen, und sah entspannt lächelnd über diese Schrullen hinweg. Ein wenig hatte die sexuelle Wandlung seiner Ex-Frau an seinem Ego genagt, aber dann hatte sie ihn gefragt: »Wäre dir ein fünfundzwanzigjähriger Pornodarsteller lieber gewesen?« Und er hatte zugegeben, dass ihn das doch mehr angekratzt hätte. Zudem mochte er Katja. Sie war patent und hatte das Herz am rechten Fleck.

Nur wenigen Menschen gelang es, in ihrem Leben jemanden zu finden, dem sie, ohne zu zögern, ihr Leben anvertrauen würden. Er hatte es während seines Polizeidienstes gehasst, seinem jeweiligen Partner so zu vertrauen. Umso mehr bewunderte er das Verhältnis von Margeaux und Frank und konnte sogar tatsächlich Verständnis für Frank aufbringen, der seit Margeaux' Weggang bockig versuchte, jedem Partner das Leben so schwer wie möglich zu machen. Bis dato hatte der Mann es auch geschafft, jeden zu vergraulen. Nur seine aktuelle Partnerin, die sie alle etwas despektierlich »die Kleine« nannten, war hartnäckig und blieb dran, und sie war zudem auch eine gute Polizistin.

Er hatte es niemals so offen gezeigt, dass er dieses Vertrauen in andere nicht hatte. Er hatte gelernt, in allen Situationen seinen Vorteil zu finden, und so war es ihm dann auch möglich gewesen, seine aktuelle Position zu erreichen. Seine Vision war der Posten des Polizeipräsidenten, und obwohl er nach wie vor darauf bedacht war, in jeder Situation gut dazustehen, um dieses Ziel zu erreichen – und er wusste, wie seine Mitarbeiter darüber urteilten –, würde er für diesen Weg noch viel mehr Politik machen müssen.

Er parkte vor Myriams Tür und wunderte sich wieder einmal über die Wahl der beiden Frauen, ausgerechnet in Botnang zu wohnen. »Oberer Bauernwaldweg« sagte für ihn schon alles aus. Wie konnte eine Straße nur so heißen?

Ja, er war ein Snob. Das konnte er mittlerweile zugeben. Er zog die Einkaufstasche vom Rücksitz und stapfte zu der gruseligen Doppelhaushälfte.

Avignon im September

Aimé hielt sich den Bauch. Er hatte so viel gegessen, dass er sich sicher war, dass er nun platzen würde. Auch Hilde stöhnte auf und suchte eine bequemere Position auf ihrem Stuhl. Julien war kurz an ihrem Tisch gewesen, um sie nach speziellen Menüwünschen zu befragen, und sie hatten sich wie immer in seine Hand begeben, und er hatte ausgewählt. Der Freund hatte seine Runde durch das Lokal beendet und stand noch bei dem deutschen Sternekoch.

Julien war ein formvollendeter Gastgeber und ließ der hübschen Lebensgefährtin ebenfalls Aufmerksamkeit zukommen, doch sein Interesse galt dem Mann, und zum wiederholten Male an diesem Abend fachsimpelten die beiden munter drauflos. Man konnte die Sympathie auf Meter entfernt spüren. Julien lebte förmlich auf, und Hilde freute sich, ihn so zufrieden zu sehen. Oft umgab ihn die Trauer wie ein leichter Mantel. Seine Leidenschaft für gute Gerichte war jedoch etwas, das ihn glücklich machte.

Wenige Minuten später zog er sich einen Stuhl heran und setzte sich zu ihnen. »Nun schießt los. Wo liegt der Hase im Pfeffer?«

Aimé schaute Hilde auffordernd an, plötzlich schien sie nicht mehr so sicher zu sein, dass es richtig war, was sie vorhatten, denn sie zögerte einen Augenblick. Doch dann entschied sie sich dafür, Julien einzubinden. »Margeaux hat von Gilbert Brenot einen Auftrag bekommen. Sie soll in Marseille einen Kollegen beschützen.«

Julien nickte interessiert, aber noch nicht alarmiert.

»Aimé, jetzt bist du dran!«, forderte Hilde ihren Mann auf, Farbe zu bekennen.

»Einen Kollegen zu beschützen, ist meines Wissens nach immer mit dem Risiko einer Gefährdung verbunden«, versuchte es der Flic diplomatisch zu formulieren.

»Das heißt, sie macht wieder etwas, wobei sie verletzt werden kann«, wollte ihr Vater nun wissen und wandte sich ganz gezielt an seinen Freund. »Wie schätzt du das ein, Aimé?«

»Es wird sicher kein Spaziergang, aber Margeaux verfügt über das Know-how und ist in Topform. Das ist auch Brenots Argumentation, und sie ist sicher Feuer und Flamme für den Einsatz«, wägte der Polizist das Für und Wider ab.

»Und warum erzählt *ihr* mir das und nicht sie?«, wollte Julien nun wissen.

»Sie hat den Auftrag erst vor ein paar Stunden erhalten«, erklärte Aimé beruhigend, »und sie muss ja niemanden von uns um Erlaubnis fragen. Sie erzählt dir bestimmt davon. Also den Teil, den du wissen darfst.«

»Wir machen uns doch nur Sorgen«, fügte Hilde leise an. »Wir wollen, dass sie gesund bleibt. *Ich* will, dass sie gesund bleibt.«

Julien nickte bedächtig. »Das will ich natürlich auch, nichts mehr als das.«

»Kannst du ihr nicht sagen, dass dich das zu sehr aufregt und sie deshalb ablehnen soll?«, platzte es nun aus Hilde heraus.

Der Mann schaute sie erstaunt an. »Kann ich meiner erwachsenen Tochter ihren Beruf verbieten? Machst du das auch mit Pierre?«

»Nein«, gestand Hilde etwas kleinlaut, »aber er riskiert auch nicht dauernd sein Leben. Du weißt, wie sie nach dem Angriff damals aussah. Das kann ich einfach nicht vergessen.«

Seine Augen glitten kurz in die Vergangenheit. Alle Leichtigkeit und Freude war nun aus seinem Gesicht gewichen, und die Freunde kamen sich furchtbar dumm vor.

»Ich rede mit ihr«, sagte er dann resigniert.

Stuttgart, Staatsanwaltschaft, im September

Sein Büro war nicht mehr der Ort, an dem er sich einflussreich und gut fühlte. Immer wieder gingen ihm die Momente durch den Kopf, die dazu geführt hatten, dass er von einem der Guten zu einem der Bösen geworden war. Oft überfiel ihn die Erinnerung daran, wie alles seinen Lauf genommen hatte – sowie er auf seinem Stuhl Platz nahm.

Er war damals bereits nach dem Anruf wie gelähmt gewesen, doch als er aus der Starre erwacht war, hatte er beschlossen, weder das Leben der Mädchen oder seiner Frau riskieren zu wollen – und auch Viorelas nicht. Er war ein wichtiges Organ des deutschen Rechtssystems und würde jetzt sicher nicht kriminell werden.

Er wusste zwar, dass der Besuch bei einer Prostituierten und der große Fehler, den er gemacht hatte, den ersten Abend in der Rechnung einer Geburtstagsfeier untergehen zu lassen, nicht unbedingt legal gewesen waren, doch zum Beispiel einen nicht autorisierten Giftmülltransport plötzlich nicht mehr zu ahnden und sich dabei zum vollkommenen Manipulator des Systems zu machen, kam für ihn keinesfalls infrage. Also wählte er einen für ihn gangbaren Weg und beschloss, bei »Kavaliersdelikten« dieser Ganoven Milde walten zu lassen. Er hatte keine Vorstellung davon, was sie alles von ihm verlangen würden und welche Grenzen er dabei überschreiten musste.

Das machte er auch mit aller Klarheit beim nächsten Gespräch deutlich, und er fühlte sich dabei stark und gefestigt. Interessanterweise reagierte der Typ am anderen Ende sehr entspannt, und er war nach dem Telefonat erleichtert und kurz davor, sich für seinen Mut und seine Stringenz selbst auf die Schulter zu klopfen.

Dann kam der Brief ins Büro. »Vertraulich« stand drauf. Eine einfache Fotocollage fiel heraus – mehr nicht.

Alles, was er sich vorgenommen hatte, seine ganze Ehrhaftigkeit fiel danach wie nichts in sich zusammen: seine Töchter im Kindergarten, seine Töchter auf den Ponys, seine Töchter auf der Dachterrasse ihres Penthouse, als sie einander dort vor einiger Zeit in Unterhöschen mit Fingerfarben angemalt hatten.

Jemand folgte ihnen auf Schritt und Tritt und hatte sogar die Möglichkeit, im Haus gegenüber zu wirken, um Bilder von ihnen in ihrem Zuhause zu machen.

Für einen kurzen Moment verlor er die Beherrschung und feuerte den Brieföffner mit aller Kraft durch den Raum, beschädigte dabei die Wand, aus der ein großes Stück Putz bröckelte. Einfach so. Und genau so kam er sich auch vor: als würde etwas in ihm zerbröseln, und diesen Schaden konnte er nicht mehr rückgängig machen.

Es dauerte nicht lange, bis der nächste, fast fröhlich klingende Anruf kam, und er sagte schlicht Ja. Ja zu allem, was er tun sollte, und gleich im Anschluss stellte er eine Bescheinigung für ein Asservat in Frankfurt aus. Er konstruierte einen hirnrissigen Zusammenhang, um den Zugriff zu ermöglichen, und anstatt danach nach Hause zu gehen, flüchtete er in Viorelas Arme, um sich dort erst einmal abzureagieren. Er versuchte, die ganze Wahrheit nicht in sein Hirn eindringen zu lassen, denn dann würde es am Ende nur noch eine einzige Konsequenz geben.

Schließlich fuhr er zu seiner Familie, zu den Menschen, die er nicht hatte beschützen können, und zum Erstaunen seiner Frau nahm er sie vor den Kindern in den Arm und drückte sie an sich, bis die Mädchen vor Verzückung eine Familienumarmung einforderten. Sie klammerten sich an seine und Christinas Beine. Sie hoben die Kinder gemeinsam hoch und standen eng verbunden miteinander eine Weile da, dann wollten die zwei runter und mit ihrem Papi spielen. In den Augen seiner Frau konnte er die

Sehnsucht sehen, aber er war nun ein beschissener Krimineller. Er hatte alles, was in seinem Leben von Bedeutung war, verraten. Er musste nun dafür sorgen, dass sie frei von ihm sein konnten, falls etwas geschah.

Er hatte sich ohne ein weiteres Wort umgedreht und war in sein Ankleidezimmer gegangen. Er hatte noch gehört, wie der Kühlschrank geöffnet worden war und sie sich ein Glas Wein genehmigt hatte.

Frankfurt im Jahr 1984

Klaus Ehrmann war kein Ehrenmann mehr. Er hatte eine lange Abhandlung darüber gelesen, warum Männer häufiger zu Suchterkrankungen neigten als Frauen, und versucht, sich über die Auslöser in seinem Leben klar zu werden. Sein Vater war ein typischer Patriarch, den die Kriegszeit und das Aufstreben der Wirtschaft danach geprägt hatten. Seine Mutter nahm ihre Rolle als Unternehmergattin sehr ernst, repräsentierte, was das Zeug hielt, war wohltätig und erinnerte sich tatsächlich sogar immer mal wieder an den Sohn zu Hause. Sie war keine schlechte Mutter, eher eine, die wenig Anteil nahm und somit auch ein recht überschaubares Interesse am Leben ihres Sohnes an den Tag legte.

Er hatte sie mit achtzehn das erste Mal in die Spielbank in Bad Homburg begleitet. Viele solvente Kunden der Bank waren dort anzutreffen, und auch Geschäftsanbahnungen waren bei einem Drink an der Bar möglich, daher war sie dort regelmäßig zu Gast. Meist begleitete sein Vater sie, doch wenn der nicht konnte, stand Klaus parat. Das Spiel faszinierte ihn. Die Endgültigkeit, wenn die Kugel gefallen war oder die letzte Karte ausgespielt. Es war so, als wäre man mit dem Schicksal Auge in Auge verbunden, und ein falscher Wimpernschlag konnte über den kompletten Ausgang des Spiels entscheiden. Seine Mutter schickte ihn mit einer Handvoll Jetons zum Spielen. So wie sie es früher mit Autos oder Bauklötzen gemacht hatte, nur war diese Art der Freizeitbeschäftigung um ein Wesentliches befriedigender.

Er leckte rasch Blut und wurde zu einem versierten Spieler,

bei dem sich das Gewinnen und Verlieren meist die Waage hielt. Doch dies war nur zu Beginn der Fall. Rasch stellte er fest, wie es sich anfühlte, wenn man mehr verlor, als man hatte. Doch ohne sich großartig zu bemühen, fand er Möglichkeiten, sich das, was ihm fehlte, zu leihen. Er wusste nicht mehr, wann es begonnen hatte, dass er den Überblick über seine Verbindlichkeiten verlor. Ein wenig unangenehm war ihm das Ganze als Sohn eines Privatbankiers und Mitarbeiter in dieser Bank schon, doch eben nur ein wenig, und diese innere warnende Stimme brachte er immer schnell mit überzeugenden Argumenten zum Schweigen.

Er war extrem kommunikativ, gut aussehend und beliebt. Sein Vater sagte oft, er sei in der Lage, einem Pinguin einen Kühlschrank zu verkaufen. Wahrscheinlich war es auch genau diese Fähigkeit, die es ihm ermöglichte, sich das, was er zum Spielen brauchte, rasch zusammenzuleihen. Er fühlte sich wohl in dem Ambiente rund um die Spieltische.

Dort in der Spielbank hatte er auch zum ersten Mal mit diesem wundervollen Mädchen gesprochen. Er hatte sie bereits in der Bank gesehen, sie arbeitete am Kundenschalter, und das Herz hatte sich ihm zusammengezogen. Sie war eine Schönheit und strahlte immer, wenn er sie sah. Falls es so etwas wie die romantisierte Liebe auf den ersten Blick gab, so war ihm genau das passiert: Sein Blick war auf sie gefallen, und er war verliebt, obwohl er noch kein Wort außer einer Begrüßung mit ihr gewechselt hatte. Erst in der Spielbank waren sie miteinander ins Gespräch gekommen. Sie war in Begleitung dort gewesen. Ihr Freund, ein attraktiver junger Mann mit südländischem Einschlag, führte erfolgreich eine Autowerkstatt und war ein netter Kerl.

Also bewunderte er die Traumfrau weiter aus der Ferne. Sie war nicht für ihn bestimmt und er auch nicht für sie. Er hatte seine Verlobte Marianne, die Tochter eines Unternehmers aus der Region, die die Eltern für eine gute Partie hielten, vor einigen Monaten geheiratet. Sie mochten einander und kamen gut klar, aber das, was er für das blonde Mädchen empfand, war etwas komplett anderes.

Sie unterhielten sich nun auch regelmäßig in der Bank, und er hörte allgemein, dass sie ihre Arbeit sehr gut mache und clever sei.

Dann starb ihr Verlobter bei einem Autounfall, und er wurde ihr ein Freund. Er war da, als sie am Grab strauchelte, und er war da, wenn sie mit dem Leben haderte. Kurze Zeit später stellte sie fest, dass sie ein Kind erwartete, und sein Vater und er unterstützten sie. Sie war eine gute Mitarbeiterin und hatte Potenzial. Das erkannte auch Hugo.

Die Jahre vergingen und seine Liebe blieb. Seine Frau und er bekamen eine wundervolle Tochter, die sein ganzer Stolz war. Seine Prinzessin. Er blieb Christina treu, körperlich, wenngleich er seelisch immer der anderen Frau verbunden war. Sein Herz gehörte Ariane.

Er offenbarte sich ihr nicht, aber er war sich sicher, dass sie wusste, was er für sie empfand. Doch sie war nicht bereit, irgendeine Form von Beziehung einzugehen. Sie kümmerte sich hingebungsvoll um ihren kleinen Frank und machte ihre Arbeit. Ihre Mutter war kurz nach der Geburt zu ihr gezogen, sodass sie der Ehrmann Bank weiterhin zur Verfügung stand. Raum für Liebe gab es nicht in ihrem Leben, der Tod ihres Partners hatte sie zu sehr getroffen. Also füllte er auch dieses Loch, das da in ihm entstand, mit dem Spielen: Denn ihr täglich zu begegnen und ihr nahe zu sein, erweckte immer den Wunsch nach mehr in ihm. Also spielte er.

Eines Tages kam ein gut gekleideter Italiener auf ihn zu und machte ihm klar, wie viel Geld er verschiedensten Quellen schuldete. Diese Schuldscheine lagen nun alle in der Hand des Mannes im Maßanzug, das wurde Klaus in diesem Moment voller Entsetzen klar. Doch der Italiener hatte bereits einen bunten Strauß an Ideen, wie es dem Bankierssohn möglich sein würde, seine Schulden unbemerkt zu begleichen. Ein verrücktes Spiel begann, es war aufregend, und der süchtige Spieler in Klaus Ehrmann begann, die Oberhand zu gewinnen und dieses Risiko zu genießen.

Dass er dazu dem Teufel die Hand gereicht hatte, war ihm erst Jahre später bewusst geworden. Doch da war es zu spät gewesen … viel zu spät … Und heute gab es keine Rückkehr mehr.

Marseille im September

Pascal Lingerot alias Paul Bacron hatte einen Pastis in seiner Stammbar getrunken, hatte den nötigen Small Talk gemacht und war dann weitergezogen. Am Abend ging es in diesem Viertel immer heiß her: Freier, die auf der Suche nach billiger Befriedigung waren, Süchtige, die Stoff brauchten, und all die Anbieter dieser verschiedenen Dienstleistungen waren unterwegs.

Er glaubte, auf einem Motorrad Brenot erkannt zu haben, und er machte sich erneut auf, seine Briefkästen zu checken.

Sein Handy klingelte, und er erschrak fast ein wenig, als er Jean-Jes Namen aufblinken sah. So, als hätte dieser ihn ertappt. Sofort nahm er das Gespräch an, denn das hatte er auf die harte Tour gelernt: Casanovas Anruf musste binnen Sekunden angenommen werden, ganz egal was man gerade tat.

»Pascal«, sagte der Mann ohne große Begrüßung oder viele Worte, »ich brauche dich hier, und zwar vite, vite!«

Bacron konzentrierte sich, um nicht genervt zu wirken, und sagte: »Bin unterwegs, Chef.«

»Wie lange?«, wollte der Capo wissen.

»Keine zehn Minuten«, antwortete der verdeckte Ermittler, drehte sich auf dem Absatz um und beeilte sich, dem Gebieter gerecht zu werden.

Casanova konnte ausgesprochen unangenehm werden, wenn er nicht sofort bekam, was er wollte. Paul würde später erneut versuchen, seine Briefkästen abzuklappern.

Dann sah er, dass er recht gehabt hatte. Gilbert Brenot stand an sein Motorrad gelehnt da und tat so, als schaue er sich die verfügbaren Mädchen an. Er sah cool aus in seiner Motorradkluft und roch damit auch nicht fünfhundert Kilometer gegen den Wind nach Bulle. Das Nicken des Commandant sah aus, als hätte er eine Entscheidung getroffen, doch Paul verstand, dass es ein Zeichen war, das ihm galt. Das entspannte ihn.

Brenot hatte jemanden für ihn, und er würde etwas in einem der Verstecke vorfinden. Dann war es ihm endlich möglich, an dieses Schwein Ziberi ranzukommen. Beschwingten Schrittes ging er weiter und hörte noch das anfahrende Motorrad röhren. Er spürte Blicke auf sich ruhen, doch er wusste instinktiv, dass sie keine Gefahr beinhalteten, sondern begehrlicher Natur waren. Die Leute kannten ihn, wussten, wem er diente, und erhofften sich Vorteile von einem Kontakt zu ihm.

Botnang im September

Werner Walter hatte kaum geklingelt, als Myriam schon die Tür aufriss. Erschrocken wich er einen Schritt zurück. »Huch! Willst du, dass mich der Schlag trifft?«

»Ich warte schon eine halbe Ewigkeit auf dich. Bist du zu Fuß vom Supermarkt hierhergekommen?«, sagte sie ungeduldig.

»Hol mal Luft, altes Mädchen«, erwiderte er halb spaßig, halb konsterniert und trat ein.

Er drückte ihr die Tüte in die Hand, und sie schaute sogleich neugierig und hungrig hinein.

»Ich mache das mal schnell, setz du dich ruhig ins Wohnzimmer und schenke dir etwas zu trinken ein. Du kennst dich ja aus.« Sie verschwand mit der Tüte in Richtung Küche.

Walter tat wie geheißen, schenkte sich einen Schluck Whiskey ein und setzte sich. Er war gespannt, was so wichtig war und sie so aufgeregt hatte. Sie kam ohne Probleme mit einer Horde Managern zurecht, die mit der Überzeugung ins Seminar kamen, die Weisheit mit einem großen Löffel gefressen zu haben. Was brachte sie also dazu, die Fassung zu verlieren?

Er nippte an seinem Getränk und genoss den malzigen Geschmack des einundzwanzig Jahre alten irischen Single Malts, der sich mild an seinen Gaumen anschmiegte. Der Glenfarclas, den Myriam zu kaufen pflegte, gehörte auch noch zu den bezahlbaren seiner Kategorie. Es war kein Tropfen, den man einfach so herunterschüttete oder gar in Massen zu sich nahm. Die markante Eichenholznote sorgte für bewussten Genuss, und das tat er nun auch. Er hörte sie in der Küche hantieren, blieb aber bewusst im Wohnzimmer sitzen, obwohl er ihr gern geholfen hätte, da er ebenfalls sehr hungrig war und vier Hände schneller waren als zwei. Doch er konnte mit der Unordnung in ihrer Küche nicht umgehen, also hielt er sich zurück. Es war ihr Leben. Zwar verstand er oft nicht, wie eine Frau, die so viel Wert auf ihr Äußeres legte, in ihrem Heim so zum Chaos neigen konnte, aber Katja und sie schienen sich wohlzufühlen, und einzig darauf kam es an.

»Tataaa!!« Myriam kam mit einer großen Platte in der einen Hand und zwei Tellern mit Besteck in der anderen zum Tisch. »Du hast gut eingekauft.«

Rasch hatte sie die Tomaten mit der Burrata und dem Basilikum angerichtet, etwas von der Wurst aufgeschnitten, die er gekauft hatte, Käse und Trauben dazugelegt und das Ciabatta in Stücke gebrochen, das er noch geistesgegenwärtig in den Einkaufswagen geworfen hatte. Es sah sehr appetitlich aus, und er lud sich die Leckereien auf seinen Teller. Myriam hielt es ebenso und goss sich auch einen Schluck Whiskey ein.

Einige Bissen später fragte Werner: »So, und jetzt erbitte ich Aufklärung, warum ich quasi alles fallen lassen musste, um herzueilen!!!«

»Ich konnte nicht anders.« Sie sah ihn mit leicht entschuldigender Miene an. »Ich habe mich ein wenig schlaugemacht, wie ich, sagen wir mal, ›spurlos‹ recherchieren kann, und dann den südländischen Kumpel meines Ex-Kollegen unter die Lupe genommen.« Sie gab sich bewusst locker.

»Myriam, ich kenne dich und weiß, dass du besonders dann sehr flapsig formulierst, wenn es dir wirklich richtig ernst ist. Ich hatte dich gebeten, vorsichtig zu sein …« Er seufzte kellertief. »Was hast du also über Pescatore herausgefunden?«

Sie nahm noch eine Gabel voll Burrata mit Tomaten in den Mund, kaute rasch und sagte dann: »Er ist der König. Nicht nur von Stuttgart, sondern von ganz Baden-Württemberg. Ihm gehören ein Menge Häuser, einige sehr gute Restaurants, mehr als ein Dutzend Spielhöllen, Immobilienbüros und mindestens zwei Autohäuser. Da ich sehr gut weiß, dass viele dieser Geschäfte dazu benutzt werden, Geld zu waschen, habe ich mir alles etwas genauer angeschaut. Der macht in seinen Restaurants Umsätze, da macht wahrscheinlich die Pizzeria hier bei uns in Botnang mehr im Monat.«

Er nickte und schaute sie erwartungsvoll an.

»Na ja«, nuschelte sie und schluckte das Stück Käse, an dem sie kaute, herunter, »das kann doch nicht stimmen, bei den Preisen, die er zum Beispiel im ›Il Pastaio‹ aufruft. Dann habe ich angefangen, eins und eins zusammenzuzählen, und ich bin auf zwei gekommen. Auch im Zusammenhang mit dem, was wir dort gesehen haben: die wunderschönen Mädchen, die mit Männern verschwinden.« Sie holte kurz Luft und fuhr dann fort: »Ich habe also nicht nur die Artikel auf der ersten Seite in der Suchmaschine angeschaut, sondern bin akribisch jeder Verlinkung gefolgt, und ich denke, Luca Pescatore«, ihre Stimme wurde leiser, so, als befürchtete sie, gehört zu werden, »ist ein ganz dicker Fisch. Der ist, glaube ich, der Capo der Mafia hier.«

Werner Walter nickte. »Ja, davon gehe ich auch aus. Ich habe natürlich meine Fühler auch ein wenig ausgestreckt, sehr vorsichtig und wirklich nur ein winziges Stück, aber das reichte schon aus.«

»Wenn du dir die Presseberichte anschaust, dann kennt der echt jeden und ist mit allen hochrangigen Figuren unserer illustren Gesellschaft gut Freund«, sie schüttelte sich grausend, »und das lässt mich nun glauben, dass jeder von denen irgendwie Dreck am Stecken hat.«

»Das Schlimme ist«, bestätigte er nachdenklich, »dass du wahrscheinlich recht hast.«

»Dann können wir uns keinen Fehltritt erlauben, sonst fliegen wir auf, und du bist deinen Job los, und ich kann dann wahrscheinlich Katjas Tasche bei ihren Shootings tragen, falls sie noch gebucht wird, denn ich komme in kein Unternehmen mehr rein. Wie gut, dass ich mich vorher so intensiv informiert habe, damit ich nicht aus Versehen schlafende Hunde wecke.« Sie klopfte sich selbst leicht theatralisch auf die Schulter. Dann wurde sie sehr ernst. »Beerschneider ist in echten Schwierigkeiten. Er geht nicht einfach nur mit einer Edelprostituierten ins Bett, sondern ist damit auch Wachs in den Händen eines Verbrechers.«

»Das könnte uns ja ›eigentlich‹ egal sein«, sagte der Polizist und setzte das Wort »eigentlich« mit den Fingern in Anführungszeichen, »wenn er nicht ein elementarer Teil des Rechtssystems wäre.«

»Und diesen Teil hat jetzt ein Mafioso an den Eiern …« Sie sah ihn mit großen Augen an und biss krachend in ihr Ciabatta.

Das Dossier

09/1977 – Zielperson (ZP) trinkt bei Lehrgang an der Hotelbar Wein mit KE, beide verlassen zusammen die Bar. Nachweis für sexuellen Kontakt nicht möglich.

10/1977 – Umzug ZP, Elisabeth Kaiser gibt ihre Wohnung in Hanau auf und zieht mit nach FFM.

11/1977 – Mutter ZP erkrankt, Lungenentzündung, KH privat. Woher kommt das Geld?

1983 – ZP besucht in Italien entfernte Familienmitglieder ihres verstorbenen Freundes (Sizilien, Kontakte geprüft, keine Auffälligkeiten).

ZP bleibt teilweise länger als gewohnt im Büro. Brauche Zugang, um zu prüfen, warum.

Hotel für private Treffen wechselnd, meist Mövenpick. Sexuelle Aktivitäten mit KE offensichtlich.

Frankfurt im Jahr 1984

Sie trafen sich in wechselnden Hotels in den Randbezirken von Frankfurt. Ariane mietete es meist auf ihren Namen an, um Gerüchten vorzubeugen.

Irgendwann hatte sie dem ausdauernden, liebevollen Werben nachgegeben. Es war nie aufdringlich oder übergriffig gewesen, sondern eher sehr respektvoll. Sie war jung, und ihr Leben gehörte ihrem Sohn und der Arbeit. Sie wollte keinen Vater für Frank, denn ein fremder Mann würde den aufgeweckten blonden Jungen, ihr Erbe hatte sich hier gegen die südländischen Gene in Marcos Blut durchgesetzt, niemals so lieben können wie ein echter Vater. Frank sollte nicht darunter leiden, dass seine Mutter körperliche Nähe brauchte. Die Beziehung war an sich ungefährlich. Sie hatte von Beginn an klargemacht, dass sie nicht mehr wollte als regelmäßige Treffen für ein paar Stunden. Er hatte es akzeptiert und war ein aufmerksamer und hingebungsvoller Liebhaber.

Sie genossen die Zweisamkeit, erlebten sowohl anregenden Sex als auch zärtliche Momente, und Ariane gefiel das Arrangement ausgesprochen gut. Sie trafen sich nicht oft, denn sie musste eine Nachbarin bitten, an solchen Abenden auf Frank achtzugeben, und auch er hatte nicht häufig Zeit. Umso mehr waren ihnen dann die gemeinsamen Stunden wert. Sie mochte ihn und liebte, was er für sie tat, aber ihre Gefühle waren nicht tiefgreifend. Er dagegen schien anders zu empfinden. Er versuchte, es nicht in den Vordergrund zu rücken, wollte sie nicht überfordern mit seinen Gefühlen, aber sie konnte es spüren und sah seine Blicke, die so voller Sehnsucht waren, dass es fast schon schmerzte. Jedoch das Leid, Marco zu verlieren, ohne ihm Lebewohl sagen zu können, hatte etwas in ihr zersplittern lassen. Etwas, das man dringend brauchte, um eine Liebesbeziehung einzugehen und zu pflegen. Manchmal war sie davon überzeugt, dass sie diese Fähigkeit unwiderruflich verloren hatte. Somit war dies der beste Weg: eine Liebelei ohne Anspruch auf mehr.

Sie bestand immer auf Safer Sex, denn wenn sie etwas gar nicht gebrauchen konnte, dann war es ein Kind, das dieser Verbindung entsprang. Frank war ihr ein und alles. Ein uneheliches Baby von einem verheirateten Mann würde alles zerstören. Er akzeptierte dies ohne Weiteres, denn er wollte sie glücklich machen. Immer wieder beteuerte er genau dies, wenn sie nach befriedigenden Stunden ermattet nebeneinanderlagen. Ihr Glück stand für ihn im Vordergrund.

Es tat Ariane gut, so umworben zu werden, sich weiblich und begehrt zu fühlen. Sie vertraute ihm, deshalb wollte sie ihn auch in das einweihen, was sie gefunden hatte, denn sie musste mit einer vertrauten Person darüber sprechen. Nicht nur, um sich zu vergewissern, dass sie das alles richtig deutete, sondern auch, um ihre eigenen Gedanken sortiert auszusprechen.

So bat sie ihn um ein Gespräch. Sie nahmen auf dem Sofa im Erker des Hotelzimmers Platz, er öffnete eine Flasche Wasser aus der Minibar, denn er wusste, dass sie keinen Alkohol trank, wenn sie noch fahren musste, und sie begann, ihm das Konstrukt darzulegen.

»Das ist hochprofessioneller Betrug. Alles ist so verzwickt und geht über mehrere Konten mehrerer Firmen, die aber alle immer zu einer Art Mutterbetrieb zurückführen. Durch diese Verschachtelungen ist das ohne eine intensive Prüfung nicht festzustellen, und es beginnt immer mit einem erhöhten Zinssatz.«

Er saß lange da und schwieg, dann fragte er: »Wer außer dir weiß noch davon?«

»Ich habe es ganz am Anfang Hugo gesagt, weil ich dachte, es handele sich bei dem Vertrag, bei dem es mir auffiel, um ein

Versehen. Das ganze Ausmaß kennt er noch nicht. Ich muss es ihm aber natürlich zeigen.«

»Magst du es zuerst mir zeigen?«, bat er, und seine Stimme klang beherrscht.

Sie nickte bestätigend, und sie verabredeten sich für den nächsten Tag in seinem Büro. Dann saßen sie noch einen Moment schweigend beisammen. Das Gespräch belastete sie beide. Sie verabschiedeten sich mit einer kurzen Umarmung und verließen das Zimmer wie immer zeitversetzt.

Ariane war erleichtert, dass sie endlich mit jemandem über ihre Recherchen hatte sprechen können, und sie schlief zum ersten Mal seit langer Zeit wieder entspannt durch.

Hameau les Bouisses im September

Margeaux und Frank hatten noch die wichtigsten Aspekte für Franks Fall zusammengeschrieben, um dann alles mit Werner Walter klären zu können. Sie waren gespannt, wie er seine Ex-Frau mit einbinden würde, denn das Verhalten, das der Chef in Deutschland gerade an den Tag legte, überraschte sie beide nach wie vor. Er schien es irgendwie persönlich zu nehmen, und das ließ ihn seine Komfortzone verlassen.

»Ich befürchte, dass mir unser Ausrufezeichenchef gerade ein wenig sympathisch wird«, gab Margeaux zu.

Frank sah sie von der Seite an. »Nun mal nicht gleich übertreiben, Frau Emotionsexpertin. Du musst auch immer hinter die Kulissen schauen: Was hat er davon, wenn er jetzt plötzlich so reagiert? Welchen Vorteil verspricht er sich?« Es war ihm anzumerken, dass er nicht glauben konnte, dass Werner Walter etwas tat, was ihn nicht persönlich vorwärtsbrachte.

»Du hast ja recht«, gab sie zu, »das ist voreilig. Gleichzeitig habe ich wahrscheinlich noch nie auf so einer Ebene mit ihm kommuniziert … ohne dass er herablassend ist oder gönnerhaft.«

Sie räumten gerade ihre Sachen zusammen, damit Hilde am kommenden Morgen nicht gleich als Erstes über die Unterlagen zum gewalttätigen Tod von Franks Mutter stolpern würde, als Willis Kopf nach oben fuhr, er aufsprang und zur Tür sauste.

»Ich glaube, Thierry kommt«, sagte Margeaux.

»Dann lasse ich euch mal allein. Ich bin sowieso sehr müde«, verabschiedete sich Frank und ging nach oben in sein Zimmer. Er wollte das Paar jetzt nicht stören.

Margeaux nahm die Leine, legte Willi das Halsband an und

ging Thierry entgegen. Selten kam der Bäcker mit leeren Händen, so auch heute. Er hatte eine kleine Tüte mit Schleife für sie … mit einem Macaron darin.

»Ganz simpel: Schokolade mit Himbeermarkfüllung«, sagte er und gab ihr einen zärtlichen Kuss.

Erfreut nahm sie die leckere Kleinigkeit entgegen, öffnete die Verpackung und biss genießerisch ein Stück ab, die andere Hälfte reichte sie ihm und stellte sich dann auf die Zehenspitzen, um ihn ebenfalls zu küssen. Sie schmeckten nach süßer Schokolade und fruchtiger Creme, und die laue Luft der provenzalischen Nacht umhüllte sie mit ihrem Duft nach Erde und Kräutern. Langsam lösten sie sich voneinander, und Margeaux sah ihren vom Mondlicht beschienenen Freund an und dachte wie so oft schon, dass an ihm ein Baldessarini-Model verloren gegangen war: Das schwarze Haar fiel ihm vorwitzig in die bernsteinfarbenen Augen. Sein schmal geschnittenes Gesicht mit der markanten Nase war wie von Künstlerhand gemeißelt. Seine schlanke Figur strafte seinen Beruf Lügen, aber sie wusste, wie hart er trainierte, um nicht kugelrund zu werden. Hand in Hand machten sie dem Hund die Freude einer kleinen Runde.

Im Anschluss gingen sie sofort zu Bett. Sie liebten sich leidenschaftlich und schliefen eng aneinandergekuschelt ein. Im Schlaf entspannte sich die toughe Ermittlerin, und ihr Körper zeigte deutlich, wie sehr er Thierrys Nähe brauchte, denn sie rückte keinen Millimeter von ihm ab, bis sein Wecker klingelte und er zur Arbeit musste.

Die alte Vertrautheit war langsam, aber sicher zurückgekehrt.

Marseille im September

Pascal Lingerot stand unberührt im Türrahmen, als der neue Schläger, den Jean-Je Casanova engagiert hatte, seine Bewährungsprobe überstehen musste. Es war immer die gleiche blutige Inszenierung: Ein kleiner Fisch wurde von der Straße gezerrt und auf Linie gebracht. Irgendeiner hatte immer etwas auf dem Kerbholz, und der neue Rambo musste ihn in die Schranken weisen. Die erste Aufgabe bestand darin, jemanden so zu verletzen, dass er nie wieder eine Übertretung wagen würde, aber trotzdem weiterverkaufen konnte. Casanova hatte ihn, wie immer, dabeihaben wollen. Entweder befürchtete der Mann, dass sich der kleine Dealer gegen ihn wenden würde oder der Schläger … oder gar beide. Oder er wollte Pascal immer wieder aufs Neue verdeutlichen, was er alles mit Menschen machen konnte und wie wenig ein Leben für ihn bedeutete.

Pascal hasste den Mann aus tiefster Seele. Aber wahrscheinlich war es eher Paul, der ihn hasste, denn Pascal war einer von ihnen. Er war ebenso verabscheuungswürdig wie all diese Kerle. Er war ein Speichellecker, der dem Boss die Schuhe küsste und mit demselben Mund armen Typen wie diesem kleinen Idioten hier in die Kehle biss. Er hatte auch begonnen, Pascal zu hassen, und es wurde ihm immer klarer, dass er rausmusste aus dieser Rolle.

Noch heute Abend würde er nachsehen, was Brenot für ihn arrangiert hatte. Er konnte nicht mehr länger warten.

Stoisch ließ er das Ritual über sich ergehen, stülpte seine Ohren nach innen und ließ seinen Blick hart werden, um die Schreie und den Schmerz des Drogenverkäufers nicht zu hören und die unverhohlene Freude des Schlägers sowie den überheblichen Genuss in Casanovas Gesicht nicht in seine Seele dringen zu lassen. Er wartete geduldig, bis er gnädig entlassen wurde, und ging über quälend lange Umwege zu seinen Briefkästen und sammelte die Handyteile ein.

Obwohl es schon sehr spät war, rief er die Nummer an, und Brenot war sofort am Apparat. Er hatte eine Frau für ihn als Bodyguard aufgetan. Erst war Paul nicht besonders begeistert von dieser Idee, denn schließlich würden sie es mit den brutalsten Typen der Szene zu tun haben. Doch dann hatte ihm Brenot geschildert, wer sie war, und er hatte seine Vorurteile beiseitegeschoben und war gespannt auf das erste Kennenlernen.

Im Anschluss entsorgte er das Handy wie gewohnt und ging auf einen Drink in eine seiner Stammbars.

Bald hatte er sein Ziel erreicht.

Wenn wir sagen, dass wir keine Sünde haben,
führen wir uns selbst in die Irre, und die Wahrheit ist nicht in uns.
Wenn wir unsere Sünden bekennen, ist er treu und gerecht;
er vergibt uns die Sünden und reinigt uns von allem Unrecht.

1. Johannes 1,8–9

Bevor die eigenen Tage gezählt sind, das Fleisch dann langsam, aber stetig von den Knochen fällt, der Geist sich vom Körper löst, muss die Sünde gesühnt werden. Die unentschuldbare Eiseskälte, die mit stählernem Blick den Tod bringt, darf nicht einfach so davonkommen.

Der Judaskuss, den du gegeben hast, hat so viel Leid gebracht, nun ist die Zeit gekommen, bußfertig zu sein, das raue Hemd des Büßers überzustreifen und mit der Geisel die eigene Haut in blutige Stücke zu reißen, um dann mit dem Blut diejenigen zu markieren, die den Treuebruch erzwungen haben. Damit du deine Augen schließen kannst, ohne weiterhin von Augen verfolgt zu werden – und doch wird niemals ein Platz im Himmel warten.

Hameau les Bouisses im Oktober

Sie hatten Franks Geburtstag wie geplant im »Chez Louise« gefeiert, obwohl Margeaux tatsächlich eine Zeit lang recht angefressen war und daher keine große Lust gehabt hatte, so zu tun, als sei alles vollkommen in Ordnung.

Julien hatte sie kurz vor dem Fest angerufen, und anstatt über das Menü zu sprechen, hatte er sie gebeten, noch einmal über das Angebot von Brenot nachzudenken, da er sich Sorgen machte. Hilde und Aimé hatten ihn ins Boot geholt, bevor sich die Chance ergeben hatte, es ihm selbst zu erzählen. Danach hatte sie mit jedem ihrer drei »Erziehungsberechtigten« ein ernstes Gespräch geführt und verdeutlicht, dass sie erwachsen und selbstverantwortlich sei, ob ihnen das gefiele oder nicht.

Diese Stimmung hatte ihr bis zum 27. September morgens nachgehangen. Dann war es Thierry gewesen, der mit ihr ein deutliches Gespräch geführt und für die älteren Herrschaften Partei ergriffen hatte, denn Streitereien in der Familie waren ihm ein Gräuel. Im Anschluss hatte sie sich erleichtert gefühlt, denn sie wollte weder mit ihrem Vater noch mit ihren »Ersatzeltern« ein solch angespanntes Verhältnis haben. Zudem hatte Frank einen wunderbaren Tag verdient, auch dafür hatte sich Thierry eingesetzt.

So war der Geburtstag dann doch noch ein voller Erfolg geworden, und der Freund aus Deutschland hatte glücklich gestrahlt. Elodie hatte nur zweimal aufspringen müssen, um sich zu übergeben, ansonsten war die Gruppe fröhlich vereint gewesen und das Essen hervorragend. Frank hatte ständig ein gerührtes

Glitzern in den Augen gehabt, und als Thierry die Torte hereingebracht hatte, hatte er sich sogar schnäuzen müssen.

Margeaux war wieder mit allen versöhnt, und alle Gemüter hatten sich etwas beruhigt, zumal der erste telefonische Kontakt mit Paul Brenot unkompliziert verlaufen war. Aimé war zwar nach wie vor skeptisch und Hilde überbesorgt, aber sie hatten schweren Herzens akzeptiert, dass Margeaux sich ihre Arbeit nicht verbieten ließ.

Julien hatte ebenfalls kapituliert. Er hatte traurig ausgesehen, als er versprochen hatte, ihr zu vertrauen, und eine kleine Fremdheit hatte sich zwischen sie geschlichen, die nur langsam wieder zurückwich.

Margeaux hatte ungeduldig auf den Einsatz gewartet, mit Frank täglich trainiert, und gemeinsam mit Matze hatten sie sich auf die Suche nach demjenigen gemacht, der das Laken an sich genommen hatte.

Sie mussten sehr vorsichtig vorgehen, und dadurch kamen sie nur langsam voran.

Die Tage vergingen im Gleichklang, bis sich Werner Walter endlich wieder meldete und die Sache begann, Fahrt aufzunehmen. Frank hatte nur noch wenige Wochen Urlaub übrig, und sie wollte die Zeit daher sinnvoll nutzen, solange sie auch gemeinsam Zugriff auf Matze hatten.

»Entschuldigt, dass so lange Funkstille war«, meldete sich der Chef aus Deutschland, »aber wir müssen hier wirklich sehr vorsichtig sein, deshalb dauert alles viel länger als gedacht. Ihr solltet heute Post von mir bekommen.«

»Post«, fragte Margeaux, »also so richtig echt und physisch? Oder eine Mail?«

»Ein Paket. Die Sendungsverfolgung sagt mir, dass es heute kommt, daher auch mein kurzer Anruf. Ich wollte euch nur rasch vorinformieren«, erläuterte Walter und legte auf.

Margeaux und Frank schauten einander verdutzt an, der Typ war und blieb ein komischer Vogel.

Kurze Zeit später klingelte tatsächlich die Glocke, und Hilde brachte nach einem kurzen Plausch mit dem Zusteller ein Paket herein und beäugte den deutschen Poststempel misstrauisch. Die beiden Ermittler öffneten es neugierig und fanden zwei einfache Smartphones vor, mit der Bitte, sie mit PINs zu schützen, die nichts mit ihnen zu tun hatten. Jeder schnappte sich eines, schützte sowohl Telefon als auch die SIM-Karte, und dann warteten sie interessiert, was nun geschehen würde. Kurze Zeit später klingelte das Telefon, das Frank in den Händen hielt, und das Display zeigte »Anonym« an. Er drückte die Rufannahmetaste und sagte vorsichtig: »Hallo.«

»Hier auch hallo!!!«, meldete sich Werner Walter mit seiner eigentümlichen Art zu betonen. »Es ist sicherer, so zu kommunizieren«, erklärte er, und sie konnten nun im Hintergrund Straßengeräusche wahrnehmen. Offensichtlich hatte er sein Büro verlassen.

»Wir haben es mit der höchsten Stufe der OK zu tun, und zu unserem Entsetzen ist es so, dass wir davon ausgehen müssen, dass die Tentakel dieser Strukturen die Gesellschaft komplett durchdringen. Das bedeutet für uns, dass wir niemandem trauen können, außer unserem Kreis hier. Myriam, ich, du, Margeaux und Matze«, zählte er auf.

»Ich gehe davon aus, ihr habt auch jeder ein solches Telefon«, fragte Margeaux nun, die bei Frank mithörte.

»Selbstverständlich«, sagte Walter, »wir haben uns das so gedacht, dass wir die Nummern entweder auswendig lernen oder sie an einem komplett anderen Ort aufbewahren als das Mobilgerät. Der Nummernspeicher muss sofort nach jedem Telefonat gelöscht werden, und sollten wir uns Bilder und Dateien senden, so müssen diese auch komplett gelöscht werden und nicht versehentlich im Papierkorb zu finden sein. Wenn eine kritische Situation auftritt, dann muss es unbedingt zerstört werden, vor allem auch die SIM-Karte.« Er schien sich wirklich über alles Gedanken gemacht zu haben.

»Matze kommt hier auch nur sehr langsam voran, er hat nicht jeden Tag Zeit wegen seiner Arbeit, und er möchte Elodie auch nicht so oft allein lassen«, erklärte Margeaux.

»Wer hätte gedacht, dass dieser Hallodri so schnell ein sesshafter, rechtschaffener Mann wird.« Werner war nach wie vor noch sehr überrascht über diese Wendung im Leben des jungen Hackers. »Ich kann ihn auch wirklich nur an den minimalen Schaltstellen autorisieren, er muss jede Spur sofort verwischen, sonst kommen wir alle in Teufels Küche, und ich sage das nicht, weil ich irgendeine Position klarmachen will, sondern weil ich an meinem Leben hänge und auch keinen von euch vorzeitig in einer Holzkiste sehen möchte!!!«

Margeaux und Frank nickten bestätigend, und der blonde Kommissar sagte: »Das sehen wir ganz genauso. Mir wäre es lieb, wir könnten jetzt mal den jeweiligen aktuellen Stand der Recherchen austauschen. Wollen wir anfangen?«, wandte er sich fragend an Margeaux.

Sie wies mit der Hand auf ihn, und er begann zusammenzufassen. »Wir sind mit deinem Genehmigungscode durch die erste Tür gekommen und haben eine Liste mit Namen herunterladen können, die, wie du dir sicher vorstellen kannst, sehr umfangreich ist … bei einem so langen Zeitraum. Wir haben leider nur Datum und erfasste Namen laut vorgelegtem Dienstausweis, keine Asservatennummer. Insofern gestaltet es sich gerade nicht leicht für uns zu selektieren.«

»Matze sagt, er braucht einen bestimmten Schlüssel, um an diese Nummern zu kommen, aber nach allem, was du gerade schilderst, wird es auch für dich nicht leicht sein, uns diesen zu besorgen, ohne Aufmerksamkeit zu erregen«, schaltete sich Frank ein.

»Er sagt, das System wurde vor ungefähr zwei Jahren angepasst, und seither wird alles nur noch digital verwaltet. Es gibt seitdem auch keine Listen mehr, auf denen Besucher auf Papier unterschrieben haben, sondern nur noch digitale Unterschriften, und er vermutet, bezüglich des Datenschutzes, dass die Beweisstücknummer in einem Dokument mit der Unterschrift aufbewahrt wird«, beschrieb die Ermittlerin den Vorgang. »Es müsste also quasi eine Art autorisierte Überprüfung des Datenschutzes sein, und damit würde er die kompletten Vorgänge einsehen können«, fügte sie an.

»Das kann er schlecht als Matze König machen, und als geheimer Eindringling wird es noch gefährlicher«, fügte Werner Walter hinzu. »Wir müssen nachdenken.«

»Das machen wir hier schon seit Tagen«, gab ihm Frank zu verstehen, »und drehen uns dabei im Kreis, denn jede schnelle, zielführende Maßnahme ist einfach kriminell, und der Herr Hacker ist, was das angeht, ziemlich geläutert seit Berlin.«

»Er hat euch von Berlin erzählt??« Walter klang empört.

»Keine Panik, er hat uns keine Details berichtet, nur dass er in echten Schwierigkeiten war und das nicht noch einmal erleben möchte – und nun, in der neuen Lebenssituation, schon dreimal nicht«, bremste ihn Margeaux.

Walter atmete erleichtert aus, dann rief er: »Wir müssen die Angriffskraft des Gegners nutzen und leiten, wie in der Kampfkunst.«

Margeaux verstand ihn sofort, ihr ausdauerndes Martial-Arts-Training hatte sie genau das gelehrt. »Es ist besser, seinen Gegner geistig zu besiegen, sodass er seinen Angriff aufgibt«, zitierte sie.

»Ich stehe auf dem Schlauch«, gab Frank offen zu und sah sie fragend an.

»Wir bringen den Staatsanwalt dazu, diese Liste besitzen zu wollen, und dann holen wir sie uns von ihm, denn seine Türen sind nicht so gesichert, und dort wird tatsächlich auch noch einiges in Papierform abgelegt«, beschrieb der Dienststellenleiter der Mordkommission den Plan.

»Okay, dann rufen wir ihn mal an und sagen ihm das«, ätzte Frank ein wenig genervt.

»Das fädeln wir klug ein, und du, mein lieber Frank, bist mein ganz spezieller Schlüssel …« Werner klang fast ein wenig belustigt. »Er wollte, dass ich dich aufhalte. Nun werde ich ihm ein bisschen Angst machen, und dann schauen wir mal, wie er reagiert.«

»Vielleicht kann Matze seinen Bildschirm mit einem Trojaner spiegeln, und wir können so zumindest all das mitverfolgen, was er am PC macht«, schlug die Ermittlerin vor. »Eigentlich kann ich das auch. Das haben die Amis uns quasi am ersten Tag beigebracht«, fügte sie noch hinzu. Dann spürte sie kurz in sich hinein, denn ihr wurde bewusst, dass da eine Emotion aufgekommen war und dass sie bei dem Gedanken ein wenig verzagte. »Doch wahrscheinlich ist es in Kombination mit meinem aktuellen Auftrag besser, die Bälle flach zu halten und nicht aus Versehen Aufmerksamkeit von den falschen Stellen auf mich zu ziehen.«

Die beiden Männer gaben ihr recht, doch von der Grundidee waren sie alle drei überzeugt.

Sie tauschten die Nummern der Prepaidhandys aus und verabredeten sich für den nächsten Tag für ein erneutes Telefonat. Wie weit würde sich der Staatsanwalt von Werner Walter unter Druck setzen lassen? Wer profitierte von dem verschwundenen Laken? Was sollte es verbergen, und wieso verschwand es erst nach so vielen Jahren? Würde die Klärung all dieser Fragen Licht ins Dunkel bringen und dabei helfen, den Mörder zu finden, oder verrannten sie sich in diese Idee?

Marseille im Oktober

Paul war von der Ex-Polizistin recht angetan. Sie hatten zwar nur telefoniert, er hatte sie ganz normal angerufen, da sie eine Homepage hatte und so auch als Personenschützerin und Privatermittlerin auffindbar war. Zwar waren ihre Referenzen für den Personenschutz außerhalb des Polizeidienstes etwas dürftig, doch das hatte sich nach ihrem Gespräch sofort geändert. Ein versierter ITler hatte die Seite aufgepeppt, ohne dass man nachvollziehen konnte, dass die Änderungen neueren Datums waren. Sie trainierte täglich, und er wusste aus seinem Gespräch mit Brenot, dass sie in einem Sonderprogramm des FBI gewesen war. Nur wenige ausgewählte Europäer wurden dafür zugelassen. Diesen Teil ihrer Ausbildung fand man in ihrer Personalakte in Stuttgart nicht mehr ... Falls Casanova oder Ziberi die Frau gründlich überprüfen würden, würden sie nichts vorfinden, was sie an der Wahl Pascal Lingerots zweifeln ließ.

Sie schlug gern zu, hatte sogar ihren Chef in Stuttgart angegangen und war dann kaltgestellt worden. Das war eine gute Geschichte. Die Mithilfe bei der Aufklärung der Mordfälle waren Einsätze als Privatermittlerin gewesen, und man hatte sie und ihre Familie sogar persönlich bedroht. Kein Wunder, dass eine Frau wie sie, die so auf Krawall gebürstet war, da in Rage geriet und sich sogar in die Arbeit der örtlichen Polizei einmischte.

Er hatte Ervin Dipra kontaktiert und um ein Treffen gebeten. Allen war klar, dass er im Auftrag von Jean-Je Casanova handelte, und so stimmte Dipra nach einigem Hin und Her zu, sich mit ihm persönlich zu unterhalten. Sie würden nur ihre Bodyguards mitbringen. Selbstverständlich wollten beide Männer wissen, wer da noch mit vor Ort sein würde, und die Namen der Begleitpersonen wurden ausgetauscht. Paul hörte Ervin Dipra wertend die Luft auspusten, als er Margeaux' Namen nannte. Eine Frau nötigte ihm wohl keinen Respekt ab. Endlich ging es los.

Er wusste nicht genau, wie er seinen Zustand beschreiben sollte, denn er war tatsächlich an dem Punkt angelangt, an dem er dieses Leben leid war. Er hasste es, der Handlanger eines Mörders, Kinderschänders, Menschen- und Drogenhändlers zu sein. Er hasste es, täglich von all dieser Verdorbenheit und der seelenlosen Gleichgültigkeit umgeben zu sein, und er hatte Angst, dass das schon wie ein dunkler Hauch auf ihn übergegangen war und er sich nicht mehr reinwaschen konnte, um dann wieder in der normalen Welt zu leben. Er griff zu seinem Handy und rief Margeaux an, um ihr den Termin mitzuteilen. Er war gespannt darauf, wie sie beide miteinander zurechtkommen würden.

Stuttgart im Oktober

»Wir werden nun ein wenig Druck auf Beerschneider ausüben, und ich brauche dabei deine Gewandtheit und dein Einfühlungsvermögen«, erklärte Werner Walter seiner Ex-Frau.

Auch sie hatte ein Prepaidhandy erhalten, und der Erwerb war auf niemanden, der etwas mit ihnen zu tun hatte, eingetragen, denn er hatte bereits aktivierte SIM-Karten bei Ebay gekauft und diese an die Adresse einer Postbox senden lassen, die er mit dem Ausweis eines Opfers seiner Abteilung gebucht hatte. Niemand würde auf ihn kommen, denn auch das Geld hatte er spurlos in einem Briefumschlag per Einschreiben versendet. Die Rückverfolgung würde selbst für jemanden wie Matze König extrem schwer werden. Daher hatte er ihn auch beauftragt, eine der Nummern zu überprüfen und herauszufinden, wer sie benutzte.

»Was soll ich tun?«, fragte Myriam neugierig. »Gehen wir wieder lecker essen, und ich versuche, mich dann heimlich hinter ihm und der Schönheit herzuschleichen, und rede ihm mütterlich ins Gewissen?«

»Ja, genau das ist der Plan, du klaust Pescatore den Hauptschlüssel für alle Zimmer und redest nicht nur mit Beerschneider, sondern auch mit dem Mädchen.« Er stöhnte kurz auf, denn als ihm bewusst wurde, was er da sagte, wurde ihm auch klar, dass Myriam tatsächlich zu so etwas fähig sein würde. »Selbstverständlich nicht!!! Ich dachte, ich rufe ihn an, beziehe mich auf seinen ›Auftrag‹ an mich, Frank Kaiser an die kurze Leine zu nehmen, und versuche, ihn dann zu etwas Unbedachtem zu bewegen«, erklärte er sein Vorhaben. »Nur da endet meine Erfolgsgeschichte leider«, gab er offen zu, »ich weiß nicht genau, was ich preisgeben soll von all dem, was wir wissen, denn wenn es wirklich so ist, wie wir vermuten, dann besteht das Risiko, dass er mich an diese Typen verfüttert, um seinen eigenen Kopf aus der Schlinge zu ziehen. Hier kommst also du ins Spiel … als meine Beraterin.«

»Das ist gar nicht so leicht«, sagte sie nachdenklich, »wir wollen ihn unter Druck setzen, obwohl er schon massiv unter Druck zu stehen scheint. Was, wenn er dann austickt? Das muss wirklich subtil passieren und keine Ausrufezeichenchef-ich-falle-mit-der-Tür-ins-Haus-Aktion.« Sie spielte damit bewusst auf sein wenig bedächtiges Verhalten Margeaux Surfin gegenüber an. Sie hatte einen Teil der Story auf dem »Flurkanal« zugetragen bekommen und den Rest aus ihm herausgekitzelt.

Er verzog peinlich berührt das Gesicht, doch das konnte sie ja nicht sehen, also sagte er zerknirscht: »Du musst wirklich nicht mehr mit diesen alten Kamellen anfangen, ich habe seither viel dazugelernt, und außerdem frage ich ja dich als Expertin. Daran siehst du, wie ich mich weiterentwickelt habe.«

Sie lachte ihr kehliges Lachen. »Jap, du bist ein vollkommen neuer Mensch. Also, mal Spaß beiseite, ich werde darüber nachdenken, wie wir ihn dazu bekommen. Ähm … warte … wozu eigentlich genau?«

»Er soll die Liste mit den Unterschriften und den dazugehörigen Boxennummern anfordern. An die sind wir bisher noch nicht rangekommen. Aber vielleicht sieht er eine Chance, etwas in die Hand zu kriegen und sich Pescatores Würgegriff dadurch zu entziehen.«

»Und dann? Er hat also die Liste in seinem Besitz … und dann willst du in das Büro des Staatsanwalts spazieren und in seinen Schränken wühlen?«, wollte sie mit leichtem Sarkasmus in der Stimme wissen.

»Das ist noch nicht zu Ende gedacht. Da hast du vollkommen recht, aber da du meine Idee scheinbar vollkommen blödsinnig findest, hast du vielleicht eine bessere?«, fragte er konsterniert. »Wir wollten übrigens seinen PC durch den Einsatz eines Virus spiegeln, das sollte besser funktionieren als ein Einbruch in Beerschneiders Büro«, fügte er noch an und fand die Idee jetzt plötzlich nur noch halb so gut wie vorhin im Telefonat mit Frank und Margeaux. Plötzlich kam ihm das alles völlig verrückt vor, und er besann sich seiner Rolle als Chef der Mordkommission.

»Ich verstehe, dass wir diese Liste brauchen, aber vielleicht haben wir eine andere Möglichkeit, indem wir eine Art Datenleck konzipieren und sie damit dazu bringen, alle gesicherten Dateien ›erneut‹ sichern zu müssen«, schlug Myriam dann vor.

»Jetzt bist du aber nicht mehr im Büro des Staatsanwalts«, hakte er etwas verwirrt nach, »sondern bei der Polizei in Frankfurt, oder?«

»Ja, irgendwie schon, aber ich weiß auch, dass wir da nicht wirklich ein Virus installieren können, ohne aufzufliegen. Mensch, ist das alles vertrackt. Wie kommen wir nur an diese Daten? Ich muss einfach noch mal nachdenken, was ich alles so über Datenschutz erzähle, und vielleicht noch mal ganz unverbindlich mit einem Kollegen sprechen, der Schulungen zum Schutz vor Cyberangriffen in großen Unternehmen gibt«, dachte sie laut nach, »und dann drehen wir das einfach um. Was mir gerade noch einfällt: Habt ihr schon einmal darüber nachgedacht, Frank Kaiser und Margeaux Surfin persönlich einzusetzen, um Beerschneider zum Einknicken zu bringen?«

»Ich glaube, das ist eine der besten Ideen, die wir im Verlauf des Gesprächs ausgetauscht haben«, sagte Werner nun etwas enthusiastischer. »Informiere dich bitte trotzdem, gib aber auf gar keinen Fall preis, worum es geht. Wirklich absolut jeder kann Teil dieses Systems sein.«

Sie versprach, vorsichtig vorzugehen und sich rasch wieder bei ihm zu melden, und er sinnierte im Anschluss an das Telefonat ungeduldig weiter, wie er den Staatsanwalt aus der Reserve locken konnte.

Italien, Gaiole, vier Monate zuvor

Francesco Berlione saß in seiner Villa, blickte hinaus in die idyllische Natur der Toscana und trank genussvoll einen Schluck des Chianti Classico, der in seinem Dorf angebaut wurde. Einige Jahre, nachdem seine rechte Hand Faik Ziberi, den er zum Schluss wie einen Sohn geliebt hatte, sich entschieden hatte, das Geschäft in Frankreich fortzuführen, hatte er bei Sotheby's dieses Dorf entdeckt. Mehrere Bauernhäuser, die Villa, ein großer Weinkeller und jede Menge Land. Er hatte sich an das Immobilienunternehmen gewandt und sich sein eigenes Dorf gekauft. Er war sich sehr wohl bewusst, dass er sich im Verlauf der Jahre viele Feinde gemacht hatte, und er merkte, dass er begann, das Interesse an all dem zu verlieren, was er Jahrzehnte getan hatte. Es war nicht so, dass er reumütig wurde oder gar sein Gewissen zu hören begann. Er verlor einfach das Interesse daran, Ränke zu schmieden und die Geschicke so vieler Menschen zu lenken.

Er hatte Unmengen von Geld angesammelt, die sich überall auf der Welt beständig vermehrten, ob in Panama, auf den Kaimaninseln, bei einer Privatbank in Frankfurt oder in der Schweiz. Auch in Frankreich besaß er Immobilien und Beteiligungen an den Spielcasinos, die Ziberi betrieb. Er würde das Geld niemals alles ausgeben können, selbst nachdem er ein Dorf erworben hatte und sich dort quasi mit seiner eigenen Infrastruktur verschanzt hatte. Er hatte seine Bewacher überall auf dem Gebiet postiert, sie lebten mit ihren Familien in den Häusern dort. Es gab einen Bäcker, einen Metzger und einen Gemüsehändler. Sie bauten Obst, Gemüse und Getreide an und hielten Kühe, Schafe, Ziegen und Hühner. Die wenigen Sachen, die zugekauft werden mussten, wurden regelmäßig angeliefert und die Lkws akribisch durchsucht, bevor sie in das Dorf fuhren. So war er sicher vor Attentaten und musste an keiner Stelle auf den gewohnten Luxus verzichten.

Er genoss seinen Lebensabend und sah sich als eine Art Rentner. Doch scheinbar hatte eine Art Schmeißfliege beschlossen, ihm diese Zeit zu verderben. Eine Videobotschaft war ihm zugestellt worden, und ein ihm sehr bekanntes Gesicht hatte ihm gedroht. Rasch hatte er ein paar Beziehungen genutzt und die Positionen in diesem Spiel wieder geradegerückt. Es war nur ein Anruf nötig gewesen, um zu verdeutlichen, wer hier das bessere Blatt in den Händen hielt.

Marseille im Oktober

Margeaux war mit ihrem eigenen Wagen zum Treffpunkt gekommen. Paul Bacron war schon da und lehnte betont lässig an der Motorhaube seines Autos. Sie löste den Sicherheitsgurt, öffnete die Tür, und zum Erstaunen des verdeckten Ermittlers kamen zwei Füße mit cremefarbenen High Heels zum Vorschein. Denen folgten schlanke, lange Beine, verpackt in einer engen schwarzen Hose, und als sie hinter der Autotür hervorkam, konnte er erkennen, dass auch der in einen cremefarbenen Pulli mit tiefem V-Ausschnitt verpackte Oberkörper sehr ansehnlich war. Das lockige Haar trug sie offen, und eine schwarze Sonnenbrille mit verspiegelten Gläsern hielt es aus dem Gesicht. Ihre Lippen waren dunkelrot geschminkt.

Sie kam näher, und er konnte die attraktive Frau genauer betrachten. Er vertraute Gilbert Brenot, was ihre Fähigkeiten anging, und er hatte auch ihre Homepage besucht, doch die Fotografie dort wurde ihr nicht gerecht. Die Albaner würden bei so einem Bodyguard ins Staunen geraten.

Da sie nicht wusste, ob sie unbeobachtet waren, blieb Margeaux bewusst zwei Meter entfernt von ihm stehen, stellte einen Fuß leicht vor, verschränkte die Hände vor dem Bauch und nahm eine provokative Pose mit leicht erhobenem Kopf ein. Paul blieb weiterhin am Auto, und sie standen eine Weile da wie zwei Gegner, die einander taxierten. Für jeden Beobachter würde es so scheinen, als wolle ein jeder der beiden seine Stärke demonstrieren und den anderen quasi zum ersten Schritt zwingen. Margeaux war sich dieses Eindrucks bewusst und machte nach kurzer Zeit eine Bewegung auf den Mann zu, um seinen Rang nicht zu unterminieren. Er war der Auftraggeber, sie sein Dienstleister. Er erhob sich und machte ebenfalls einen Schritt auf sie zu, dann sagte er: »Interessante Schuhwahl für so einen Job.«

Sie hob leicht eine Augenbraue an, um damit ihre Überlegenheit kundzutun. Diese einseitige Bewegung war in diesem Fall der Emotion Verachtung zuzuordnen.

»Dann wollen wir mal«, bemerkte er und warf ihr den Schlüssel zu, den sie reaktionsschnell mit einer geschickten Bewegung aus der Luft pflückte.

Sie drehte sich kurz um, klickte auf ihren Schlüssel, um ihren Wagen zu verschließen, und ging dann zur Fahrerseite seines schwarzen Jeeps. Ganz in ihrer Rolle warf sie einen Blick durch die verdunkelten Scheiben in den Innenraum, bevor sie die Tür öffnete und einstieg. Der Mann setzte sich auf den Beifahrersitz, schloss die Tür, und Margeaux wendete den Wagen und sah ihn fragend an. Er gab ihr einige Anweisungen, und sie drückte das Gaspedal durch. Nach einigen Minuten des Schweigens zog sie eine kleine Box aus ihrer Tasche und drückte auf »On«.

Sie warteten noch eine Minute, bis der Störsender auch tatsächlich alle Frequenzen überlagerte, und dann sagte Bacron: »Das mit den Schuhen meine ich übrigens ernst.«

Margeaux zog wieder die Augenbraue hoch und sagte: »Das mit dem Gesichtsausdruck meine ich auch ernst. Ich weiß sehr genau, was ich tue, und darauf kannst du dich verlassen.«

»Okay, okay«, er hob beschwichtigend die Hände, »dann fangen wir noch mal von vorn an: Ich bin Paul Bacron alias Pascal Lingerot.«

»Margeaux Surfin«, sie grinste nun, »dein Personenschutz. Bitte skizziere kurz, was uns heute erwartet und welches Ergebnis du erzielen möchtest.«

»Ervin Dipra ist einer von der ganzen miesen Sorte. Er ist quasi der dritte Mann in der Reihe: Albaner, seit ungefähr fünfzehn Jahren in Frankreich. Zehn davon unter den Fittichen von Ziberi. Ziberi betreibt den Aufbau dieser speziellen Personengruppe nach dem Papa-Prinzip. Er sucht sich junge Männer, also

Jungs aus, die aus schwierigen Verhältnissen sind und gern auch schon als Kleinkriminelle aufgefallen sind. Entweder gibt es keinen Vater, oder der Vater ist ein drogenabhängiger Schläger, der Frau und Kinder täglich richtig verprügelt. Ziberi füttert sie an mit lobender Zuwendung, gibt ihnen kleine Jobs, häufig sind die am Anfang sogar legal. Dann dürfen sie mal die Schutzgelder abholen oder sonst einen kleinen, aber sehr wichtigen Botengang machen. Er übt keine Gewalt aus, er hegt und pflegt sie so lange, bis sie vollkommen loyal sind und alles für ihn tun. Dann kommt die erste große Aufgabe: eine Körperverletzung oder eine Brandstiftung …« Er machte eine kurze Pause und wies ihr den Weg.

Margeaux hörte ihm gespannt zu, sie hatte von diesem Prinzip in der Organisierten Kriminalität gehört, und es war interessant, es noch einmal verdeutlicht zu bekommen, um die Mechanismen genauer zu verstehen.

»Hier kann sich der Junge dann beweisen und zeigen, wie loyal er ist. Läuft das gut, kommt er in die nächste Stufe. Irgendwann ist er dann auch mal dabei, wenn einem eigenen Mann wegen eines Vergehens ein Finger abgeschnitten wird oder auch Schlimmeres. Dann versteht er, dass ihm das auch passieren kann, falls er auf die Idee kommen sollte, nicht mehr nach Papas Regeln spielen zu wollen. Die Aufträge, die er bekommt, werden immer mieser, immer dreckiger …« Er hielt kurz inne, und Margeaux sah, dass eine Trauer-Expression über sein Gesicht huschte und die Stirn sich durch die Dreiecksform der Augenbrauen in die dafür typischen Falten legte, obwohl sein Tonfall wütend klang. Sie überlegte kurz, ob sie es ansprechen sollte, und kam dann zu dem Schluss, dass es durchaus sinnvoll war, eine Wahrnehmung dieser Art kundzutun, auch um ihm zu zeigen, dass sie wirklich dazu in der Lage war, die schnellen mimisch-muskulären Bewegungen zu sehen und zu entschlüsseln. »Irgendwie habe ich das Gefühl, dass du da eher resigniert bist als sauer.«

Er schaute sie überrascht an. »Ja, da ist was dran. Ich weiß, dass ich diese Typen zur Strecke bringen will und muss, aber ich weiß auch, dass die nächsten schon in den Startlöchern stehen und dass alles am Ende irgendwie doch vergebens ist. Aber so ist es. Wo war ich? Ach ja, es wird immer dreckiger, dann kommt der erste Mord. Das erste Mädchen, das ›zugeritten‹ wird. Gott, wie ich schon diesen Begriff hasse. Ich könnte jedes Mal ausrasten, wenn sie den in den Raum werfen.«

»Das klingt irgendwie persönlich«, wandte die Emotionsexpertin ein und warf ihm einen schnellen Seitenblick zu, ohne die Aufmerksamkeit von der Straße zu nehmen.

»Das ist eine andere Geschichte«, sagte er schnell und fuhr beherrschter fort: »Es wird also immer gewalttätiger, und der Junge stumpft zunehmend ab. Er erledigt alles für den Chef und wird dafür mit dem Aufstieg in der Organisation belohnt.« Er schaute aus dem Fenster und holte tief Luft. »Das ist alles so unglaublich, wer da mit drinsteckt, wie weit das in die Politik und die höchsten gesellschaftlichen Kreise reicht. Doch wenn wir diese Typen zur Strecke bringen, also in erster Linie Jean-Je Casanova, für den ich aktuell arbeite, und Faik Ziberi, dann wird es nur einige wenige von denen mit in den Abgrund zerren, und dabei würde ich sie gern *alle* ihrer gerechten Strafe zuführen.«

»Ich weiß, wie du dich fühlst«, sagte Margeaux mitempfindend, »ich habe Mörder gejagt, jage sie irgendwie immer und blicke in die Abgründe der menschlichen Seele, und auch wenn ich einen hinter Gitter gebracht habe, so bedeutet das nicht, dass nicht in der nächsten Minute wieder jemand getötet wird. So oft sind es Frauen, die von ihren Männern oder Freunden umgebracht werden. Das ist einfach unfassbar.«

Sie schwiegen einen Moment und hingen beide ihren Gedanken nach, dann zeigte er noch eine Abzweigung an und sagte: »Bereit?«

Margeaux nickte, parkte den Wagen, nahm den Störsender, öffnete ihn, drehte den Lippenstift heraus und zog sich die Lippen nach. Er war nun deaktiviert, und sie packte ihn wieder in ihre Tasche. Es war zwar nicht wie bei James Bond, aber sie war schon recht ordentlich mit Hightech ausgestattet. Matze hatte ihr geholfen, ihr Equipment aufzubessern, und sie hatte nun wirklich cooles Arbeitsmaterial.

Sie stiegen aus dem Auto, Margeaux schob die verspiegelte Sonnenbrille vor ihre Augen, und sie standen wie Bonnie und Clyde vor dem imposanten Gebäude, in dem sie Ervin Dipra treffen würden.

Hameau les Bouisses im Oktober

Frank zupfte nervös an seiner Unterlippe. Es machte ihm zu schaffen, dass Margeaux allein in diesen gefährlichen Gefilden unterwegs war, und er war massiv entnervt, dass es ihnen nicht gelang, an die Liste heranzukommen, und sie bisher nur wertlosen Kram ergattert hatten. Er spürte wie so oft in solchen Momenten, wie sich die unbändige Wut der Hilflosigkeit über ihn hermachte, und er wusste, dass es nur *einen* Ausweg aus diesem Gefühlschaos gab: Er musste auf etwas einschlagen. Also ging er rasch nach oben in sein Zimmer, zog sich um und machte sich auf den Weg in die Scheune, um auf den Boxsack einzuprügeln. Sein Blick fiel dabei aus dem offenen Fenster hinaus in die sonnige Landschaft.

Niedrige Büsche säumten die hellen Felsen. Die Sonne zauberte einen ganz besonderen Glanz auf das sandfarbene Gestein, und das diesige Licht ließ die Fernsicht irgendwie klarer werden und die Türme des nahe liegenden Klosters Saint-Michel-de-Frigolet aus dem Panorama hervorstechen. Die Landschaft war sonst nur spärlich bewachsen, da sich die Natur noch lange nicht von einem Brand erholt hatte, der nun mehr als ein Vierteljahrhundert zurücklag. Alles roch nach Sonne, Thymian und Rosmarin. Ein leichter Mistral hatte eingesetzt und bewegte das Grün mit sanftem Schwung. Der Himmel war von einem so klaren Blau, dass Frank versucht war, seine Augen zu reiben, und dieser Moment reichte aus, um sein Inneres zu beruhigen. Die unfassbare Schönheit der Provence hatte sein Herz erreicht, und er fühlte sich hier heimischer, als er sich je in seinem Leben irgendwo gefühlt hatte. Langsam löste er den Blick und ging beruhigt wieder nach unten.

Vielleicht würde er trotzdem eine Runde boxen, aber nun nicht mehr, um die Wut zu kontrollieren, sondern um die Gedanken aus ihrem nutzlosen Kreislauf zu befreien und so vielleicht einen Geistesblitz zu bekommen.

Es musste doch eine Lösung geben, um herauszufinden, warum das Laken plötzlich von Bedeutung geworden war. Nach so vielen Jahren, die es unbeachtet in einer Kiste gelegen hatte. Was steckte dahinter? War sein Interesse an den Asservaten der Auslöser gewesen? Doch dann hätte ja jemand seinen Besuch dort entsprechend an irgendjemanden weitergeben müssen, wie eine Art Alarm: Wenn Nummer 248.38/84 eingesehen wird, bitte Person XY informieren. Das erschien ihm reichlich weit hergeholt. Der Schlüssel zu allem war herauszufinden, für wen das Laken wichtig war. Wer brauchte es und warum? Dann würde er auch der Lösung näherkommen, worum es bei dem Mord an seiner Mutter wirklich gegangen war. Was hatte sie getan, und wen hatte sie damit gegen sich aufgebracht? Wenn er all diese Fragen beantwortet hätte, dann würde es auch möglich sein, den Täter zu finden und ihn seiner gerechten Strafe zuzuführen, immer vorausgesetzt, er lebte noch. Es waren mehr als dreißig Jahre vergangen. Eine lange Zeit, in der viel passieren konnte. Letztlich war das dann aber auch egal. Er wollte nur wissen, wer und warum, um dann ihren Namen reinzuwaschen. Das war er ihr einfach schuldig.

Er setzte den ersten Schlag auf den Boxsack und konzentrierte sich auf gleichmäßige Bewegungen und einen fokussierten Atem.

Jesus aber sagte zu ihm: Judas, mit einem Kuss
lieferst du den Menschensohn aus?

Lukas 22,48

Menschen verraten einander schon immer. Kann man denn wirklich niemandem trauen? Ist der Beweis schon dadurch angetreten, weil jeder einen Preis hat? Ein Kuss als Zeichen des Verrats, eine Zärtlichkeit, und was dann folgt, ist unendliche Qual:

»Vater, oh mein Vater, warum?« Während das Blut langsam aus den Wunden tropft, während das Leben sichtbar aus dem Körper herausfließt. Der Atem immer weniger wird, die Lungen den Körper nicht mehr mit Sauerstoff versorgen können und das Fleisch schlaff wird.

Die Augen, warum bleiben die Augen im Tod offen? Damit sie dich verfolgen können? Jeden deiner Schritte sehen und stumm kommentieren können, vorwurfsvoll? Oder enttäuscht?

Der Tod bringt immer Leid und Elend, selten ist er eine Erlösung. Er lässt Menschen in Trauer zurück, und manch ein Trauernder erholt sich nie mehr ganz, weil auch ein Stück von ihm gestorben ist.

Wer bist du, dass du das für dich beanspruchen darfst? Ein Opfer, der Richter, der Henker oder der Mörder? Wem würde Gott am ehesten vergeben?

Tarascon im Oktober

Gilbert Brenot wusste, wann Margeaux Surfin und Paul Bacron das erste Treffen mit Ervin Dipra hatten. Er hatte auch den Kontaktmann, ID wie Idriz Berisha, durchleuchtet und fragte sich immerzu, ob es wirklich möglich war, einem solchen Monster zu vertrauen. Paul tat es wohl, was die Anbahnung für das Treffen anging. Für Brenot war das alles nicht nachvollziehbar, denn er erlebte das Verbrechen im Regelfall immer erst, nachdem es geschehen war. Der verdeckte Ermittler jedoch war Teil des Geschehens und erlebte jede Entwicklung, jede Facette mit, musste sie sogar teilweise mitgestalten. Vielleicht beurteilte man die Situation dann anders.

Er hatte Magengrimmen. Wenn Margeaux etwas passierte, dann würden die Vignes und auch die Bailes ihn persönlich dafür verantwortlich machen. Er sehnte sich danach, einen Kaffee zu trinken, wusste aber, dass das seinem Magen kein bisschen guttun würde. Er würde abwarten müssen. Also begann er, Riefen in den Fußboden seines Büros zu laufen, zumindest kam es ihm so vor.

Er wartete und wartete auf Margeaux' Anruf.

Stuttgart, Staatsanwaltschaft, im September

Stephan Beerschneider legte das Telefon zurück auf die Station, er musste sich in letzter Zeit immer mehr konzentrieren, um keinen Mist bei seiner täglichen Arbeit zu bauen. Der Stress staute sich in ihm auf und legte sein Gehirn lahm, dann konnte er häufig nicht anders, als an Viorela zu denken und wie es bei ihr für ihn möglich wäre, Dampf abzulassen und sich zu entspannen. Einfach nur dem Trieb zu folgen, ohne sich um irgendwelche Konsequenzen zu sorgen. Aber er musste seinen Job erledigen und brauchte dafür Kraft und Klarheit. Er hasste sich für alles, und das war ihm völlig neu, denn er war immer sehr zufrieden mit sich selbst gewesen. Sogar stolz auf sich. Doch nun war alles anders.

Er erinnerte sich an eine Szene aus *Herr der Ringe*, in der der Held von einer Riesenspinne komplett in deren klebriges Netz eingewickelt wurde, nicht mehr fähig zu atmen, und die Spinne nur darauf wartete, bis er »aufgeweicht« genug war, um ihn auszusaugen und seine tote Hülle zurückzulassen. So kam er sich vor.

Er war unfähig, sich den klebrigen Kokon vom Körper zu reißen, unfähig, richtig zu atmen, und sein Inneres begann, sich aufzulösen. Er wusste nicht mehr, wer er war. Er hatte seine Werte verraten, stand nicht mehr für Recht und Ordnung ein, und seine Frau und seine Töchter liefen Gefahr, furchtbaren Monstern zum Opfer zu fallen. Selbst wenn er den Freitod wählen würde, als einzige Chance, um aus diesem zäh anhaftenden Netz zu entfliehen … Selbst dann wäre seine Familie nicht in Sicherheit. Sie konnte sogar noch für seine Feigheit büßen müssen.

Am liebsten wäre er mit dem Kopf gegen die Wand gerannt, immer und immer wieder. Bis sein Kopf leer war. Doch er wusste, dass es diese Chance für ihn nicht gab, und er selbst war schuld daran. Niemand anderem konnte er die Verantwortung dafür in die Schuhe schieben.

Das Telefon klingelte erneut, und er nahm den Anruf entgegen.

Der Dienststellenleiter der Mordkommission war am Apparat.

»Walter hier!!!«, schnarrte er auf seine übliche Art in den Apparat.

Beerschneider straffte sich. »Was kann ich für Sie tun, Herr Walter?«

Sie sprachen regelmäßig, denn er stellte bei Fällen, bei denen Gefahr im Verzug war, die Durchsuchungsbeschlüsse aus – oder Beschlüsse für Festnahmen. Er vertrat die Seite des Rechtssystems bei Anklagen und Verfahren. Sie hatten also regelmäßig miteinander zu tun, und es war nicht außergewöhnlich, einen Anruf von Werner Walter zu erhalten. Trotzdem stellten sich ihm nun die Nackenhaare auf.

Es war der erste Kontakt nach seinem Schnitzer in Bezug auf Frank Kaiser. Er merkte, dass sein gesamtes System in Habachtstellung ging.

»Nun ja«, begann Walter, »ich habe mir noch einmal Gedanken um meinen Mitarbeiter und sein nicht autorisiertes Vorpreschen gemacht.«

Beerschneider wagte kaum zu atmen und kniff die Augen leicht zusammen, um sich vor dem zu wappnen, was auf ihn zukommen konnte.

»Ich denke, auch wenn es etwas Persönliches ist, ist es sein gutes Recht, dafür zu sorgen, dass ein nicht aufgeklärter Mordfall nicht in Vergessenheit gerät. Das ist doch im Sinne unseres Systems. Oder was denken Sie?« Walters Stimme klang fast vergnügt.

Der Staatsanwalt spürte, wie ihm ein einzelner Schweißtropfen vom Haaransatz den Nacken hinunter in den Hemdkragen lief, und er schloss die Augen gequält. Es war so weit. Er war vollkommen geliefert.

»Ich glaube, wir sind da unterschiedlicher Auffassung, er ist ein Angehöriger, damit befangen und nicht befugt.« Er straffte sich, machte seine Position deutlich und hoffte, den anderen dadurch in seine Schranken zu weisen.

»Das mag sein, jedoch ist Herrn Kaiser etwas sehr Wichtiges aufgefallen«, Walter machte eine bedeutungsvolle Pause, »es fehlt ein Beweisstück, und das ist doch nach so vielen Jahren sehr sonderbar, und sicher hat auch die Staatsanwaltschaft ein berechtigtes Interesse zu klären, wie das sein kann.«

Walter hatte eine Bombe gezündet, wie würde es nun weitergehen?

Marseille im Oktober

Margeaux schaute Paul fragend an und wies mit dem Kinn auf die hohe Tür des modernen verglasten Gebäudes, das sich sonderbarerweise angenehm in das Stadtbild der alten französischen Handelshäuser am Hafen einfügte. Der alte Leuchtturm trotzte gegenüber Wind und Wetter, und die Gestalter dieses Bauwerkes aus Stahl und verspiegeltem Glas hatten es perfekt kombiniert. Die Schiebetür ging mit einem leisen, futuristischen Zischen auf, und ein Mann kam selbstbewussten Schrittes heraus. Er trug einen tadellos sitzenden Anzug und hatte eine einschüchternde Ausstrahlung.

Margeaux wollte auf dem Absatz kehrtmachen, denn diese Begegnung würde alles verderben. Paul nahm ihre Bewegung war und schaute sie irritiert an. Margeaux überlegte einen Atemzug lang, schaute dem Herrn im Anzug gerade ins Gesicht und schüttelte minimal und fast unmerklich den Kopf. Sie wusste, dass er es sehen und verstehen würde, denn sie wusste, dass er ein hervorragender Beobachter war. Sie wusste auch, dass er bestens vernetzt war, und doch fragte sie sich nun, was Bap Baile ausgerechnet in diesem Gebäude in Marseille tat, in dem es scheinbar von Mafiosi nur so wimmelte.

Sie gingen beide weiter, als würden sie einander nicht kennen. Thierrys Vater hatte quasi gar nicht in seinem Bewegungsfluss gestockt. Margeaux hatte nur kurz sein Erschrecken sehen können, denn seine Mundwinkel hatten sich nach außen gezogen, und sie hatte die Anspannung der Platysma wahrgenommen, der dünnen Muskelplatte, die nahezu die gesamte anteriore Fläche, also die Vorderseite des Halses, bedeckte und funktionell zur mimischen Muskulatur gerechnet wurde. Dann war die Begegnung bereits vorüber, und der Hotelier ging in Richtung Hafen davon.

Sie musste sich kurz sammeln, um wieder konzentriert und fokussiert auf die bevorstehende Situation mit Pascal Lingerot und den Albanern zugehen zu können. Sie spürte Pauls prüfenden Blick auf sich und ging unbeirrt in Richtung Tür. Sie betraten das Gebäude, und sie stellte sich bewusst halb vor ihn und sah sich um. In dem weitläufigen Empfangsbereich gab es einen lang geschwungenen Tresen aus poliertem Marmor. Auf einer hohen Tafel an der Wand prangten in geschmiedeten Lettern wohlklingende Firmenbezeichnungen. Paul ging, ohne eine Miene zu verziehen, an den Empfang und nannte den Namen einer Consultingfirma im obersten Stockwerk, die Frau griff zum Telefon und bat ihn und seine Begleiterin, doch kurz Platz zu nehmen, denn sie würden abgeholt werden.

Margeaux hatte sich das Treffen mit einem brutalen Handlanger aus dem Lager der Organisierten Kriminalität ganz anders vorgestellt: in einer dunklen Spelunke im Hafen, in der stiernackige Typen in Lederkluft an ihrem Bier nuckelten, oder in einem Bordell, in dem sich eine knackige Blondine gelangweilt an einer Stange rekelte. Zumindest würde es ganz sicher in einem Handbuch für böse Verbrecher genau so empfohlen werden. Nun ja, dieses Treffen schien anders zu verlaufen, wahrscheinlich wollten die Albaner damit ein klares Statement zu ihrem gesellschaftlichen Standing treffen.

Kurze Zeit später öffnete sich die Aufzugtür geräuschlos, und eine umwerfend schöne Frau in einem knappen Etuikleid kam lächelnd auf sie zu und geleitete sie nach oben. Margeaux behielt ihre Sonnenbrille erst einmal auf.

So war das also heute. Kein verruchtes Ambiente, sondern protziger Reichtum. Sie betrachtete die Frau, der das Lächeln ins Gesicht getackert zu sein schien. Margeaux verwarf diesen Gedanken sehr rasch wieder, denn genau das hatte sie vor einigen

Wochen in ihrem jüngst bearbeiteten Verbrechen sehen dürfen. Diese Frau lächelte auf jeden Fall nur mit dem Mund, die Augen erreichte es nicht, und damit hatte es ganz klar eine soziale Komponente, was für eine Sekretärin oder was auch immer sie war, völlig in Ordnung ging. Oben angekommen wies sie ihnen den Weg zu einem Besprechungszimmer mit umwerfendem Ausblick auf den Leuchtturm und das Hafenbecken, bot ihnen etwas zu trinken an und sagte mit rauchiger Stimme: »Herr Dipra wird gleich bei Ihnen sein, bitte nehmen Sie doch Platz.«

Margeaux und der verdeckte Ermittler hatten zuvor vereinbart, dass er sich hinsetzen würde und sie stehen blieb, und genau so setzten sie es nun um.

»Meine Güte, was für eine Show …« Pascal stöhnte theatralisch und machte sich lang auf seinem Stuhl.

Kurze Zeit später kam die junge Frau erneut herein, brachte die Getränke und sagte: »Herr Dipra hat noch einen kurzen Call, dann ist er ganz für Sie da.«

Pascal schaute demonstrativ auf seine Uhr, und Margeaux stand weiterhin wie eine Statue an die Wand gelehnt schräg hinter ihm.

Sie wussten beide, wozu diese Verzögerung diente: Sie sollte verdeutlichen, wer hier das Sagen hatte.

Dann öffnete sich die Tür, und zwei Männer kamen herein, musterten Margeaux' Outfit erstaunt und hielten es dann ebenso: Dipra setzte sich, und der massiv gebaute andere Mann blieb stehen. Das Gespräch begann, wie viele andere Businessanbahnungen auch, mit einem Small Talk über Parkplätze und das Wetter, und dann nahm Pascal das Heft in die Hand, denn schließlich kam er nicht als Bittsteller zu diesem Treffen, auch wenn er sich bewusst war, wie wichtig es war, Dipra nicht zu verärgern. Er wollte Ziberi treffen, und das ging nur von Ervin Dipra über Albrim Kasapi.

Margeaux hatte ein Foto von Ervin gesehen, was ihm aber nicht gerecht wurde. Auf dem Bild hatte der weißblonde Mann farblos und unscheinbar gewirkt. Live hatte er eine spröde

Attraktivität, die durch seine fast schwarzen Augen und den blassen Teint unterstrichen wurde. Seine Bekleidung schien maßgeschneidert, die Schuhe handgenäht. Der Albaner war sich seiner Wirkung bewusst und warf Margeaux einen taxierenden Blick zu, von dem sie sich mitnichten provozieren ließ. Sie blieb kühl und unberührt. Pascal machte eine auffordernde Kopfbewegung in Richtung des Albaners.

»Pascal, was kann ich für dich tun?«, sagte er nun, und sein Französisch hatte einen harten Klang.

»Ervin, ich möchte gern mit Monsieur Ziberi ein Vieraugengespräch führen, um zu eruieren, inwieweit eine Kooperation unserer beider«, er machte eine Kunstpause, »Unternehmen möglich sein könnte. Monsieur Casanova hat großes Interesse daran, ein kommunikatives Fundament zu schaffen, auf dem alle weiteren Entwicklungen basieren können.«

Dipra schwieg einen Moment, und dann setzte ein Palaver über Möglichkeiten einer Interessensgemeinschaft ein.

Margeaux beobachtete den Mann mit stoischer Miene. Jedes Mal, wenn er den Kooperationsgedanken bestätigte, zuckte seine linke Schulter kurz, und dies war gleichzusetzen mit Verneinung oder Distanzierung. Sie hatte sich vor Kurzem mit dem Thema »einseitiges Schulterzucken« beschäftigt und wusste somit, dass Dipras Interesse an einer Zusammenarbeit wohl eher nicht vorhanden war. Entweder sollte er das Terrain sondieren, oder er war anderer Meinung als sein Patron.

Margeaux behielt den Mann weiter im Auge, denn er hatte etwas zutiefst Gefährliches an sich. Wie bei einer sprungbereiten Wildkatze war da etwas unter seiner Haut, was er zu verbergen versuchte, ohne sich darüber im Klaren zu sein, dass Margeaux als Expertin jedes noch so kleine Zeichen des Körpers wahrnehmen und entschlüsseln konnte. Pascal skizzierte einen ersten Rahmen für ein gemeinsames Projekt, das einige Wechselstuben in der Stadt betraf, in denen sehr viel Bargeld über den Tisch floss. Dipra lauschte, nickte, hielt die Hände still und war insgesamt sehr beherrscht. Doch es waren die kleinen Zeichen, die einen Wimpernschlag lang zu sehen waren, die ihn verrieten.

Er zog die Oberlippe hoch, rümpfte die Nase, alles immer nur für winzige Augenblicke, und einer Beobachterin wie Margeaux wurde durch die Häufung der Anzeichen an unterschiedlichen Stellen des Körpers klar, wie deutlich dieser Mann alles, was von Pascal Lingerot und damit von Jean-Je Casanova kam, verabscheute. Einmal zeigte er sogar alle mimischen Signale, die zu dem sogenannten »Not-Face« gehörten, das in jedem Kulturkreis gleichermaßen ausgedrückt wurde: Er zog die Augenbrauen zusammen, hob den Kinnbuckel an und zog einen Mundwinkel ein. Auch ein Zusammenpressen der Lippen war möglich bei diesem Ausdruck. Zweihundert Millisekunden, in denen sein Gesicht deutlich Nein sagte.

Hier war etwas im Busch, das war Margeaux seit dem Betreten des Gebäudes klar geworden, denn die gesamte Inszenierung dieses Treffens war eine einzige Machtdemonstration, und ein Unterhändler in permanenter Ablehnungshaltung war auch eher eine klare Provokation als förderlich für eine Zusammenarbeit beider Gruppierungen.

Als sich das Gespräch dem Ende zuneigte, bestand Pascal darauf, das nächste Gespräch mit Ziberi persönlich zu führen, obwohl er wusste, dass Kasapi sein nächster Gesprächspartner sein würde. Er wollte nur erneut verdeutlichen, dass er mit Hans und nicht mit Hänschen verhandeln wollte. Er wusste auch, dass das ein Affront gegen Dipra war, und Margeaux wartete gespannt auf die Reaktion des weißblonden Mannes.

Diesmal blieb sein Gesicht vollkommen unbewegt. Sie konnte sehen, dass sich ein Unterarm ein wenig bewegte, doch da er die Hände auf den Oberschenkeln abgelegt hatte, sah sie nicht, was er tat. Die Sitzenden erhoben sich, nickten einander kurz zu und gingen dann in Richtung Tür. Die Bodyguards taten es ihnen gleich.

Dann ging alles so schnell, dass Paul anschließend im Auto den Mund noch immer nicht zubekam.

Botnang im Oktober

Myriam Walter beendete die Videokonferenz zufrieden. Die meisten ihrer Zunft redeten gern und viel über ihre Expertise, vor allem dann, wenn das Gegenüber reichlich planlos erschien. Sie musste sich auch nicht wirklich dumm stellen, denn wenn es um Cybersicherheit ging, hatte sie tatsächlich so gut wie keine Ahnung. Der Kollege hatte ihr umfassende Auskünfte erteilt, den Bildschirm mit ihr geteilt, um ihr Schaubilder zu zeigen und so zu verdeutlichen, wie selbst sichere Systeme unterlaufen werden konnten. Er vertrat die Ansicht, dass es keine sicheren Systeme gebe und man überall reinkommen könne, wenn man es wolle und bereit sei, das Risiko auf sich zu nehmen, erwischt zu werden. Denn sich Zutritt zu verschaffen und unsichtbar zu bleiben, das war laut seinem Vortrag nur wenigen, extrem befähigten Spezialisten möglich, von denen viele die dunkle Seite der Macht bevorzugten.

Sie hatte sich viele Notizen gemacht und sich nach seiner Aussage, dass viele Hacker ihre ersten Gehversuche mit Trojanern oder Viren machten, die sie in YouTube-Tutorials beigebracht bekamen, gleich dort auf die Suche gemacht. Ein Grundverständnis für Programmierung sei dabei jedoch Voraussetzung, da hatte er nicht komplett unrecht gehabt, denn ohne dieses Wissen klangen viele Sätze dort wie Marsianisch. Doch sie war immer gut in Mathe gewesen, hatte Jura studiert und lernte als Trainerin immer wieder neue Methoden, daher war ihr Gehirn fit, und sie kam sich vor wie ein Bluthund, der den roten Lebenssaft gewittert hatte. Sie konnte die Spur nicht verlassen, bevor sie nicht am Ziel angekommen war.

Also tippte sie fleißig sonderbare Tastenkombinationen in ihren Mac und jauchzte, als es endlich so aussah wie in der Videoanleitung. Kurz wurde ihr bewusst, was sie da tat, aber sie wischte die Bedenken mit der Begeisterung über ihre Fähigkeiten einfach weg. Jetzt musste sie nur noch überlegen, wie sie damit in den PC ihres Zielobjektes kommen würde. Sie wusste, dass Werner an Beerschneider dran war, und hatte daher jemand anderen auf dem Kieker. Sie machte sich auf die Suche nach einer persönlichen Mailadresse und wurde tatsächlich fündig. Dann entwarf sie ein Dokument, in dem sie den Trojaner versteckte, und war sich, vollkommen selbstbewusst, sicher, dass das funktionieren würde. Und selbst wenn nicht, würde man ihr so etwas gewiss nicht zutrauen, und sie konnte quasi verwirrt mit den Wimpern klimpern und ahnungslos tun.

»Du organisierst einen Trainerkongress«, Katja war unbemerkt hinter sie getreten, umarmte sie und küsste ihren Nacken, »das ist ja cool.«

Myriam zögerte einen Moment. Sollte sie ihrer Lebenspartnerin reinen Wein einschenken, oder war das zu verrückt? Sie entschied sich für eine abgespeckte Wahrheit. »Die Idee ist echt ganz gut, doch tatsächlich will ich aktuell nur mit Pescatore ins Gespräch kommen, um mir ein Bild von ihm zu machen.«

Katja hörte nicht auf, sie zärtlich zu küssen, und sagte zwischendurch: »Mach nur keinen Blödsinn. Ich denke, das ist eigentlich Werners Job, obwohl du ganz sicher jeden weichkochen kannst mit deinen Fähigkeiten.«

Jetzt drehte sie Myriam mit dem Bürostuhl zu sich herum, setzte sich auf ihren Schoß und fuhr mit den Küssen im Gesicht fort, bis ihre Lippen sich fanden und im Liebesspiel versanken. Dann würde der Italiener die Anfrage für die Abendveranstaltung des illustren Kongresses – mit den Anforderungen in einem Dokument im Anhang – eben erst etwas später erhalten.

Hameau les Bouisses im Oktober

Die Tür zum Trainingsraum wurde geöffnet, und Aimé streckte den Kopf herein. »Dachte ich mir's doch, dass ich dich hier finde. Darf ich reinkommen?«

»Na klar«, sagte Frank und hielt kurz inne, »ist was passiert?«

Der Flic kam herein, schloss die Tür hinter sich und sagte leichthin: »Was soll schon sein, ich warte auf die Hiobsbotschaft, das ist alles.« Er grinste gezwungen und setzte sich auf den Hocker, über dessen Lehne Franks Handtuch hing.

»Ich bin vollkommen entspannt«, sagte der Deutsche, drosch erneut auf den Sack ein, hielt dann wieder inne und wich dem nachschwingenden Ding elegant aus, »deshalb streichle ich meinen Kumpel hier gerade auch so sanft.« Er wandte sich dem Älteren zu, begann, die Handschuhe zu öffnen, und meinte beruhigend: »Da passiert schon nichts.«

Aimé hob den Blick und sah ihm direkt in die Augen. »Ich bin echt kein Kirchgänger und so, aber ich habe heute schon dreimal gebetet!«

»Willst du reden?«, wollte Frank wissen, und der Franzose nickte.

»Vielleicht gehen wir eine Runde mit dem Hund, damit Hilde nicht komplett ausflippt, wenn sie merkt, wie besorgt ich wirklich bin«, schlug Aimé vor.

Frank zog das Handtuch hinter dem Mann hervor, trocknete sich ab, und dann gingen sie nach draußen, um Willi zu holen.

Marseille im Oktober

Sie trafen an der schmalen Seite des Tisches kurz vor der Tür zusammen. Lingerot und Dipra traten auf den Flur, und hinter ihnen kamen ihre Beschützer. Der Stiernackige drehte sich ein wenig zur Seite und stieß Margeaux hart an der Schulter an. Blitzschnell wandte sie sich ihm zu, nahm die Energie seiner Bewegung auf, griff seinen Arm und verdrehte ihn in einem fließenden Gleiten so, dass das Ellbogengelenk in einem schmerzhaften Winkel abstand. Er stöhnte zischend auf. Sie hielt den Arm und bewegte sich so rasch, dass keiner der Männer hätte sagen können, wie sie es mit ihren Zwölfzentimeterabsätzen hinbekommen hatte: Das rechte Bein als Standbein, den Arm des Gegners, der schon in die Knie zu gehen drohte, weiterhin in ihrer Gewalt, stoppte sie den dünnen, langen Absatz ihres linken Fußes einen Zentimeter vor der empfindlichsten Stelle des Mannes in seiner Körpermitte. Seine Augen weiteten sich vor Schmerz im Arm und vor Panik vor dem Schmerz, der ihn nun an seinem Geschlechtsteil treffen würde. Margeaux ließ ihn genau in diesem Moment los, stand binnen Sekunden wieder fest auf zwei Füßen, während der muskulöse Mann sich nur langsam taumelnd wieder fing.

Dipra warf Pascal einen Blick zu, der ganz sicher die Hölle hätte gefrieren lassen, und der verdeckte Ermittler sagte mit Abscheu in der Stimme: »Das ist also Ehre und Vertrauen auf neutralem Boden. Ich verstehe.«

Der Albaner musterte ihn kurz und entschuldigte sich dann mit kargen Worten für seinen übereifrigen Beschützer. Margeaux ging hocherhobenen Hauptes – nein, sie ging nicht, sondern sie schritt – an Dipra vorbei und schenkte ihm keinerlei Beachtung. Dann schirmte sie Pascals Körper ganz bewusst vor Ervin Dipra ab, so, als sei nun alles zu erwarten.

Sie verließen das Gebäude ohne Hast, und Paul sagte, am Auto angekommen, mindestens zum zehnten Mal: »Ich dachte wirklich, du spießt ihm jetzt die Eier auf. Mit dir und deinen Schuhen sollte man echt nicht spaßen.«

Margeaux grinste ihn an. »Ich sagte doch, ich weiß, was ich tue und dass du mir vertrauen kannst.«

Stuttgart im Oktober

»Sie wissen, dass das manchmal vorkommen kann und nicht komplett außergewöhnlich ist«, rechtfertigte Beerschneider das Fehlen des Beweisstückes.

»Ja, das Stück einer Patronenhülse kann mal runterfallen, da bin ich vollkommen bei Ihnen, wir sind ja alle nur Menschen«, stimmte Walter zu.

Der Staatsanwalt hoffte, dass sich das Gespräch nun rasch dem Ende zuneigen würde, und sagte: »Ja, aber auch so große Sachen verschwinden immer mal wieder.« Er hatte es kaum ausgesprochen, aufatmend, weil er gedacht hatte, er sei davongekommen, als ihm bewusst wurde, dass ein Wort in diesem Satz zu viel gewesen war, und er betete, dass der Leiter der Mordkommission es nicht gehört hatte.

»Ich denke, Sie haben recht, Unachtsamkeit mit altem Beweismaterial kommt immer wieder vor. Vielleicht sollten wir die Box sicherstellen und zu uns nach Stuttgart holen. Dann haben wir das im Blick«, schlug Walter vor, und seine Stimme klang unschuldig.

»Das wäre den Kollegen in Frankfurt gegenüber sehr unhöflich, wie eine Art Affront, doch ich denke darüber nach.« Beerschneider wollte den anderen nun endlich loswerden. »Ich muss nun zu einem Termin. Einen guten Tag noch, Herr Walter.« Er wartete nicht mehr ab, was Walter noch sagen würde, sondern beendete das Gespräch. Er wusste, dass sich das Netz immer weiter zuzog und das haarige Monster bereits lauernd um die Ecke schielte, bereit, sich an ihm zu laben.

Arles im Oktober

Margeaux hatte Paul zu ihrem Auto kutschiert, und sie hatten das Gespräch mit Dipra ausgewertet. Ihre Wahrnehmungen hatten das Gefühl, das Paul dazu hatte, mit Fakten untermauert. Er würde sie über die weiteren Entwicklungen auf dem Laufenden halten, soweit das am Telefon eben möglich war. Alles andere würden sie auf der nächsten Fahrt klären. Sie schaltete den Störsender wieder aus und verabschiedete sich wortkarg. So, als sei es normal, dass sie die meiste Zeit miteinander schweigen würden. Er hatte sie zu Beginn der Fahrt zu ihrer Aktion beglückwünscht, sie hatte sich bedankt und darauf hingewiesen, dass sie sehr gut sei. Erst dann hatten sie den Wagen abgeschirmt.

Sie setzte sich in ihr Auto, und Paul nahm in seinem auf dem Fahrersitz Platz. Margeaux wartete ab, bis er losgefahren war, bevor sie selbst den Heimweg antrat.

Als sie, immer darauf bedacht, dass ihr niemand folgte, die Gemarkung Marseille verlassen hatte, rief sie zuerst Frank an und bat ihn, Aimé, Thierry und ihren Vater zu informieren. Sie sagte Bescheid, dass sie etwas später als ursprünglich geplant zurück sein würde. Sie wollte noch zu Brenot fahren und ihn updaten und traute sich aktuell nicht, dies über ihre normale Nummer zu tun. Falls sie tatsächlich abgehört wurde, sollte niemand wissen, dass sie weiterhin mit der Polizei in Kontakt stand, und sie hatte noch einen weiteren unaufschiebbaren Stopp auf ihrer Agenda stehen.

In Arles angekommen machte sie sich sofort auf den Weg zum Hotel der Familie Baile, das unweit der berühmten Pont de

Trinquetaille stand, die van Gogh so unvergessen gemacht hatte. Ein paar Stufen führten zu dem grün berankten Eingang hinauf. Vor dem Haus stand ein beeindruckender, sonderbar anmutender Baum. Die hohe, dunkle hölzerne Tür war geschlossen.

Sie drückte sie auf und trat ein. Wie immer war sie begeistert vom Ambiente hinter der Tür: Auffällige Korbmöbel und kleine, nierenförmige Tischchen luden den Gast zum Verweilen ein, die mosaikverzierten Böden waren einzigartig, und die aus offenporigem Sandstein gefertigten Wände ergänzten die opulenten Bodenfarben meisterlich. Der Eingangsbereich wurde von zwei Rundbögen durchbrochen, und eine dunkel lasierte Treppe führte nach oben zu den Gastzimmern. Margeaux wandte sich nach rechts, denn sie vermutete Bap in seinem Büro, und wie erwartet fand sie ihn in seinem breiten Lederstuhl am Schreibtisch.

Er blickte von der Arbeit auf, als sie leicht an den Türrahmen klopfte, und sagte: »Ich hätte mein Erstgeborenenrecht, falls ich eines hätte und es etwas wert wäre, darauf verwettet, dass wir zwei uns heute noch einmal sehen.« Er forderte sie auf hereinzukommen und die Tür zu schließen. Jean-Baptiste, der von allen nur Bap genannt wurde, war ein erfolgreicher und bekannter Hotelier und hatte seine Finger überall drinstecken, daraus hatte er nie einen Hehl gemacht. Eine Zeit lang war er sogar auf regionaler Ebene politisch aktiv gewesen, hatte sich dann aber komplett auf den immer besser laufenden Hotelbetrieb konzentriert. In der Vereinigung der regionalen Hoteliers bekleidete er noch immer einen Vorstandsposten, und auch in der örtlichen Handelsinitiative war er engagiert. Doch das alles erklärte nicht, was er ausgerechnet in diesem Gebäude in Marseille zu tun gehabt hatte.

»Du brauchst gar nicht zu fragen«, sagte er und lehnte sich in seinem Stuhl zurück. Wie immer wirkte der Mann imposant, und viele empfanden ihn als Ehrfurcht gebietend. Aimé bezeichnete ihn immer als »Machtmensch« und begegnete ihm mit Zurückhaltung. »Ich hatte mit einer Beratungsfirma zu tun, die ihr Büro in diesem Haus hat, und ich weiß sehr wohl, dass da nicht alles astrein ist.« Er schaute ihr offen in die Augen. »Wir haben ziemlich große Probleme im Hotelierverband, da einige von bestimmten Gruppierungen aufgefordert wurden, doch ein paar ›Spenden‹ lockerzumachen für den Brandschutz.« Er zog vielsagend eine Augenbraue hoch.

»Schutzgeld?«, fragte Margeaux wissend.

Bap nickte.

»Und seit wann hilft da Reden?«, wollte die Ermittlerin leicht provokativ wissen.

Der Hotelier beugte sich nach vorn und sagte ernst: »Du weißt so gut wie ich, dass das nicht hilft. Nur konkrete Vorschläge helfen und klare Absprachen über Preise sowie – hm, sagen wir mal – einige Gegengeschäfte.« Er machte eine kurze, bedeutungsvolle Pause und hob den Zeigefinger der rechten Hand mahnend in die Luft. »Und von dem, was ich hier gerade sage, verlässt selbstverständlich nichts diesen Raum.«

Jetzt war es an Margeaux, die Augenbraue anzuheben, was in diesem Zusammenhang so viel bedeutete wie *Echt jetzt? Das musst du ausgerechnet bei jemandem wie mir so betont formulieren?*

»Geht es dabei auch um *das* hier?« Sie machte eine das Hotel umfassende Bewegung.

»Nein, hier in Arles sind sie zum Glück nicht aktiv. Wir sind ihnen zu kleinstädtisch und daher zu wenig interessant. Aber in Aix zum Beispiel ist es ganz schlimm«, erklärte er.

»Will ich mehr wissen?«, fragte Margeaux vorsichtig.

»Nur wenn du denkst, dass es dir aktuell bei deinem Auftrag helfen kann, sonst solltest du dich aus diesem üblen Sumpf so weit wie möglich heraushalten«, gab ihr Thierrys Vater zu verstehen.

»Du weißt, ich kann nicht anders«, entschuldigte sie sich schon im Voraus für das, was nun kam. Sie fokussierte ihn und fragte: »Was springt für dich dabei heraus, mit der Mafia im Kontakt zu sein?«

Bap saß einen Augenblick wie versteinert da, dann lachte er

sein dröhnendes, herzhaftes Lachen. »Mädchen, du bist echt eine Nummer. Ich kenne so viele Leute, die Teil dieses Systems sind, dass ich wahrscheinlich, selbst wenn ich in einem Erdloch in der Einöde leben würde, immer noch einem von denen begegnen würde. Und die sitzen an jeder wichtigen Schaltstelle. Was für mich dabei herauskommt, ist eine Region, in der Gäste Urlaub machen können, ohne dass man ihnen nachts das Bett unterm Hintern abfackelt. Das kommt für mich dabei rum, und da bin ich vollkommen egoistisch.« Er hielt kurz inne. »Nur weil man mit dem Teufel tanzt, heißt das nicht, dass man auch mit ihm ins Bett geht«, fügte er noch an, grinste dann und sagte, auf die gleichnamige Fernsehserie anspielend: »Es sei denn, er heißt Lucifer Morningstar.«

Margeaux musste nun auch lächeln, sie kannte die Krimiserie, in der der attraktive Teufel in Los Angeles als Berater mit einer hübschen Polizistin ermittelte. »Das ist ein ausnehmend netter Teufel, aber die, mit denen wir es in Marseille zu tun haben, sind Lichtjahre davon entfernt, das Wort ›nett‹ auch nur buchstabieren zu können.« Sie wurde nun wieder ernst und fragte: »Ich mutmaße, dass es die Albaner sind, mit denen du sprichst?«

Bap nickte leicht, sagte aber nichts.

Margeaux stand auf und reichte ihm die Hand. »Ich bestelle Thierry dann mal besser keinen Gruß von dir.« Sie ging zur Tür, drehte sich noch mal um und sagte nachdrucksvoll: »Sei bitte vorsichtig, die gehören zu der allerschlimmsten Sorte!«

»Das sollte ich wohl an dich zurückgeben, was immer du da genau tust … als Personenschützerin«, erwiderte er trocken.

Sie hob zum Gruß noch mal kurz die Hand und machte sich auf den Weg nach Tarascon zu Gilbert Brenot.

Frankfurt im Jahr 1984

Ariane Kaiser legte alle Unterlagen sortiert auf Klaus Ehrmanns Schreibtisch. Wie am Abend zuvor bei ihrem Stelldichein verabredet, setzte sie ihn genauestens über ihre Recherchen in Kenntnis und sagte dann: »Das muss jemand aus der Führungsebene sein, denn sonst fehlt an vielerlei Stellen die entsprechende Verfügungsbefugnis.«

Klaus Ehrmann nahm einige der Akten in die Hand und ließ prüfend seinen Blick darübergleiten. Er sah sie mit ernster Miene an. »Das ist erschreckend, und du hast wirklich hervorragend nachgeforscht. Ist es in Ordnung für dich, wenn ich das alles noch einmal in Ruhe anschaue?«

Ihre Hand zuckte kurz in Richtung Stapel, so, als müsse sie ihn doch besser an sich nehmen, doch dann schob sie die Papiere zu ihm hinüber.

»Bitte sprich vorerst mit niemandem darüber, solange ich das alles durchsehe. Wir wollen doch keinen in Unruhe versetzen, bevor wir nicht ganz sicher sein können«, bat er sie.

Sie nickte, stand auf, lächelte ihn kurz verschwörerisch an und ging dann zurück in ihr Büro. Einerseits gab sie die Akten nur ungern aus der Hand, und andererseits war sie erleichtert, dass Klaus sie nun unterstützte, denn schließlich war es ja auch in seinem Interesse, die Bank der Familie zu schützen.

Hameau les Bouisses im Oktober

Frank und Aimé waren gerade von ihrer Runde mit dem Hund zurückgekommen, als Margeaux anrief, um sich gesund und munter zurückzumelden. Die Männer hatten über Franks Bedürfnis, den Mord an seiner Mutter aufzuklären, gesprochen und warum es ihm gerade jetzt so immens wichtig war, Licht ins Dunkel zu bringen. Es war der Familienbezug, den er durch Margeaux und die Franzosen bekommen hatte, und dieser ließ ihn seine eigenen Wurzeln spüren.

Damit waren sie auch bei dem Thema, das den Franzosen belastete, denn Margeaux war ein wichtiger Teil seiner Familie, und auch wenn Hilde wieder einen vollkommen »normalen« Eindruck machte, so wusste ihr Mann doch, dass das nicht vollumfänglich stimmte. Seine Frau weigerte sich nach wie vor, das Gartengrundstück zu betreten, denn immer sprach etwas Neues dagegen, zum Cabanon zu fahren und dort Zeit zu verbringen: Mal war es zu heiß, mal zu spät oder zu früh, mal zu windig …

Das war für ihn ein sehr deutliches Zeichen, dass sie doch noch nicht alles verarbeitet hatte, was ihr geschehen war. Margeaux war schon für ihn wie eine Tochter, aber für Hilde war sie die Tochter geworden, die sie verloren hatte. Aimé präsentierte Frank sein sorgenvolles Herz und gab offen zu, dass er ohne seine Hilde verloren sein und haltlos im Leben umhertaumeln würde. Wenn Margeaux etwas passierte, dann würde Hildes angeknackste Psyche sicherlich massiven Schaden erleiden. Umso erleichterter war der Flic gewesen, als der erlösende Anruf gekommen war. Doch er wusste auch, dass dies erst der erste Einsatz gewesen und es damit ganz sicher nicht getan war.

Die Männer sahen einander verständnisvoll an, und sogar der Dackel machte den Eindruck, als verstünde er genau, worum es ging.

Hilde wartete in der Küche auf sie, und der Herd, den sie geputzt hatte, um ihre Aufregung in den Griff zu bekommen, sah mittlerweile aus wie neu. Erleichtert nahm sie die Nachricht auf, dass Margeaux unterwegs nach Hause war, und fütterte die Männer mit einem frischen Apfelkuchen, den sie nach einem Rezept von Margeaux' Großmutter Annabelle gebacken hatte. Dann brach das französische Paar auf, und Frank grübelte weiter nach, wie er den Tod seiner Mutter endlich aufklären konnte.

Botnang im Oktober

Myriam richtete ihr Haar und kehrte zurück an den Schreibtisch. »Ich mache das nur kurz fertig, Liebste, dann klappe ich das Ding für den Rest des Tages zu. Versprochen.«

Sie lächelte Katja über die Schulter an und konzentrierte sich darauf, ihren kleinen Trojaner an Luca Pescatore zu versenden. Wie genau sie dann in seine Dateien schlüpfen konnte, falls das Ding tatsächlich sein System löchrig machte, wusste sie noch nicht, aber darüber würde sie sich Gedanken machen, wenn es so weit war. Sie überlegte, ob sie Werner etwas davon berichten sollte, kam dann aber zu dem Schluss, dass es für den Leiter der Mordkommission besser war, wenn er nichts über ihre verrückte und auch kriminelle Aktion wusste. Doch im Vergleich zu dem, was der Italiener auf dem Kerbholz hatte, war ihr illegaler Versuch, mehr über seine Machenschaften zu erfahren, ein winziges Kavaliersdelikt. Sie hatte extra eine GMX-Mailadresse mit dem klangvollen Namen »Trainerkongress Deutschland« eingerichtet, und damit war der Name Myriam Walter erst einmal nicht in der Präsenz. Sie war also sicher und musste nur geduldig abwarten, obwohl gerade Geduld nicht zu ihren Stärken gehörte.

In den kommenden Tagen hatte sie einige Trainings in Hamburg, Kassel und Nürnberg. Danach würde sie sich dann wieder mit dem Thema Pescatore befassen. Sie schickte Werner eine Kurznachricht, dass sie sich wieder bei ihm melden würde, sobald sie von ihrer Geschäftsreise zurück war, und nun war ihre Partnerin dran, die schon erwartungsvoll mit ihrem Laptop auf dem Sofa saß, um mit ihr die Bilder von ihrem letzten Shooting anzuschauen. Katja, die die kantige Figur einer Triathletin hatte und ihr blondes Haar raspelkurz trug, hatte ein paar Snacks hergerichtet und ihnen ein kühles Glas Rosé eingeschenkt. Myriam sah die Frau, die sie liebte, glücklich an, kuschelte sich an sie und vergaß die Mail.

Stuttgart, Mordkommission, im September

Werner Walter hatte aufgrund seiner leitenden Position eine hohe Sicherheitsstufe, die ihm Zugang zu vielen nicht so leicht zugänglichen Informationen verschaffte, und hatte sich vorsichtig auf die Suche gemacht, was über Luca Pescatore zu finden sein würde. Er ahnte, wie weit sich das alles in den öffentlich-rechtlichen Bereich erstrecken würde, und verspürte ein starkes Unbehagen dabei. Er war sicher kein Chorknabe und bereit, das ein oder andere etwas flexibel zu betrachten, solange es ihm zugutekam. Doch er hatte dabei niemals die Grenzen der Legalität überschritten. Er hatte seine Seele nicht verkauft, nur sein eigenes Bestreben nach Ruhm und Karriere war sein Maßstab, und daran rieben sich einige gern auf. Auch seine Mitarbeiter. Es war Teil seiner Position, vorn zu stehen und zu repräsentieren. Das bekamen alle mit. Wie oft er jedoch im Hintergrund den Kopf für seine Leute hinhielt, blieb den meisten verborgen.

Anfangs war er frustriert gewesen über die Reaktionen, doch dann hatte er sich freigemacht von solchen mentalen Belastungen. Wobei er es aktuell tatsächlich genoss, mit Margeaux und Frank an einem Strang zu ziehen. Egal wie sehr ihn der Kommissar herausforderte, er mochte den Mann, auch wenn er das nicht zeigte. Es war nie gut, zu viel Sympathie für einzelne Mitarbeiter zu zeigen. Was dabei herauskommen konnte, hatte man bei Margeaux gesehen. Er hatte sich wirklich nicht als zudringlich empfunden, er fand sie außerordentlich attraktiv und hatte ihr Trost spenden wollen. Das war alles gewesen. Myriam hatte bei seiner Erzählung damals den Kopf schräg gelegt und gesagt: »Das hast du wirklich verdient, denn das ist kein professionelles Verhalten!«

Danach hatte er sich das abgewöhnt. Doch die beiden Ermittler waren etwas Besonderes, und das war ihm immer klar gewesen. Er musste achtgeben, dass er sie nicht zu sehr ins Herz schloss, denn Frank Kaiser hatte es sehr oft wirklich nötig, dass man ihm den Kopf ordentlich zurechtrückte. Das Gespräch mit Beerschneider war ein Anfang gewesen, und er hoffte, der Mann würde nun beginnen, Fehler zu machen. Noch gab es keinen Grund für den Staatsanwalt, die Besucherliste aus Frankfurt anzufordern oder sich Zugang zu verschaffen, es sei denn, er wollte dafür Sorge tragen, dass alle Daten, diese entsprechende Kiste betreffend, gelöscht wurden.

Würde Beerschneider so etwas von seinem Computer im Büro aus machen oder wahrscheinlich eher von seinem Laptop aus an einem anderen Ort? Sie mussten in das System des Rechtsbeistands der Gerechtigkeit eindringen, um sein Vorgehen beobachten zu können. Nur dann hätte Walters Anruf Sinn gemacht. Grübelnd stützte er den Kopf auf die Hände, denn diese Entscheidung zu treffen, konnte seine gesamte Karriere kippen. Zudem musste er auf Myriam achten, sie neigte zur Abenteuerlust und war dann kaum zu bremsen. Gott sei Dank würde sie die nächsten Tage zum Arbeiten unterwegs sein und war damit entsprechend ausgelastet. Einen Augenblick lang kam er sich völlig verrückt vor, weil er Handys und SIM-Karten gekauft hatte, einen Mafioso auszuforschen begann und den Staatsanwalt provozierte. Doch dann wurde ihm wieder bewusst, was OK bedeutete: Organisierte Kriminalität. Ein System, das das Rechtssystem kontinuierlich unterminierte und dabei Tod und Zerstörung in Kauf nahm. Er stand ganz klar auf der richtigen Seite. Erneut dachte er darüber nach, Frank und Margeaux nach Stuttgart zu bitten, so, wie Myriam es vorgeschlagen hatte. Die Idee war sehr interessant. Frank würde den Staatsanwalt, ohne sich anstrengen zu müssen, provozieren und Margeaux hinter der Spiegelwand sitzen und seine Reaktionen entschlüsseln. Doch würde sie das wirklich weiterbringen? Oder würde es den Mann nur so sehr in die Enge treiben, dass er wie ein Tier in Panik um sich beißen würde?

Er hat mich getrieben und gedrängt in Finsternis,
nicht ins Licht. Täglich von Neuem kehrt er die Hand
nur gegen mich. Er zehrte aus mein Fleisch und meine Haut,
zerbrach meine Glieder, umbaute und umschloss mich mit Gift
und Erschöpfung. Im Finstern ließ er mich wohnen
wie längst Verstorbene. Er hat mich ummauert, ich kann nicht
entrinnen. Er hat mich in schwere Fesseln gelegt. Wenn ich auch
schrie und flehte, er versperrte den Weg meinem Gebet.

Klagelied 3,2–8

Der Arm des Teufels zu sein … Nichts im Leben konnte sich grauenvoller anfühlen als das. Dieses furchtbare Körpergedächtnis, warum konnte es nicht vergessen, wie sich die Arme anfühlten, als sie sich ausstreckten? Wie sich die Hände anfühlten, als sie sich zusammenkrampften? Wieso vergaß es das wilde Beißen der Zähne nicht? So, als würde der Mund noch immer in diesem Schmerz verzerrt sein. Nahmen die Hände, die den Tod brachten, das Leben der Toten in sich auf? Rührte die Qual, die blieb, daher, dass es wirklich so war, dass das Blut an den Händen für immer kleben blieb, egal wie oft man sie schrubbte? Bis die Haut dünn und brüchig wurde. Durchlässig für alles.

Das war die Strafe, und sie war wahrlich gerecht und noch viel zu gering, und doch war es nun an der Zeit, auch andere ins Rampenlicht zu stellen. Die Strippenzieher würden nach vorn treten und sich ebenfalls verbeugen müssen – ohne Nachsicht. Selbst wenn es bedeuten würde, dabei umzukommen. Wenn die Tage gezählt waren, wurde plötzlich alles relativ. Vorhang auf, das Spiel würde nun in den letzten Akt übergehen.

Tarascon im Oktober

Margeaux hatte Gilbert Brenot in seinem Büro vorgefunden, und auch ohne ihre Fähigkeiten als Mimikexpertin hätte sie die Erleichterung in seinem Gesicht erkannt. Sie entschlossen sich, einen kleinen Spaziergang zu machen, da sie gern auf Wände mit eventuellen Ohren verzichten wollten. Margeaux hatte dauerhaft die Straße und die Autos im Blick gehabt und war sich sicher, dass ihr niemand gefolgt war. Zudem hatte sie die Schuhe in glänzende schwarze Sneakers getauscht, das Haar zu einem Dutt zusammengefasst und sogar die Sonnenbrille im Auto gelassen. Sie kam sich fast nackt vor. Eine leichte schwarze Jacke verwandelte das Outfit, und sie war nicht mehr auf den ersten Blick zu identifizieren.

Sie berichtete Brenot alles, was sie erlebt hatte, haarklein und ließ nichts aus, denn aus ihrer Sicht war es außerordentlich wichtig, dass der Polizeichef im Bilde war. Dann bat sie ihn um weiterführende polizeiliche Informationen über die Albaner. Sie nahm zur Kenntnis, dass Faik Ziberi lange Jahre in Frankfurt unter einem der am meisten berüchtigten Paten der Region sein Handwerk erlernt hatte. Das Handwerk zu morden, zu quälen, zu erpressen, zu entführen. Er war Mitte der Siebzigerjahre zum ersten Mal polizeilich auffällig geworden und dann unter den Fittichen von Francesco Berlione verschwunden, zu dessen rechter Hand er dann aufgestiegen war.

Margeaux hatte zwar nur wenig mit der Organisierten Kriminalität zu tun gehabt, aber sie hatte immer Zeitung gelesen und Nachrichten gehört. Daher war ihr der Name nicht komplett unbekannt, vor allem, weil der Italiener unantastbar geblieben war. Nie hatte man ihm etwas nachweisen können, und da in Deutschland das Gesetz eine Vortat verlangte, also einen Diebstahl, eine Körperverletzung oder irgendetwas in der Art, um überhaupt in Aktion treten zu können, hatte der Millionär vor dem Gesetz eine weiße Weste. Und doch wusste jeder, wer er war. Als sich die Allianz Berlione – Ziberi aufgelöst hatte, war der eine nach Frankreich entschwunden und hat genau das weiterhin getan, was er in Frankfurt gelernt hatte, und der andere hatte sich ein Dorf in Italien gekauft und war dort angeblich in den Ruhestand gegangen.

Wobei, so betonte Brenot, sich die Gerüchte hartnäckig hielten, dass man, sollte man einen Krieg planen, sich bei dem Italiener mit hervorragender Ware eindecken konnte: Vom Nachtsichtgerät bis zum Bombenwerfer gab es alles im frei verfügbaren Sortiment.

Margeaux hörte dem Commandant zu und fragte dann müde: »Egal was wir tun, das Verbrechen hört also nie auf? Missverstehen Sie mich bitte nicht, ich liebe mein Handwerk – das habe ich immer getan, aber ich habe auch oft gedacht, dass es eine Sisyphusarbeit ist. Wir kommen niemals irgendwo an, egal wie sehr wir rennen und uns anstrengen, und dieser Gegner hier ist um ein Vielfaches schlimmer als meine Mörder.«

Brenot nickte und sagte: »Sie haben vollkommen recht, Madame. Auch wenn wir der Organisation jetzt einen oder zwei Köpfe ausreißen, dann wachsen diese sofort wieder nach, und vielleicht sogar noch übler als vorher. Doch sollen wir sie deshalb gewähren lassen? Sollen wir kapitulieren?« Er verlangsamte seinen Schritt und blickte sie bewusst an.

»Selbstverständlich nicht«, antwortete die Ermittlerin, »dann könnten wir ja gleich unseren Blumenschmuck nehmen, uns auf den Friedhof setzen und warten, bis wir dran sind.«

»Ich denke auch, dass das fatal wäre«, Brenot sprach leise und eindringlich, »und doch bitte ich Sie erneut um ganz besondere Vorsicht. Ich habe Sie zwar vorgeschlagen, aber gut für meine Nerven ist das nicht.«

Die beiden kehrten um, unterhielten sich noch über lokale Themen, und während Brenot zurück in das Gendarmeriegebäude ging, stieg Margeaux in ihr Auto und machte sich endgültig auf den Heimweg.

Hameau les Bouisses im Oktober

Die restlichen Tage der Woche waren in ihrem Gleichklang rasch vergangen. Margeaux hatte für einige Stunden eine Führungskraft eines großen Konzerns beschattet, bei der man vermutete, dass sie den schweren Bandscheibenvorfall als Alibi für eine Rundreise durch die USA nutzen wollte. Frank war im Internet umhergesurft – auf der Suche nach irgendetwas Brauchbarem. Sie hatten viel Sport gemacht, hatten alle zusammen Matze und Elodie im Nachbarort besucht und sich mehr oder minder der Routine ergeben.

Thierry verwöhnte sie täglich mit Köstlichkeiten aus seiner Bäckerei, Hilde kochte wie immer lecker, und Franks Urlaubsende war schon am Horizont zu erblicken. Eine unterschwellige Unruhe war bei allen zu spüren, ohne dass jemand hätte sagen können, woran es genau lag. Der Mistral hatte ihnen über das Wochenende sehr zugesetzt, und man sagte ihm nach, dass er Menschen sogar verrückt machen konnte, und vielleicht trug der Wind somit die Verantwortung für die allgemeine Stimmung. Van Gogh sollte sich angeblich wegen des Mistrals das Ohr abgeschnitten haben. Der von Nordwesten her wehende Wind konnte anfangs noch warm sein, kühlte dann aber über der Rhone meist rasch drastisch ab. Der Himmel war während dieser Zeit häufig von einem außerordentlich klaren Blau und der Sternenhimmel geradezu bombastisch. Oft kündigte er sich bei den Menschen mit plötzlicher Reizbarkeit, Niedergeschlagenheit und Kopfschmerzen an. Die napoleonische Justiz hatte Mördern sogar die Todesstrafe erlassen, sollte der Mistral drei Tage lang vor der Tat geweht haben.

Die neue Woche begann ohne weitere besondere Vorkommnisse, und der Wind verabschiedete sich Gott sei Dank wieder, ließ die Menschen aber mit dieser besonderen Empfindsamkeit zurück, die bei einigen länger brauchte, bis sie wieder abgeklungen war.

Margeaux hatte sich bisher vollkommen an die Vereinbarung gehalten, den Polizisten in ihrem Umfeld so gut wie nichts von ihren Erlebnissen zu erzählen. Sie sprach so oberflächlich wie möglich von den Treffen mit den Albanern, ohne Namen oder Orte zu nennen. Das fiel ihr besonders Frank gegenüber sehr schwer, da sie sonst ja grundsätzlich alle Informationen geteilt hatten, und auch in Aimés Gesicht konnte sie die vielen Fragen nach mehr Berichterstattung sehen. Doch sie blieb eisern zurückhaltend, nicht nur weil sie sich an die Regeln hielt, die vereinbart waren, sondern auch, weil sie niemanden gefährden wollte.

Margeaux hatte sich mit Paul Bacron und dem nächsten Albaner, Albrim Kasapi, getroffen. Das Treffen war ähnlich verlaufen wie das mit Dipra. Margeaux hatte beobachtet, ihre Rolle als Beschützerin deutlich gemacht und hatte das Gefühl, nach ihrer kleinen High-Heels-Einlage mit dem Stiernackigen nun auf sehr viel Respekt zu stoßen.

Auf der Rückfahrt zu ihrem Wagen hatte sie Paul um mehr Hintergrundwissen zu Ziberi gebeten, und der verdeckte Ermittler hatte ihr alles, was er wusste, offenbart. So einiges davon war in keiner offiziellen Akte zu finden. Er schien bereits in jungen Jahren extrem gewaltbereit gewesen zu sein und brüstete sich immer mal wieder in dezenten Anmerkungen mit seinen Taten. Seinen ersten Mord hatte er bereits als Teenager im Alter von fünfzehn begangen. Er hatte angeblich bei einer Party einigen Leuten erzählt, dass er dem Mann damals bei seinem langsamen Sterben zugesehen hatte. Andere verliebten sich in dem Alter zum ersten Mal in ein Mädchen oder einen Jungen. Ziberi hatte sich auch verliebt – jedoch in die dunkle Seite der Macht.

Margeaux hatte während ihrer Arbeit in der Mordkommission einige Psychopathen kennengelernt, zuletzt den Serienmörder Martin Angerer, der eben typisch für diese Gattung der menschlichen Rasse keinerlei Reue empfand, und sie wusste, wann sie einen derartigen Charakter vor sich hatte. Ziberi schien, nach allem, was sie über ihn erfahren hatte, so einer zu sein. Gefühlskalt, berechnend, andere ausnutzend, manipulativ, ohne tiefere Beziehungen und auf eine gewisse Art charmant. All das schien auf ihn zuzutreffen. Jemanden wie ihn plagte oft die Langeweile, und dadurch war er auf der Suche nach immer aufregenderen Ereignissen. Im Falle von Ziberi endeten jene Ereignisse wohl häufig mit schlimmen Qualen für seine Opfer oder eben mit deren Tod.

Paul hatte mit zusammengebissenen Zähnen darüber gesprochen, und Margeaux war wieder deutlich geworden, dass in der Erzählung eine persönliche Note lag. Unter anderen Umständen hätte sie dazu etwas gesagt.

Doch wer war sie, dass sie über Kollegen urteilen konnte, so persönlich wie ihre eigene Beziehung zu Angerer auf dessen Bestreben hin geworden war? Er hatte ausschließlich mit Margeaux verhandeln wollen, von ihr als eine Art Tochterersatz gesprochen. Es war furchtbar gewesen. Wenn es für Polizisten persönlich wurde, war der Job doppelt anstrengend. Zudem war sie da, um Paul zu beschützen, und nicht, um ihm zu sagen, wie er seinen Job machen sollte. Sie hatte nie verdeckt ermittelt, und in diesem Kontext erschien es ihr daher angemessen, einfach nichts dazu zu sagen.

Sie informierte Brenot auch über diesen Einsatz kurz, und als sie im Anschluss nach Hause kam, begrüßte Frank sie bereits an der Tür. »Dein Vater hat angerufen und gefragt, ob wir, also du, Aimé und ich, nicht Lust haben, zum Kochen zu kommen. Ich würde lieber nur essen. Ihr drei zusammen, das ist mir zu professionell.«

Margeaux lächelte verständnisvoll und dachte kurz nach: Thierry würde heute nicht da sein, da er in der Backstube viel zu tun hatte und extrem früh rausmusste, um das ganze Pensum bis zum Morgengrauen zu schaffen, insofern passte der Abend gut.

»Hast du schon mit Aimé gesprochen?«, wollte sie wissen, und er zeigte ihr ein Daumen-hoch. »Okay, dann rufe ich meinen Vater kurz an, und wir brechen zeitnah auf.« Sie klemmte sich das Handy ans Ohr.

Frank hob wieder den Daumen, zeigte dann auf seine Klamotten und machte sich in Richtung seines Zimmers davon, um sich für die Stadt umzuziehen.

Kurze Zeit später packten sie den Dackel in seine Box im Auto und fuhren Richtung Avignon. Aimé würde im »Chez Louise« zu ihnen stoßen. Hilde war am Abend mit einigen Freundinnen zum Boule verabredet, und insofern passte der Zeitpunkt für alle tatsächlich sehr gut. Julien hatte bis in den Nachmittag hinein eine geschlossene Gesellschaft gehabt, und daher blieb das Restaurant am Abend geschlossen. Somit würden sie die Küche für sich haben. Margeaux sinnierte über ein paar Kombinationen, die sie schon lange hatte ausprobieren wollen, und hatte geistesgegenwärtig noch das Rosenwasser in ihre Handtasche gesteckt.

Frank schaute aus dem Fenster und sagte dann leise: »Ich werde es nie schaffen, den Namen meiner Mutter reinzuwaschen, und das wird mich immer belasten.«

»Ich finde, du solltest jetzt nicht resignieren, wir haben einige Spuren, die wir verfolgen, aber wir müssen da eben auch außerordentlich vorsichtig sein, deshalb dauert alles länger«, erwiderte sie tröstend.

»Rein rational weiß ich das, aber emotional fühlt es sich eben so an, als sei ich ein absoluter Versager«, erklärte er, und seine Stimme klang hoffnungslos.

»Morgen sprechen wir mit Werner, und dann wissen wir, wie sich das Thema Liste entwickelt, nachdem er nun die Sicherheitsstufenkarte ausgespielt hat«, versuchte Margeaux ihm Zuversicht zu vermitteln.

»Als mir klar geworden ist, dass das Laken weg ist, war ich der festen Überzeugung, dass es sich um einen Durchbruch handelt, dass ich rasch erfahren werde, wer es genommen hat und warum. Ich hatte gehofft, dass sofort klar wird, wer dahintersteckt. Aber es ist eine totale Sackgasse geworden.« Erschöpft brach er ab.

»Hey«, sagte Margeaux und pfiff dann eine Melodie.

Sie hatten während ihrer gemeinsamen Zeit in Stuttgart Spaß daran gefunden, bestimmte Tonfolgen in bestimmten Situationen zu pfeifen oder auch Vogelstimmen zu imitieren. Es brachte sie immer wieder zum Schmunzeln und machte auch die Verbundenheit zwischen ihnen klar.

Jetzt gerade war es »Twisted Nerve« von Bernhard Herrmann aus *Kill Bill*: Uma Thurmans Situation im Krankenhaus, im Koma liegend, schien vollkommen ausweglos. Die Mörderin war, im weißen Schwesternoutfit mit der Giftspritze und das Lied pfeifend, auf dem Weg zu ihr. Und doch war Uma kurze Zeit später wieder auf der Flucht und dann sogar zum nächsten Angriff unterwegs.

Frank musste grinsen, Margeaux hatte recht. Nichts war so ausweglos, wie es manchmal schien. Er pfiff mit, und die Stimmung hob sich erheblich an.

Als sie im »Chez Louise« ankamen, hatten sie bereits so viel herumgealbert, dass die depressive Stimmung, die Frank befallen hatte, so gut wie verschwunden war.

Avignon im Oktober

Aimé war bereits da und stand mit Julien an der Theke, und falls sie nun wieder über Merguez, die scharfen provenzalischen Würstchen, sprechen würden, dachte Margeaux, als sie die beiden dort sah, würde es ihr wie eine Art Déjà-vu vorkommen. Denn so hatte sie die beiden auch schon vor zwei Jahren vorgefunden, bevor sie nach Stuttgart geflogen war, um Angerer zu befragen, nachdem sich blutige Vorfälle in der Provence gehäuft hatten. Sie begrüßte die beiden Männer, und Margeaux war froh, dass die Verstimmung zwischen ihr und Julien wieder vollkommen verflogen war.

»Das ist wirklich eine wunderbare Idee, Papa«, sagte sie, und ihre Stimme transportierte die Freude, war leicht und hoch.

Julien nahm sie in den Arm und erwiderte: »Ich dachte, es wird mal wieder Zeit für uns, etwas zu zaubern.«

»Mir schwebt da die ganze Zeit schon was im Kopf herum, und ich würde das gern ausprobieren.« Margeaux war ganz in ihrem Element.

Sie harmonierten alle drei hervorragend in der Küche, und das kreative Miteinander brachte oft so großartige Gerichte hervor, dass Julien sie häufig leicht angepasst auf die Karte des »Chez Louise« übernahm. Margeaux' legendäres Karamellhühnchen mit kalt gegarter Garnele war zu einer Art Traditionsgericht in dem beliebten Bistrorant geworden. Zudem gelang es ihnen beim Kochen auch immer, aufgeheizte Themen zu besprechen, ohne dabei zu streiten. Den Fokus auf der Speisenzubereitung und der dazu nötigen Kreativität zu haben, half ihnen dabei, besonnen zu bleiben, denn zu kochen und dabei zu streiten, kam ihnen gar nicht in den Sinn.

»Dann lass mal hören!«, meldete sich der Flic zu Wort und krempelte schon mal seine Ärmel hoch. Er arbeitete gern zu und verfeinerte dabei immer wieder mit hervorragendem Geschmackssinn.

»Es ist eine komplexe Kombination für einen Hauptgang, und ich würde zudem so gern noch ein Dessert ausprobieren. Also, ich dachte an eine Mayonnaise mit Passionsfrucht, Rettich, mit Tintenfischtinte schwarz gefärbt und darauf ein knusprig gebratenes Fischfilet. Als Beilage ein Erbsenpüree und Kapernmousse.« Sie hielt kurz inne und sah in die erstaunten Gesichter der Männer.

»Das klingt großartig«, sagte ihr Vater begeistert, und Aimé meinte: »Da haben wir einiges zu tun, aber das wird richtig lecker.«

»Ich bekomme schon beim Zuhören Appetit«, meldete sich Frank und nahm interessiert an der Theke Platz.

»Ja, und zum Dessert möchte ich gern eine Kombination von Roter Bete und Rose ausprobieren.« Margeaux griff in ihre Tasche und holte den Flacon mit dem Rosenwasser heraus. »Jetzt bin ich gespannt, ob wir alle anderen Zutaten in deinem Kühlhaus finden.«

Julien öffnete einige Schränke, und Margeaux und Aimé machten sich auf, im Kühlhaus nach Gemüse, Fisch und weiteren Lebensmitteln zu suchen.

Sie stapelten alles auf einem Gastronomblech, als Julien aus der Küche rief: »Erbsen habe ich im Tiefkühler, Passionsfrucht leider nur aus der Dose.«

Sie legten alles auf der Arbeitsfläche aus, und Margeaux begann, die einzelnen Ingredienzen zu sortieren.

»Die Kapernmousse stelle ich mir auf Basis von Sahne mit einem Hauch Crème fraîche vor, das wird etwas tricky, aber im Schockfroster bekommen wir das schon schnell kalt«, sinnierte Margeaux.

»Wir können aus den Kapern auch anstatt der Mousse, von der wir Nocken abstechen, einen aufgeschlagenen Schaum machen«, schlug der Koch vor, »so erkaltet es rascher.«

»Die Idee gefällt mir. Das sieht auf dem Teller auch immer toll aus«, freute sich seine Tochter.

»Wie hast du dir das mit dem Rettich gedacht?«, wollte Aimé wissen. »Sehr dünne Scheiben und die dann mit der Tinte ins Vakuum ziehen?« Der Flic kannte sich mit gutem Essen aus und war über die Zeit ihrer gemeinsamen Kocherlebnisse zu einem routinierten Könner in der hervorragend ausgestatteten Restaurantküche geworden.

»So wird das Gemüse bestimmt schnell und gleichmäßig die Farbe annehmen und behält trotzdem seine Textur«, kommentierte Julien, und Margeaux nickte.

»Die Mayonnaise ist einfach herzustellen, das Erbsenpüree auch, und den Fisch müssen wir säubern, die Filets halbieren und dann auf der Hautseite richtig kross anbraten. Das ist doch rascher zu erledigen als gedacht«, zählte die Hobbyköchin auf, fasste ihre Haare zusammen und band sich eine Schürze um.

»Das Dessert könnte ein Roseneis sein, mit etwas Rote-Bete-Saft darin, aber das ist mir für den erdigen Geschmack der Beten eigentlich zu wenig«, dachte sie laut nach.

»Wir könnten einen kleinen Pancake machen mit Roter Bete und einem Gelee aus dem Saft, das wir dann in kleine Würfel schneiden«, fügte Julien fantasievoll hinzu.

»Das geht aber heute Abend nicht mit Gelatine«, warf Aimé fachmännisch ein.

»Nein, dazu müssen wir jetzt ein wenig in die Texturtrickkiste greifen und nehmen Gellan«, erklärte Julien und zog eine Dose aus dem Regal.

»Dann los«, Margeaux war voller Tatendrang, »wer macht was? Frank, bitte sei so lieb, und versorge du uns mit Getränken, das wäre klasse.«

Der große blonde Mann stand auf, erkundigte sich nach den Wünschen und freute sich, so auch etwas beitragen zu können, ohne sich vor den Experten mit seinen rudimentären Kochkünsten zu blamieren. Er überdramatisierte das Thema gern ein wenig, denn an sich hatte er von Margeaux doch schon recht viel gelernt.

Die Köche einigten sich rasch: Aimé würde Püree und Mayonnaise übernehmen, Julien den Rettich, die Kapern und den Fisch, und Margeaux würde ihre Dessertidee zum Leben erwecken.

Frank kam mit den Gläsern, und sie prosteten einander zu, bevor die Arbeit begann.

Botnang im Oktober

Myriam war immer froh, wenn sie wieder zu Hause war. Sie liebte ihre Arbeit zwar sehr, doch das Leben aus dem Koffer war etwas, was sie nicht so sehr mochte. Sie hatte ihre Sachen ausgepackt, kurz in den Kühlschrank geschaut, ob es etwas gab, um sich rasch ein Abendessen zuzubereiten, und sich dann an ihren Schreibtisch gesetzt. Katja war zu einem Shooting unterwegs, und genau das war es, was ihrer Beziehung Würze und Haltbarkeit gab. Sie ließen sich Freiraum und hockten nicht ständig aufeinander, umso mehr konnten sie die gemeinsame Zeit dann auch genießen. Dies war ein weiterer Unterschied zu ihrer Ehe mit Werner.

Sie hatte ihre Trainingstage bei einigen ihrer Schlüsselkunden absolviert und sehr viele Fragen beantworten müssen. Abends war sie dann immer rechtschaffen müde und hatte keine Energie mehr, sich mit mehr als den notwendigsten E-Mails zu befassen. So hatte sie auch Luca Pescatore ein wenig aus den Augen verloren. Nun fuhr sie ihren PC hoch und schaute als Erstes in ihrem neuen GMX-Account nach, ob ihr jemand geantwortet hatte, und tatsächlich fand sie eine Mail von ihm vor. Er hatte ihr kurz geantwortet, sich für die Anfrage bedankt und dann mitgeteilt, dass er ihre Mail an seine Eventabteilung weitergeleitet hatte. Sie konnte also davon ausgehen, dass er den Anhang der Mail geöffnet hatte, und nun hieß es für sie abwarten, bis der Trojaner seinen Dienst erledigt hatte. Sie würde sich sogleich auf die Suche machen, um herauszufinden, was sie zu tun hatte, sobald das kleine Ding erledigte, wofür es gemacht war. Noch war ihr nicht ganz klar, was diese Art von Virus wirklich für sie bewirken konnte und ob es ihr tatsächlich ermöglichen würde herauszufinden, was genau der Mann alles auf dem Kerbholz hatte und wer ihm alles zu Diensten sein musste.

Konnte man so einfach auf die Festplatte eines PCs zugreifen und dann dort ungehindert in den Daten umherhuschen? Die digitale Welt war ein verrückter Ort, und daher war das Thema Datenschutz ja auch so in den Vordergrund gerückt. Ausgerechnet sie, eine Juristin, die andere Menschen zu diesem Themenbereich schulte, übertrat nun jede Grenze. Sie begann zu verstehen, wie sich Beerschneider wahrscheinlich fühlen musste, denn er war kein schlechter Kerl – und dass sich Werner eben auch auf sehr dünnem Eis bewegte. Sie biss in die Pizza, die sie rasch in den Ofen geschoben hatte, und machte sich auf die Suche nach Tipps für den Umgang mit der Schwachstelle, die der Trojaner auftun sollte. Doch ihr war auch klar, dass sie spätestens dann, wenn sie Zugang zu den Daten des Paten von Stuttgart hatte, Werner informieren müsste und dass er, ganz zu Recht, ausflippen würde wegen ihres Alleingangs. Vielleicht sollte sie ihm besser erst dann Bescheid geben, wenn sie etwas Aussagekräftiges gefunden hatte.

Avignon im Oktober

Während Aimé rasch den Rettich mit der Aufschnittmaschine in dünne Scheiben schnitt, machte sich Julien daran, die Kapern abzugießen, etwas Kapernwasser aufzufangen und dann die grünen Früchte in Sahne, die er mit dem Kapernwasser, weißem Wermut und etwas Zitronensaft vermischt hatte, aufzukochen. Parallel gab er schon Tintenfischtinte aus einem Glas in einen Vakuumbeutel und ein klein wenig Fleur de Sel dazu. Sein Freund brachte ihm die dünnen Rettichscheiben und machte sich dann daran, die Erbsen kurz zu blanchieren, damit sie ihre Farbe behielten. Margeaux war gerade dabei, aus Rosenwasser und braunem Zucker Zuckerwasser zu kochen, als Aimé, der neben ihr seine Erbsen beaufsichtigte, vorsichtig sagte: »Ich habe ja auch schon einiges über diese Leute in Marseille mitbekommen und weiß, dass du von Gilbert zur Verschwiegenheit verpflichtet bist. Mich interessiert nur, ob es um Casanova geht oder um Ziberi.«

Margeaux blickte ihn erstaunt an und zog ihren Topf zum Abkühlen vom Herd, nachdem die Flüssigkeit gekocht hatte. »Du bist wirklich sehr gut informiert. Irgendwie geht es um beide, wobei die Albaner im Fokus stehen.«

Ihr Vater horchte auf, während er einige Blätter Gelatine in kaltes Wasser einlegte. »Albaner? Sollte ich da genauer zuhören oder eher weghören?«

»Ach, Papa«, sagte Margeaux und begann, Sahne und einen cremigen Joghurt miteinander zu verrühren, »eigentlich wissen wir doch alle, dass es überall auf der Welt Mafia-Strukturen gibt.«

Julien nahm die Rettichscheiben und gab sie in den Vakuumbeutel mit der Sepiatinte, dann drehte er sich zu dem Vakuumierer um, um das Gemüse ins Vakuum zu ziehen und so die schwarze Farbe dazu zu bringen, in den Rettich einzudringen, ihn einzufärben und ihm einen leicht fischigen Geschmack zu verleihen. »Es gibt in einigen Städten echte Probleme mit den Schutzgelderpressungen.«

»Hier etwa auch?«, fragte Margeaux erschrocken, während sie die Joghurt-Sahne-Masse mit etwas Rote-Bete-Saft rosa einfärbte.

Der Kammervakuumierer zischte, und Julien nahm die Tüte heraus. »Keine Sorge, mein Kind, wir haben hier in Avignon tatsächlich ziemlich viel Glück, lediglich im Bereich Rue Bourgneuf werden Reviere verteidigt.«

»Sollte es nicht seit dem Erlass keine Rotlichtviertel mehr geben?«, fragte Aimé, der gerade dabei war, die Erbsen nun wegen dem Erhalt der Farbe kalt abzuspülen.

Der Koch bewegte die Rettichscheiben in der Tüte vorsichtig hin und her und zuckte dabei bedauernd mit den Schultern. »Du weißt doch besser als ich, dass zwischen Gesetzgebung und der Realität immer eine große Lücke klafft.«

Der Flic nickte vielsagend, hackte eine Schalotte klein, schmälzte sie mit etwas Butter im Topf an und kippte die grünen Kugeln hinein. Dann gab er einen kleinen Schluck Gemüsebrühe hinzu, erwärmte alles leicht und pürierte die Zutaten im Anschluss.

»Ich habe mal gehört, dass Ziberi aus Deutschland kommt«, wandte sich Aimé an Margeaux, die gerade das Rosenzuckerwasser in ihre rosafarbene Eisgrundlage einrührte.

Parallel hatte sie begonnen, in einem Topf Rote-Bete-Saft zu erhitzen. »Ja, er hat wohl in Frankfurt unter den Fittichen eines der berühmten Paten in Deutschland gedient. Eine wirklich spannende Kombination: ein junger Albaner in Deutschland, der die rechte Hand des italienischen Oberbosses Francesco Berlione wird.«

Franks Kopf fuhr hoch, er hatte gerade auf seinem Handy per WhatsApp mit einem Kumpel aus dem Boxstudio in Stuttgart getextet. »Berlione? Francesco Berlione, der Name sagt mir etwas.«

»Über den gab es eine Zeit lang einiges in der Presse zu lesen«, erklärte Margeaux und schüttete die Rosenmasse in die Eismaschine, die leise vor sich hin zu rühren begann. Sie nahm das Gellan, studierte die Zubereitungshinweise und pürierte dann den Bete-Saft mit dem geruchlosen Pulver, ließ alles kurz aufkochen und schüttete die Flüssigkeit auf ein kleines Blech mit hohem Rand. Rasch wurde das Gelee fest. Sie stellte das Blech noch in die Kühlung, um den Vorgang zu beschleunigen.

Dann schaute sie zu Frank, dessen Blick vollkommen in die Ferne abgeglitten war. So, als suche er etwas. Sie begann, Mehl, Mandelmilch und ein Ei zu verquirlen, und beobachtete dabei ihren geistig abwesenden Freund, der plötzlich hochfuhr und »Francesco!« rief.

Marseille im Oktober

Paul Bacron alias Pascal Lingerot lag in seinem Bett, er hatte das Mädchen des Tages fortgeschickt, nachdem sie ihn oral befriedigt hatte. Am liebsten hätte er sie gleich rausgeworfen, aber hatte den Schein wahren müssen. Am Nachmittag hatte er *sie* besucht, aber er hatte sie nicht erreichen können, wie bei jedem seiner letzten Besuche auch. Er verstand nicht, warum Ziberi sie am Leben gelassen hatte. Er hatte ihr den Verstand geraubt, hatte sie für brutale Pornos missbrauchen lassen und ihre Seele dabei gebrochen. Wahrscheinlich gab es da draußen genügend abartige Typen, die für Sex mit einer wehrlosen Puppe bezahlten oder dafür, sie benutzt zu sehen.

Er rollte sich in die Embryonalstellung zusammen. Er konnte und wollte einfach nicht akzeptieren, dass er sie für immer verloren hatte. Er hatte sie retten wollen, er hatte sie lieben und dafür Sorge tragen wollen, dass auch sie ihn hätte lieben können. Dass sie merkte, dass sie ihm vertrauen konnte, auch wenn seine aktuelle Identität eine Lüge war. Der Hass auf Ziberi kroch ihm in jede Pore seines Körpers.

Ja, es war persönlich geworden. Sehr persönlich, aber es gab sowieso kein Zurück mehr. Wenn er aus der Rolle des Pascal Lingerot zurückkehren wollte in das Leben von Paul Bacron, dann musste er dieses gesamte Gesocks in den Abgrund reißen. Er war ganz kurz davor, so nah an Ziberi heranzukommen, dass er ihm die Augen würde ausstechen oder ihm ein Messer in die Brust würde stechen können. Doch er war kein Mörder. Er war Polizist, und er musste auf das Rechtssystem vertrauen, sonst war er vollkommen verloren.

Das aber sollst du wissen: In den letzten Tagen werden schwere Zeiten anbrechen. Die Menschen werden selbstsüchtig sein, habgierig, prahlerisch, überheblich, Lästerer, ungehorsam gegen die Eltern, undankbar, gottlos, lieblos, unversöhnlich, verleumderisch, unbeherrscht, rücksichtslos, dem Guten abgeneigt, heimtückisch, verwegen, hochmütig, mehr dem Vergnügen als Gott zugewandt. Den Schein der Frömmigkeit wahren sie, verleugnen aber deren Kraft. Wende dich von diesen Menschen ab!

2. Timotheus 3,1–5

Wie sonderbar es sich anfühlt, wenn die Zeit gekommen ist, wenn die Tage gezählt sind – und wie sehr sich die Dinge dann doch ändern.

Vergebung wird zur Königin des Denkens. Freiheit und Rache sitzen zu ihrer Rechten und Linken. All die Jahre voller Last, die gekrümmten Schultern, die krankhafte Sucht nach Ablenkung, um zu vergessen, und nichts hat etwas verändert. Denn du kannst nicht vergessen. Jede Zelle deines Körpers ist vom Hauch des Todes durchdrungen worden, du hast ihn eingeatmet und in dein Fleisch aufgenommen. Doch nun ist es an der Zeit, sich aus den Krallen des Bösen zu befreien. Endlich hast du einen Weg und den dazu nötigen Mut gefunden.

Es ist so weit.

Avignon im Oktober

Frank sprach schnell, so, als würde die Erinnerung entgleiten, wenn er sie nicht eilig genug in Worte fassen konnte. »Ja, bestimmt habe ich darüber auch etwas gelesen, aber ich erinnere mich auch an einen Abend mit meiner Mutter. Wir haben auf dem Sofa gesessen, es muss kurz vor ihrem Tod gewesen sein, denn wir haben Bilder angeschaut, und sie meinte, ich sei nun alt genug, um mehr über meinen Vater zu erfahren. Sie hatten einander so geliebt, und sie konnte es einfach nicht fassen, dass das Schicksal ihn ihr genommen hatte. ›Aber ich habe ja dich bekommen, mein wunderbares Geschenk‹, sagte sie und nahm mich in den Arm, und so saßen wir da und schauten Bilder von meinen Eltern an. Sie sahen so glücklich aus. Sie waren gut situiert und hatten beide ein Händchen für ihr Outfit. Heute würde man sie sicher als Trendsetter bezeichnen …« Er atmete tief ein. »Und da gab es auch ein Bild mit einem südländisch aussehenden Mann. Ich erinnere mich jetzt an diese Szene, denn er hatte meinen Vater so im Arm, dass ich dachte, er sei jemand von der Familie meiner Großmutter aus Italien. Aber meine Mutter erklärte mir, dass er ein sehr guter Freund meines Vaters gewesen sei. Ich bin mir sicher, dass sie Francesco gesagt hat. Francesco Berlione. Ich höre ihre Stimme noch in meinem Kopf.«

Margeaux rührte etwas pürierte Rote Bete in ihren Teig, gab eine Prise Salz hinzu und stellte dann die Schüssel mit der fluffigen Masse rasch beiseite. Sie schaute ihren Vater an, der gerade den Fisch filetierte, und Aimé, der die Zutaten für die Passionsfrucht-Mayonnaise neben das hohe Gefäß stellte, in dem er sie anrühren wollte. Er nickte ihr leicht zu und deutete mit dem Kinn auf den aufgelösten Frank.

Margeaux ging um die Theke herum, stellte sich neben den Mann und sagte: »Bist du dir sicher? Francesco ist ja ein sehr üblicher italienischer Vorname. Sicher, dass der Nachname Berlione war?«

Frank fuhr sich aufgebracht durchs Haar. »Ich habe noch ein paar Fotos in einem Album, das zu Hause steht, ich glaube, da ist das drin. Mein Vater mit diesem Mann, der den Arm um ihn gelegt hat und ihn an seine Schulter drückt. Ich muss nach Deutschland und nachschauen.«

Margeaux legte ihm beruhigend die Hand auf die Schulter. »Das ist wirklich wichtig, doch keinesfalls lasse ich dich allein nach Hause fliegen. Wir essen jetzt ganz in Ruhe und nehmen morgen früh die erste Maschine nach Stuttgart. Was hältst du davon? Ich bin mir sicher, wir können eine ganze Menge rausfinden und vielleicht ein paar Leuten auf den Zahn fühlen …«

Aimé sagte »Entschuldigung« und schmiss den Pürierstab an. Er hatte Hunger und wollte seine Komponenten fertiggestellt haben, damit Julien den Fisch anbraten konnte. Er verrührte ein Eigelb mit etwas Senf und ließ dann langsam Öl dazulaufen, am Schluss würde er die Passionsfrucht ebenfalls pürieren, durch ein Sieb streichen und vorsichtig in die Mayonnaise geben.

Frank war mittlerweile von seinem Stuhl aufgesprungen, er musste sich bewegen, um seine Nervosität abzureagieren.

Julien schaute fragend zu Margeaux, während er die Hautseite des Fisches kurz in einen Teller mit Mehl drückte. Die Kapern-Sahne-Mischung hatte er zuvor erhitzt, die Gelatine eingerührt und dann durch ein Sieb in den Sahnesiphon gegossen. Er hatte den Deckel draufgeschraubt und nacheinander zwei Kapseln Stickstoff in die entsprechende Halterung gedreht. Nach intensivem Schütteln hatte er die silbern glänzende Flasche in den Schockfroster gestellt, um die Masse rasch abzukühlen. Margeaux lächelte ihren Vater beruhigend an und wandte sich dann wieder Frank zu, der noch immer unruhig im Raum umhertigerte.

Frankfurt im Jahr 1984

Ariane Kaiser wartete gespannt auf die Einschätzung von Klaus Ehrmann zu den von ihr gesammelten Unterlagen. Sie hatte eigentlich schneller mit einer Rückmeldung von ihm gerechnet. Sie hatte alles strukturiert aufbereitet, um es ihrem Chef, Hugo Ehrmann, vorzulegen, daher war sie sich sicher, dass alles sehr offensichtlich und klar war. Sie erledigte ihre aktuellen Aufgaben rasch und versiert und machte sich im Anschluss auf den Weg zu Klaus, um nachzufragen.

Sie waren für den späten Nachmittag im Hotel verabredet, aber sie wollte ihre privaten Treffen nicht zu sehr mit dieser Bankgeschichte belasten, da sie das Gefühl hatte, dass es schon zu einer Art Schwere zwischen ihnen gekommen war, denn sie fühlte sich angespannter als sonst, und Klaus war irgendwie reservierter geworden.

Sie klopfte an die Tür zu seinem Büro und stellte fest, dass diese nur angelehnt war, also trat sie zügig ein. Klaus schien nicht da zu sein, doch auch die Tür zu dem kleinen Privatbereich, den die beiden Inhaber im Anschluss an ihre Büros besaßen – mit Dusche und einer bequemen Ruhemöglichkeit sowie einem Schrank mit Ersatzkleidung –, war offen.

Leise rief sie seinen Namen. Da sie keine Antwort erhielt, schaute sie rasch in den Schlafbereich. Sie war noch nie hier gewesen. Vor allem, um keine Gerüchte in der Bank entstehen zu lassen. Normalerweise war die Tür auch immer abgeschlossen, damit sich keine Kunden hineinverirren konnten. Ihr Blick fiel auf eine dünne Mappe, die auf dem kleinen Beistelltisch lag und auf der ihr Name prangte. Sie spürte, wie sich ihr Herzschlag beschleunigte. Sie schaute sich um, nahm die Mappe rasch an sich und versteckte sie in ihrem Blazer. Schnell verließ sie das Büro.

Sie hastete verunsichert über den Flur, fragte sich, warum sie die Mappe heimlich eingesteckt hatte, und stieß dann fast mit Klaus zusammen, der sie überrascht anlächelte. »Wo kommst du denn her?«

Ariane bastelte fieberhaft an einer Erklärung und sagte dann rasch: »Ich bin bereits mit meiner Arbeit fertig für heute und wollte vorschlagen, dass wir schon früher …« Sie ließ das Ende des Satzes ungesagt und lächelte ihn nervös an.

»Oh, gut. Ich schließe nur schnell mein Büro ab, und dann begleite ich dich in deins, um deine Tasche zu holen. Wir gehen im Anschluss einfach ganz selbstverständlich zusammen nach draußen, dann kommt niemand auf die Idee, uns etwas zu unterstellen«, flüsterte er ihr zu, denn er musste ja als verheirateter Chef an seinen Ruf denken.

Er drehte sich um, zog seinen Schlüssel aus der Tasche, schloss die Tür ab und wandte sich ihr wieder zu. Seine Bewegungen waren irgendwie hölzern und schwerfällig, aber sie waren ja auch in der Bank, da konnte er nicht so zugewandt reagieren. Sie unterhielten sich scheinbar belanglos über das Wetter, es war ein kühler, regnerischer Augusttag, und man tat gut daran, immer einen Schirm parat zu haben. Ariane bereute ihre kopflose Tat bereits, da sie nicht wusste, wie sie die Mappe, die sie unter ihrem Blazer mit dem linken Arm eingeklemmt hatte, ungesehen loswerden sollte, und da sie keine gute Lügnerin war, befürchtete sie, dass er gleich bemerken würde, wie sonderbar sie sich verhielt. Doch scheinbar war sie besser, als sie glaubte, denn kurze Zeit später standen sie in ihrem Büro. Sie setzte sich kurz hin, mittlerweile verzweifelt, weil sie keine Idee hatte, die Papiere zu verstecken. Ungelenk zog sie ihre Tasche hervor, und dann kam ihr der Zufall zu Hilfe.

Da es Freitag war, kam die Putzkolonne immer etwas früher, um die Büros zu säubern und dann im Anschluss im unteren

Bereich sauber zu machen. Die Bank schloss ihren Schalterraum freitags bereits um fünfzehn Uhr.

Die nette Italienerin, die schon seit Jahren hier putzte, stieß mit ihrem Wagen unglücklich gegen die Tür und strauchelte. Klaus sprang ihr schnell zu Hilfe und konnte so Schlimmeres verhindern. Diesen Moment nutzte Ariane geistesgegenwärtig, um die Mappe in ihrer Handtasche verschwinden zu lassen.

Erleichtert atmete sie auf und wandte sich zum Gehen. Einen erneuten Augenblick war sie verwirrt, dass sie so handelte. Klaus kümmerte sich seit fast zehn Jahren um sie, er war vom vertrauten Freund zum Liebhaber geworden, und nun entwendete sie eine Akte aus seinen Privaträumen und versteckte sie vor ihm. Sie schüttelte über sich selbst den Kopf und fing dann Klaus' Blick auf, der etwas Schmerzvolles und Fragendes hatte. Sie lächelte ihn unsicher an und verließ dann grüßend ihren Arbeitsplatz in Hugo Ehrmanns Vorzimmer.

Sie hörte den Juniorchef, wie er sich erneut versicherte, dass es der älteren Frau gut ging, dann nahm sie seine Schritte hinter ihr wahr. Sie verließen das Gebäude gleichzeitig, und Ariane wandte sich nach links, während Klaus nach rechts davonging.

Da das heutige Hotel unweit der Bank lag, fühlte sie sich nicht wohl dabei, die Akte aus der Tasche zu ziehen und einen Blick darauf zu werfen. Doch sie konnte einfach nicht anders, die Neugierde war einfach zu groß. Sie zog den dünnen Hefter ein wenig aus der Tasche, löste die Laschen und traute ihren Augen nicht. Dort stand »Das Dossier«, und es waren detaillierte Informationen über sie notiert.

Ihr Schritt stockte, und sie fragte sich, ob das normal war, dass ein Arbeitgeber seine Mitarbeiter so ausspionierte. Irritiert beschloss sie, Klaus darauf anzusprechen.

Avignon im Oktober

Frank hatte einige Male den Kopf geschüttelt und vor sich hin geflüstert: »Francesco Berlione, Francesco …«, so, als würde der Klang des Namens ihm behilflich sein, seine Erinnerungen aufzufrischen. Er war nun etwas ruhiger geworden, und Margeaux war rasch in die Küche zurückgekehrt, um den Teig für ihre Pancakes fertigzustellen und das Rote-Bete-Gelee in kleine, gleichmäßige Würfel zu schneiden.

»Soll ich den Fisch jetzt anbraten, und ihr bereitet die Teller vor?«, fragte Julien nach einer Weile in die nun entstandene Stille.

Aimé antwortete: »Ich könnte einen Bären fressen und bin gespannt auf unsere Kreationen. Lasst uns bitte anrichten.« Er schmeckte das Püree erneut ab und rührte etwas Butter unter, um es noch cremiger zu machen.

Margeaux schnappte sich einen Teller und begann, die Zutaten zu arrangieren: Einen Esslöffel voll Erbsenpüree zog sie mit der Rückseite des Löffels in eine große Tropfenform, an der schmaler zulaufenden Seite legte sie die vorsichtig abgetropften schwarzen Rettichscheiben an. Aimé hatte die Mayonnaise in einen Spritzbeutel gefüllt und diesen vorn so schmal angeschnitten, dass es Margeaux nun gelang, kleine Punkte der cremigen Masse auf dem Teller zu verteilen. Während Julien den mehlierten Fisch anbriet, holte Margeaux den Sahnebehälter mit der Kapernmasse aus dem Schockfroster, schüttelte ihn einige Male kräftig und testete seine Stabilität. Die Konsistenz fand ihre Zustimmung, und sie setzte einen walnussgroßen Klecks auf den Teller. Julien legte das knusprige Fischfilet auf den Rettich, und sie blickten das Ergebnis kritisch an. Sie fachsimpelten kurz über die Art der Zutatenverteilung, kamen zu dem Schluss, dass sie den Rettich vom Püree separieren und auch das Püree über einen Spritzbeutel auf den Teller geben würden. Margeaux holte die Teller, und sie legten gemeinsam los.

»Kannst du bitte den Tisch decken?«, sagte sie über die Schulter gewandt zu Frank. »Du weißt ja, wo alles ist.«

Er holte Besteck, Servietten, Gläser, Wein und Wasser und arrangierte alles auf dem Tisch unter dem Kronleuchter, den er am liebsten mochte. Kurze Zeit später war alles angerichtet, und sie nahmen Platz, begutachteten den Augenschmaus und aßen das Gericht mit großem Appetit.

Margeaux spürte Franks Anspannung, und sie versuchte, sich davon abzugrenzen, um selbst weiterhin klar denken zu können, doch es fiel ihr tatsächlich schwer. Sie fühlte sich erschreckend empfindsam, und die Sorgen des Freundes wurden so auch zu ihren.

Dennoch befanden sie die Kombination aus Rettich, Erbsen, Kapern und Fisch für absolut gelungen, und Margeaux erhob sich betont munter. »Ich bin so gespannt auf die Hochzeit von Rose und Roter Bete. Ich mache das mal schnell fertig.«

Sie legte dem Mann, dem sie schon so oft ihr Leben anvertraut hatte, die Hand auf die Schulter und fragte: »Unterstützt du mich beim Anrichten, dann können die zwei noch ein bisschen reden und anschließend klar Schiff in der Küche machen.«

Er hob den Kopf und sah all die Sorge und die schwesterliche Liebe in ihrem Gesicht. Er schluckte schwer, legte seine Hand auf ihre und nickte. Aimé und Julien sahen einander an und begannen, sich über ein kleines Weingut in der Nähe zu unterhalten, das besondere Boutiqueweine herstellte. Aufgrund der Entwicklung traute sich keiner von beiden mehr, eine Frage zu stellen, was Margeaux mit Erleichterung registrierte. Sie hatte schon viel zu viel preisgegeben. Sie war sich sicher, dass weder ihr Vater noch der Flic etwas davon nach außen verlauten lassen würden, doch sie hatte Brenot ihr Wort gegeben und dies nun gebrochen.

Sie bat Frank, die Teller bereitzustellen, erhitzte eine beschichtete Pfanne, buk kleine rosafarbene Pfannküchlein aus und legte sie auf Küchenkrepp zum Entfetten.

»Kannst du das Eis aus der Maschine holen?«, bat sie Frank.

Er holte den Behälter und erkundigte sich: »Was soll ich machen?«

»Bitte mit zwei Teelöffeln Nocken formen und je zwei Nocken auf einen Teller in Dreiecksform anrichten.«

Wie man schöne Nocken formen konnte, hatte er bereits gelernt und machte sich daher rasch daran, das Eis zu verarbeiten. Margeaux legte einen Pancake auf den Teller und verteilte die Geleewürfel darum herum.

»Papa«, rief sie, »das gefällt mir gar nicht. Kannst du bitte mal schauen?«

Julien kam in die Küche, warf einen Blick auf den Teller und sagte: »Wenn du die kleinen Pfannkuchen zu einem Türmchen stapelst und den Joghurt, den du im Eis hast, mit etwas Rosenwasser anrührst und ein wenig geschlagene Sahne unterhebst und damit die Etagen füllst, dann sieht das besser aus.«

Er öffnete den Kühlschrank, holte bereits fertig geschlagene Sahne und den Joghurt heraus und griff noch ein Schälchen mit karamellisierten Mandeln vom Mittag vom Regal. Rasch rührte er eine cremig-fluffige Masse, stapelte pro Teller drei Pancakes und füllte Rosenjoghurt dazwischen. Oben auf das Türmchen setzte er einen großen Klecks Joghurt, streute ein paar Geleewürfel darauf und verteilte die Mandeln locker auf dem Teller.

Margeaux seufzte erleichtert auf. »Danke, so macht es gleich viel mehr her.«

In Teamarbeit stellten sie zu dritt die Teller fertig, und Aimé hatte derweil das schmutzige Geschirr vom Hauptgang abgeräumt und in die Spülmaschine gestellt. Sie waren alle so konzentriert, dass sie für einen Moment die Aufregung vergaßen.

Frankfurt, einige Wochen zuvor

»Der Krebs ist bereits sehr weit fortgeschritten, Herr Ehrmann«, sagte der Onkologe, und in seinem Blick lag Bedauern. »Das Pankreaskarzinom ist inoperabel, da es die komplette Pfortader umschließt.«

Klaus Ehrmann schloss die Augen, er hatte schon so lange Magenschmerzen gehabt, es aber auf den Stress zurückgeführt und den Weg zum Arzt vermieden. Er hatte niemanden mehr, für den es sich zu kämpfen lohnte. Marianne, seine Frau, hatte ihn vor zehn Jahren mit einem Riesenknall verlassen. Sie hatte vollkommen recht gehabt, er hatte sie nie wirklich geliebt, und die Heirat war mehr auf Anraten ihrer beider Eltern zustande gekommen als aus persönlichem Engagement heraus. Das einzig Gute, was aus dieser Beziehung entstanden war, war Sabine. Auch das hatte Marianne ihm nie verziehen: Im August 1984 war das damals achtjährige Mädchen für vierundzwanzig Stunden spurlos verschwunden gewesen. Er hatte keine Polizei eingeschaltet, und sie war körperlich unversehrt wieder aufgetaucht. Das Foto, das er in dem Umschlag ohne Absender auf seinem Schreibtisch vorgefunden hatte – sein kleines Mädchen in einem rosa Kinderbett, in Unterhemd und Höschen und mit einem überdimensional großen Dildo auf dem mit Barbies dekorierten Nachttisch –, hatte er niemandem gezeigt, und auch die Panik, die ihn dabei überkommen hatte, hatte er nicht offenbart. Marianne kannte den Preis nicht, den er für die Sicherheit des Kindes bezahlt hatte. Er war unendlich hoch gewesen. Er hatte das Kind gerettet, doch so viel geopfert, dass er sich nie mehr davon erholt hatte.

Die sowieso schon kühle Beziehung zwischen den Ehepartnern war danach vollkommen erkaltet. Sie hatte gespürt, dass er nichts für sie empfand und dass sein Herz jemand anderem zu gehören schien. Das alles hatte sie ihm vor einem Haufen geifernder Schmarotzer, die sich Freunde genannt hatten, an den Kopf geworfen – plus einiger sehr teurer Kunstgegenstände. Kurze Zeit danach waren die Scheidungspapiere gekommen. Da sie das elterliche Unternehmen geerbt hatte und er die Bank, waren sie einander kaum etwas schuldig gewesen.

Der Krebs erschien ihm also wie eine fast logische Folge vieler Jahrzehnte qualvoller Träume.

Er lachte kurz bitter auf, und der Arzt schaute ihn fragend an.

»Wie lange habe ich noch?«, fragte er und blickte dem weiß bekittelten Mann gerade in die Augen.

»Drei, allerhöchstens sechs Monate, und Sie werden Medikamente brauchen, denn in Kürze wird sich Ihre Haut gelb färben, weil Ihre Organe nicht mehr richtig arbeiten können«, erklärte der Arzt ruhig. »Wir könnten über eine kleine Operation die Gallenflüssigkeit mit einem Stent ableiten, das würde Ihnen Linderung verschaffen. Ich empfehle Patienten in Ihrer Situation, für die Operation einen Blutspender aus der Familie zu suchen, damit wir für alle Fälle gerüstet sind.«

Ehrmann nickte ergeben. Er akzeptierte, dass der Tod ihn nun endlich holen würde, und der Gevatter hatte vollkommen recht. Was er jedoch nicht akzeptierte, war ein langes Leiden, das Dahinsiechen, er wollte seine letzten Monate schmerzfrei und in wohltuender Umgebung verbringen. »Operieren Sie! Ich rufe meine Tochter an wegen der Blutspende.« Er stand auf, ging zum Fenster und tippte Sabines Kontakt an. Kurze Zeit später saß er wieder am Tisch und sagte: »Wann soll sie hier sein?«

Der Arzt wollte die Operation so rasch wie möglich ansetzen, um ihm die Zeit des Sterbens so angenehm wie möglich zu gestalten. Alles würde nun seinen Lauf nehmen. Er haderte nicht mit dem Schicksal, sondern nahm es demütig an. Doch es gab noch etwas, was er zu tun hatte. Wenn er schon vom Krebs dahingerafft wurde, dann sollten auch die Drahtzieher seines unglücklichen Lebens nicht einfach so davonkommen.

Kurze Zeit später klingelte sein Telefon, und er nahm sehr erstaunt zur Kenntnis, dass Marianne ihn nach neun Jahren das erste Mal wieder anrief. Er überlegte, ob er ihr Mitleid nun haben wollte oder ihre Häme, und drückte den Anruf entschlossen weg. Doch er musste feststellen, dass sich seine Ex-Frau nicht abwimmeln ließ, und nach dem zehnten Versuch nahm er das Gespräch an, und seine Welt war im Anschluss eine andere.

Botnang im Oktober

Myriam war auf dem Sofa eingenickt und mit einem steifen Nacken wieder aufgewacht. Sie streckte sich, um die Muskeln zu entspannen, und schaute auf die Uhr, stellte aber fest, dass ihr Handgelenk leer war. Die Uhr hatte sie auf der Herfahrt abgezogen und in die Mittelkonsole des Wagens gelegt, da sie sie gedrückt hatte. Rasch stand sie auf, schlüpfte in ihre Schuhe und ging nach draußen zum Auto, um das gute Stück zu holen.

Sie war gerade auf dem Weg von der Haustür zum Törchen, als sie Katjas Wagen kommen hörte. Sie lief ihr erfreut entgegen. Das Motorrad, das die Straße entlanggerast kam, registrierte sie viel zu spät.

Avignon im Oktober

Nach dem sie die Teller mit der Nachspeise geleert hatten, war Frank rasch wieder mit dem Italiener beschäftigt. »Was, wenn dieser Berlione und mein Vater sich kannten? Was bedeutet das dann für uns, für mich und meine Geschichte?« Frank war fassungslos. »War mein Vater etwa ein Mafioso?«

Margeaux legte beruhigend ihren Arm um ihn. »Nur weil er vielleicht einen Mann kannte, der zu dieser Organisation gehörte, muss er noch lange keiner gewesen sein.«

»Ich muss herausfinden, ob der Mann auf den Fotos wirklich Berlione ist, und wenn er es ist, muss ich ihn finden und befragen«, rief der Polizist außer sich.

»Wie denkst du dir das? Glaubst du etwa, dass du in Italien in sein Dorf stürzen und ein Gespräch mit ihm führen kannst?«, versuchte Margeaux ihn zu bremsen.

»Er besitzt ein … Dorf?«, warf Aimé fragend ein.

»Ja, er hat sich vor vielen Jahren in Italien eines gekauft und lebt dort nun autark und ganz sicher bewacht von einer Armee. Als Ziberi nach Frankreich ging, ist Berlione in die alte Heimat zurückgekehrt«, erklärte die Ermittlerin das, was sie von Paul Bacron erfahren hatte. Er hatte alles über Ziberi zusammengetragen und war somit auch an Berlione nicht vorbeigekommen.

»Ich muss mit ihm sprechen, egal wie«, beharrte Frank.

»Wir verstehen dich, mein Junge«, schaltete sich nun Julien ein, »die Ungewissheit ist immer das Furchtbarste. Doch das will alles wohlüberlegt und geplant sein, und vor allem müsst ihr erst einmal sicherstellen, dass der Mann, an den du dich zu erinnern glaubst, und der Mafia-Boss ein und dieselbe Person sind.«

Er legte seinen Arm beruhigend um Frank.

»Und morgen wisst ihr da deutlich mehr. Trinken wir noch einen Kaffee und verspeisen ein paar der köstlichen Pralinen, die Julien seinen Gästen dazu kredenzt.« Aimé musste trotz der herausfordernden Situation ein bisschen über sich selbst grinsen. »Ich weiß, ich höre mich schon an wie Hilde, aber ganz bestimmt tut uns der Zucker jetzt gut.«

Margeaux nahm Franks Hand und verdeutlichte ihm, dass sie für ihn da war und ihm Halt gab.

Ihr Vater und Aimé brachten die Tassen. Dann saßen sie schweigend beisammen und verspeisten die süßen Kleinigkeiten.

Stuttgart im Oktober

Werner Walter versuchte, seine Gedanken zu sortieren. Er hatte am späten Nachmittag Kontakt zu den Kollegen in Frankfurt aufgenommen und eine Geschichte konstruiert: Sie seien in Stuttgart an einem ganz ähnlichen Fall dran, und vielleicht handle es sich um denselben Täter, der vielleicht jahrelang im Gefängnis gesessen habe oder im Ausland gewesen sei. Er hatte um Akten- und Asservateneinsicht gebeten. So hoffte er ganz offiziell, auf das fehlende Laken zu kommen und die Liste einsehen zu dürfen. Da sie beim Erstellen von Täterprofilen immer gelernt hatten, wie der Täter zu denken, war er sich vollkommen im Klaren darüber, dass eine Art Alarm losgehen würde, sobald er diesen Schritt gegangen war. Er erwartete also den Anruf von Beerschneider oder von einem anderen Handlanger dieser Verbrecher.

Alles wurde immer verzwickter und verrückter. Er fuhr sich durchs Haar und versuchte, die nächsten Schritte zu überdenken.

Sein Telefon klingelte, und er wappnete sich, das befürchtete Telefonat zu führen. Er atmete tief ein, langsam aus und nahm das Gespräch an.

Minuten später setzte er das Blaulicht auf sein Dach und raste durch die Stadt, am Zoo vorbei, in Richtung Westen. An bewusstes Atmen oder klare Kopfarbeit war nicht mehr zu denken. Er wählte Margeaux' Nummer, denn er wusste, dass sie Techniken beherrschte, den Verstand wieder zu aktivieren, wenn die Emotionen Amok liefen, und genau das benötigte er jetzt. Nie zuvor hatte er so sehr einen klaren Kopf gebraucht wie in diesem Moment.

Frankfurt im Jahr 1984

Klaus war schon da und riss Ariane in einer so heftigen Bewegung an sich und küsste sie mit einer solchen Leidenschaft, dass sie erst einmal alles vergaß. Ihr Körper reagierte begierig auf diese Zuwendung und setzte ihren Verstand außer Gefecht. Nach dem Sex würde noch genug Zeit sein, die Akte anzusprechen.

Kurze Zeit später lagen sie keuchend und schwitzend auf dem Bett, beinahe schien es so, als würden sie miteinander ringen, wer bei diesem Spiel die Oberhand behielt. Sie befriedigten einander mit dem Mund und mit der Hand, und sein Ejakulat breitete sich als feuchter Fleck auf dem Laken aus. Sie lag da, das Haar floss auf das Kissen, ihr Gesicht war leicht gerötet, und sie war ihm nie schöner erschienen – doch er war zu einer Marionette geworden, ein Diener des Tyrannen. Seine Leidenschaft für das Spielen hatte ihn dazu gemacht, und die Falle war über ihm zusammengeschnappt. Er war gefangen in jenem klebrigen Netz, es gab keine andere Möglichkeit, sein kleines Mädchen zu retten, als das zu tun, was von ihm verlangt wurde.

Er hatte alles versucht. Versucht, mit dem Teufel zu würfeln und zu buhlen. Was, wenn sie schwören würde zu schweigen? Was, wenn …? Doch für ihn gab es kein *Wenn.*

Es gab nur ein Leben gegen das andere.

Er war zerbrochen, zerborsten wie ein Glas, das auf einen Steinboden geknallt war. Er saß auf ihr, beugte sich zu ihr hinab und gab ihr den Judaskuss.

Dann legten sich seine Hände um ihren Hals, und die Hölle bekam einen neuen Todesschergen, denn nun war er ein Mörder und würde über kurz oder lang in der Hölle landen, und bis dahin lebte er in seiner ganz persönlichen Finsternis: Denn die Frau, die er seit Jahren liebte, starb nun durch seine Hände.

Stuttgart im Oktober

Was im ersten Moment wie ein Unfall mit Fahrerflucht ausgesehen hatte, war zu einem Mordanschlag geworden.

Myriam Walter war über die Straße vor ihrem Haus gelaufen, um ihre Lebensgefährtin zu begrüßen. Diese hatte beim Aussteigen aus dem Wagen das Motorrad heranrasen sehen und einen Warnruf ausgestoßen, um einen Zusammenstoß zwischen Mensch und Fahrzeug aufzuhalten. Doch dazu war es erst gar nicht gekommen, denn der Sozius hatte eine Waffe gezückt und aus nächster Nähe auf Myriam geschossen, und dann war das Zweirad ohne Nummernschild verschwunden.

Myriam war grotesk verkrümmt auf der Straße gelegen, und noch bevor Katja sie erreicht hatte, hatte sich eine große Blutlache um sie gebildet.

Die Fotografin hatte sich auf ihre geliebte Freundin gestürzt, versucht, die Wunde mit ihren Händen und ihrem Oberteil zu stillen, und dann mit blutigen Fingern den Notruf gewählt. Im Krankenwagen hatte sie dann Werner angerufen. Sie brauchte ihn nun an ihrer Seite, denn Myriams Leben hing an einem seidenen Faden.

Der Mann traf kurz danach in der Notaufnahme ein, und sie hielten einander an der Hand und bangten. Werner sprang mehrfach auf, um Schwestern und Ärzte anzublaffen, und Katja zog ihn immer wieder neben sich auf den Stuhl. Sie verstand ihn. Nichts tun zu können, als zu warten, war unfassbar grausam.

Minuten schienen Stunden zu dauern, und sie versuchte, sich an die letzte Begegnung zu erinnern, an die letzten Worte, die sie gesprochen hatten, um sich daran zu klammern. Sie wollte nicht darüber nachdenken, warum jemand auf Myriam geschossen hatte. Werner jedoch war wie erfüllt von diesem inneren Feuer, das von grenzenloser Wut genährt zu sein schien.

Immer wieder flüsterte er mit verzerrter Stimme: »Dafür wird er büßen, damit kommt er nicht davon!!!«

Doch Katja wollte gerade nichts dergleichen wissen, sie wollte, dass Gott der Geliebten das Leben schenkte, und sie begann zu beten. Leise wisperte sie das Vaterunser. Das einzige Gebet, das ihr einfiel, denn die Kirche hielt nicht viel von Homosexualität, und daher hielt sie auch nicht mehr viel von der Kirche.

Zu ihrem Erstaunen blickte Werner sie kurz verdutzt an und sprach dann die Worte, den Himmel beschwörend, mit ihr.

Avignon im Oktober

Margeaux' Handy klingelte plötzlich schrill in die Stille, und sie war blass, als sie auflegte. Dieser Abend entwickelte sich zu einem Desaster.

Rasch klärte sie die Männer am Tisch auf, die versucht hatten, dem aufgeregten Wortwechsel zu folgen. Sie kannte Myriam Walter nicht persönlich, doch Werner war vollkommen aufgelöst gewesen. Margeaux hatte ihren ehemaligen Vorgesetzten noch nie so erlebt. Er bangte um das Leben seiner Ex-Frau und stellte einen Zusammenhang zwischen dem Schuss auf sie und ihrer beider Recherchen in Bezug auf Luca Pescatore her. Doch eine Erklärung, warum man auf sie und nicht auf ihn geschossen hatte, hatte er nicht. Sie hatten also sowohl in der Vergangenheit als auch in der Gegenwart einen mächtigen Feind, den es nicht zu unterschätzen galt.

Margeaux war auf seine Emotionen eingegangen, die von maßlosem Entsetzen über blanke Wut zu tiefer Trauer gewechselt hatten, und hatte versucht, ihn davor zu warnen, nun einen Fehler zu machen, denn keiner von ihnen würde den anderen oder der Aufklärung der Fälle nutzen, wenn er tot war.

»Wir müssen Ruhe bewahren und jeden Schritt sehr klug überlegen«, wandte sie sich an Frank, dessen Narben auf den Fingerknöcheln weiß hervortraten, weil er sich an der Tischkante festklammerte. »Hier führen Alleingänge à la Kaiser nicht zum Ziel.«

»Waren meine Eltern bei der Mafia und sind deshalb tot?« Seine Zähne knirschten regelrecht. »Es ist mein gutes Recht, das herauszufinden.«

»Und doch solltest du, falls das tatsächlich der Fall ist, nicht das dritte Todesopfer in deiner Familie sein«, warf Aimé ein.

»Was soll ich tun?« Frank hob seinen Blick. »Sag es mir!« Dann blickte er in die Runde. »Sagt es mir doch, wenn ihr es alle so gut wisst.«

Margeaux warf Aimé einen warnenden Blick zu. Willi war aus seinem Körbchen gekrochen und hatte sich instinktiv unter dem Tisch zu Frank gelegt. Der Hund, der die Stimmlage gehört hatte, die davon zeugte, dass der Mann kurz vor einer inneren Explosion zu stehen schien, hob nun den Kopf und begann zu zittern, und genau das erreichte den sensiblen Deutschen. Er beugte sich hinab zu dem kleinen Kerl, legte seine Hand auf seinen Kopf und sprach beruhigend auf ihn ein. Das schien auch seine Unruhe zu besänftigen.

Willi legte seine Vorderpfoten an Franks Oberschenkel, und kurze Zeit später sprang er auf dessen Schoß. Margeaux, die das sonst am Tisch nicht erlaubte, ließ Mann und Hund nun selbstverständlich gewähren. Der Dackel war ein kleines Wunder: ein Seelenheiler. Seine Wärme und seine bedingungslose Liebe gaben Kraft in schier ausweglos erscheinenden Situationen. Auch sie hatte das schon erlebt.

Franks Hände streichelten Willis Fell. »Bitte, ihr müsst mir sagen, was ich tun soll. Ich bin vollkommen verstört und fühle mich so hilflos wie als kleiner Junge.«

»Das werden wir tun. Wie fahren jetzt nach Hause und verschaffen uns einen Überblick über die gesamte Situation, und dann machen wir einen Plan für unsere nächsten Schritte, und ich buche uns sofort Plätze im ersten Flieger morgen, auch weil Werner uns jetzt braucht«, formulierte Margeaux so neutral wie möglich.

Aimé und Julien signalisierten ihr Einverständnis, und die Freunde und der Hund brachen auf.

»Das Essen war wirklich lecker, und es tut mir leid, dass ich den Abend so ruiniert habe«, entschuldigte sich Frank beim Gehen.

»Wir wissen ja jetzt, dass das tolle Gerichte sind, und können sie jederzeit wieder zubereiten«, sagte Julien verständnisvoll, und dann schloss sich die Tür hinter den dreien.

Frankfurt, einige Monate zuvor

Marianne hatte Klaus Ehrmann mit drögen Worten erklärt, warum Sabine als familiäre Blutspenderin für ihn nicht infrage kam. Das Mädchen, für dessen Rettung er alles, was je in seinem Leben wichtig gewesen war, geopfert hatte, für das er sich hatte erpressen lassen, war nicht sein leibliches Kind. Die Frau, die ihn im Zusammenhang mit der Scheidung so tiefgreifend wie möglich demontiert hatte, hatte ihn gleich zu Beginn ihrer Ehe betrogen und ihm dann ein Kuckuckskind ins Nest gelegt.

Ganz sicher würde er nicht aufhören, Sabine zu lieben, und ganz sicher hätte er auch damals trotzdem alles getan, um sie zu beschützen, aber sie war eben nicht sein Fleisch und Blut. Der Schock über die Diagnose und Mariannes Geständnis machten ihn erst starr und dann wütend. Er war davon überzeugt, dass er nun weniger angreifbar war. Er hatte nichts mehr zu verlieren. Seine Eltern waren tot. Nach Arianes Tod hatte er mit dem Spielen aufgehört. Er hatte zwar weiterhin schwarzes Geld für diese Mafia-Schweine zu weißem machen müssen, und er war sich relativ sicher, dass sein Vater gewusst hatte, dass das, was sein Sohn getan hatte, nicht astrein gewesen war. Aber der Alte hatte ihn nie auflaufen lassen, sondern eher resigniert hinter ihm aufgeräumt.

Was hatte er also tatsächlich noch zu verlieren? Nichts mehr, und das letzte Hemd hatte keine Taschen. Er würde die Bank verkaufen und einen Teil des Geldes an den Jungen vererben, dem er die Mutter genommen und ein schreckliches Heimleben beschert hatte. Mit dem Rest würde er die Männer zugrunde richten, die ihn zum Mörder gemacht hatten. Er würde sie finden und mit ihrem Blut bezahlen lassen. Er brauchte nur etwas Zeit, das war alles.

Er hatte den Arzt gebeten, die Operation trotzdem sofort anzusetzen, und vertraute darauf, dass im Fall der Fälle die vorhandenen Blutkonserven helfen würden.

Er brauchte Zeit, um zu Berlione und Ziberi Kontakt aufzunehmen und ihnen zu verdeutlichen, dass nun auch *ihre* Zeit gekommen war. Der kaltblütige Albaner hatte Ariane wie ein Stück Dreck an einem Müllcontainer entsorgt, und der Drahtzieher Berlione hatte dafür gesorgt, dass die Polizei den Fall als ungelöst zu den Akten gelegt hatte. Nun würden diese Männer bezahlen.

Er ließ sich in ein Privatzimmer verfrachten und fing an, Pläne zu schmieden. Noch im Krankenhaus nahm er eine deutliche Videobotschaft für Berlione auf.

Die Spiele konnten beginnen.

Hameau les Bouisses im Oktober

Margeaux hatte ihren Laptop hochgefahren und zwei Plätze in der Sieben-Uhr-Maschine von Marseille nach Stuttgart gebucht und den Parkservice am Flughafen informiert, den sie immer in Anspruch nahm, um ihren Wagen komfortabel parken zu lassen. Dann hatte sie Thierry informiert. Es hatte ihr leidgetan, den Bäcker aus dem Schlaf zu reißen, da sie wusste, dass er nun gewiss nicht mehr einschlief und sofort in der Bäckerei mit der Arbeit beginnen würde, was eine lange Nacht für ihn bedeutete. Doch sie wollte nichts mehr vor ihm verheimlichen und berichtete ihm alles, was sie erzählen durfte.

Frank und sie waren beide hellwach und saßen noch lange am Küchentisch und hatten angefangen, Stichpunkte auf Karten zu sammeln. Jedes Themencluster hatte eine Farbe zugewiesen bekommen: Ariane Kaiser, Marco Keppner, Myriam Walter, Francesco Berlione, Faik Ziberi, Luca Pescatore und nicht zuletzt der Staatsanwalt Stephan Beerschneider.

Sie hatten lange überlegt, ob sie Matze und Werner Walter mit ins Boot holen sollten, doch dann erschien es ihnen nicht fair, den werdenden Vater mit in diesen Pfuhl zu zerren, und Werner hatte gerade auch schlimmere Sorgen. Also hatten sie sich allein ans Werk gemacht. Die statisch aufgeladenen Notizblätter hingen an dem Whiteboard im Wohnzimmer, und Margeaux stellte immer mehr Verbindungsstriche her. Alles schien irgendwie miteinander verwoben zu sein, und alle Punkte liefen bei Berlione zusammen und schlossen Ziberi somit in gewisser Weise automatisch mit ein.

Weit nach Mitternacht beschlossen sie, noch ein paar Stunden schlafen zu gehen, denn keiner von beiden war mehr dazu in der Lage, einen klaren Gedanken zu fassen. Margeaux stand an der Treppe zu ihrem Schlafzimmer, und Frank war schon auf dem Weg in seinen Trakt, als ihr Handy klingelte.

Werner Walter signalisierte mit erstickter Stimme, dass Myriam dem Tod gerade so von der Schippe gesprungen war. Sie hatte nur überlebt, weil Katja trotz des Schocks so schnell reagiert und alles richtig gemacht hatte. Zwei Minuten später wäre es wahrscheinlich bereits zu spät gewesen. Sie erklärte ihm kurz, dass Frank und sie am frühen Vormittag in Stuttgart sein würden, und er widersprach nicht und fragte auch nicht, warum. Er war vollkommen erschöpft und beendete das Gespräch mit einem kurzen »Okay«. Erleichtert informierte sie Frank und ging dann zu Bett.

An Schlaf war nicht wirklich zu denken, aber sie versuchte, sich mit Meditation und bewusster Atmung zumindest etwas zu entspannen.

Italien, einige Monate zuvor

Francesco Berlione kratzte sich am Kopf. Nervtötende Fliegen zu zerquetschen, war ein Hobby, das er perfektioniert hatte. Ein Anruf würde genügen, und das Insekt wäre wieder in seinem Glas gefangen. Er wollte es nicht töten, noch war es Teil eines gut geölten Systems, und da wollte es wohlbedacht sein, etwas Gravierendes zu ändern. Aber auch das würde ihm über kurz oder lang möglich sein. Jeder war ersetzbar, und wenn er etwas nicht akzeptieren konnte, dann dass jemand glaubte, ihn, Francesco Berlione, in die Zange nehmen zu können.

Er nahm sein Telefon und rief einen »Freund« in Stuttgart an. Seine Kontakte nach Frankfurt waren nicht mehr so weitreichend und verlässlich, seitdem die Russen und die Chinesen das Ruder dort weitestgehend an sich gerissen hatten, aber Luca würde wissen, was zu tun war. Der Italiener war in alle Ebenen des öffentlichen Lebens und der Behörden vernetzt. Seine Fäden waren klebrig, und wer einmal dranhing, kam nie mehr davon los. Der Mann rang Berlione Bewunderung ab: Er war wie er in jüngeren Jahren, nur mit noch mehr Möglichkeiten, die ihm die virtuelle Welt bot und der viel einfachere Zugriff auf Osteuropa. Er schuldete dem Mann zwar nun einen Gefallen, aber sein kleines Geschäft florierte noch immer. Waffen und Mörder konnte er immer liefern, daran sollte es also nicht scheitern.

Das Beweisstück befand sich binnen weniger Tage in seinem Besitz, und das rasch vom Laken geschossene Foto hatte er mit dem vielsagenden Text »DNA bleibt für immer« versendet. Seitdem war es still um die freche Fliege geworden, die angeblich nichts mehr zu verlieren hatte. Vor dem Knast schien sie sich mehr zu fürchten als vor dem Glas, in dem sie festsaß, oder dem Fegefeuer der Hölle. So waren Menschen eben.

Berlione lehnte sich in seinem prunkvollen Sessel zurück und genoss den Blick in das weite, hügelige Land. Alles gehörte ihm. Hier war er sicher, er genoss seinen Lebensabend, und er würde eines Tages ruhig an diesem Ort sterben.

Provence im Oktober

Die Nacht war wie erwartet wenig erholsam gewesen. Margeaux und Frank hatten sich früh auf den Weg zum Flughafen gemacht, und beide waren nicht in der Stimmung für tiefgreifende Unterhaltungen.

So verlief die Fahrt schweigsam, und eine greifbare Nervosität füllte das Wageninnere. Sie hatten das Auto gerade an die Flughafenparker übergeben, als ihr Handy klingelte und Paul Bacron ihr mitteilte, dass er sie zwei Tage später für einen weiteren Einsatz in Marseille benötigte. Sie bestätigte den Termin professionell und ohne weitere Fragen, sie mussten ihre Zeit in Stuttgart sehr effektiv planen und zur Not würde sie nach Marseille zurückfliegen und nach dem Einsatz wieder nach Stuttgart reisen, falls sie dort keine raschen Erfolge verbuchen würden.

So, wie die Stimme des verdeckten Ermittlers geklungen hatte, war es endlich so weit. Er würde Faik Ziberi treffen. Sie hoffte, dass er keinen Schwachsinn plante, denn nach wie vor war ihr sein Verhalten im Auto präsent, und das Gefühl, dass Bacron eine Rechnung mit dem albanischen Paten offen hatte, ließ sie nicht los.

Auf dem Weg nach Marseille hatte sie sich kurz bei Werner Walter nach Myriams Zustand erkundigt, der stabil war. Es würde einige Zeit brauchen, bis sie wieder vollkommen hergestellt sein würde, und am Nachmittag würden die Ärzte das künstliche Koma aufheben. Niemand hatte etwas gesehen, und Katjas Aussage, dass es sich um ein schwarzes Motorrad mit zwei schwarz gekleideten Personen gehandelt hatte, war ebenfalls wenig hilfreich. Die Maschine war aus dem Nichts aufgetaucht und im Nichts verschwunden. Das waren die Momente, in denen sie den Datenschutz verfluchten und sich eine Überwachung wie in Amerika wünschten, um das verdammte Zweirad irgendwo zu finden. Doch es war aussichtslos. Somit war klar, dass Myriam Pescatore wohl zu nahegekommen war, und Walter würde dies klären, sowie sie wieder bei Bewusstsein war.

Der Check-in ging rasch vonstatten, und kurze Zeit später hob die kleine Propellermaschine ab in Richtung Deutschland.

Dann wird er zu denen auf der Linken sagen:
Geht weg von mir, ihr Verfluchten, in das ewige Feuer,
das für den Teufel und seine Engel bestimmt ist!

Matthäus 25,41

Nun, da Gott seinen Finger ausgestreckt hat und deutlich macht, dass alles seinen Preis hat, wird klar, dass es gar nicht so leicht ist, das Sterben aufzuhalten. Nicht weil die Furcht vor dem Tod so groß ist, sondern weil noch so viel zu tun ist. Weil die Kraft immer weniger wird und eine Hand zu heben schon so viele Atemzüge benötigt, ein Wort zu formulieren alle Energie aus der saftlosen Hülle saugt. Der Kokon zerbricht langsam, die Zeit hat die klebrigen Fäden getrocknet, und nun zerfällt mit der Umhüllung auch der restliche, nur durch das Netz der furchtbaren Spinne gehaltene Körper. Er gibt auf, sehnt sich nach Ruhe. Doch in der Hölle wird es keine Ruhe geben. Vielleicht besteht eine winzige Chance, nicht an diesem schrecklichen Ort immer wieder den furchtbarsten Moment des eigenen Lebens zu durchleben, eine winzige Chance durch die Wiedergutmachung, durch die Wahrheit. Was auch immer die Wahrheit sein mag.

Die knochigen Finger von Gevatter Tod greifen schon zu. Rasch. Du musst rasch handeln, sonst schleift er dich in Luzifers Reich. Dorthin, wo du auch eigentlich hingehörst. Das letzte Aufbegehren eines Sterbenden.

Stuttgart im Oktober

Frank bekam kaum den Schlüssel in die Wohnungstür, und sie konnte ihm ansehen, wie sehr er den Griff zu dem Fotoalbum fürchtete. Vorsichtig nahm sie ihm den Schlüssel aus der Hand und strich ihm dabei beruhigend über den Arm. Die Tür sprang auf, und sie gingen durch den Flur in das von Margeaux bei ihrem letzten Aufenthalt liebevoll gestaltete Wohnzimmer. Kurze Zeit später saßen sie auf dem Sofa, und Frank blätterte mit zittrigen Fingern die Seiten um. Margeaux erkannte Berlione sofort, obwohl sie bisher nur Bilder des gealterten Mafia-Bosses gesehen hatte. Eine deutlich jüngere Ausgabe hatte den Arm um Franks Vater gelegt und lächelte mit ihm in die Kamera. Frank stieß das Album nach einem kurzen Blick auf Margeaux' Gesicht und ihrem bestätigenden Nicken von sich, als würde er sich daran verbrennen.

»Was machen wir jetzt?«, fragte er mit erstickter Stimme.

»Wir sollten nicht zu schnell urteilen, vielleicht gibt es eine ganz einfache Erklärung, warum sich die beiden kannten«, blieb Margeaux besonnen.

»Es ist doch offensichtlich, dass mein Vater etwas mit diesem Mann zu tun hatte, und es ist völlig egal, woher sie sich kennen«, ereiferte sich Frank, »er kannte ihn und hat sich von ihm in den Arm nehmen lassen.« Er machte eine kurze Pause, schluckte mehrfach trocken und sagte dann mit brüchig-bröckelnder Stimme: »Und er ist tot, bei einem Autounfall ums Leben gekommen. Das klingt jetzt keineswegs mehr wie ein Zufall für mich. Meine Mutter ist auch tot. Ich bin das Kind zweier Mafia-Mitglieder!«

»Jetzt mach bitte mal halblang«, Margeaux wurde etwas lauter und bestimmender, »alles, was du nun äußerst, sind Mutmaßungen, und wir sind hier, um diese mit Fakten zu unterlegen. Bitte lass uns so rational wie möglich denken und handeln. Ich weiß, dass das sehr schwer ist, gerade weil du so entsetzt bist.« Sie nutzte bewusst die Resonanztechnik, indem sie seine Emotion benannte, um ihm eine Regulierung seiner Gefühle zu ermöglichen.

Frank fuhr sich mehrfach mit den flachen Händen beruhigend über die Oberschenkel und suchte dann ihren Blick. »Was schlägst du vor, was sollen wir tun, und wie wollen wir diese Situation hier aufklären?« Er machte mit den Händen allumfassende Bewegungen und fuhr sich dann unwirsch durch die Haare. »Berlione können wir ja nicht befragen, das hast du mir bereits verdeutlicht. Oder denkst du nun anders darüber?«

Margeaux schüttelte verneinend den Kopf. »Ich brauche jetzt erst einmal einen Kaffee, um normal denken zu können, du auch?«

Frank nickte und stand auf. »Ich mache das, ich muss mich beschäftigen.« Er ging in die Küche und blätterte die Post auf der Ablage durch, die seine Nachbarin, die während seiner Abwesenheit nach dem Rechten gesehen hatte, dort für ihn abgelegt hatte. Werbung und Kontoauszüge. Er schob die Post beiseite und schaltete die Kaffeemaschine ein.

Stuttgart im Oktober

Werner Walter griff erschrocken nach dem schrillenden Telefon. Er war tatsächlich vor Erschöpfung kurz eingenickt, obwohl er sich vollkommen sicher gewesen war, dass das nicht möglich sein konnte, da sein Köper prall gefüllt mit Adrenalin war. Fast wäre das Smartphone von seinem Nachttisch gerutscht, so unbeholfen waren seine Bewegungen. »Ja!!!«, schnarrte er in den Apparat, ohne auf das Display geblickt zu haben.

»Wie geht es dir?« Er hörte Margeaux' besorgte Stimme und war kurz erstaunt, wie sehr sich ihr Verhältnis verändert hatte.

»Ich weiß es nicht, ich habe etwas geschlafen, und das finde ich sonderbar. Wie kann ich in einer solchen Situation schlafen!« Er fühlte sich merkwürdig verwirrt, und dann setzten sowohl die Erinnerungen als auch die dazugehörigen Gefühle wieder ein. »Ich will, dass er dafür büßt.«

»Das kann ich sehr gut verstehen«, formulierte Margeaux einfühlsam, »gleichzeitig raten wir all unseren Opfern genau davon ab, und du könntest deine Position und den damit verbundenen Einfluss nutzen, um ihm wirklich nahezukommen. Doch ohne einen richtig guten Plan wischt er dich weg wie ein lästiges Insekt.«

Er wollte aufbegehren, doch er wusste, dass sie recht hatte. Myriam lag schwer verletzt auf der Intensivstation. Gerade aus diesem Grund. Ja, sie war leichtsinnig gewesen und hatte einen Alleingang hingelegt, gerade deshalb mussten sie nun gemeinsam überlegen, welches der nächste Schritt sein könnte. Er dehnte sich kurz und sprang entschlossen aus dem Bett.

»Ich hatte da schon einmal so einen Gedanken«, sagte er und

suchte die richtigen Worte für seinen Vorschlag. »Frank könnte den Staatsanwalt mit seiner unnachahmlichen Kaiser-Art ein wenig provozieren, und du beobachtest das Ganze. Das würde Beerschneider vielleicht dazu bringen, etwas Unüberlegtes zu tun oder endlich für seine eigene Sicherheit zu sorgen und die Liste an sich zu bringen oder zu manipulieren.«

Margeaux antwortete schnell: »Das halte ich für keine gute Idee.« Flüsternd fügte sie hinzu: »Er ist gerade wirklich nicht in der Verfassung für eine solche Aktion.« Sie erläuterte ihm knapp, was sie in dem Fotoalbum gefunden hatten.

Er rieb sich mit der freien Hand über die Stirn und bediente schlafwandlerisch seine chromglänzende Espressomaschine. »Was schlägst du stattdessen vor? Ich werde jetzt gleich wieder ins Krankenhaus fahren, und dann muss ich mit den ermittelnden Kollegen Kontakt aufnehmen, da man mich in diesem Fall logischerweise kaltgestellt hat.« Seine Stimme klang bitter, doch rational war ihm bewusst, dass das richtig so war, denn er würde wie ein erzürnter Racheengel handeln und nicht wie ein Ermittler mit einem kühlen Kopf.

»Wie wäre es, wenn ich ihm mal ein wenig auf den Zahn fühle? Er kennt mich, und das wird ihn genau in die emotional aufgeladene Situation bringen, die dafür sorgt, dass ich körpersprachlich ungefilterte Informationen bekomme und subtil Druck ausüben kann. Dann kann Matze in sein System eindringen«, sie hielt kurz inne, »oder du sorgst für eine Ablenkung, und ich manipuliere es vor Ort.«

»Das kommt nicht in die Tüte!!!« Walter war wieder ganz in seinem Element. »Mit ihm zu sprechen, ist eine sehr gute Idee, aber sich an seinem Computer in der Staatsanwaltschaft zu schaffen zu machen, ist eine Schnapsidee. In diese Gefahr bringst du dich auf gar keinen Fall, denn da kann selbst ich dich nicht mehr rausholen. Das ist eine Straftat, für die du ins Gefängnis wanderst.«

»Okay, okay«, sagte sie, und er konnte hören, dass sie in die Defensive ging, und war überrascht, dass er sie so leicht überzeugt hatte.

»Margeaux, das meine ich wirklich sehr ernst«, fügte er daher noch einmal mit Nachdruck an.

»Ich weiß, und ich akzeptiere es, denn auf schwedische Gardinen habe ich wirklich keine Lust. Ich rede mit ihm, und dann warten wir ab, was geschieht«, lenkte sie ein.

»Ich finde heraus, ob er im Büro ist, könntest du zur Not sofort aufbrechen, um parat zu stehen?«, ging er aktiv in die Planung.

»Kein Problem, ich kann mich gleich auf den Weg machen. Wobei ...« Er hörte sie kurz zögern. Dann wandte sie sich an Frank. »Ich möchte dich hier nicht alleinlassen, ich werde ein wenig mit unserem Herrn Staatsanwalt ›spielen‹, und da ist es aktuell besser, wenn ich ohne dich auftauche.« Er hörte die Stimme des Mannes, und sie klang belegt, als er vorschlug, zum Kickboxen ins Studio zu fahren. Margeaux sollte ihn dort absetzen und dann mit seinem Auto vor der Staatsanwaltschaft Posten beziehen.

»Ich rufe in Beerschneiders Büro an und sage dir sofort Bescheid. Mich findet ihr dann im Krankenhaus. Katja braucht mich, und ich kann nicht klar denken, bevor ich nicht genau weiß, wie es Myriam geht. Bis gleich«, sagte Werner Walter und beendete das Gespräch.

Er trank einen Schluck des perfekt temperierten Espressos und spürte, wie ihn schon der Duft des Getränkes, der dabei in seine Nase stieg, belebte. Dann wählte er entschlossen die Nummer der Staatsanwaltschaft.

Stuttgart im Oktober

Franks Sporttasche stand immer gepackt im Schlafzimmer, und obwohl sie beide, bedingt durch den Schlafmangel und die Aufregung, müde gewesen waren, waren sie nun voller Tatendrang. Margeaux sorgte sich um Frank, denn sie wusste, wie sehr ihn sein Trauma gerade aufwühlte. Sie hatte auch erkannt, was das Kickboxen für ihn bedeutete und wie es ihn aus der Hilflosigkeit des kleinen Jungen in der Kammer zu befreien half. Daher war es eine gute Idee, dass er sich dort emotional entlud.

Sie blickte im Flur in den Spiegel und richtete ihr Outfit. Es war reisegerecht sportiv, strahlte aber trotzdem genug jobgerechte Eleganz aus: Sie trug eine schmale schwarze Hose, einen signalroten, leichten Rollkragenpulli, der sich vorteilhaft an ihre trainierte Figur schmiegte, und rote Sneakers ihres Lieblingsdesigners, die mit stacheligen Nieten besetzt waren. Sie zog ein paar Locken aus dem Dutt und schob die Sonnenbrille auf dem Kopf zurecht. Dann frischte sie Lippenstift und Parfum auf und drehte sich zu ihrem Freund um, der mit Tasche und Jacke über dem Arm in den Flur kam.

»Kommst du zurecht?«, wollte sie wissen und schlüpfte in ihr schwarzes Cape, da es in Deutschland bereits herbstlich frisch war.

Er nickte verhalten. »Ich fühle mich gerade nicht dazu in der Lage zu beschreiben, was in mir vorgeht. Vielleicht fällt es mir leichter, nachdem ich auf den Sack eingeprügelt habe.« Er versuchte sich an einem Grinsen. Dann hielt er ihr die Schlüssel hin und sagte: »Du fährst.«

Kurz darauf hatte sie ihn am Sportstudio abgesetzt und machte sich durch das vormittägliche Stuttgart auf den Weg zur Staatsanwaltschaft. Sie lauschte kurz in sich hinein, ob sich Wehmut breitmachte, weil sie die Stadt, in der so lange ihr Zuhause gewesen war, nur noch selten besuchte, aber sie hatte ihren Frieden mit der Situation gemacht, und dass Werner Walter sie beratend zu Fällen heranziehen konnte, hatte es erleichtert, sich ganz auf das Leben in der Provence einzulassen. Sie dachte kurz an Thierry, und ein Lächeln glitt über ihr Gesicht, doch dann holte sie die Realität ein.

Ihr Handy klingelte, und Walter signalisierte, dass das Glück auf ihrer Seite zu sein schien: Der Staatsanwalt würde den ganzen Tag in seinem Büro sein und hatte keine Termine in seinem Kalender stehen.

Sie parkte den Wagen im Parkhaus am Neckartor und ging die kurze Strecke bis zur Neckarstraße zügigen Schrittes. Als sie das Gebäude betrat, fühlte sie sich in frühere Zeiten zurückversetzt, denn als Kommissarin der Mordkommission hatte sie oft mit der Staatsanwaltschaft zu tun gehabt. Sie nickte grüßend und stand kurze Zeit später in Beerschneiders Vorzimmer. Seine Sekretärin erkannte sie sofort und war überrascht. »Frau Surfin, Sie habe ich aber lange nicht gesehen. Haben Sie einen Termin mit Herrn Beerschneider?«

Margeaux gab sich aufgeräumt. »Nein, ich bin gerade zu Besuch in der Stadt und dachte, ich sage Herrn Beerschneider kurz Guten Tag.« Sie hoffte, die Frau würde durch diese lockere Ansprache nicht misstrauisch werden und genauer nachfragen. Rasch fügte sie noch hinzu: »Ich weiß ja noch von früher, dass er ein Faible für gutes Essen hat, und wollte ihm von einigen tollen Restaurants in meiner neuen Heimat erzählen.«

Die Sekretärin nickte erfreut, Beerschneider hatte in letzter Zeit furchtbar schlechte Laune und konnte eine lockere Unterhaltung über köstliche Speisen daher gut gebrauchen. »Ich melde Sie an, er hat aktuell keinen Termin, und auch seine Telefonleitung ist frei. Er scheint Zeit zu haben.« Sie drückte die Taste einer altmodischen Gegensprechanlage und kündigte dem Staatsanwalt den Besuch an.

Boulbon im Oktober

Matze hatte das Gespräch mit Werner Walter schweren Herzens angenommen. Er wusste, dass es ohne ihn nicht möglich war, dem Staatsanwalt auf die Spur zu kommen. Doch das, was Myriam Walter passiert war, ließ ihn, den coolen Hacker, nun erschrocken innehalten. Es ging nicht mehr nur um ihn. Es ging auch um Elodie und sein Kind. Er hatte keine Beziehung zu seinen Eltern. Seine Oma hatte ihn alles gelehrt, was für das Leben wichtig war, und er wollte in seiner nun entstehenden eigenen Familie alles richtig machen. Seitdem er im vergangenen Jahr in Berlin für seine Unvorsichtigkeit hatte büßen müssen, war er nicht nur sehr bemüht, auf der richtigen Seite des Gesetzes zu bleiben, sondern er überlegte zweimal, ob er sich in die dunklen Tiefen des Netzes vergrub. Er war gut und hinterließ so gut wie nie nachverfolgbare Spuren. Doch die Mafia war eine andere Nummer. Er wusste nur zu gut, dass über die Verbindungen im Darknet jede Form von Kommunikation möglich war.

Es gab keine Grenze zwischen deutscher oder französischer Organisierter Kriminalität. Wenn man ihn erwischte, würde das Konsequenzen haben, gegen die ein ungewollter Einsatz für eine Bundesbehörde in Berlin ein Spaziergang war. Doch er konnte Frank nicht hängen lassen. Er hatte einiges über die Geschichte des gestandenen Polizisten mitbekommen und fühlte sich ihm seitdem noch mehr verbunden. Er verstand auch das Bedürfnis des Mannes, die Verantwortlichen nicht ungeschoren davonkommen zu lassen. Über Beerschneider würden sie vielleicht herausfinden, wer da wirklich die Strippen zog. Ob sie dann auch den Mörder von Franks Mutter finden würden, war eine Frage, die sich dann erst stellte.

Er wartete nun also auf Margeaux, und bis dahin würde er sich an der Verschlüsselung des Netzwerks der Staatsanwaltschaft zu schaffen machen, die ihm absolut unzureichend erschien. Eigentlich müsste er denen seine Dienste anbieten, um genau solche Zugriffe wie den seinen vermeiden zu können. Doch jetzt gerade war er noch froh, dass das alles so einfach vonstattenging.

Er machte sich einen Tee und setzte sich dann an seinen Schreibtisch. Elodie hatte es sich nicht nehmen lassen, zur Arbeit zu gehen, obwohl sie regelmäßig weiterhin kurzzeitig grün im Gesicht wurde und sich dann übergeben musste. Doch sie bestand darauf, dass das schließlich keine Krankheit sei, sondern ein ganz normaler Zustand während einer Schwangerschaft. Jetzt war er froh darum, dass er allein zu Hause war und sich so nicht für sein Tun rechtfertigen musste. Elodie hatte Margeaux zwar verziehen, aber ganz sicher würde sie rasch bei Bap petzen, wenn sie Matze bei etwas Illegalem, das auf Margeaux' Bestreben hin geschah, erwischen würde. Er fühlte sich unbehaglich, tippte aber weiter die binären Codes in den schwarzen Bildschirm.

Stuttgart, Staatsanwaltschaft, im Oktober

Beerschneider blickte Margeaux an wie ein Reh, das im Dunklen angeleuchtet wurde. Seine Pupillen waren geweitet, und sie konnte seinen Schrecken darin erkennen.

»Margeaux, das ist ja eine Überraschung. Was treibt Sie nach Deutschland?«, rief er übertrieben freundlich.

Margeaux konnte seine Nervosität sehen, er biss sich kurz auf die Lippe und kam dann, fast stolpernd, auf sie zu, um ihr die Hand zu schütteln.

»Ich bin gerade mit meinem ehemaligen Kollegen und Freund Frank Kaiser unterwegs.« Sie achtete bei der Erwähnung von Frank genau auf sein Gesicht, und die Angst schnellte durch seine Mimik, sie konnte deutlich die S-Form der Augenbrauen sehen. Sie lenkte das Gespräch auf das, was sie der Sekretärin gesagt hatte, und ließ ihn einige Zeit zur Ruhe kommen, bevor sie den nächsten Vorstoß wagte. Sie sprach ihn ganz offen auf das an, was Myriam Walter geschehen war. »Sie haben ja sicher von dem Angriff auf Werner Walters Ex-Frau gehört?«

Er nickte, und wieder war sein Gesicht angstverzerrt, und er wich sogar körperlich ein Stück zurück, als ginge die Gefahr von Margeaux aus. »Ja, das ist wirklich furchtbar. Sicher hat sie Glück im Unglück gehabt, dass ihre Lebensgefährtin in der Nähe war und die Räuber nicht bis zum Letzten gegangen sind.«

Unter normalen Umständen hätte sie vom Staatsanwalt in einer solchen Situation eher Ärger erwartet als Angst. Aber seine Furcht war kongruent, sie passte zu dem, was sie über ihn zu wissen glaubten.

»Denken Sie wirklich, dass Straßenräuber in Botnang«, sie

betonte den Ortsnamen besonders, »so weit gehen? Sie wissen sicher, dass Herr Walter das etwas anders sieht.«

Beerschneider stellte sich unwissend. »Nein. Was sollte es denn anderes sein als ein schiefgegangener Raubversuch?« Seine Lider flatterten, und die Blinzelrate zeigte seinen ansteigenden Stresslevel sehr deutlich. Zudem fuhr er sich mehrfach mit der Hand unter den Hemdkragen, was ebenfalls ein deutliches Stresszeichen war.

»Mhm«, machte sie. »Er denkt, dass seine Ex-Frau den falschen Leuten auf die Füße getreten ist«, wagte sie sich nun etwas weiter vor.

»Ich bitte Sie«, ereiferte sich der Mann, »so etwas gibt es in unserer Stadt nicht. Die ist sauber. Das sollte keiner von Ihnen öffentlich behaupten!«

»Wenn Sie meinen.« Margeaux tat so, als würde sie darüber nachdenken, und holte dann zum finalen Schlag aus. »Kennen Sie eigentlich den Inhaber des ›Il Pastaio‹ gut?«

Beerschneider erstarrte, und dann kam der Ärger, den Margeaux bereits erwartet hatte. »Was soll diese Frage? Was wollen Sie überhaupt von mir?«

Margeaux erhob sich, streckte beruhigend ihre Hände vor und sagte: »Nichts, Herr Beerschneider. Ich will nichts von Ihnen.« Dann stand sie auf und verließ ohne eine Verabschiedung den Raum.

Zurück blieb ein völlig paralysierter Staatsanwalt, der wie eingefroren auf seinem Stuhl saß und das Loch in der Wand anstarrte.

Boulbon im Oktober

»Jetzt!«, rief Margeaux in den Apparat, und Matze machte sich an seinem PC zu schaffen. »Kannst du sein Telefon abhören? Ich denke, er wird eher telefonieren, als eine Mail zu schreiben.«

»Das System der Staatsanwaltschaft ist wirklich erschreckend ungeschützt«, erläuterte er kurz. »Ich kann vielleicht sogar die Kamera in seinem Diensthandy anzapfen. Ich hänge mich an ihn und melde mich, sowie ich etwas habe. Was erwartest du denn eigentlich jetzt?«, wollte er noch wissen.

»Ich bin mir nicht sicher«, sagte sie ehrlich, »vielleicht macht er auch gar nichts und sitzt nur weiterhin erschüttert da. Es kann aber auch sein, dass er Pescatore anruft. Wir werden sehen. Er ist auf jeden Fall bestürzt genug, um etwas Unbesonnenes zu tun. Ich hole jetzt Frank ab, und dann sehen wir weiter.«

Sie verabschiedete sich von ihm, und er machte sich daran, Staatsanwalt Beerschneider zu beobachten und zu belauschen. Er war übervorsichtig, und noch nie hatte er sich so sehr bemüht, unsichtbar zu bleiben.

Stuttgart im Oktober

Margeaux hatte den vollkommen ausgepowerten Frank vor dem Kickbox-Studio eingesammelt.

»Ich muss dringend eine Stunde schlafen«, sagte er und blickte sie aus müden Augen an.

Sie nickte. »Ich bin auch ziemlich geschafft, lass uns ein paar Stunden ausruhen, dann überlegen wir, was wir heute Abend machen. Unser Flieger geht morgen erst um elf Uhr.«

Dann berichtete sie ihm mit ruhiger Stimme von ihrem Gespräch mit Beerschneider und dessen Reaktionen. »Er hat unfassbar viel Angst. Wir können also davon ausgehen, dass sie ihn nicht einfach nur mit der attraktiven Prostituierten in der Hand haben, sondern höchstwahrscheinlich auch seine Familie bedrohen. Paul hat mir erzählt, dass das eine ganz normale Vorgehensweise ist. Sie zeigen dir damit, wie mächtig sie sind und wie schutzlos du bist.«

Frank starrte sie an. »Meinst du, meine Eltern waren auch so skrupellos?«

Margeaux erhob ihre Stimme. »Mensch, Frank, wenn sie so gewesen wären, dann würden sie wohl noch leben. Aber sie sind tot. Das spricht für ihr Gewissen.«

Er wandte den Kopf zum Fenster, und sie sah seine Kiefer mahlen. »Wahrscheinlich bin ich ein Gesetzeshüter geworden, weil meine Eltern mit der Mafia zu tun hatten und getötet wurden, aus welchen Gründen auch immer. Ich bin Polizist, und sie waren höchstwahrscheinlich ein Verbrecherpärchen.«

»Wir sollten uns ausruhen und dann mit Matze sprechen, um zu erfahren, was der Staatsanwalt so macht«, blieb Margeaux sachlich. Sie parkte den Wagen in der Tiefgarage, und kurze Zeit später hatte sie sich auf das Sofa gekuschelt, während Frank sich in sein Schlafzimmer zurückgezogen hatte. Sie brauchten beide ein bisschen Ruhe.

Kurz bevor sie einnickte, dachte sie an einen Teller getrüffelter Pasta, und trotz der angespannten Gesamtsituation glitt ein Lächeln über ihre Lippen.

Stuttgart, Staatsanwaltschaft, im Oktober

Stephan Beerschneider saß auf seinem Schreibtischstuhl und betrachtete seine zitternden Hände. Erst hatte er mit einem Gegenstand nach der Deutsch-Französin werfen, dann einfach nur etwas kaputt machen wollen. Doch dann war ihm durch den Kopf gegangen, was er bereits zerstört hatte, und sein Körper hatte ihm den Dienst versagt. Er saß bewegungslos, nur seine Finger zitterten wie Espenlaub. Er konnte nichts greifen, nicht aufstehen, ja sogar das Atmen fiel ihm schwer. Sein Herz raste in seiner Brust, und der Brustkorb schien ihm zu eng zu sein. Er wollte seine Krawatte lösen, aber er konnte den Arm nicht heben. Es war, als wäre er gelähmt. Gefangen in einem Körper, der nicht der seine zu sein schien.

Als es draußen zu dämmern begann, kam seine Sekretärin herein, sprach ihn erschrocken und besorgt an, und er fuhr aus seiner Erstarrung hoch, als wäre er aus einem bösen Traum erwacht, aber es gab kein Erwachen für ihn. Es war kein Traum. Es war das, was er aus seinem Leben und seiner Karriere gemacht hatte. Weil er seinen Hosenstall nicht hatte zulassen können, dachte er bitter und erhob sich schwerfällig. Er wollte nach Hause, er brauchte die lieben Gesichter seiner Mädchen und ihr perlendes Lachen, wenn sie an seinen Hosenbeinen hingen. Er wollte sein Leben in den Griff bekommen und versuchte, nicht an Viorela zu denken.

Frankfurt, einige Wochen zuvor

Klaus Ehrmann hatte sich geirrt. Er war sich sicher gewesen, nichts mehr verlieren zu können, sicher gewesen, dass ihm nach der Krebsdiagnose und dem Schlag, den ihm Marianne zugefügt hatte, alles egal sein würde.

Er hatte einige Kontakte in Frankfurt geschmiert, unter anderem auch solche, die zu Berliones und Ziberis engstem Kreis gehörten. Er fühlte sich mutig, und die Konsequenzen interessierten ihn nicht. Der Schock über das, was ihm bevorstand, saß noch zu tief. Niemand außer den beiden Hauptdrahtziehern hatte gewusst, welche Rolle er bei Arianes Tod gespielt hatte. Der Italiener hatte damals dafür gesorgt, dass nur unzulänglich ermittelt worden war. Der Pate hatte Kontakte bis in die höchsten Stellen der Polizei und der Strafverfolgung, so war es ein Kinderspiel für ihn gewesen, diese wunderbare Frau zu verunglimpfen und ihren Sohn in einer Züchtigungsanstalt verrotten zu lassen.

Er hatte anfangs noch an den Jungen gedacht, doch dann hatte er sich in die Bankgeschäfte gestürzt und es geschafft, all seine schmutzigen Machenschaften so gut zu verbergen, dass die Bank in ihrem offiziellen Geschäftsbereich hervorragend dagestanden war. Das hatte wohl auch dafür gesorgt, dass sein Vater ihn nicht hatte auffliegen lassen, obwohl der Alte auf seine Art immer überkorrekt gewesen war.

In der Klarheit des bevorstehenden Todes hatte er Berlione verdeutlicht, dass der Kerl ihn am Arsch lecken konnte und er sofort damit aufhören würde, weiterhin Geld auf Konten hin und her zu schieben, um es dem Schwein dadurch zu ermöglichen, in seinem Dorf gemütlich und gesund vor sich hin zu altern.

Aber er hatte die Rechnung ohne den Wirt gemacht. Berlione hatte sich nicht einfach abschütteln lassen, und plötzlich war das wichtigste Beweisstück für den Mörder von Ariane Kaiser in den Händen des gnadenlosen Mafioso aufgetaucht. Er hatte irgendwie das Bettlaken aus dem Hotelzimmer, auf dem sich sein Sperma befand, in die Finger bekommen und damit gedroht, ihn im Gefängnis sterben zu lassen. »Schmerzvoll, in seinem eigenen Kot liegend, krepieren«, so hatte er sich ausgedrückt.

Dann war Sabine gekommen. Sie hatte vor ihm gestanden, mit rot verweinten Augen, und hatte »Papi« geschluchzt. Er hatte nur an seinen Schmerz gedacht, und in diesem Moment war ihm bewusst geworden, was es für seine Tochter bedeutete, dass er plötzlich nicht mehr ihr Vater sein sollte. Sie hatten sich ausgesprochen, und dann hatte sie ihm einen sonderbaren Brief gezeigt, in dem ein abgeschnittenes Foto gesteckt hatte, auf dem ein Nachttisch mit Barbies und einem großen pinkfarbenen Dildo zu sehen war.

Er hatte resigniert. Ganz egal ob sie sein Fleisch und Blut war, sie war seine Tochter, und er würde ihr Leben nicht gefährden und nicht hinter Gittern seinen letzten Atemzug machen.

Berlione hatte gewonnen.

Doch von einer Sache würde er sich nicht abbringen lassen: Er würde einen Brief schreiben und die Rache in andere, in kompetentere Hände legen.

Stuttgart im Oktober

Margeaux schlüpfte unter der Decke hervor, das Sofa war wirklich bequem. Sie fühlte sich ausgeruht, und ihr Magen begann, fordernd zu knurren. Auf dem Weg vom Gebäude der Staatsanwaltschaft zum Parkhaus hatte sie noch rasch ein Krustenbrot, etwas Butter und Käse gekauft. Das war wirklich etwas, was sie in Frankreich vermisste: ein gutes Krustenbrot. Sie ging in die Küche, um sich ein Brot zu schmieren, und klemmte sich das Handy ans Ohr.

Matze war sofort dran. »Endlich meldest du dich. Ich möchte nicht, dass Elodie etwas mitbekommt von dem, was ich hier tue, und sie kommt bald von der Arbeit nach Hause.«

»Sorry«, sagte Margeaux schuldbewusst, »wir haben letzte Nacht fast gar nicht geschlafen und mussten uns kurz hinlegen. Was hast du herausbekommen?«

»Nichts.« Matze klang enttäuscht. »Er hat nichts gemacht, was ich nachverfolgen konnte. Es ist wirklich zum Mäusemelken.«

»Vielleicht schauen wir uns den Italiener einfach mal ganz unverbindlich selbst an«, sinnierte Margeaux.

»Macht keinen Scheiß, Margeaux, du weißt wirklich selbst, wie gefährlich diese Leute sind, und bekommst das ja auch gerade bei deinem aktuellen Job hautnah mit. Das ist kein Spiel.« Der junge Mann klang sehr besorgt.

»Ich meinte, wir gehen einfach dort essen, ohne direkten Kontakt, nur um ein persönliches Bild von alldem zu bekommen«, erklärte sie.

»Denkst du, Frank ist dazu gefestigt genug?«, wollte Matze wissen.

Dann hörte sie ihn laut »Mist!« rufen, und in der nächsten Sekunde sagte er hektisch: »Ich muss auflegen, Elodie ist gerade auf den Hof gefahren.« Dann war das Gespräch unterbrochen.

Margeaux musste trotz der vertrackten Gesamtsituation lächeln. Matze war einfach noch so jung. Der Gedanke an ein Abendessen im »Il Pastaio« war ihr schon beim Einschlafen gekommen, und sie ging mit ihrem und einem weiteren Brot in der Hand zu Franks Schlafzimmer und klopfte an.

Provence im Oktober

Hilde hatte Willi nach getaner Arbeit mitgenommen, so, wie sie es immer tat, wenn Margeaux verreist war. Sie erinnerte sich an das letzte Mal, als sie das getan hatte, und was ihnen beiden widerfahren war. Sie hatte das Cabanon seitdem nicht mehr betreten. Es war ihr einfach nicht möglich gewesen, denn wenn sie nur daran dachte, klangen die peitschenden Schüsse in ihren Ohren, und sie hörte den Dackel jaulen. Sie fühlte sich insgesamt gefestigter, aber das Gartengrundstück war wie ein verkörperter Schrecken für sie.

Aimé war verständnisvoll, doch sie wusste, dass er ihre Hilfe dort brauchte und darauf wartete, dass sie mit dieser irrationalen Angst abschließen konnte. Die Gefahr war gebannt, und sich musste sich nicht mehr fürchten.

Sie steuerte das Auto langsam an der Abzweigung, die zum Cabanon führte, vorbei, dann bremste sie, schaute in den Rückspiegel, legte den Rückwärtsgang ein, fuhr ein paar Meter zurück und bog in die Straße ein. Ganz so wie damals.

Kurze Zeit später stand sie vor dem Tor und sprach beruhigend auf den Dackel ein, der seelenruhig in seiner Transportbox saß und mit seinen klugen braunen Augen liebevoll zu ihr aufsah. Sie legte ihre Hand auf den Türgriff und zögerte einen Moment.

War sie wirklich schon so weit? Konnte sie den schmalen Feldweg entlangfahren und vor dem kleinen Gartenhaus, das sie liebevoll eingerichtet hatte, aussteigen? Sie öffnete die Tür nun vollends, löste den Gurt und stieg aus dem Wagen aus. Sie schaute sich um, atmete ein paar Mal tief ein und aus, dann stieg sie wieder ein, ließ das Fahrzeug schnurrend an, drehte sich zu dem Hund um und sagte mit einem Lächeln auf den Lippen: »Für den Anfang war das doch schon ganz gut, oder?«

Willi legte seinen Kopf schräg und sah so aus, als wolle er das bestätigen. Sie wendete das Auto geschickt und lenkte es gemütlich nach Barbentane.

Stuttgart, »Il Pastaio«, im Oktober

Margeaux hatte ihre Stachelsneakers gegen schwindelerregend hohe Stilettos getauscht, und so standen sie nun im Eingangsbereich des Nobelitalieners. Frank trug ein hellblaues, tailliertes Hemd, eine schmal geschnittene Jeans, seine typischen bunten Socken und elegante cognacfarbene Schnürschuhe. Der passende Gürtel und ein dunkelblaues Sakko rundeten das Outfit ab.

Margeaux trug ihr lockiges Haar offen, sie hatte ihre Lippen in derselben signalroten Farbe geschminkt, die auch ihr Pullover hatte, und betonte ihre Taille mit einem breiten schwarzen Gürtel. Sie wirkten wie ein gut situiertes Paar mit exquisitem Geschmack, daher bekamen sie auch ohne Wartezeit sofort einen Tisch zugewiesen. Es war ein runder Tisch mit gestärkter weißer Decke, der von einer halbrunden Sitzbank eingerahmt wurde und an einer Art Säulengang stand. Von dort aus hatten sie einen guten Blick auf die Bar und auf den Rest des Restaurants. Sie sahen sich unauffällig um, und es waren beachtlich viele Promis zu Gast. Sowohl einige Schauspieler als auch ein bekannter Ringer und eine gute Handvoll Politiker. Das waren zumindest die, die Margeaux und Frank auf Anhieb erkannten. Luca Pescatore durchschritt das Lokal wie ein König, der Hof hielt: Lächelnd blieb er an den Tischen stehen, scherzte jovial mit den Herren und machte den Damen Komplimente mit italienischem Charme. Er beherrschte sein Geschäft.

Dann stand er auch an ihrem Tisch, und Margeaux war kurz versucht, Frank unter dem Tisch zu treten, damit er ruhig blieb, aber der ausgiebige Sport und der Schlaf hatten ihn von einem verwirrten Zombie wieder zu ihrem cleveren Partner gemacht, und er ließ sich lächelnd auf den Small Talk ein. Der Inhaber und, wie sie wussten, Kopf der Mafia empfahl ihnen das, wovon Margeaux insgeheim geträumt hatte: hausgemachte Tagliatelle mit frischem Trüffel. Sie bestellten Prosecco zum Aperitif, Burrata mit bunten Tomaten zur Vorspeise, das Nudelgericht zum Hauptgang und einmal Tiramisu und einmal Tartufo zum Nachtisch. Margeaux hatte sich bereit erklärt zu fahren, und so entschied sich Frank für ein Glas Pinot Grigio zum Hauptgang. Während sie mit Genuss die wirklich hervorragend zubereiteten Speisen genossen, beobachteten sie angelegentlich das Treiben, und wie schon einige Tage zuvor Werner und Myriam sahen sie die unfassbar schönen Frauen an der Bar und an den Tischen, die nach und nach durch eine Tür nahe der Theke verschwanden. Ebenso leerten sich Tische, an denen zuvor integer wirkende Herren der Stuttgarter Upperclass gesessen hatten.

Margeaux beugte sich zu Frank, lächelte ihn an und sagte: »Das ist ein Edelpuff hier!«

Er lächelte zurück, kam näher und flüsterte ihr ins Ohr: »Unfassbar, dass das niemand auffliegen lässt und beendet.«

Margeaux strich sich das Haar aus dem Gesicht, legte ihren Kopf leicht schräg und sagte mit leiser Stimme: »Dieser Mann ist mit so viel hubristischem Stolz und so viel Verachtung in seiner Mimik unterwegs, der hat hier jeden am Gängelband, den er haben will.«

Von der Ferne sahen sie wie ein flirtendes Paar aus. Sie löffelten zufrieden ihren Nachtisch und bestellten noch einen Espresso, als Pescatore erneut an ihren Tisch kam und eine Flasche Grappa mitbrachte. »Darf ich Ihnen ein Geschenk des Hauses anbieten?«

Margeaux lächelte verneinend, und Frank nickte. Der Italiener beugte sich vor, schenkte ein und sagte mit vor Freundlichkeit triefender Stimme: »Ein wunderbarer Schluck. Für meine Freunde von der Polizei nur das Beste.« Er hatte offensichtlich seine Hausaufgaben gemacht. Margeaux sah seine Augen gefährlich glitzern: Seine Unterlider spannten sich an, und die Oberlider schoben sich leicht nach unten.

Dann war es auch schon vorbei, und Pescatore drehte sich um und schritt davon.

Sie zahlten und machten sich auf den Heimweg. Im Auto ließen sie den Abend kurz Revue passieren. Sie hatten sich einen Eindruck von dem Mann verschafft, und seine Gefährlichkeit war dem geübten Blick der beiden Ermittler nicht entgangen. Er war wie ein Raubtier, das seine Beute umschlich. Sie hatten eingeplant, erkannt zu werden, schließlich waren sie durch diverse Fälle so etwas wie Lokalberühmtheiten.

»Meinst du, er weiß, warum wir dort waren?«, wollte Frank im Auto wissen.

»Ob er es genau weiß? Keine Ahnung, aber er macht sich sicher so seine Gedanken, warum wir gerade jetzt auftauchen«, meinte Margeaux.

»Morgen sind wir ja erst einmal wieder weg.« Frank lehnte sich in seinem Sitz zurück. Er musste an Hilde denken, die immer darauf bestand, dass gutes Essen die Seele beruhigte. Wie recht sie doch hatte. Es ging ihm nach den leckeren drei Gängen um ein Vielfaches besser. Er vermisste die alte Dame und war froh, dass sie morgen wieder zurückflogen.

Barbentane im Oktober

»Chérie!« Thierrys Augen begannen zu strahlen, als Margeaux durch die Ladentür trat. Er kam um den Tresen herum und begrüßte sie liebevoll. »Möchtest du einen Kaffee? Und nimm doch noch eins von den ofenfrischen Croissants aux amandes mit.«

Margeaux verzog genießerisch den Mund, und das Grübchen, das Thierry ganz besonders an ihr liebte, wurde sichtbar. »Dafür ist immer Platz.« Sie legte die Hand auf ihren flachen Bauch und lächelte ihn glücklich an. »Ich wollte dir von unserem Aufenthalt in Deutschland berichten«, sagte sie, als sie ihre Beine entspannt in seinem Büro ausstreckte und dann herzhaft in das marzipansüße Gebäck biss.

»Will ich das wissen?«, fragte er und runzelte die Stirn.

»Ich erzähle es nur, wenn du es wissen willst«, sagte sie nachdrücklich. Er nickte auffordernd, und sie erzählte ihm von ihrem Besuch beim Staatsanwalt und dem Abendessen bei Luca Pescatore. Er lauschte aufmerksam und wollte wissen, wie es Frank mit alldem ging.

»Er hat sich beachtlich tapfer gehalten, aber ich glaube, in ihm drin brodelt es«, sie legte ihm die Hand auf den Arm und streichelte ihn zärtlich, »er kann seinen Freund sicher gut gebrauchen.«

»Ja«, sagte der Bäcker bestätigend, dann stand er auf, schloss die Tür ab und sagte: »Aber jetzt brauche ich erst einmal dich.« Er ergriff ihre Hand, zog sie hoch, presste sie fordernd an sich und küsste sie leidenschaftlich.

Margeaux ließ sich in seine Umarmung fallen. Sie liebte seine

Berührungen, und sie würde ihm dann eben erst später berichten, dass sie morgen wieder in Marseille zum Einsatz kam.

Hameau les Bouisses im Oktober

Thierry hatte die Botschaft mit Fassung getragen und war nach Geschäftsschluss mit einigen Baguettevarianten auf den Weiler gekommen. Margeaux und er hatten eine leidenschaftliche Nacht verbracht, und diesmal war es sie gewesen, die das Bett früh hatte verlassen müssen. Er hatte sich am Vormittag freigenommen, da er noch einiges im Großmarkt besorgen wollte.

Sie tranken noch einen Kaffee zusammen, und er bewunderte ihr rotes Strickensemble, in dem sie wirklich großartig aussah. Dann verließen sie gemeinsam das Haus.

Frank hatte sich verwunderlicherweise am Morgen nicht blicken lassen, aber Margaux hatte eine logische Erklärung dafür. »Es ist ihm nicht recht, dass er hierbleiben muss.« Hilde würde nachher kommen und ihm Gesellschaft leisten, und sie würde zudem Matze bitten zu kommen, er kannte Frank und wusste, wie er ihm helfen konnte.

Margeaux küsste Thierry zum Abschied und verließ das Haus.

Einige Zeit später öffnete Hilde das Tor und ließ das junge IT-Genie überrascht herein. »Mit dir hatte ich gar nicht gerechnet, mein Junge. Margeaux ist nicht da.«

»Ich weiß«, erwiderte Matze, »ich bin gekommen, um Frank ein wenig Gesellschaft zu leisten.«

»Das ist eine gute Idee«, Hilde sprach etwas leiser, »er tigert die ganze Zeit im Haus umher, und das macht mich ein wenig nervös. Ich hatte schon überlegt, morgen mit meiner Arbeit weiterzumachen, aber ich wollte ihn auch nicht allein lassen.« Sie strich mit den Händen über ihre leuchtende Kittelschürze.

Sie hatte eine Leidenschaft für diese Arbeitskleidung in wilden Mustern: Heute waren es lila Lavendelblüten auf grünem Grund. Man konnte sie sicher auch mit einem Satelliten aus dem All erkennen.

Matze nahm sie beruhigend in den Arm. »Jetzt bin ich ja da, und ich kenne Frank in vielen herausfordernden Lebenslagen.«

Die patente ältere Dame nickte beruhigt und sagte: »Dann mache ich noch schnell die Wäsche fertig und bin dann weg. Ein Snack für mittags steht im Kühlschrank, ihr müsst den Eintopf nur aufwärmen.«

»Wo ist Frank denn jetzt?«, wollte Matze noch wissen, und Hilde deutete auf das Wohnzimmer.

»In der Kommandozentrale«, sagte sie spitz und machte sich dann auf in die Waschküche.

Matze ging ins Wohnzimmer, Willi sprang auf und kam ihm schwanzwedelnd entgegen.

Frank telefonierte, und während der Hacker sich hinabbeugte, um den Hund zu begrüßen, lauschte er dem Gespräch. Frank sprach wohl mit einer Nachbarin, die seine Post versorgte. Es ging um einen Brief ohne Absender, mit den Vermerken »persönlich« und »vertraulich«, die den handbeschriebenen Umschlag dominierten. Er haderte, ob sie ihn öffnen sollte oder nicht, und entschied dann, dass es wichtig sein könnte. So bat er die Frau, den Umschlag zu öffnen und ihm dann Fotos des Inhalts zu senden. Sie würde ihn lesen, das war klar, aber sie war eine zuverlässige Frau mittleren Alters und keine Schwatzbase. Er bedankte sich, beendete das Gespräch, begrüßte Matze erfreut, und kurze Zeit später trudelten die Bilder auf seinem Smartphone ein.

Geschockt beugten sich die beiden Männer über den Inhalt. Das Schreiben war von einem Klaus Ehrmann, der ihn bat, ihn unbedingt anzurufen, da er wichtige Informationen zum Tod von Ariane Kaiser hätte.

»Meine Mutter hat bei der Ehrmann Bank gearbeitet, und ich erinnere mich an ›Onkel‹ Klaus. Er war ein Freund meiner Mutter, der ihr in der schlimmen Zeit nach dem Tod meines Vaters zur Seite gestanden hat. Er war aber auch der Sohn des Chefs«, kramte Frank in seinem Gedächtnis.

Er begann sofort, die Ziffern der Nummer in sein Handy zu tippen.

Matze legte ihm die Hand auf den Arm. »Wollen wir nicht erst kurz nachdenken, was es mit diesem Brief auf sich haben könnte?«

Der Polizist hob den Kopf. »Ich werde den Mann fragen und jetzt nicht mehr ewig Zeit verlieren. Der Brief ist bereits vor einigen Tagen abgestempelt. Es ist wichtig, ich muss mit ihm reden.«

»Könnte es wichtig sein abzusichern, wo der Mann sich befindet und ob es wirklich Klaus Ehrmann ist?«, wollte der Hacker wissen.

»Ja, vielleicht«, gab Frank zögernd zu, und Matze reichte ihm sein Handy, nachdem er auf einige Symbole geklickt hatte.

»Signal und Rufnummer werden umgeleitet, sodass wir nicht sofort zu orten sind, doch wir können herausfinden, auf wen der Anschluss angemeldet ist und wo die Person sich im Moment befindet«, erklärte das IT-Genie und holte seinen Laptop aus dem Rucksack.

Frank nickte beeindruckt und gab die restlichen Ziffern ein. Kurze Zeit später meldete sich ein Mann mit »Ehrmann«, und Frank gab sich zu erkennen. Der blonde Deutsche schaltete das Telefonat laut und setzte sich, denn man konnte an seiner Blässe im Gesicht erkennen, wie sehr ihn das alles mitnahm.

Was sie innerhalb der nächsten Minuten zu hören bekamen, ließ auch Matze blass werden. Ehrmann hatte ein Pankreaskarzinom im Endstadium und lag in einem Hospiz. Er wollte reinen Tisch machen, und das, was Frank nun hörte, war die umfassende Beichte eines Sterbenden.

Frank vernahm mit großem Entsetzen, wen Margeaux da nachher treffen würde. Zwar war Francesco Berlione derjenige, bei dem die Dinge zusammenliefen, aber ausgeführt hatte all das wohl dieser Albaner: Faik Ziberi. Als Teenager hatte er, wie Ehrmann berichtet hatte, die Bremsleitung am Auto von Marco Keppner durchgeschnitten und Franks Vater dann beim Sterben zugesehen.

Ehrmann fuhr fort zu erzählen. »Ich habe ihn vom ersten Moment an gehasst, seine Augen haben unterschiedliche Farben. Er ist ein Teufel. Er hat mich gezwungen, deine Mutter zu töten. Nicht nur durch die Entführung meiner«, er stockte kurz, »Tochter, sondern auch durch die Androhung, was er Ariane alles antun würde, bevor sie tot wäre, wenn ich es nicht tun würde. Er hat sie auf Schritt und Tritt beobachten lassen und wusste selbst Dinge, die man nicht wissen konnte. Er hat mir regelmäßig ein ›Dossier‹ über deine Mutter geschickt, um mir zu zeigen, dass es keine Grenzen für ihn gibt, dass er alles tun kann, was er tun will … mit jedem Menschen … Und er glaubt, er müsse niemals büßen.« Seine Stimme erstarb, und sie konnten ihn röcheln hören. »Ich habe sie geliebt, vom ersten Augenblick an, ich wollte das alles nicht, und seit wenigen Tagen weiß ich, dass nicht ich sie wirklich getötet habe.« Wieder brach die Stimme ab, und jetzt atmete der Mann so furchtbar rasselnd, dass Frank dachte, er würde während des Telefonats sterben.

»Wie meinen Sie das?«, rief er außer sich.

Es dauerte eine ganze Weile, bis Ehrmann mit brechender Stimme fortfuhr: »Ich habe einiges an Geld in den letzten Wochen fließen lassen, um alles über die Taten dieser Monster herauszubekommen, denn ich will, dass Berlione und Ziberi auch bezahlen für das, was sie, was *wir* getan haben. Ich habe meine Rechnung nun bekommen. Einer seiner früheren Schergen hat mir berichtet, wie es wirklich war: Als Ziberi sie wegtrug wie Abfall, bemerkte er, dass sie noch atmete. Er packte sie in einen Müllsack und erstickte sie, bevor er sie hinter dem Müllcontainer aus dem Auto warf.«

Man hörte, dass er kaum noch dazu in der Lage war weiterzusprechen, ob es der Krankheit oder seiner Emotionalität geschuldet war, war Frank nicht klar.

Die Stimme brach röchelnd ab. »Ich habe sie also nicht getötet. Ich habe sie grausam verletzt. Verzeih mir! Ich ... ich bin ... ich kann ... nicht ... mehr!« Ein knallendes Geräusch folgte, und dann brach das Gespräch einfach ab.

Frank saß da wie gelähmt und starrte auf das Handy. Matze nahm es an sich, drückte wieder einige Tasten und fütterte dann die Tastatur seines Laptops. Einige Minuten später sagte er ganz neutral in die Stille: »Diese Nummer gehört Klaus Ehrmann, und die GPS-Daten stimmen mit einem noblen Hospiz in Bad Homburg überein.«

Frank hob den Kopf. »Margeaux trifft nachher den Mörder meiner Eltern. Sie muss das wissen. Er darf nicht davonkommen.«

Seine Stimme klang mechanisch, und man konnte sehen, dass der Mann unter Schock stand. »Finde Margeaux, Matze!« Frank stand auf, öffnete die Tür und ging auf die Terrasse.

Willi wollte ihm folgen, doch der Deutsche schloss die Tür hinter sich.

»Wir lassen ihn mal kurz allein, er hat allerhand zu verdauen«, sprach Matze beruhigend auf den Dackel ein, der ihn mit seinen braunen Augen und leicht schief gelegtem Kopf verständig ansah.

Erst als er den Motor des wegfahrenden Autos hörte, blickte Matze verwirrt von seinem PC auf. Das hörte sich an wie *sein* Auto! Er blickte auf den Tisch und stellte fest, dass der Schlüssel, den er dort abgelegt hatte, nicht mehr da war.

»Verdammt, Frank!«, brüllte er so laut über den Hof, dass der Hund sich verwirrt hinter dem Sofa versteckte.

Kurze Zeit später hatte er ihn an der Strippe, er war völlig überrascht gewesen, dass sein Freund das Gespräch angenommen hatte.

»Finde sie, und gib mir die GPS-Daten durch!«, hörte Matze Franks eiskalte Stimme.

»Mensch, Frank, mach keinen Scheiß, und komm zurück. Du bringst euch alle in Gefahr«, rief Matze beschwörend, doch Frank hatte die Verbindung bereits unterbrochen.

Matze war sich vollkommen im Klaren darüber, dass Frank Hilfe brauchte. Er brauchte die Polizei. Zuerst wählte er Aimés Nummer und dann die von Werner Walter.

Marseille, Europort-Containerhafen, im Oktober

Die Situation war plötzlich eskaliert, und Margeaux befand sich in einem Zweikampf auf Leben und Tod. Schüsse waren gefallen, und sie hatte sich nach einem gezielten Angriff gegen einen der bulligen Bodyguards unter das Auto retten können, doch nun zerrte der Mann, der sich beachtlich schnell von ihrem Schlag erholt zu haben schien, erbarmungslos an ihren Beinen. Er hatte sie brutal erwischt, und sie konnte vor lauter Schmerzen im Brustkorb kaum atmen. Sie befürchtete, dass eine Rippe in der Lunge steckte, und konnte sich nicht mehr unter dem Wagen halten.

Er zerrte sie hervor, und sie sah an seinem erhobenen Bein, dass er vorhatte, ihr nun den Rest zu geben. Bevor der Fuß jedoch ihren Kopf erreichte, vernahm sie ein Zischen, und ihr Angreifer fiel wie ein gefällter Baum zur Seite. Sie versuchte zu atmen, und es rasselte bedenklich. Sie wog die Möglichkeiten ab, die ihr blieben. Irgendjemand schoss auf dieses Szenario hier. Sie hielt die Augen geschlossen und fragte sich einen verrückten Augenblick lang, wo ihre Sonnenbrille geblieben war. Dann sammelte sie alle Energie und fokussierte sich darauf, mit einer Rollbewegung nach links und einer geschickten Drehung das Auto zwischen sich und den bewaffneten Angreifer zu bringen.

Sie musste wissen, wo Paul war und ob Ziberi und seine Bewacher noch lebten.

Wer, um Himmels willen, war hier der Feind, und vor allem: Wessen Feind war es? Die Bewegung raubte ihr fast das Bewusstsein. Der Schmerz in ihrem Brustkorb ließ sie Sterne sehen, aber sie schaffte es mit fest zusammengebissenen Zähnen, die gewünschte Position zu erreichen. Ihr Ausbilder beim FBI wäre sicher stolz auf sie gewesen, wie sie den Schmerz in Energie umwandelte und das Adrenalin zu ihrem Vorteil nutzte.

Langsam brachte sie ihren zerschundenen Oberkörper nach oben und lehnte sich an die Fahrertür. Sie hatte keine Zeit zum Ausruhen, denn die Frage war, wer hier wen tot sehen wollte. Sie begann, die Lage zu sondieren, in dem sie sich langsam seitwärts in Richtung Motorhaube bewegte. Sie hob den Körper mit den Händen an. Ihre Handballen bluteten, da sie versucht hatte, unter dem Wagen Halt zu finden, als der Bodyguard sie hervorgezerrt hatte. Sie drehte sich nach rechts und versuchte, das Terrain zu überblicken, ohne ihre Deckung aufzugeben. Alle Männer lagen bewegungslos auf dem Boden. Paul hatte Ziberi neben dem Wagen abgelegt, und Margeaux konnte das Blut sehen, in dem der Albaner schwamm. Paul lag ebenfalls auf der Straße und quer auf ihm der zweite Bewacher. Der Boden war ebenfalls voller Blut, doch sie konnte nicht erkennen, wessen Blut es war.

Wer war, verdammt noch mal, ihr Gegner?

Hatte sie sich die Uniform nur eingebildet? Aimé würde sie niemals so in Gefahr bringen, aber der Schuss auf den Mann über ihr hatte ihr das Leben gerettet. Ihre Gedanken rasten.

Sie musste an die Waffe kommen, die Paul im Auto für sie hinterlegt hatte.

Dann kam ihr jedoch die Idee, gleich das Auto selbst als Schutzschild zu nutzen. Dazu müsste sie nur die Tür öffnen und den Gang in den Leerlauf bringen. Der vom Schuss getroffene Bewacher, der sie bedroht hatte, lag weit genug weg, sodass er das Auto nicht ausbremsen würde.

Der Schmerz in ihrer Brust wurde jetzt schlimmer. Sie musste husten, und etwas Blut spritzte hervor. Eine der zersplitterten Rippen musste tatsächlich ihre Lunge perforiert haben, und wenn sie nicht sterben wollte, musste sie sich nun beeilen.

Sie kämpfte sich bis zur Tür zurück, öffnete sie und zog sich vorsichtig so weit hinein, dass sie den Gang herausdrücken konnte. Das war der leichte Teil gewesen. Sie wollte gerade all ihre Kraft in die Bewegung legen, das Fahrzeug nach vorn zu drücken, als sie männliche Stimmen näher kommen hörte.

Rasch änderte sie ihren Plan. Sie musste die Waffe im Fach der Mittelablage erreichen. Als sie sich über den Vordersitz beugte, glaubte sie einen Moment lang, ohnmächtig zu werden vor Schmerz, doch dann erreichten ihre Finger den Riegel der Mittelablage.

»Ist der Bulle tot?«, hörte sie die dialektfreie französische Stimme.

»Du überprüfst den Bullen, und ich kümmere mich um die Tussi!«, fistelte ein anderer Kerl.

Das Fach klappte auf, und ihre Finger erreichten die Waffe, gerade als sie die Schuhspitzen am Heck des Fahrzeugs sah. Ihre Hände waren glitschig vom Blut, als sie versuchte, den Abzugshahn zu spannen.

»Wen haben wir denn da?« Zur Fistelstimme gehörte ein Kerl wie ein Schrank mit einem viel zu kleinen Kopf und schmalen, verschlagen blickenden Augen.

Margeaux hob die Pistole, drückte den Abzug, und während die Kugel durch die Luft pfiff, merkte sie, wie die Ohnmacht sich ihrer bemächtigte.

Kurz bevor sie das Bewusstsein verlor, glaubte sie, quietschende Räder und die vertraute Stimme von Gilbert Brenot zu hören.

Avignon, Hospital, drei Tage später

»Hier geht es zu wie in einem Taubenschlag, und das ist nicht gut für die Patientin.« Die Krankenschwester hatte die Hände in die Hüften gestützt, und ihr Gesichtsausdruck hätte gewiss jeden Angreifer in die Flucht geschlagen. Doch Frank, der gerade Thierry abgelöst hatte, schaute ihr mit dem Blick eines ausgesetzten Hündchens entgegen, und sie winkte resigniert ab. »Nicht länger als fünfzehn Minuten!«

Er hob den Daumen, sie schloss die Tür, und Margeaux sagte mit einer bröseligen Stimme, die nicht annähernd wie ihre klang: »Schieß los! Ich will alles hören, auch wenn es nichts Ruhmreiches ist.«

Er strich ihr das Haar aus dem Gesicht. Sie sah furchtbar aus. Ihr Körper war von schwarz-grünen Blutergüssen übersät, und die Stirn schien der einzige Bereich zu sein, den man berühren konnte, ohne ihr Schmerzen zuzufügen. Als Hilde sie zum ersten Mal so gesehen hatte, hatte jeder damit gerechnet, dass sie zusammenbrechen würde, doch ganz im Gegenteil war die Löwin in ihr erwacht, die ihr Junges beschützen musste, und sie hatte sich mit jedem Arzt und jeder Schwester angelegt, bis es Aimé geschafft hatte, sie davon zu überzeugen, das Personal seine Arbeit machen zu lassen.

Thierry und Julien waren nicht von ihrer Seite gewichen, und er selbst war zwischen Polizeistation und Krankenhaus hin- und hergependelt.

Matze und Elodie hatten den Hund zu sich genommen und eine Art Standleitung zur Intensivstation aufgebaut. Anfangs hatte es nicht gut ausgesehen: Mehrere schwere Rippenbrüche, eine Rippe war in die Lunge eingedrungen, und Margeaux hatte notoperiert werden müssen. Zudem hatte sie sich zwei Finger an der rechten Hand gebrochen, und der Fußknöchel, an dem der Mann sie unter dem Auto hervorgezerrt hatte, war angebrochen.

»Es tut mir so leid«, er wusste, dass seine Worte ihre Verletzungen nicht minimieren konnten, »ich habe so viel Chaos angerichtet, und wahrscheinlich bin ich sogar letztlich an all dem Blutvergießen und deinen Schmerzen schuld.« Er senkte den Kopf.

Margeaux räusperte sich, ihre Stimme klang weiterhin belegt. »So wird das aber nichts innerhalb einer Viertelstunde. Dann kommt die Schwester nämlich rein und zerrt dich raus!«

Er begann, die Situation mit dem Brief und seinem erschütternden Telefonat mit Klaus Ehrmann zu beschreiben. »Ich habe mir fest eingeredet, dass du die Wahrheit über Ziberi erfahren musst ...«

»... und dann hast du einen typischen Kaiser-Alleingang hingelegt«, unterbrach ihn Margeaux und versuchte zu grinsen.

»Wie auch immer ihr das nennt. Ich habe mir Matzes Auto geschnappt und mich auf den Weg nach Marseille gemacht. Ich wusste, er findet dich irgendwie und gibt mir dann die Daten durch, denn er würde mich nicht hängen lassen oder dich in Gefahr bringen. Doch der kluge, mittlerweile geläuterte Junge hat sofort die großen Geschütze aufgefahren und Aimé und Walter angerufen. Aimé hat Brenot alarmiert, und Walter und der Commandant standen auch in Kontakt. Damit ich nicht vollkommen auf verlorenem Terrain unterwegs war, hat Werner sofort meinen Einsatz in Frankreich autorisiert, was ja durch das bilaterale Polizeiabkommen rasch möglich ist, und auch ein kurzes, aber intensives Telefonat mit dem Staatsanwalt hat meine rechtliche Sicherheit gestützt. Beerschneider ist wohl sehr rasch eingeknickt, vor allem wegen Myriam, aber dazu später ...« Er holte kurz Luft und sortierte seine Gedanken. »Ich hatte nicht wirklich damit gerechnet, das Zusammentreffen zu beobachten, doch ich war schon mitten in Marseille, als Matze mir die Daten geschickt beziehungsweise mich gelenkt hat.«

»Ich war vorher noch in einem Möbelladen, um Kissen zu bestellen«, erklärte Margeaux, »das wollte ich schon lange erledigen.«

»Ah, deshalb«, sagte Frank überrascht. »Ich war dann in Kontakt mit Werner, Brenot und Matze. Brenot hat sich sehr schwergetan, die richtigen Leute zu finden, die er entsenden konnte, denn er fürchtete zu sehr um die Identität des verdeckten Ermittlers. Er hatte sich sogar selbst auf den Weg gemacht.« Frank hielt wieder kurz inne, sah auf die verletzte Margeaux im Bett und senkte schuldbewusst den Kopf. »Ich wollte diesen Kerl finden, und ich wusste, dass es eine einmalige Gelegenheit sein würde, so unproblematisch an ihn heranzukommen«, erklärte er.

»Du hattest keine Waffe«, Margeaux schaute ihn an, »und selbst wenn du eine gehabt hättest, hättest du sie hier ja nicht benutzen dürfen, denn das hätte dich zu einem Kriminellen gemacht, und dann … dann hätte Ziberi euch alle drei zerstört!«

»Ich wusste das, also mein Verstand, der wusste das. Aber ich war komplett außer mir. Der Schock über das, was mir der an Krebs verreckende, sorry, Margeaux, Killer meiner Mutter erzählt hat, hat meinen Verstand ausgehebelt. Ich wollte diesen psychopathischen Verbrecher tot sehen.« Seine Stimme wurde leiser. »Ich wollte ihn töten.« Er hob seine Hände. »Mit diesen Händen wollte ich das Leben aus ihm quetschen. Du warst nur mein Alibi. Es hörte sich gut an: *Margeaux muss das erfahren.* Aber das war Bullshit.«

Beide schwiegen, und Margeaux tastete mit einer bandagierten Hand in seine Richtung. Er blickte auf und legte seine Hand ganz leicht auf die ihre. »Ich … es … also … ich habe mein Auto, also Matzes Auto, einige Container von euch entfernt geparkt und bin dann losgeschlichen. Dabei sind mir zwei Typen aufgefallen, die ebenfalls versuchten, sich möglichst unentdeckt zwischen den Behältern zu bewegen. Ich habe sie für einen Moment aus dem Blick verloren, als ich mich orientieren musste, und dann hörte ich den ersten Schuss. Ich wollte rennen, aber ich wusste nicht, wo die zwei sind, also habe ich den richtigen Weg so rasch wie möglich gesucht, und dann habe ich dich ›Pascal‹ rufen hören, und wieder fielen Schüsse. Die zwei Kerle traten aus der Deckung der Container, und ich konnte sehen, dass sie schwer bewaffnet waren. Dagegen war ich machtlos. Also habe ich Brenot angerufen, und als ich wusste, dass die Polizei in wenigen Sekunden dort sein würde, habe ich die Deckung verlassen. Ich habe den mit der Fistelstimme erreicht, bevor der andere Typ, der gerade damit beschäftigt war herauszufinden, wer von den Männern noch lebte, um ihnen den Garaus zu machen, mich bemerkt hat. Gott, Margeaux, das sah wirklich gruselig aus. Du warst blutüberströmt in deinem roten Kleid, und von deinen Händen tropfte ebenfalls Blut. Du hast geschossen und ihn an der Schulter getroffen. In dem Moment war dann die Polizei da. Ich habe ihn ausgeknockt, und Brenot hat den anderen Kerl niedergestreckt.«

»Lebt der VE noch?«, flüsterte Margeaux, und in Erwartung der schlechten Nachricht schloss sie müde ihre Augen.

»Entweder war es meine Aktion, die dazu geführt hat, dass er aufgeflogen ist, oder sie haben es anderweitig herausbekommen. Die zwei Kerle waren Killer, die Jean-Je Casanova angesetzt hatte, um den enttarnten Pascal Lingerot auszuschalten und dabei auch gleich Ziberi aus dem Weg zu räumen, denn dann wäre es eine Aktion der Polizei und Casanova fein raus gewesen«, holte Frank erklärend aus.

»Frank!?« Margeaux' Stimme klang fordernd.

»Es geht ihm sehr schlecht, und es ist nicht klar, ob er es schaffen wird. Ziberi und seine beiden Bewacher sind tot.« Der Polizist senkte seine Stimme. »Leider! Und ich konnte ihm nicht mehr in die Augen sehen und ihm ins Gesicht spucken.«

Margeaux atmete schwer. Nachdem der Intubationsschlauch der Beatmungsmaschine gezogen worden war, hatte sie das Gefühl, Luft zu holen sei eine hochkomplexe Aufgabe, und sie musste sich konzentrieren. »Ich bin froh, dass du niemanden getötet hast!« Dann sank sie in einen ohnmachtsähnlichen Schlaf.

Frank blieb noch einen Augenblick sitzen. Er starrte auf seine Hände und fragte sich, wie es wohl gewesen wäre, den Mörder seiner Eltern, den Dieb seiner Kindheit und Jugend, zu richten. Es hätte ihm sein Leben nicht zurückgegeben, es hätte sogar eher dazu geführt, dass er noch mehr bezahlt hätte, als er schon bezahlt hatte.

Langsam erhob er sich und ging nach draußen. Thierry sollte an ihrem Bett sitzen, er musste alle da draußen um Verzeihung bitten und hoffen, dass er ein Teil dieser Gemeinschaft bleiben durfte.

Epilog

»Du musst die rote Kugel mehr nach links hängen!« Margeaux dirigierte Thierry vom Sofa aus. Sie hatte auf der deutschen Tradition des Weihnachtsbaums bestanden, ohne dafür einen Baum zu töten. Also hatte der handwerklich begabte Bäcker zusammen mit Aimé einen Baum aus knorrigen Olivenhölzern gebaut. Hilde hatte sie alle mit Schleifpapier poliert und den Baumschmuck herausgesucht, den Annabelle und Marie-Louise über die Jahre von überallher mitgebracht hatten.

Jetzt saß sie neben Margeaux auf dem Sofa und achtete mit Argusaugen darauf, dass »ihr« Mädchen nur ja nicht auf die Idee kam, selbst Hand anzulegen.

Margeaux' Gesundung schritt sehr langsam voran. Die Brüche verheilten, und ihr Lungentraining machte gute Fortschritte, der kleine Riss in ihrer Milz, den die Ärzte anfangs übersehen hatten, hatte noch eine weitere Operation nach sich gezogen, und Margeaux war keine geduldige Patientin gewesen. Gott sei Dank konnten sich Freunde und Familie am Krankenbett abwechseln, sodass niemand auf die Idee gekommen war, sie mit einem Kissen zu ersticken, wenn sie zum fünfunddreißigsten Mal an einem Tag gefragt hatte, wann sie denn endlich nach Hause dürfe, und dabei schwer atmend verkündet hatte, wie fit sie doch sei.

Frank würde über die Weihnachtsfeiertage wieder zu ihnen stoßen. Er hatte Mitte Oktober zurück nach Stuttgart gemusst. Sein Urlaub war beendet gewesen, und Werner Walter hatte darauf bestanden, auch in Deutschland endlich die Fäden zusammenzuführen. Klaus Ehrmann war im Hospiz verstorben, bevor

Frank ihn hatte aufsuchen können, denn Walter hatte ihm ganz klar verdeutlicht, dass sie den todkranken Mann nicht von dort ins Gefängnis verfrachten würden.

Bei den umfassenden Ermittlungen der französischen Behörden war so viel herausgekommen, dass davon auszugehen war, dass Jean-Je Casanova schon einige Zeit gewusst hatte, dass mit Pascal Lingerot etwas nicht stimmte. Als die Polizei die Wohnung des verdeckten Ermittlers sichern wollte, mussten sie feststellen, dass schon jemand vor ihnen dort gewesen war, und sie fanden den Tresor aufgebrochen und geleert vor. Gilbert Brenot mutmaßte sogar, dass die gesamte Situation von Casanova so geplant gewesen war: Er hatte Pascal vorgeschickt und so das Treffen mit Ziberi ermöglicht, und dann hatte er, unter dem Vorwand, einen Verräter auszuschalten, seine Leute losgeschickt, um nicht nur Lingerot zu töten, sondern auch Ziberi den Garaus zu machen. So hatte er dem Gegner einen massiven Schaden zugefügt, indem er einen wichtigen Kopf der Hydra abgesägt hatte, und es würde einige Zeit brauchen, bis Kasapi oder Dipra so vollumfänglich akzeptiert wären, wie Ziberi es gewesen war. Bis dahin war Jean-Je wieder Alleinherrscher in Marseille, und der Polizei hatte er auch ein Schnippchen geschlagen, da viele Originalunterlagen über ihn, die Paul Bacron in seinem Tresor aufbewahrt und von denen die Behörde nur Fotos hatte, nun wohl auch wieder in seinen Besitz zurückgekehrt waren.

Werner Walter hatte im Krankenhaus von der schwer verletzten Myriam erfahren, warum man sie hatte töten wollen, und einen Augenblick lang war er versucht gewesen, wie Rumpelstilzchen durch das Krankenzimmer zu springen und zu schreien. Sie hatte dem einflussreichsten Mafia-Boss der gesamten Region eine mit einem Trojaner verseuchte E-Mail gesendet. Wie dumm konnte man nur sein? Es war vollkommen klar, wer durch diesen Anschlag seine Position hatte deutlich machen wollen, und doch würden sie es ihm nie nachweisen können. Werner Walter verzweifelte beinahe über dieser Erkenntnis, doch einen Vorteil hatte es: Er hatte Beerschneider seine Position sehr deutlich gemacht, und der Staatsanwalt hatte daraufhin ohne Diskussion Franks Autorisierung unterzeichnet.

Walter und Frank waren sich einig, dass diese Geschichte noch nicht zu Ende war und dass sie alles versuchen würden, Pescatore eines Tages vor Gericht zu bekommen, doch jetzt hatten sie nichts Verwertbares gegen den Mann in der Hand.

Ziberi hatte im Auftrag von Francesco Berlione gehandelt, doch an den Italiener würden sie aktuell ebenfalls nicht herankommen, und Werner Walter nahm Frank das Versprechen ab, diesen hochgefährlichen Verbrecher nicht anzufassen. Er verwies auf Myriam und wie nah sie dem Tod gewesen war. Auch wenn sie sich durch diese Verbrecher nicht in Angst und Schrecken versetzen lassen durften, so war es doch immens wichtig, einen kühlen Kopf zu bewahren.

Frank hatte immer wieder Schwierigkeiten damit, sich an die Regeln zu halten, doch nie zuvor hatte er dabei mehr als sein eigenes Leben riskiert. In Frankreich war er bereit gewesen, auch Margeaux diesem Risiko auszusetzen. Das hatte ihn verunsichert, und er hatte begonnen, sich und seine Verhaltensmuster konkret zu hinterfragen. Sein Vater hatte sich mit hoher Risikobereitschaft von der Mafia verführen lassen, und seine Mutter war ein großes Risiko eingegangen, ein Verbrechen selbsttätig aufklären zu wollen. Er hatte wohl einiges von seinen Eltern in sich, doch er war kein Spielball seiner Gene.

Klaus Ehrmann hatte ihm einen großen Batzen Geld vermacht, doch Frank hatte das Blutgeld nicht angenommen und es einer Kinderstiftung geschenkt, die sich um Heimkinder kümmerte. Seine »Familie« in Frankreich hatte ihm seinen Alleingang verziehen, und er hatte daraus gelernt. Er würde diese Familie nicht aufs Spiel setzen, weil ihm das Risiko wichtiger war.

Einen Tag vor Weihnachten klopfte er an den Türrahmen von Walters Büro. »Ich fahre dann jetzt los, Werner.«

Walter blickte hoch und nickte. »Wenn es geht, diesmal bitte, ohne dass ich zum Einsatz komme!!!«

»Auf jeden Fall, Chef!« Frank machte eine angedeutete Verbeugung. »Wie verbringst du die Feiertage?«

»Ich kümmere mich mit Katja um Myriam. Sie kann den Arm immer noch nicht so richtig bewegen, und das macht sie zu einer sehr ungemütlichen Person.« Werner lächelte schief.

»Wir sehen uns im neuen Jahr wieder. Rutsch gut rüber, und Grüße an Myriam!« Frank hob grüßend die Hand.

Werner klopfte kurz bestätigend auf seinen Schreibtisch und konzentrierte sich dann wieder auf seinen Bildschirm.

Am Heiligen Abend saß Margeaux müde in eine Decke gewickelt und von einer Unmenge Kissen gestützt auf dem Sofa.

»Nur über meine Leiche bewegst du dich hier weg«, hatte Hilde ihren Standpunkt verdeutlicht und alle anderen dazu angehalten, mit ihr darauf zu achten.

Das Haus war voller Menschen, und überall glitzerte die weihnachtliche Pracht. Das Wetter hatte zwar wenig Weihnachtliches, nachmittags waren sie ein paar Meter ohne Jacke mit dem Hund draußen gewesen, aber die Stimmung machte dies wett.

Um Margeaux zu schonen, waren Thierrys Eltern auf den Weiler gekommen. Margeaux und Bap hatten einen langen, ernsten Blickwechsel gehabt, das Thema aber ansonsten nicht weiter berührt. Elodie, deren Bäuchlein schon sichtbar war, und Matze saßen ebenfalls mit leuchtenden Augen am Tisch, und Hilde und Aimé waren in diesem Jahr nicht nach Paris zu Pierre gereist.

Julien werkelte in der Küche. Er hatte einen Teil der Speisen bereits im Restaurant hergestellt und machte sie nun nur noch fertig. Frank ging ihm zur Hand, und Hilde sorgte für Getränke.

Sie hatten gerade »Mon beau sapin« gesungen, das französische Pendant zu »Oh Tannenbaum«, als es ans Geschenkeauspacken ging.

Margeaux löste das Papier von einem kleinen Päckchen, und eine Schmuckschachtel kam hervor. Sie klappte die Schatulle auf, und ihr Blick fiel auf einen wundervollen fünfschichtigen Ring aus Gold und glitzernden Diamanten. Ihr Mund klappte voller Erstaunen auf, und ihre Augen wurden groß.

Dann sank Thierry vor dem Sofa auf die Knie.

Nachwort

Die Ideengebung zu der Geschichte kam nach einigen Gesprächen mit einer Quelle, die anonym bleiben möchte. Da die Person nicht nur zuverlässig ist, sondern auch über glaubhafte Informationen verfügt, kann ich sagen, dass alles, was ich zum Thema Organisierte Kriminalität (OK) geschrieben habe, so oder ähnlich in Deutschland geschieht. Zudem gibt es tatsächlich die sogenannte »Vortat«, ohne die Themen wie zum Beispiel die Geldwäsche selten geahndet werden (können). Es muss also ein Diebstahl oder eine Gewalttat oder was auch immer nach dem Gesetz den Tatbestand einer Straftat erfüllt, vorliegen, bevor die Behörden ermitteln können.

Das, was sich Staatsanwalt Beerschneider hat zuschulden kommen lassen, kann in der Realität genau so passieren, und so wird man zum Handlanger illegaler Machenschaften.

Diverse Verfahren, auch in Zusammenarbeit mit italienischen Sondereinheiten, haben Verstrickungen bis in die höchsten politischen Ränge offengelegt. Nur selten wird in Deutschland tatsächlich in solchen Fällen bis zum Ende ermittelt. Es kann vielmehr geschehen, dass der Beamte, der hiermit beschäftigt ist, plötzlich eine neue Aufgabe bekommt, die es ihm nicht mehr möglich macht, seine Arbeit fortzusetzen.

Die Süddeutsche Zeitung berichtete am 2. Oktober 2020 unter dem Titel »Geldwäsche Operation Styx« über einen solchen Fall: Ein in Stuttgarter Promikreisen bekannter und beliebter Gastronom wurde 2018 als Kopf der »'Ndrangheta« (italienische Mafia-Organisation, die unter anderem mit Drogen handelt, Gastwirte erpresst, teure, aber qualitativ schlechte Agrarerzeugnisse zu erwerben, und EU-Subventionsbetrug begeht) in Deutschland entlarvt und in Italien zu einer Haftstrafe verurteilt. Es geht dabei letztlich immer um Macht und Geld.

Geldwäsche ist in Deutschland ein großes Thema. Dies bestätigte mir der Experte Andreas F. in einem persönlichen Gespräch. Obwohl es die Anti-Geldwäsche-Direktive gibt, die in den EU-Ländern umgesetzt werden muss, finden immer wieder korruptive Unterwanderungen statt, und auch deutsche Politiker sind hier involviert. Die FATF – Financial Action Taskforce – wurde 1989 von den G7-Ländern und der Europäischen Kommission gegründet, um den Geldmarkt zu beobachten, da unter anderem auch die Terrorfinanzierung über die Geldwäsche abgewickelt wird. Große Banken sind hierbei ebenso involviert wie Privatbanken.

Am Ende des Tages ist es schwer zu differenzieren, was Gut und was Böse ist, denn diese Unterscheidung basiert auf gesellschaftlichen Normen. Eine Gesetzgebung, die den Vortatbestand benötigt, um eine Strafverfolgung zu initiieren, leistet in gewisser Weise Vorschub, denn nicht jede Verdachtsmeldung wird automatisch eine Straftat. Zudem gibt es hier häufig auch ein Mismatch, denn der Staat nimmt besorgte Bürger nicht immer gebührend ernst, und so verlaufen Hinweise im Sand.

Unter anderem haben auch die sogenannten »Panama Papers« unglaubliche Verstrickungen offengelegt: Hier kamen durch ein Datenleck im April 2016 2,6 Terabyte Daten des panamaischen Offshore-Dienstleisters Mossack Fonseca ans Tageslicht. Bei den Dokumenten handelte es sich um rund 11,5 Millionen E-Mails, Briefe, Faxnachrichten, Gründungsurkunden, Kreditverträge, Rechnungen und Bankauszüge als PDF-, Text- sowie Bilddateien aus den Jahren 1977 bis 2016. Durch einen Whistleblower wurde der Süddeutschen Zeitung bereits 2015 Zugang zu diesen Informationen gewährt. Auf geradezu unglaubliche Weise wurden hierdurch Steuer- und Geldwäschedelikte, der Bruch von UN-Sanktionen und andere Straftaten der Kunden des Dienstleisters bewiesen. Diese Enthüllungen haben in vielen Ländern zu Ermittlungen gegen Politiker und andere Prominente geführt und öffentliche Debatten über Steuerschlupflöcher, Briefkastenfirmen, Steueroasen, Steuerdelikte und Steuermoral ausgelöst.

Die Geschichte von Franks Eltern ist fiktiv, und doch ist sicher Ähnliches genau so bereits passiert.

Über die Strukturen der Mafia habe ich nicht nur in Gesprächen recherchiert, sondern auch durch die dreiteilige Arte-Dokumentation »Die Mafia in Frankreich« Kenntnisse erworben. Einer der größten Mafia-Skandale in Frankreich war die Aufdeckung der Strukturen bei »Elf Aquitaine« Anfang des Jahrtausends. Während des Verfahrens wurden unfassbare Verstrickungen von Politik und mafiösen Strukturen offenbar und immense Summen, die aus der sogenannten »Caisse noire« des Mineralölkonzerns in die Taschen vieler mächtiger Männer geflossen waren.

Zudem bin ich vor ungefähr fünfundzwanzig Jahren durch eine ehemalige Arbeitskollegin mit Mafia-Strukturen in Berührung gekommen, da meine Kollegin für ihren Freund Drogen verkauft hat und dafür ins Gefängnis gehen musste. Als ich mich dazu einmal missbilligend geäußert habe, bekam ich tatsächlich einen Anruf, in dem mir mitgeteilt wurde, dass »man ja wisse, wo meine Kinder in den Kindergarten gingen«, und ich möge doch vorsichtig mit meinen Aussagen sein. Meine Kollegin habe auf eigene Faust gehandelt und ihr Freund nichts damit zu tun. Da dies in einem Kleinstadtkontext geschah, hatte ich einige Möglichkeiten zur Verfügung, mich zur Wehr zu setzen. Wenn man aber, so wie Staatsanwalt Beerschneider, eine Grenze überschritten hat, ist das nicht mehr so ohne Weiteres machbar. Daher sind alle beschriebenen Verstrickungen in der Realität tatsächlich genau so möglich, und doch ist es eine von mir erfundene Geschichte.

Francesco Berlione – Kopf der Mafia in Frankfurt (kauft sich später ein Dorf in Italien und zieht sich dorthin zurück. Tatsächlich war dieses Dorf wirklich einmal in der Versteigerung durch Sotheby's).

Seine rechte Hand ist der Albaner **Faik Ziberi**, den er nach dem **Papa-Prinzip** – wie in der Geschichte beschrieben ein sehr gängiges Prinzip, um Nachwuchs zu rekrutieren – zu seinem Nachfolger heranzieht.

Als Berlione nach Italien geht, zieht es auch Ziberi in den wärmeren Süden, und er lässt sich zu einem Zeitpunkt in Marseille nieder, in dem die extrem brutale albanische Mafia überall Fuß fasst. Dort rekrutiert er weitere Albaner: **Idriz Berisha** – genannt ID –, **Albrim Kasapi** und **Ervin Dipra** sind die ihm »nahestehenden« Personen.

Ziberi steht in Marseille in Konkurrenz mit der französischen Organisation, die von **Jean-Je Casanova** geleitet wird und in die der Polizist Paul Bacron als verdeckter Ermittler unter dem Namen Pascal Lingerot eingeschleust wird.

In Deutschland ist nun **Luca Pescatore** aus Stuttgart der führende Kopf. Bei ihm laufen alle Fäden zusammen, und höchstwahrscheinlich haben wir seinen Namen nicht zum letzten Mal gelesen …

Methoden und Studien

Die **Mimikresonanz®-Methode** wurde 2011 von Dirk Eilert kreiert. Hierbei handelt es sich um Emotionserkennung auf wissenschaftlicher Basis und die Anwendung für ein verbessertes Miteinander. Ein wichtiger Part der Methode sind die Resonanzaussagen: Gefühle also treffsicher in Worte zu fassen. Die Wirksamkeit dessen belegt die Studie **Putting feelings into words** von Matthew D. Lieberman.

Die **Rosmarin-Studie** der iranischen Kerman University of Medical Sciences untersuchte, wie Rosmarin sich unter anderem auf Angstzustände und das Schlafverhalten auswirkt. Eine Gruppe der Probanden hatte über Wochen täglich Rosmarin verabreicht bekommen, eine andere stattdessen nur ein Placebo. Nach Ablauf der Studie hatten sich die Werte der Rosmarin-Gruppe im Vergleich zu den Placebo-Probanden spürbar und nachweislich gesteigert.

Studie von Paul Ekman zum **linksseitigen Schulterzucken**: Die rechte Hemisphäre steuert kontralateral die Bewegung der linken Schulter. In der rechten Gehirnhälfte werden gleichzeitig primär die Emotionen verarbeitet, die durch eine Vermeidungsmotivation geprägt sind. Somit verdeutlicht das einseitige Zucken der linken Schulter ein Vermeidungsverhalten, also ein »weg von«.

Hubristischer Stolz: »Ich habe eine Prüfung mit sehr gutem Ergebnis geschafft – weil ich so ein toller Typ bin«, im Unterschied zu authentischem Stolz: »Ich habe die Prüfung mit sehr gutem Ergebnis geschafft, weil ich sehr viel gebüffelt habe.« Hubristischer Stolz ist häufig mit Arroganz kombiniert und fördert Narzissmus, wenn er in die Dysfunktionalität kippt.

Rezepte

Courgettes, gefüllt mit roter Tapenade und Reis

4 mittelgroße Courgettes (Zucchini)
240 g roher Reis
1 Schalotte
100 ml Olivenöl
2 EL Tomatenmark
2 EL Kapern
8 in Olivenöl eingelegte getrocknete Tomaten
2 EL Pinienkerne
1 frische Knoblauchzehe
2 EL Olivenöl zum Anbraten
Je 1 halber bis ganzer TL Oregano, Basilikum und Thymian (klein gehackt)
150 g geriebener Käse (Mimolette oder Tomme de Savoie)
250 ml Gemüsefond
Fleur de Sel, frisch gemahlener schwarzer Pfeffer

1. Courgettes halbieren und das Fruchtfleisch aus der Mitte mit einem scharfen Löffel ausheben (und aufbewahren). Die Hälften in eine entsprechend große Auflaufform nebeneinanderlegen und mit Olivenöl beträufeln.
2. Reis nach Packungsanweisung garen, nicht durchgaren! Nach der Hälfte der Zeit den Garvorgang unterbrechen und das Kochwasser abschütten.
3. Schalotte schälen, würfeln, in 2 EL Olivenöl anbraten und das Tomatenmark einrühren, ganz kurz Hitze daraufgeben.

4. Eine Tapenade aus den Kapern, den getrockneten Tomaten und den Pinienkernen fertigen: Zutaten in den Mixer geben und mit dem Olivenöl zu einer sämigen Masse pürieren, dann die geschälte und klein geschnittene Knoblauchzehe und je 1 Prise Salz und Pfeffer hinzugeben und erneut pürieren. Zum Schluss die Schalotten-Tomatenmark-Masse unterrühren. Die Kräuter klein schneiden und unterheben.
5. Nun die so entstandene Tapenade mit dem Reis und dem Fruchtfleisch vermischen und damit dann die halbierten Courgettes füllen. Salzen und pfeffern.
6. Mit dem geriebenen Käse überstreuen, den Gemüsefond angießen und im Backofen bei 180 °C Umluft 25 Minuten garen. Weitere 5 Minuten bei Oberhitze (oder Grill) garen, sodass der Käse knusprig wird.

Crème brûlée au chocolat

150 g Zartbitterschokolade
7 Eigelb
60 g Zucker
Mark einer Vanilleschote
700 ml flüssige Sahne
Etwa 5 EL Rohrzucker

1. Den Ofen auf 130 °C vorheizen.
2. Die Schokolade im Wasserbad vorsichtig schmelzen und anschließend etwas abkühlen lassen. Die Eigelbe mit dem Zucker und dem Mark der Vanilleschote zu einer sehr schaumigen Masse schlagen. Langsam die Schokolade und dann die Sahne unter ständigem Rühren unter die Eimasse mischen. Alles gut verrühren.
3. Die Masse in flache Förmchen füllen und im Ofen für ca. 30 Minuten stocken lassen. Die Crème brûlée sollte außen fest und in der Mitte noch leicht flüssig sein. Kühl stellen und etwa 2 bis 3 Stunden auskühlen lassen.

4. Mit dem Rohrzucker überstreuen und diesen dann mit einem Bunsenbrenner oder unter dem Grill im Backofen knusprig karamellisieren lassen.

Vitello tonnato mit Limequat-Kartoffelpüree

Vitello:

600 g Kalbsnuss
1 Stange Staudensellerie
1 Möhre
1 Zwiebel
¾ l Weißwein
2 Lorbeerblätter
1 TL Nelken
1 TL Meersalz
½ TL frisch gemahlener schwarzer Pfeffer

1. Das Fleisch von Sehnen und Fett befreien. Das Gemüse waschen bzw. schälen und in grobe Stücke zerteilen. In einen Topf geben und mit der Kalbsnuss und den Gewürzen zusammen im Weißwein 24 bis 48 Stunden an einem kühlen Ort zugedeckt ziehen lassen.
2. Im Anschluss alles auf dem Herd langsam erhitzen und ca. 90 Minuten leicht köcheln lassen.
3. Fleisch herausnehmen, abkühlen lassen und dann in feine, dünne Scheiben schneiden.
4. Kalbssud durch ein Sieb abgießen und gut 200 ml davon aufbewahren.

Thunfischsoße:

1 Dose Thunfisch in Lake
200 ml Olivenöl
2 Sardellenfilets
2 Eigelb

200 ml Kalbssud
3 EL Kapern
2 unbehandelte Zitronen
Fleur de Sel, frisch gemahlener schwarzer Pfeffer

1. Den Thunfisch abtropfen lassen. Nun mit dem Öl, den Sardellen, den Eigelben und 1 EL Kapern zusammen sehr fein mixen. So viel Kalbssud zugeben, dass es eine feine, leicht flüssige Soße gibt.
2. Mit Salz und Pfeffer würzen.

Anrichten:
Die feinen Kalbsnuss-Scheiben auf eine Platte legen, mit dem Tonnato bedecken und die restlichen Kapern gleichmäßig darüberstreuen. Wer möchte, kann das Ganze zusätzlich mit halben Zitronenscheiben garnieren.

Püree:
6 mittelgroße, mehlig kochende Kartoffeln
2 Limequats
50–100 ml Olivenöl

1. Kartoffeln schälen und in Würfel schneiden, in einen Topf geben, mit Wasser bedecken, 1 TL Meersalz hinzufügen, die Limequats halbieren und zu den Kartoffeln geben.
2. 25 Minuten kochen, bis die Kartoffeln weich sind.
3. Die Limequats mit einem Löffel am Topfrand ausquetschen und dann herausholen. Nun das Wasser abgießen, 3–4 EL davon aufbewahren.
4. Die Kartoffeln stampfen und so viel Kartoffelwasser und Olivenöl hinzufügen, bis ein cremiges Püree entstanden ist.

Kuchen:
4 mittelgroße Eier
2 Tassen Zucker
1 Pck. Vanillezucker
1 Tasse Sonnenblumenöl
1 Tasse kohlensäurehaltiges Mineralwasser
3 Tassen Mehl
1 Pck. Backpulver
4 Lavendelzweige
200 g Puderzucker
75 ml Wasser
2 Tropfen Lavendelaroma

1. Die Eier mit Zucker und dem Vanillezucker so lange rühren, bis die Masse schaumig ist und nicht mehr so leicht vom Rührbesen tropft.
2. Öl und Mineralwasser nach und nach zugeben.
3. Mehl mit Backpulver mischen, hineinsieben und unterrühren.
4. Zum Schluss die abgezupften Lavendelblüten unterheben. Ein Backblech fetten, den Teig gleichmäßig darauf verteilen, glatt streichen und bei 150 °C Umluft ca. 25 Minuten backen.
5. Nach dem Abkühlen aus Puderzucker, Wasser und dem Lavendelaroma einen Zuckerguss herstellen, den Kuchen damit bestreichen und mit den restlichen Lavendelblüten garnieren.

Sorbet:
350 ml Wasser
50 ml Limettensaft
50 g Traubenzucker
60 g Zucker
30 g frische Basilikumblätter
1 Messerspitze Vitamin C/Zitronensäure

1. Wasser mit Limettensaft, Traubenzucker und Zucker aufkochen und auf ca. 40 °C abkühlen lassen.
2. Anschließend mit Basilikumblättern und dem Vitamin C sehr fein pürieren.
3. In der Eismaschine leicht anfrieren lassen; eine Sorbetmasse sollte halb gefroren sein, sodass sich leicht mit zwei Löffeln Nocken formen lassen.

Anrichten:
Ein Stück Kuchen mittig auf den Teller geben, zwei Nocken Sorbet anlegen und ein paar Basilikumblättchen als Garnierung dazugeben. Eine verrückt-leckere Kombination!

Radis noir et poisson croustillant

Rettich in Tintenfischtinte:
1 frischer weißer Rettich
100 ml Tintenfischtinte (Sepia)
1 Prise Fleur de Sel

1. Rettich schälen und auf der Aufschnittmaschine oder per Hand 20 sehr feine, dünne, gleichmäßige Scheiben schneiden.
2. Flüssige Tintenfischtinte in einen Vakuumbeutel geben, die Rettichscheiben hinzufügen (es sollte genügend Tintenfischtinte sein, sodass die Scheiben bedeckt sind), etwas Fleur de Sel hinzufügen, einvakuumieren und mindestens 30 Minuten im Vakuum lassen.
3. Zwischendrin immer mal wieder die Rettichscheiben in der Tüte hin und her bewegen.

Erbsenpüree:
1 Schalotte
1 EL Butter
150 ml Gemüsefond

400 g Erbsen (tiefgekühlt möglich)
3–4 EL Butter nach Geschmack
1 Prise frischer Pfeffer schwarz und 1 Prise Fleur de Sel

1. Die Schalotte in feine, gleichmäßige Würfel schneiden, in Butter andünsten, bis sie glasig sind, dann den Gemüsefond hinzugeben, die Erbsen hineingeben.
2. Kochen lassen, bis die Erbsen weich sind, und dann alles zu einer feinen Masse pürieren. Masse durch ein Sieb streichen, falls die Erbsen sehr schalig sind.
3. Mit Pfeffer und Salz abschmecken. Vor dem Servieren noch etwas kalte Butter (nach Geschmack) einrühren, bis das Püree cremig und köstlich ist.

Passionsfrucht-Mayonnaise:
1 Ei
1 TL Senf
100 ml gutes Olivenöl und 150 ml Sonnenblumenöl
70–100 g pürierte Passionsfrucht
Salz und Pfeffer

1. Das Ei, den Senf und das ÖL in ein hohes Gefäß geben, den Pürierstab in das Gefäß setzen und pürieren. Erst wenn die Masse anfängt, cremig zu werden, den Pürierstab anheben und hochziehen.
2. In die so entstandene Mayonnaise zum Schluss vorsichtig schlückchenweise die feine Passionsfruchtmasse einrühren (die Mayonnaise soll nicht zu flüssig werden) und mit etwas Salz und Pfeffer abschmecken.

Kapern-Espuma:
2 Blätter Gelatine
60 g Kapern
250 ml Sahne
2 EL Kapernwasser

50 ml weißer Wermut
1 Prise Fleur de Sel
2 EL Zitronensaft

1. Die Gelatine in kaltem Wasser einweichen (in einer Schale mit kaltem Wasser bedecken).
2. Kapern mit Sahne, dem Kapernwasser, dem Wermut und etwas Salz aufkochen, dann pürieren, in die Masse die gut abgetropfte Gelatine einrühren, erneut kurz aufkochen, bis sich die Gelatine aufgelöst hat, und dann die Masse durch ein Sieb streichen.
3. Mit dem Zitronensaft abschmecken. Die Kapern-Sahne-Mischung in den Sahnesiphon geben und mit zwei Kapseln aufschäumen, gut schütteln und kalt stellen.
4. Alternativ besteht auch die Möglichkeit, die Mischung in einer flachen Schale abkühlen zu lassen und dann 6–8 EL geschlagene Sahne unterzuheben. Komplett erkalten lassen und kleine Nocken abstechen.

Knuspriges Fischfilet:
Fischfilets nach Wahl (pro Person ein Filet, besonders gut eignen sich festfleischige Fische wie z. B. Schwertfisch oder Dorade)
Mehl
Etwas Olivenöl

Fisch mehlieren (leicht in Mehl wälzen) und im Öl knusprig ausbraten.

Anrichten:

1. großzügig gehäuften EL Erbsenpüree mittig auf den Teller geben und mit der Löffelrückseite zu einer Tropfenform ziehen, an der schmalen Spitze vier Rettichscheiben fächerförmig anlegen, die Mayonnaise in einen Spritzbeutel füllen und sechs bis acht feine Punkte auf den Teller setzen, zwei

Kapernmousse-Nocken je links und rechts vom Rettich platzieren, den knusprig gebratenen Fisch so auf das Püree legen, dass er den Rettich berührt.

Rote Bete und Rose

Roseneis:
100 ml Rosenwasser
100 g brauner Zucker
500 ml Sahne
250 g cremiger Joghurt
2 EL Rote-Bete-Saft

1. Zuckerwasser aus Rosenwasser und Zucker einkochen lassen, bis die Flüssigkeit dicklich wird.
2. 250 ml Sahne mit dem Joghurt und dem Rote-Bete-Saft verrühren, bis eine cremige Masse entsteht, dann das eingekochte Rosen-Zuckerwasser, nachdem es etwas abgekühlt ist, hineinrühren.
3. 250 ml Sahne aufschlagen und unterheben, dann die Masse in die Eismaschine geben.

Rote-Bete-Pancake:
150 g Rote Bete (gekocht)
120 ml Mandelmilch gesüßt
1 EL Agavensirup
1 Ei
140 g Mehl
1 geh. TL Backpulver
100 g Mandeln gehackt
50 g Honig
150 g cremiger Joghurt
2 EL Rosenwasser
1 EL Agavensirup

1. Rote Bete mit Mandelmilch fein pürieren, Agavensirup hinzugeben. Das Ei unterrühren, dann Mehl und Backpulver miteinander vermischen und in die Rote-Bete-Masse sieben (und einrühren). Aus dem Teig 16 kleine Pancakes in der Pfanne frisch ausbraten.
2. Mandeln mit dem Honig in der Pfanne karamellisieren (Mandeln kurz anwärmen, leichte Bräune ist okay), dann den Honig hinzugeben und aufpassen, dass er nicht anbrennt.
3. Aus dem Joghurt und dem Rosenwasser eine Joghurtcreme rühren (sollte nur leicht nach Rosen schmecken, bei Bedarf etwas mit Agavensirup süßen).

Rote-Bete-Gelee:
0,8 g Gellan (alternativ 1,2 g Agar-Agar)
100 ml Rote-Bete-Saft

1. Gellan (oder Agar-Agar) in den Rote-Bete-Saft einrühren und unter Rühren einmal aufkochen lassen, dann die Flüssigkeit auf einem kleinen Blech mit Rand ausgießen und stocken lassen.
2. Kalt stellen und im Anschluss sehr kleine Würfel daraus schneiden (2–3 mm Kantenlänge).

Anrichten:
Aus je vier Pancakes und der Joghurtcreme kleine Türmchen stapeln, immer zwischen die Pancakes Joghurt geben, auf den obersten mittig einen großen Klecks Joghurt und darauf ein paar Geleewürfel legen. Zwei Nocken Roseneis formen und neben dem Türmchen je auf elf Uhr und zwei Uhr anlegen. Den Teller mit den karamellisierten Mandeln und einigen Geleewürfeln dekorieren.

Annabelles Apfelkuchen

400 ml Wasser
4 EL Lavendelhonig
250 g Bananen
300 g Buchweizenmehl
2 TL Weinsteinbackpulver
125 g Mandeln gemahlen
2 EL Carob
600 g Äpfel

1. 100 ml Wasser erwärmen und den Lavendelhonig darin auflösen.
2. Die Bananen schälen und mit den restlichen 300 ml Wasser pürieren, dann das Honigwasser dazugeben und erneut pürieren, bis eine homogene Masse entstanden ist.
3. Buchweizenmehl, Weinsteinbackpulver, Mandeln und Carob miteinander vermischen und in die Bananenmischung rühren.
4. Äpfel schälen, entkernen und klein schneiden. Ganz zum Schluss die Apfelstücke unterheben.
5. Den Obstteig in eine Springform füllen, dabei die Oberfläche nicht einheitlich glatt streichen, sie bleibt etwas uneben. Bei 200 °C Umluft mit Ober-/Unterhitze den Kuchen ca. 25 Minuten backen (Stäbchenprobe).

Tipp: Wer mag, kann den Kuchen noch mit in Honig karamellisierten Mandelblättchen belegen und Sahne dazu reichen.

Dessert à la Alexander Herrmann

Crème brûlée:
100 ml Milch
2 Zimtstangen

20 Korianderkörner
4 schwarze Pfefferkörner
2 Kardamomkapseln
½ TL Lavendelblüten
Etwas frisch geriebene Muskatnuss
620 ml Sahne
8 Eigelb
100 g Kristallzucker
4 TL brauner Zucker

1. Die Milch in einem kleinen Topf erhitzen, aber nicht aufkochen. Die Zimtstangen, die Korianderkörner, die Pfefferkörner, die angedrückten Kardamomkapseln, die Lavendelblüten und etwas frisch geriebene Muskatnuss in die heiße Milch geben.
2. Den Topf mit Klarsichtfolie verschließen, vom Herd nehmen und die Gewürzmilch 10 Minuten ziehen lassen.
3. Sahne in einer Schüssel mit den Eigelben und dem Kristallzucker glatt rühren. Die Gewürzmilch langsam durch ein Sieb in die Sahne-Eigelb-Mischung geben und vorsichtig verrühren.
4. Die Crème in vier kleine, flache Schälchen füllen, diese auf ein Gitter stellen und die Crèmes im auf 100 °C vorgeheizten Backofen (Umluft) 45–65 Minuten stocken lassen. Die Garzeit hängt von den Formen ab. Garprobe: Wenn man die Schälchen vorsichtig rüttelt, muss sich die fertige Crème wie ein Wackelpudding anfühlen.
5. Die Förmchen aus dem Ofen nehmen, die Crèmes auf Zimmertemperatur abkühlen lassen, dann 3–4 Stunden im Kühlschrank erkalten lassen.
6. Die Förmchen aus dem Kühlschrank nehmen und die Oberflächen der Crèmes mit Küchenpapier trocken tupfen. Jede Crème mit 1 TL braunem Zucker bestreuen und den Zucker durch Hin- und Herrütteln der Form verteilen. Den braunen Zucker sofort nach dem Aufstreuen mit dem Bunsenbrenner

abflämmen – wartet man zu lange, wird der Zucker feucht und lässt sich nicht mehr karamellisieren.

Orangengranité:
10 Saftorangen
2–4 EL Kristallzucker (je nach Süße der Orangen)
4 cl Mandellikör
200 ml trockener Sekt

1. Den frisch gepressten Saft der Orangen mit dem Zucker und dem Mandellikör verrühren, bis sich der Zucker aufgelöst hat. Den Sekt vorsichtig unter die Orangensaftmischung rühren.
2. Den Orangensaft 5 mm hoch in eine kleine Auflaufform oder Gefrierbox füllen und diese Schicht etwa 1 Stunde im Tiefkühlfach gefrieren. Auf die gefrorene Schicht erneut 5 mm hoch Orangensaft füllen und diese weitere 30 Minuten im Tiefkühlfach gefrieren. Diesen Vorgang mit dem restlichen Orangensaft wiederholen, bis die Mischung aufgebraucht ist. Das Granité dann 2 ½ Stunden im Tiefkühlfach gefrieren.
3. Das Granité kurz vor dem Servieren aus dem Tiefkühlfach nehmen und mithilfe eines Esslöffels von der Oberfläche kleine Kristalle abschaben. Diese auf vier angefrorene schmale, hohe Gläser verteilen und sofort servieren.

Kandierte Lavendelblüten:
50 g Zucker
125 ml Wasser
2–3 Zweige frischer Lavendel
Feiner Zucker oder Puderzucker zum Bestreuen

1. Aus dem Zucker und dem Wasser einen Sirup kochen und abkühlen lassen.
2. Die Blüten vom Lavendel einzeln mit einer Pinzette ganz vorsichtig in den Sirup tauchen, danach auf ein Backblech legen und ein paar Minuten leicht antrocknen lassen.

3. Jetzt die Blüten leicht mit Zucker oder Puderzucker bestäuben. Bis die Blüten komplett getrocknet sind, kann das bis zu 14 Tage dauern. Deshalb die Blüten vorbereiten.

Anrichten:
Das Schälchen mit der Crème und das Glas mit dem Granité auf einem flachen Teller platzieren, beides mit dem kandierten Lavendel bestreuen und sofort servieren.

Tipp: Damit nichts verrutscht, je ein Stück Marzipan glatt drücken und damit die Form und das Glas am Teller ankleben.

Danksagung

Mein *Dank* für diesen vierten Krimi rund um Margeaux Surfin – der mich tatsächlich noch enger mit ihr und ihren wundervollen Freunden verbunden hat, aber auch mit »schwierigen« Charakteren, wie zum Beispiel Werner Walter und, ganz neu, mit seiner Ex-Frau – gilt wie immer in erster Linie meiner Familie, die es mir möglich macht, mich nach Kreta zurückzuziehen, um zu schreiben. *Danke* – ich liebe euch sehr!

Danke an meine Freunde auf der Insel: Familie Christodoulakis – Stelios, Ria, Giannis, und vor allem Litsa! *Danke*, dass ihr mich manchmal aus meinem selbst gewählten Exil holt und mir fröhliche Abende mit tollen Gesprächen und leckerem Essen verschafft, oder auch ausgeprägte Shoppingtouren in Heraklion ;-).

Mein *Dank* gilt auch der Familie, in deren Haus sich meine schöne Wohnung mit Meerblick befindet: Andreas, seine Frau Ionela und die Tochter Annamaria: Sie haben mich aufgenommen wie ein Familienmitglied, versorgen mich mit Obst und Gemüse aus eigenem Anbau und frischen Eiern. Doch am wichtigsten ist, dass sie mich *sein* lassen. Wenn ich mich tagelang abschotte, ist das völlig okay, und die Ruhe, die ich dort habe, lässt meine Gedanken fliegen.

Danke an meine Freundin Georgia. Sie und ihr Mann Makis helfen mir, wo immer es nötig ist, und im Sommer haben Georgia und ich jeden Morgen mit Schwimmen und Yoga begonnen. Das hat mich für den Schreibprozess gestärkt.

Und *danke* an meine Freundinnen für aufbauende Worte in selbstkritischen Augenblicken: Evee (Anke) Heuser, Kirsten Lutz und Tanja Lange, die wiederum diesen Band als zusätzliche Korrekturschleife gelesen hat.

Danke wieder an Dirk Eilert, der mich mit seiner Mimikresonanz®-Methode jedes Mal aufs Neue inspiriert.

Ein spezielles *Danke* gilt dem Sternekoch Alexander Herrmann für sein Mitwirken und das tolle Rezept und Sabine Krogemann, seiner COO, für ihren liebevoll motivierenden Kontakt mit mir! *Danke*, ihr zwei!

Mein ganz besonderer *Dank* gilt diesmal meiner Textredakteurin Julia Feldbaum: *Danke*, Julia, dass du mir zugehört hast, als ich in meinem Gedankenkreislauf gefangen war und kurz vor dem Verzweifeln war. *Danke* auch für dein offenes Auge auf den Fluss der Geschichte. Du bist einfach klasse, es ist eine Freude, mit dir zusammenzuarbeiten, ich hoffe, das bleibt so!

Zu guter Letzt:
Danke, Eliane! Du als meine Lektorin unterstützt mich, forderst mich heraus und stehst hinter mir! Du sorgst dafür, dass ich an mich glaube. Das ist ein großartiges Gefühl, und ich bin sehr froh, dass wir zusammenarbeiten.

Und nun, liebe Leserinnen und Leser, empfehlt meine Geschichten weiter, schließt meine Protagonisten in eure Herzen, und lest (so noch nicht geschehen) auch Band 1, 2 und 3 – ich freue mich darauf, weitere Geschichten rund um Margeaux für euch zu ersinnen! *Danke!!!*

Noch ein Satz zum Abschluss: Keine meiner Geschichten wäre ohne das Meer möglich; immer wenn ich eine Inspiration brauche oder sich ein Knoten lösen muss, gehe ich schwimmen, und schwups kommen kreative Ideen. Ich schwimme zu jeder Jahreszeit und bin extrem dankbar für diese Möglichkeit.

Ein Krimi mit jeder Menge Südfrankreich-Flair

*Cover- und Preisänderungen vorbehalten

Nicole de Vert

Provenzalisches Blut

Frankreich-Krimi

Piper Taschenbuch, 300 Seiten
€ 13,99 [D], € 14,40 [A]*
ISBN 978-3-492-50253-5

Die Ex-Polizistin Margeaux Surfin kann Gedanken lesen. Ihre Fähigkeit, Emotionen treffsicher über die Mimik zu entschlüsseln, verschafft ihr bei Ermittlungen einen unschätzbaren Vorteil. Ihr letzter Einsatz als Kommissarin der Mordkommission Stuttgart steckt ihr noch immer in den Knochen, darum gönnt sich Margeaux als Privatermittlerin in der Provence eine genussvolle Erholungspause. Doch dann scheint es so, als hole sie dieser Fall erneut ein und ihr ganz persönlicher Krimi beginnt …

Leseproben, E-Books und mehr unter **www.piper.de**

7 Todsünden – 7 Morde – 7 Gesichtsausdrücke

*Cover- und Preisänderungen vorbehalten

Nicole de Vert

Französische Sünden

Provence-Krimi

Piper Taschenbuch, 384 Seiten
€ 15,00 [D], € 15,50 [A]*
ISBN 978-3-492-50320-4

Frankreich und Deutschland werden von sieben Morden erschüttert – jede Leiche verkörpert eine Todsünde. Zudem hat jedes Opfer selbst im Tod einen außergewöhnlichen Gesichtsausdruck. Das ruft die Mimikexpertin und Privatermittlerin Margeaux Surfin auf den Plan. Wie hängt alles mit dem inhaftierten Serienmörder Martin Angerer zusammen, zu dem spezielle Indizien führen? Auch privat läuft es bei Margeaux alles andere als rund –weshalb sie die Gefahr übersieht, die ihr selbst droht …

Leseproben, E-Books und mehr unter **www.piper.de**